Die rätselhafte Frau

Die rätselhafte Frau

Carola Christiansen

Kriminalroman

Ellert & Richter Verlag

Ich widme das Buch meinen Söhnen Sebastian und Benjamin. Ihr seid immer noch großartig.

*Jede Ähnlichkeit mit real existierenden Personen wäre rein zufällig und ist nicht beabsichtigt. Die einzige Ausnahme ist der Hund. Chica gibt es tatsächlich, heißt aber im wahren Leben Nacho und gehört meiner Freundin Ami.

1

Die Frau stapfte durch den verlassenen Park. Es war nicht besonders empfehlenswert, sich an diesem Ort alleine im Dunkeln aufzuhalten, aber wenn sie wütend war, blieb ihr Verstand manchmal auf der Strecke.

Was für ein verdammter Idiot! Ihre Wut war umso heftiger, weil sie selbst schuld war. Sie holte tief Luft, allmählich beruhigte sie sich.

Ihre schnelle Gangart hatte sie trotz der Kälte zum Schwitzen gebracht. Ungeduldig zog sie am Reißverschluss ihrer Jacke. Sofort spürte sie die Kälte an ihrem Hals und schloss den Kragen wieder.

Ein schneidender Wind fegte um die Ecken und schien alle Hamburger in ihre warmen Stuben geweht zu haben. Nicht einmal Hundebesitzer ließen sich mit ihren Vierbeinern blicken. Ein einziger Unerschrockener versuchte einige Meter vor ihr, seine widerstrebende französische Bulldogge auf die Wiese zu zerren. Die großen Ohren des Tieres flatterten wie aufgeregte Schmetterlinge im Wind.

Der Sturm schob schwarze Wolken über den Himmel. Sie türmten sich bedrohlich über ihnen. Zu allem Überfluss setzte ein leichter, aber eisiger Regen ein. Für einen Augenblick beobachtete sie abwesend den Tanz der Hundeohren. Ob jetzt doch der Zeitpunkt zum Umkehren wäre? Aber ihre Wut war noch nicht verraucht, sie brauchte noch etwas Bewegung.

Entschlossen ging sie weiter. Es zog sie hinunter an den Elbstrand. Ihre Gedanken eilten ihr voraus und sie konnte es kaum erwarten, den nassen Sand unter ihren Stiefeln zu spüren.

Sie erreichte den kleinen Museumshafen in Övelgönne. Die *Bergedorf* schaukelte dort sicher vertäut und zog an ihren Leinen. Weiße Gischt tanzte auf den grauen Wellen. Ein einsamer alter Segler lag neben dem Restaurantschiff. Mit auf- und abschwellendem Kling-Klong schlugen die Metallseile der Takelage gegen den Mast.

Eine einsame Bushaltestelle vor dem Anleger. Regen prasselte gegen den Plexiglasverschlag, aber zumindest bot er einigermaßen Schutz vor den Elementen. Die Frau ging mit hochgezogenen Schultern vorbei. Später könnte sie dort auf den 112er zum Altonaer Bahnhof warten.

Der Weg zwischen Strandbars und Restaurants lag wie ausgestorben vor ihr. Dahinter endlich offenes Gelände, links die stürmische Elbe, rechts eine verwitterte Steinmauer. Darüber thronten die Häuser mit Elbblick.

Sie wandte sich dem Wasser zu. Bei jedem Schritt versanken ihre Stiefel in dem nassen Sand. Der Wind tobte um sie herum, er zerrte an ihrer Kleidung und klebte ihr salzige Locken ins Gesicht. Sie blieb stehen, die Haare wirbelten wie ein Vorhang vor ihren Augen. Mit beiden Händen versuchte sie, die Mähne zu bändigen und hinter die Ohren zu streichen. Sinnlos.

Vom gegenüberliegenden Ufer schimmerte gelber Lichtschein durch die Regenschleier. Die Natriumdampflampen der Werft warfen dort einen goldenen Weichzeichner über das Gelände.

Unvermittelt begann sie zu frieren. Sie hatte zu lange die Kälte ignoriert, die langsam in ihr hochgekrochen war. Gerade wollte sie sich umdrehen und den Rückweg antreten, als ihr Blick an etwas hängen blieb. Vor ihr am Ufer verdichtete sich die Dunkelheit zu einer formlosen, undeutlichen Masse, die halb von Wellen überspült wurde. Mit einem Schlag war der warme Bus vergessen.

Sie wurde schneller, und je näher sie kam, umso mehr bestätigte sich ihre Befürchtung: Das Strandgut hatte menschliche Umrisse. Atemlos kniete sie sich in den nassen Sand. Der Körper wurde vom Wasser hin und her bewegt. Mal ein Stück höher an den Strand, mal ein Stück zurück in die Elbe. Sie sprang wieder auf und packte ihn unter den Armen. Es war harte Arbeit. Die Strömung zog an der schweren Kleidung und der nasse Sand schob sich unter dem Körper zusammen.

Endlich hatte sie es geschafft, die Person lag am Strand. Keuchend ließ sie sich daneben in den Sand fallen. Sie beugte sich über die reglose Form. Lange blonde Haare lagen wie Seetang auf dem blassen Gesicht. Als sie die Haare vorsichtig beiseiteschob, zog sie scharf die Luft ein. Schürfwunden und Blutergüsse verfärbten scheinbar jeden Quadratzentimeter der Haut. Es war kaum möglich, einzelne Gesichtspartien zu unterscheiden. Die Augen waren geschlossen. Eindeutig war nur, dass es sich um eine Frau handelte.

Sie ergriff eine der verschmutzten Hände und ließ sie fast wieder fallen. Auch die Hand war zerschunden, ähnlich brutal wie das Gesicht, und das Handgelenk stand in einem unnatürlichen Winkel vom Unterarm ab.

Vorsichtig versuchte sie, den Puls zu fühlen. Sie war nicht besonders gut darin, und bei dieser Kälte mit halb erfrorenen Fingern schon gar nicht. Sie legte die Hand zurück und wühlte in ihrer Jacke nach ihrem Handy. Mit klammen Fingern wählte sie den Notruf.

Während sie auf das Eintreffen von Polizei und Krankenwagen wartete, versuchte sie noch einmal, diesmal am Hals, einen Puls zu ertasten. Der Brustkorb unter der nassen Kleidung schien sich leicht auf und ab zu bewegen. Oder bildete sie sich das ein? Sie lauschte nach einem Herzschlag.

Frustriert richtete sie sich wieder auf. Nichts zu machen. Der Sturm heulte laut und die Kleidungsstücke waren nass und schwer. Es half nichts, sie musste warten. Sie hauchte in ihre Hände und rieb sie aneinander.

Endlich näherten sich Fahrzeuge. Die Martinshörner schrillten in ihre rotgefrorenen Ohren. Weiße Scheinwerfer schälten einen schmalen Streifen des Ufers aus der Dunkelheit, während die rotierenden Blaulichter die Umgebung in unwirkliches Licht tauchten. Nach einem letzten halb erstickten Heulen verstummten die Sirenen. Mehrere Sanitäter waren mit einer Trage, Decken und Erste-Hilfe-Koffern unterwegs zu ihr. Der Schein ihrer Taschenlampen hüpfte vor ihnen her.

Sie stand auf und klopfte mechanisch den Sand von ihrer Kleidung. Auf die Helfer folgten weitere Personen. Ein hochgewachsener, dunkelhaariger Mann ging mit großen Schritten voraus. Sie kniff die Augen gegen die blendenden Taschenlampen zusammen und sah ihnen mit ausdruckslosem Gesicht entgegen. Den Mann an der Spitze der kleinen zivilen Prozession hatte sie heute Abend schon gesehen. Er war der Auslöser für die Wut gewesen, die sie hierhergetrieben hatte.

In dem Moment begann die Frau am Boden zu stöhnen. Die Frau zuckte zusammen. Sie ging in die Hocke und legte eine Handfläche sanft an das zerschundene Gesicht. Die Verletzte riss die Augen auf. Panisch warf sie den Kopf hin und her und stieß abgehackte Worte hervor. Die Frau beugte sich tiefer zu ihr herab. »Hannah«, verstand sie, und als sie ihr Ohr noch etwas dichter an den Mund der Verletzten brachte, hörte sie etwas, das wie »Wolf« klang. »Hannah Wolf.«

Irgendetwas begann sich in ihrem Unterbewusstsein zu regen. Die Verletzte sah sie mit einem flehenden Ausdruck in den Augen an. Dann hatten die Sanitäter sie erreicht und schoben sie freundlich, aber bestimmt zur Seite. Und damit genau in den Weg des dunkelhaarigen Mannes.

»Leo«, sagte Hauptkommissar Siegfried Adam und musterte sie kopfschüttelnd. Er sah sich schnell zu seinen Kollegen um und murmelte: »Dass du dich lieber hier in der Kälte herumtreibst, als in meiner warmen Bude zu bleiben – das nehme ich persönlich!« Nach einem Blick auf die orange leuchtenden Rücken der Sanitäter setzte er hinzu: »Und natürlich musst du dich in irgendwas verwickeln!«

Bevor er weitersprechen konnte, zischte die Frau: »Erst denken, dann quatschen. Sei dankbar, wenn ich das auch tue.« Sie war lauter geworden und Adams Kollegen sahen interessiert herüber.

Er hob nur eine Augenbraue. Sie war aber noch nicht fertig.

»Und deine warme Bude? Guter Witz! Da penn ich lieber hier am Strand.«

Seine zweite Braue folgte der ersten.

»Interessant«, erwiderte er mit unbewegtem Gesicht. »Bevor du es dir gemütlich machst, müssen wir nur erst ein paar Fakten aufnehmen.«

Sie hob eine Hand, ließ sie aber resigniert wieder sinken.

»Lass es raus«, flüsterte er, »hau mir eine runter. Das geht durch unter hysterische Zeugin.«

»Führe mich nicht in Versuchung«, entgegnete sie gepresst. Mit einem knappen Kopfnicken bedeutete er ihr zu warten.

Adam trat an ihr vorbei zu den Sanitätern. Die Verletzte war wieder bewusstlos geworden.

»Ich kann noch nicht viel zu ihrem Zustand sagen«, kam der Notarzt Adams Frage zuvor, »dafür muss ich sie gründlich untersuchen. Im Krankenhaus. Vorher muss dringend ihre Körpertemperatur angehoben werden.«

Die Sanitäter hüllten die Frau in Thermodecken und legten sie vorsichtig auf die Trage. Innere Verletzungen hatte der Arzt vorläufig nicht feststellen können.

Leo fror. Sie holte tief Luft. Es hatte keinen Sinn, sich aufzuregen. Wichtiger war festzuhalten, was am Rande ihres Bewusstseins aufgetaucht war, nachdem die Frau ihren Namen genannt hatte. Falls das ihr Name war. »Hannah Wolf.« Wo hatte sie das vor nicht allzu langer Zeit gehört?

Leo zitterte schneller, als sie mit den Zähnen klappern konnte. Ein Sanitäter hatte ihr mitleidig eine Decke umgelegt. Sie weigerte sich, mit der Ambulanz ins Krankenhaus zu fahren.

Mit steifen Fingern zog sie die Decke fester um ihre Schultern. Adam rollte mit den Augen.

»Du stehst unter Schock. Ich kann nicht begreifen, warum du nicht einfach einsteigst.«

»Ddddas mmmusst ddu gggerade sagen! Ddddu wwweißt gggar nnnicht, wwwas dddas ist, vvvernünffftig.«

Wider Willen musste er grinsen. »Deine Artikulation war schon mal besser.«

Die Sanitäter wollten losfahren und warfen Adam einen fragenden Blick zu. Er zuckte mit den Schultern und sah zu Leo. Sie starrte finster zurück. Nichts zu machen.

Seine beiden Kollegen Kai von Wendsheim und Andreas Guenther näherten sich.

»Die Spurensicherung rückt an«, sagte Guenther müde, »hier handelt es sich ja wahrscheinlich nicht um einen Unfall.« Er hatte die Kapuze seines Parkas tief in die Stirn gezogen.

Von Wendsheim schüttelte den Kopf. »Wir sichern die Fundstelle.« Er seufzte. »Ein Scheißwetter, um irgendwo am Elbstrand rumzuliegen.«

Adam war so geistesgegenwärtig gewesen, gefütterte Gummistiefel anzuziehen, er trug sogar Skiunterwäsche unter seinem Anorak. Ihm war überhaupt nicht kalt.

»Du kommst jetzt mit«, sagte er zu Leo, »wir können uns im Wagen unterhalten. Im Bus gibt es immerhin eine Standheizung.«

Er warf noch einen Blick auf die Fundstelle. Dann nickte er den Kollegen zu und marschierte voraus zum Einsatzfahrzeug. Leo folgte ihm widerwillig. Der Fahrer des Busses lehnte an der Tür und rauchte eine Zigarette. Er grüßte Adam und schob die Tür auf. Adam und Leo stiegen ein. Wohlige Wärme umfing sie.

Leo seufzte. Gott, war das schön! Für so ein Gefühl lieferten Menschen ihre Freunde ans Messer und verrieten Ideale. Sie schüttelte sich. So einfach war das nun auch wieder nicht.

»Die Frau war für einen Moment wach«, sagte sie zu Adam. Sie umfasste mit beiden Händen den Teebecher, den der Fahrer ihr in die Hand gedrückt hatte, und nahm einen Schluck von der heißen Flüssigkeit. »Sie hat einen Namen gesagt, ›Hannah Wolf‹.«

In dem Bus wurde Adam inzwischen ziemlich warm in seiner Montur. Er quälte sich schwitzend aus der Jacke. Während er mit einem Arm noch im Ärmel steckte, sah er Leo fragend an. »Und, was meinst du, ist das ihr Name?«

»Woher soll ich das wissen?«, brauste Leo auf.

Adam hob seine freie Hand. »Schon gut, friss mich nicht gleich. Es würde uns einfach Arbeit sparen, wenn sie dir ihren Namen genannt hätte.« Endlich bekam er den zweiten Arm frei.

Die Tür wurde geräuschvoll aufgeschoben und Guenther erschien in der Öffnung. Sein Atem kondensierte in einer weißen Wolke vor ihm. Hinter ihm drängte auch von Wendsheim ins Fahrzeug. Die beiden verteilten sich auf die Bänke, einer neben Leo, einer neben Adam. Sie brachten einen Strom nasskalter Luft mit sich. Leo fröstelte. Ihr Teebecher war leer.

»Die KTU ist da«, sagte von Wendsheim.

Adam räusperte sich.

»Okay, Männer«, Leos Anwesenheit irritierte ihn mehr, als er sich eingestehen wollte. Irgendein Reptilieninstinkt fern in seinem Hinterkopf. Es entzog sich seiner Kontrolle. Bevor er weitersprechen konnte, wurde die Tür erneut geöffnet. Ein unbekannter Polizeibeamter vom KDD sah herein.

»Leute, Zeit für euch, in die Heia zu gehen. Gibt es noch etwas, das wir wissen sollten?«

Der Mann von der Nachtschicht machte sich Notizen und Adam unterdrückte ein Gähnen. Er spürte plötzlich seine Müdigkeit. Der Gedanke an Schlaf wurde beinahe übermächtig.

Leos Blick wanderte zwischen den beiden hin und her. »War's das jetzt? Ich würde mich langsam auch gern auf den Weg machen.«

»Wir werden dich natürlich nach Hause bringen.«

Adams vertrauliche Anrede stand im Raum und seine Kollegen sahen ihn überrascht an.

Adam seufzte. »Frau Johann und ich kennen uns.«

Leo hörte ihm interessiert zu, doch sie hielt den Mund und wartete auf die Fortsetzung. Er hatte aber nicht vor, seine Kollegen weiter über ihre Bekanntschaft aufzuklären.

»Ich fahre dich. Bei dieser Kälte und nach deinem Schock – du geisterst besser nicht mehr durch Altona bei Nacht.«

Wie rührend, dachte Leo. Aber sie sagte nichts, denn die Aussicht, in dieser Kälte zu Fuß nach Hause gehen zu müssen, war alles andere als verlockend.

Schweigend saßen sie in Adams Mustang nebeneinander. Adam hielt vor ihrer Haustür. Sie hatte die Autotür schon geöffnet und hangelte sich aus dem Fahrzeug, als er sagte: »Dir ist klar, dass du morgen zur Wache kommen musst?« Seine Stimme war heiser. »Wir müssen deine Aussage zu Protokoll nehmen. Aber schlaf dich erst mal aus. Irgendwann im Laufe des Tages reicht völlig.«

»Wie gnädig«, erwiderte sie. Sie stand gebeugt vor dem Wagen und sah ihn durch die Türöffnung an. Sein Blick war stur auf die Windschutzscheibe gerichtet. »Gute Nacht!« Die Autotür knallte zu.

Adam zuckte zusammen. Er legte den Gang ein und fuhr los.

Im Krankenhaus wurde die Patientin zur Beobachtung auf die Intensivstation gebracht. Sie war stark unterkühlt und hatte zahlreiche Verletzungen. Sie wurde unter dem Namen Hannah Wolf eingetragen. Bei der Nachtschwester auf der Intensivstation löste der Name eine verschwommene Assoziation aus.

Als auf der Station endlich Ruhe einkehrte und sie sich mit ihrem Buch in den Schwesternaufenthaltsraum zurückzog, erstarrte sie nach dem Lesen der ersten Seiten. Eine eisige Kälte zog langsam ihre Wirbelsäule hoch. Die Romanheldin hieß *Hannah Wolf*.

Zu Hause angekommen, sah Leo in der Küche das Buch. Sie erinnerte sich. Vor knapp zwei Wochen war sie das letzte Mal in der Buchhandlung in Ottensen gewesen. Wenn ihre Erinnerungen zu stark wurden, trieb es sie dorthin. Die Verkäufer kannten sie inzwischen und wussten, dass sie auf der Suche nach etwas war, das ihre eigenen Erlebnisse zurückdrängen konnte. Leider hielt es nie lange vor. Das letzte Mal also hatte man ihr dieses Buch empfohlen, das jetzt vor ihr auf dem Küchentisch lag! Der Klappentext war vielversprechend gewesen. Geschrieben hatte es eine Katharina Hofmann. Leo nahm das Buch in die Hand, überflog noch einmal die Zusammenfassung. Da sah sie es: *Hannah Wolf* war die Protagonistin des Thrillers.

2

Acht Uhr, Polizeiwache Mörkenstraße, Altona. Hauptkommissar Siegfried Adam hielt sich an einem Kaffeebecher fest, während seine Kollegen langsam eintrudelten. Adam gähnte. Sein Blick wanderte von seiner Armbanduhr zu seinen Schuhen. Rahmengenähte Budapester, spiegelblank geputzt. Diesen Luxus gönnte er sich, bei Schuhen hatte er noch nie gespart.

Die Ankunft Karl Walthers riss ihn aus seinen Gedanken. Was trieb den Chef um, zu so früher Stunde hier aufzutauchen? Senile Bettflucht, dachte Adam kopfschüttelnd.

Walther ging bis zum Ende des Raums. Er stoppte vor der Warmhaltekanne, deren Fassungsvermögen gerade eben für eine neu eingesetzte Sonderkommission reichte. Er zapfte sich einen Kaffee.

Walther war ein stämmiger Endfünfziger, der Weinproben und Golfspielen liebte. Ersteres sah man ihm an. Ungerührt schüttete Walther einen Berg Zucker in seinen Becher. Noch schwieg er, bewegte nur energisch einen Teelöffel durch die Pampe. Die kristallinen Kohlenhydrate stoben auseinander. Während sie sich gleich darauf wieder setzten, nahm er endlich seinen Ermittlungsleiter ins Visier.

»Adam, guten Morgen! Haben Sie gut geschlafen?« Bevor Adam etwas erwidern konnte, fuhr er fort: »Die Frau vom Elbufer, gestern Abend. Es gibt interessante Neuigkeiten.« Er setzte den Becher an und nahm einen Schluck.

Adam schauderte bei dem Gedanken an die süße Brühe.

»Dieser Name, den sie irgendwann von sich gegeben hat …« Walthers Gesicht verzog sich leicht. Der Kaffee war selbst in einer gesättigten Zuckerlösung ungenießbar. »Es ist der Name der Hauptperson eines kürzlich erschienen Kriminalromans.«

Adam zog eine Augenbraue hoch. Und?, sagte sein Blick.

»Was ich damit sagen will, die Frau hat inzwischen das Bewusstsein wiedererlangt, und sie behauptet steif und fest, ihr Name sei Hannah Wolf.« Walther versuchte noch einen Schluck von der teerartigen Flüssigkeit. Er schüttelte sich. »Also dieser Kaffee …« Seine Stimme wurde leiser. »Egal, Fakt ist, dass alles, was sie bisher zu ihrer Person gesagt hat, eins zu eins mit dieser fiktiven Protagonistin übereinstimmt. Das hat die Nachtschwester von der Intensivstation bestätigt.«

Inzwischen waren auch die beiden Kommissare Kai von Wendsheim und Andreas Guenther erschienen. Und Aminata-Marie Neubauer, die Vierte im Team. Alle hatten sich erst an der Kanne bedient und dann einen Platz gesucht.

»Was schließen wir nun daraus?«, fragte Adam. »Dass sie dieses Buch selbst geschrieben hat?«

Von Wendsheim zuckte die Schultern. »Und wenn es einfach nur ein Zufall ist?«

Karl Walther musterte die beiden.

Guenther überlegte: »Vielleicht ist es sogar autobiografisch? Dann hätte sie es nicht nur geschrieben, sondern wäre auch gleichzeitig die Hauptperson.«

Karl Walther räusperte sich. Für einen Moment überkam ihn ein beinahe väterliches Gefühl für seine Truppe.

»Das ist nur einer der vielen Faktoren, die uns noch unbekannt sind.« Er stellte den fast vollen Kaffeebecher ab und schob ihn unauffällig ein Stück zur Seite. »Findet erst mal heraus, wer sie ist. Dann machen wir weiter. Step by step. Wer gehörte zu ihrem Umfeld, wollte sie einer davon aus dem Weg räumen usw. Motiv, Möglichkeit, Manufaktur. Fakten, Fakten, Fakten! Und natürlich müsst ihr klären, ob es am Ende nicht doch ein Unfall war.«

Damit machte er sich auf den Weg in sein Büro, zu einem vernünftigen Morgenkaffee.

»Motiv, Möglichkeit – Mist!«, sagte Guenther genervt.

»Sollte das wirklich so schwer sein?«, fragte Aminata Neubauer und sah in die Runde. »Ich meine, herauszufinden, wer sie wirklich ist?«

»Wenn sie behauptet, diese Hannah Wolf zu sein«, knurrte Adam, »dann müssen wir als Erstes die Autorin dieses Werks ausfindig machen. Außerdem müsste irgendeiner von uns, am besten die belesenste«, er grinste, »sich mit dem Inhalt des Wälzers vertraut machen.«

»Ach, schon klar«, entgegnete sie, »interessant, deine Wahl des Artikels …«

»Siehst du, genau das habe ich gemeint, be-le-sen.«

Während Neubauer mit den Augen rollte, runzelte Guenther die Stirn. »Wir können nicht mal davon ausgehen, dass es versuchter Mord war.«

»Logisch«, spottete von Wendsheim, »sie wird einfach vom Schiff gefallen sein. Von irgendeiner Yacht … Bisschen raue See, aber das hält einen echten Segler doch nicht von seinem Törn ab.«

»Es gibt tatsächlich andere Möglichkeiten, ins Wasser zu fallen. Es muss keine Segelyacht sein. Adeliger Snob!«

Adam grinste. »Ich liebe es zwar, euch bei eurer Kreativrunde zuzuhören …«

»Da kommt doch jetzt was.« Misstrauisch drehte Guenther sich zu Adam um.

»… aber egal, ob sie beim Baden zu weit rausgeschwommen oder angetrunken vom Schiff gesprungen ist, wir brauchen dieses Buch.«

»Okay. Wissen wir, wie es heißt?«, fragte Neubauer.

»Aber sicher.« Von Wendsheim dachte kurz nach. »*Tödliches Geheimnis.*«

»Und, wer hat's geschrieben? Lass mich raten, Hannah Wolf?«

»Falsch«, entgegnete von Wendsheim und sah Guenther triumphierend an, »das ist nur der Name der Protagonistin. So nennt man übrigens die Hauptperson oder Hauptdarstellerin in einem Buch.« Routiniert wich er dem Boxhieb gegen seinen Oberarm aus. »Die Autorin heißt Katharina Hofmann.«

»Wer hätte das gedacht«, Adam lächelte spöttisch. »Ich bin beeindruckt, unser Literat. Mit Belletristik scheinst du dich auszukennen. Der Zuschlag geht an dich.«

Von Wendsheim sah ihn fragend an.

»Dein Auftrag lautet: schnellstmögliche Beschaffung dieses Werks.«

»Nichts leichter als das.« Von Wendshem grinste und tippte auf seinem Smartphone herum. »E-Books, super Erfindung.«

»In diesem Fall hätte ich gern ein Exemplar zum Anfassen«, widersprach Adam. »Mach dich vom Acker und besorge uns ein altmodisches Buch. Gedruckt, auf Papier.«

Von Wendsheim stöhnte übertrieben und murmelte etwas von »Dinosaurier ...«.

Guenther sah ihm schadenfroh hinterher, aber da wandte Adam sich schon ihm zu: »Du findest heraus, wie weit die Frau bei dem Wetter gestern abgetrieben worden sein kann und ob irgendwo in diesem Umkreis jemand von einem Schiff gefallen ist. Oder ob sonst jemand vermisst wird.«

»Von welchem Zeitpunkt gehen wir aus?«

»Dem Zustand ihrer Unterkühlung nach war die Frau maximal drei Stunden im Wasser.« Adam fuhr sich mit beiden Händen durch die Haare. »Das hat der Arzt den Jungs vom KDD gestern mitgeteilt. Bleibt die Frage, wo sie diese drei Stunden verbracht hat. Wurde sie irgendwo ins Wasser geworfen und ist ans Ufer getrieben? Oder wollte man sie an der Fundstelle versenken und die Strömung hat sie zurück an Land geschwemmt?«

»Ein Selbstmordversuch wird es nicht gewesen sein, bei ihren Verletzungen«, erwiderte Guenther. »Hat der Arzt dazu etwas gesagt?«

»Laut Arzt war es kein Unfall. Die Verletzungen im Gesicht stammen aus unterschiedlichen Zeiträumen. Einige liegen höchstens drei, andere zehn Tage zurück. Die meisten wurden ihr vor etwa einer Woche zugefügt.«

Die Männer sahen sich an.

»Der Arzt geht von Faustschlägen aus«, fuhr Adam fort, »das gebrochene Handgelenk könnte eine Abwehrverletzung sein.«

Guenther betrachtete nachdenklich seine Fingernägel.

»Es scheint also, als hätte jemand sie systematisch misshandelt ...«

Von Wendsheim war an der Tür stehen geblieben. Er hatte erst Adam und dann Guenther zugehört und drehte sich noch einmal um. »Entweder wollte man sie zum Reden bringen oder die Täter hatten ein sadistisches Motiv.«

»Die Täter oder der Täter«, fiel Guenther von Wendsheim ins Wort.

»Rache könnte auch infrage kommen«, überlegte der unbeirrt. »Wurde sie sexuell missbraucht?«

Adam verneinte mit einem Kopfschütteln.

Die beiden Kommissare spekulierten in gewohnter Weise. Sie nannten es »Fact-Slam«: Bei einem eingespielten verbalen Schlagabtausch schleuderten sie sich ihre Gedanken zu einem Fall um die Ohren. Das konnte zu erstaunlich konstruktiven Rededuellen führen, die von ihnen in schwindelerregendem Tempo ausgetragen wurden. Ihre Kollegin hielt sich meistens heraus.

Adam unterbrach die beiden. »Man hat Psychopharmaka in ihrem Blut gefunden, die sie offenbar über einen längeren Zeitraum eingenommen hat. Wir brauchen ab sofort Verstärkung für Routinearbeiten. Ich rede mit dem Alten. Kollegen von der Streife sollen herausfinden, ob Spaziergänger gestern Abend etwas am Ufer beobachtet haben. Hundebesitzer zum Beispiel, die heute wieder ihre Runde drehen. Außerdem müssen wir zeitlich eingrenzen, wann gestern jemand zuletzt an der Fundstelle vorbeigegangen ist, *ohne* etwas zu sehen. Und vielleicht hat unsere Spurensicherung ja sogar Spuren gesichert.«

Guenther war schon neben von Wendsheim an der Tür. Neubauer sah Adam fragend an.

»Wir reisen in eine unbekannte Dimension, zwischen Fiktion und Realität.«

Neubauer hüstelte.

»Also gut, wir fahren ins Krankenhaus und besuchen die Romanfigur. Mal sehen, ob sie sich inzwischen an ihr eigenes triviales Leben erinnern kann. Und ob wir sie befragen dürfen.«

Adam musste plötzlich an Leo denken, die heute irgendwann vorbeikommen würde, um ihre Aussage zu machen. Er sah auf die Uhr. Es war Viertel vor zehn. Das sollte spät genug sein.

»Nati«, dieser Kosename war eigentlich für Familienmitglieder und wenige, besonders enge Freunde reserviert, »wir treffen uns in zehn Minuten an meinem Wagen.« Er fügte hinzu: »Ich hoffe, dass Kai zurück ist, bevor wir losfahren. Dann kannst du dir auf dem Weg ins Krankenhaus schon mal das Buch vornehmen.«

Aminata Neubauer schüttelte den Kopf, ihre unzähligen, sorgfältig geflochtenen Zöpfchen flogen durcheinander.

»Sorry, Sigi«, bei seinem schmerzlichen Zusammenzucken grinste sie boshaft. »Beim Autofahren kann ich nicht lesen. So viele Tüten kannst du gar nicht einstecken, wie mir dabei schlecht wird!«

Er zog eine Augenbraue hoch. »Sag noch einmal Sigi zu mir, dann kannst du wählen zwischen Disziplinarverfahren oder Waterboarding!«

»Sorry, Boss ...« Sie unterdrückte ein Kichern. Ihre dunkle Stimme hatte einen deutlich bayrischen Einschlag. Vor vier Jahren war sie aus München nach Hamburg gekommen. »Aber Sigi passt doch so gut zu Nati!«

Adam verzog das Gesicht. »Gut, wenn du bockig sein willst ... sieh zu, wann du den Text in deiner Freizeit inhalierst. Hauptsache, du machst es schnell. Und ich bin immer noch der HAUPTkommissar. Für alle kleinen Kommissare und Oberkommissare zum Mitschreiben: absolut NICHT Sigi! Never ever!«

Er hielt ihr die Tür auf. Kaum allein, wählte er Leos Handynummer. Nach dem vierten Klingeln war sie am Apparat.

»Johann«, sagte sie, obwohl sie seine Nummer bestimmt erkannt hatte. Er hörte ein unterdrücktes Gähnen heraus.

»Frau Johann«, sagte Adam, »ich wollte kurz mit Ihnen abstimmen, wann Sie heute Ihre Aussage zu Protokoll geben können.«

»Oh, Herr Adam«, erwiderte Leo, »wann passt es denn?«

»Lassen wir den Quatsch. Kannst du heute Nachmittag gegen 16 Uhr vorbeikommen?« Er lauschte in die Stille am anderen Ende des Hörers. Dabei sah er sie vor sich, groß und schlank, mit rotblonden Locken und diesen unglaublich hellen grünen Augen.

»Okay, Sigi …«

Er konnte ein Aufstöhnen nicht verhindern. Was sollte das? Gab es ein Sigi-Komplott?

»Wann immer es dem Hüter der Ordnung passt, Sigi!«

»Gut«, knurrte er. »Dann sehen wir uns heute Nachmittag.«

Er legte auf und machte sich auf den Weg zum Büro des Alten. Vor der Tür klingelte sein Handy. Es war Louisa, seine achtjährige Tochter.

Neubauer wartete vor dem Mustang auf Adam. Es war nasskalt und ungemütlich. Die vorherrschende Farbe um sie herum schien grau zu sein. Bei dem Gedanken an

Hauptkommissar Adam musste sie schmunzeln. Sie mochte ihn. Er war geradeheraus und öfter mal launisch, aber kein karrieregeiler Schreibtischhengst. Als Gruppenleiter war er in Ordnung, besser als die meisten anderen, trotz seines albernen Machogehabes. Und als Mann? Hoppla, hörte sie da ihre Mutter sprechen?

Die Außentür schwang auf und Adam kam auf sie zu. Seine Haare standen in alle Richtungen. Er grinste und hob einen Daumen. Der Alte hatte seinen Vorschlag angenommen.

Er ließ sich in den Sitz fallen und entriegelte die Beifahrertür. Sie hatte sich noch nicht mal angeschnallt, da warf er ihr schon ein Buch in den Schoß. *Tödliches Geheimnis* von Katharina Hofmann. Kai hatte es also rechtzeitig beschafft.

»Die Spurensicherung hat keine erhellenden Hinweise«, sagte Adam nach kurzem Schweigen.

»Wäre ja auch zu schön gewesen.«

»Korrekt.« Adam blickte angestrengt durch die Frontscheibe auf die Fahrbahn. Er schaltete die Scheibenwischer ein. »Laut Tidenkalender könnte man in etwa berechnen, wie weit sie mit der Strömung treiben konnte. Aber sie können noch nicht sagen, von wo die Frau angetrieben wurde, oder ob sie an der Fundstelle deponiert worden ist. Unsere Zeugin hat sie ja aus dem Wasser gezogen und der Strand ist nach dem Eintreffen der Sanitäter restlos zertrampelt worden. Also – keine Chance!«

Neubauer schwieg. Halbtote Frauen, die emotionslos irgendwo abgeladen wurden, waren ihr aus der Heimat ihrer Mutter nicht fremd. Hier war es eher eine beunruhigende Ausnahme. Sie hatte eine Weile gebraucht, bis ihr klargeworden war, dass das Leben einer Frau in diesem Land genauso viel galt wie das Leben eines x-beliebigen Mannes. Das war einer der Gründe, für die sie ihre neue Heimat liebte, seit beinahe zwei Jahrzehnten schon. Mit zwölf Jahren war sie mit ihrer Mutter aus Madagaskar gekommen. Ihr Weg hatte sie zuerst nach Bayern geführt. Dort hatte ihre wunderschöne Mutter Herrn Neubauer kennengelernt, einen bayrischen Bauern. Die nächsten 20 Jahre waren sie in Süddeutschland hängen geblieben.

Adam war verstummt und sie begann, das Buch in Augenschein zu nehmen. Die Qualität des Einbands war fester als bei einem gewöhnlichen Taschenbuch, aber trotzdem noch weit von einer gebundenen Ausgabe entfernt. Diese hochwertigere Ausführung machte sich in einem Mehrpreis von etwa fünf Euro bemerkbar.

»Hoffentlich ist das noch in unserem Budget«, spottete sie.

»Wieso, wenn du es liest, musst du es auch kaufen«, entgegnete Adam.

»Ich lese freiwillig doch keine Krimis!« Sie verzog das Gesicht.

»Sondern? Telefonbücher und Statistiken?«

»Ich bevorzuge Sachbücher und Biografien.«

Der Einband zeigte eine nächtliche Landschaft in Schwarz- und Grautönen. Der Mond war von Wolken verhangen. Aus dieser düsteren Szenerie leuchtete in flammendem Rot und Orange ein brennendes Haus. Leuchtend gelb prangte der Titel auf dem dunklen Himmel. Darunter stand etwas kleiner und in weißer Schrift der Name der Autorin, Katharina Hofmann.

Flüchtig überflog Neubauer den Klappentext, aber was sie eigentlich suchte, fand sie nicht. Sie öffnete das

Buch auf der Vorder- und Rückseite und murmelte: »Komisch.«

Der Wagen machte einen kleinen Schlenker, als Adam zu ihr herübersah.

»He«, sie schreckte aus ihren Gedanken auf. »Achte auf die Straße, Boss!«

Adam knurrte etwas Unverständliches.

Neubauer seufzte. »Also gut, bevor du dein unwürdiges Leben aufs Spiel setzt und meine glänzende Karriere als Nachfolgerin gefährdest ... Normalerweise gibt es bei diesen Büchern eine kurze Autoren-Vita. Die kann mehr oder weniger ausführlich sein, aber eigentlich ist sie immer dabei. Inzwischen sogar meistens mit Bild.«

»Und?« Adam hob die Schultern.

»Nada, nix. Gibt's hier nicht.« Sie hob das Buch am Rücken und schüttelte es, als könnte die Vita herausfallen.

»Nach unserem Krankenhausbesuch werden wir also Kontakt zu dem Verlag aufnehmen«, sagte Adam und tippte mit einem Zeigefinger aufs Lenkrad. Er rief die Zentrale an. Die Kollegen sollten die Nummer des Verlags heraussuchen und seinen späteren Anruf ankündigen und verifizieren.

Sie hielten vor der Notaufnahme des Altonaer Krankenhauses. Neubauer wühlte in Adams Handschuhfach nach der Plakette »Einsatzfahrzeug im Dienst«.

Er klemmte den Ausweis von innen an die Windschutzscheibe. Dann beugte er sich noch einmal zum Handschuhfach herüber und zog etwas heraus. Sie stöhnte, als Adam seine schwarze Ray Ban aufsetzte.

Im Gebäude drängten sie sich an der Schlange der Wartenden vorbei. Neubauer folgte Adam, ohne eine

Miene zu verziehen. Wenn er unbedingt den Terminator geben wollte, bitte.

Adam war schon am Empfangstresen angekommen und sah der Schwester über den Rand seiner Brille in die Augen. Ein kurzer Blickkontakt, ein paar erklärende Sätze, und sie befanden sich auf dem Weg zum Zimmer der Unbekannten. Im Moment wurde sie als Hannah Wolf geführt.

Aufgrund der unklaren Umstände, unter denen die Frau aufgetaucht war, hatte Adam eine Bewachung angefordert. Vor dem Zimmer saß ein uniformierter Polizeibeamter. Er erhob sich, als die beiden sich näherten. Seine rechte Hand lag in der Nähe seiner Dienstwaffe. Adam und Neubauer zeigten ihre Ausweise. Der Beamte prüfte sie sorgfältig, bevor er einen Schritt zur Seite trat und ihnen die Zimmertür öffnete.

»Alles ruhig bis jetzt«, sagte er.

Das Zimmer war relativ klein. Die blonde Frau lag in dem Bett am Fenster. Das andere Bett war leer.

Sie war wach. Ihr Gesicht war unter unzähligen Pflastern und Mullbinden verborgen und ihr rechter Arm war geschient und steckte in einem dunkelblauen Sportgips. Mit halb geschlossenen Augen lag sie auf dem Bett und starrte an die Decke. Sie wandte den Kopf auch nicht um, als die beiden Polizisten näher an ihr Bett herantraten. Mehrere Schläuche verbanden sie mit durchsichtigen Beuteln an einem Infusionsständer, aus denen klare Flüssigkeit in ihre Vene träufelte.

Adam nahm die Sonnenbrille ab und räusperte sich. »Guten Morgen.« sagte er. »Wie geht es Ihnen?«

Sie stieß ein kurzes Schnauben aus. Langsam drehte sie den Kopf und sah ihn an. Auf dem rollbaren Nachttisch neben ihr stand ein Tablett mit Frühstücksresten. Sie folgte seinem Blick mit den Augen.

»Hunger?«, fragte sie. Es kam verzerrt über ihre aufgeplatzten und geschwollenen Lippen.

Ihr Gesicht unter den Verbänden schien sich dabei kurz zu verziehen. Ob amüsiert oder fragend, war nicht zu erkennen.

»Fangen wir mit Ihren Personalien an«, fuhr Adam fort. »Ihr Name ist Hannah Wolf? Stimmt das?«

Ein kaum merkliches Nicken war die Antwort.

»Können Sie uns erklären, wie Sie letzte Nacht dort ans Elbufer gekommen sind?«

»Und warum«, ergänzte Neubauer.

Das Schweigen erstreckte sich bis in jeden Winkel des Raums. Die Stille schien beinahe greifbar zu sein. Als plötzlich die Tür geöffnet wurde und eine Schwester hereinkam, zuckten alle drei zusammen.

3

Valentin Wagner pfiff leise vor sich hin. Er konnte sich nicht daran erinnern, wann er das letzte Mal so zufrieden gewesen war. Zufrieden und erfüllt von einem unbändigen Glücksgefühl.

Er sah sich um und versuchte, seine Umgebung in der Totale aufzunehmen, wie bei einem Kameraschwenk. Die frisch verputzten weißen Wände, der sorgfältig wiederhergestellte Stuck an der Decke, die abgeschliffenen und neu versiegelten Dielenbretter, all das erfüllte ihn mit Stolz. Er lehnte sich in seinem ebenfalls brandneuen Schreibtischstuhl zurück und verschränkte die Hände hinter dem Kopf. In dem Moment, in dem er seine Füße in einem Anflug von Übermut auf dem Schreibtisch ablegen wollte, öffnete sich die Milchglastür zu seinem Büro und Val schaute um die Ecke.

»Ts ts ts«, kommentierte sie seine lässige Haltung, »mein lieber Bruder, es gibt noch einiges zu tun.«

Wagner seufzte. Für einen kostbaren Moment hatte er sich wie Philip Marlowe gefühlt. Der Augenblick war vorbei. Er schwang die Beine zurück auf den Boden und stand auf. Gleichzeitig landeten auch seine Gedanken wieder hart auf dem Boden. Und dort lauerte unerbittlich die Tatsache, dass er eine gewaltige Summe in die Renovierung dieses Büros investiert hatte. Die Ausgaben mussten sich schleunigst rentieren.

Val war inzwischen ganz hereingekommen und stellte mehrere Kartons auf seinem Schreibtisch ab. Sie stöhnte und wischte sich mit dem Handrücken Schweißperlen von der Stirn. Ein dunkler Streifen blieb zurück.

»Wie ist denn unsere Auftragslage«, fragte sie herausfordernd.

Wagner rollte mit den Augen. »Sowie sich irgendein potenzieller Auftraggeber in unser Büro verirrt, bist du die Erste, die es erfährt.«

»Urkomisch«, erwiderte sie. »Ich hoffe, dass das noch in diesem Jahrhundert passiert.«

»Tja«, sagte er spitz, »falls sich jemals jemand finden sollte – pass bitte auf, dass du ihn nicht vergraulst.«

Ein schrilles Gelächter war die Antwort. Sie unterbrach sich, als Johanna Peters hereinsah.

Johanna Peters und Leo Johann waren Arbeitskolleginnen gewesen. Außerdem eng befreundet. Dramatische Ereignisse am Hamburger Flughafen hatten im vergangenen Jahr dazu geführt, dass sich ihre Wege mit denen der Zwillinge gekreuzt hatten. Das war die Geburtsstunde eines eigenartigen Kleeblatts geworden. Als Peters sich kurz darauf einer Chemotherapie unterziehen musste und deshalb von ihrer regulären Arbeit beurlaubt wurde, hatte sie Administration und Buchhaltung der Detektei Wagner & Wagner übernommen. Es ging ihr trotz der Infusionen die meiste Zeit erstaunlich gut.

»Ist alles in Ordnung, Schätzchen?«, fragte Val, die gar nicht Val hieß. Warum sie sich so nannte, konnte sie selbst nicht mit Sicherheit sagen. Am ehesten lag es wohl an einer Art Sentimentalität ihrem Zwillingsbruder gegenüber, der auf den schönen Namen Valentin getauft war.

Bevor sie antworten konnte, klingelte es.

Die drei starrten sich an. Val hatte sich als Erste gefasst. Sie fuhr sich über die Haare und ging mit energischen Schritten zur Tür.

»Ja, hallo, Detektei Wagner«, flötete sie in die Gegensprechanlage. Gleich darauf drückte sie wortlos den Summer. Ihr Bruder und Johanna Peters sahen sie fragend an.

Val seufzte und schüttelte den Kopf. »Keine Kundschaft«, sagte sie, »aber trotzdem ein Grund zur Freude, es ist Leo.«

»Leo? Wie schön«, rief Peters.

Als Leo hereinkam, musterte sie ihre Freundin Johanna irritiert. Bei ihrem letzten Treffen, und das war nur ein paar Tage her, hatte diese noch eine ziemlich dunkle Kurzhaarfrisur gehabt. Heute trug sie mittellange blonde Haare.

»Also, Jo«, Leo hob die Augenbrauen, »irgendwann laufe ich auf der Straße einfach an dir vorbei.«

Leo hielt Johanna Peters auf Armeslänge von sich und betrachtete sie kritisch. Dann zog sie sie zu sich heran und sagte: »Du siehst gut aus.«

»Das gilt auch für dich, ma chère«, sagte Val und pflückte Leo aus der Umarmung.

Wagner betrachtete die weibliche Wiedersehensfreude aus der Entfernung.

Leo musterte die nicht ausgepackten Kartons und den zusammengerollten Teppich kommentarlos. Sie boxte Wagner gegen den Oberarm. »Und, gibt's Kaffee?«

»Aber sicher, Schatz«, antwortete Val an seiner Stelle und war schon auf dem Weg in die Teeküche. Sie warf einen Blick über die Schulter zurück. »Für alle, oder?«

Peters und Wagner nickten und sie verschwand.

»Habt ihr schon losgelegt?«

Wagner seufzte. »Wir wären jedenfalls bereit.«

Johanna Peters setzte hinzu: »An uns soll's nicht liegen.«

»Tja, wer weiß.« Leo brach nachdenklich ab.

Val kam mit einem Tablett mit vollen Kaffeebechern aus der Küche. Sie musterte Leo prüfend.

»Na komm schon, irgendetwas bedrückt dich doch.«

Leo zögerte. Endlich sagte sie: »Ich war gestern Nacht noch an der Elbe. Am Strand lag eine halbtote Frau.«

Drei Augenpaare starrten sie an. Leo verschränkte die Arme vor der Brust. Ungewollt stiegen die Bilder des gestrigen Abends vor ihr auf. Sie fröstelte.

»Bei dem Sturm, wieso?«

»Wann?«

»Wo genau?«

Leo musterte alle der Reihe nach. »Stopp!« In die abrupte Stille hinein sagte sie: »Jetzt spitzt erst mal die Lauscher. Das Verrückteste kommt noch!« Wie konnte sie es ihnen erklären? Sie wusste selbst nicht, was sie davon halten sollte. »Die Frau ist scheinbar einem Roman entstiegen!«

Val drückte ihr wortlos einen Becher in die Hand und zeigte mit dem Tablett Richtung Wartezimmer. Wagner bildete das Schlusslicht. Er murmelte etwas von *Tintenherz*. Leo ließ sich in einen Sessel fallen.

»Nun erzähl mal«, forderte Val sie auf. »Das klingt völlig verrückt.« Sie grinste. »Und wer mich kennt, der weiß, dass ich total auf völlig verrückt stehe.«

»Der Name der Frau ist aus einem Thriller, den ich gerade lese ... und anscheinend nicht nur der Name.«

Die Krankenschwester bemerkte die angespannte Stimmung im Raum. Sie warf Adam einen vorwurfsvollen Blick zu.

»Der Zustand von Frau Wolf ist noch sehr instabil«, sagte sie, »ich bin erstaunt, dass sie überhaupt hier sein dürfen.«

»Wir haben nicht vor, ihre Patientin aufzuregen«, erwiderte er.

Die Krankenschwester holte tief Luft. Neubauer bemerkte es und fiel besänftigend ein: »Uns ist bewusst, dass wir sensibel vorgehen müssen. Aber Frau Wolf wurde schwer verletzt gefunden. Wir können nicht ausschließen, dass ihr Leben immer noch in Gefahr ist.«

Die Krankenschwester nickte. »Denken sie aber daran, was Frau Wolf durchgemacht hat.« Sie näherte sich resolut dem Krankenbett und musterte die Frau, die sich selbst »Hannah Wolf« nannte. Es fand eine lautlose Kommunikation zwischen Patientin und Pflegerin statt.

»Sie müssen das Zimmer für einen Moment verlassen.«

Widerspruch war augenscheinlich zwecklos. Adam setzte sich in Bewegung und seine Kollegin folgte ihm aus dem Raum. Vor der Tür begann er mit einer schweigsamen Wanderung. Er hasste Krankenhäuser. Außerdem hatte er schon viel zu oft vor ähnlichen Zimmertüren warten müssen.

Neubauer folgte ihm mit den Augen. Seine Runden zerrten an ihren Nerven. Endlich öffnete sich die Tür und die Schwester winkte sie herein.

Die Patientin sah ihnen aus sauberen Verbänden entgegen. Auch ihr Bettzeug wirkte frisch aufgeschüttelt.

Allerdings machte die Krankenschwester nicht den Eindruck, als wollte sie das Zimmer bald wieder verlassen.

Adam senkte den Blick auf seine eleganten Halbschuhe. Mit gerunzelter Stirn sah er wieder hoch.

»Es wäre hilfreich, wenn sie uns bei dem Interview mit Frau Wolf allein ließen.«

Die Schwester verzog das Gesicht. »Ich glaube kaum, dass das möglich sein wird«, erwiderte sie fest. »Jemand muss entscheiden, wann es für die Patientin zu viel ist.«

Bevor Adam etwas entgegnen konnte, ertönte ein leiser, aber beharrlicher Alarm.

Die Krankenschwester, die laut Namensschild Mikaela hieß, warf einen schnellen Blick auf die Frau im Krankenbett. Die Frau neigte unmerklich den Kopf. Schwester Mikaela nickte widerstrebend zurück.

»Es sieht aus, als müsste ich sie doch allein lassen«, sie war schon auf dem Weg zur Tür. »Aber ich werde den diensthabenden Arzt informieren.«

Adam konnte sich ein kleines Lächeln nicht verkneifen.

»Frau Wolf«, begann er, sobald die Tür sich geschlossen hatte, »wir waren gerade bei den Umständen, unter denen Sie letzte Nacht gefunden wurden. Können Sie uns etwas dazu sagen? Erinnern Sie sich daran, was passiert ist?«

Während er auf eine Antwort wartete, glitt Adams Blick durch den Raum. Er blieb an dem Schrank hängen, in dem ihre persönlichen Habseligkeiten untergebracht sein mussten.

»Ich erinnere mich im Moment an nicht viel mehr als an meinen Namen«, sagte sie mit leiser Stimme. »Aber ich verstehe nicht, warum mein Mann nicht informiert wurde. Christopher Wolf, er ist ein bekannter Hamburger Unternehmer.« Sie sah von Adam zu Neubauer. »Er muss krank sein vor Sorge!«

Dunkle Schatten lagen um ihre Augen. Die Augen selbst wirkten riesig in dem misshandelten Gesicht.

Neubauer seufzte. Umständlich zog sie das Buch aus ihrer Umhängetasche. Sie sah Adam fragend an. Er nickte. Daraufhin reichte sie der Frau das Buch. Hannah Wolf nahm es entgegen. Sie warf einen verständnislosen Blick darauf und sah hoch.

»Sehen Sie sich das Buch bitte genau an«, sagte die Polizistin.

Die Frau drehte das Buch in ihren Händen. Sie wirkte verunsichert und schien nicht zu wissen, was die Polizisten von ihr erwarteten. Schließlich begann sie, den Klappentext zu lesen. Schon nach dem ersten Satz schnappte sie nach Luft. Adam beobachtete sie aufmerksam. Adrenalin. Die Wirkung war deutlich zu erkennen, wie Tinte, die sich auf einem Stück Löschpapier ausbreitet. Ihre Hände fingen an zu zittern.

Hannah Wolf ahnt nicht, wen sie so überstürzt geheiratet hat. Anfangs scheint es, als wäre ihre Sehnsucht nach Liebe endlich erhört worden. Bald aber häufen sich seltsame Ereignisse, und sein Benehmen ihr gegenüber verändert sich dramatisch. Was ist in der Vergangenheit dieses erfolgreichen Selfmade-Unternehmers passiert, dass er niemanden auch nur in die Nähe seiner lange vergessenen Kindheitserinnerungen kommen lässt? Je länger sie mit Christopher verheiratet ist und je vertrauter sie miteinander werden, umso unberechenbarer scheint er zu werden. Bis sie durch einen

Zufall auf sein Geheimnis stößt und ihr klar wird, dass dieses Wissen sie unweigerlich in tödliche Gefahr bringt.

Die Frau, die vorgab, Hannah Wolf zu sein, gab einen gequälten Laut von sich. Mit schnellen Schritten war Neubauer am Bett und beugte sich über sie. Die Frau rang nach Luft. Das, was sie von ihrem Gesicht unter den Verbänden erkennen konnte, war weiß wie die Wand des Krankenzimmers.

»Ich verstehe das nicht! Was ist das für ein Buch? Ich heiße Hannah Wolf und mein Mann heißt Christopher Wolf. Aber wie kommen wir in dieses Buch?« Ihr Blick wanderte von Neubauer zu Adam, ihr Gesicht war schmerzverzerrt. »Es stimmt, ich hatte Angst in letzter Zeit, Angst vor meinem Mann. Aber ich weiß nicht mehr warum. Und wo ist er? Er muss doch bemerkt haben, dass ich nicht nach Hause gekommen bin.« Die Stimme der Frau war kurz davor, sich zu überschlagen.

Neubauer beugte sich vor und ergriff ihre unverletzte Hand. »Keine Angst. Wir werden der Sache auf den Grund gehen.«

Aber die Frau ließ sich nicht beruhigen. Sie richtete sich weiter im Bett auf und brachte den Infusionsständer zum Schwanken. Die Kommissarin drückte ihre Hand. Eine Weile starrte die Frau sie an, dann sank sie endlich zurück in die Kissen.

Neubauer warf Adam einen Blick zu.

»Frau, äh, Wolf«, sagte er, »wir tun alles, was wir können, um das herauszufinden. Helfen Sie uns dabei, versuchen Sie, sich zu erinnern. An einen Teil ihrer Adresse, den Namen einer Freundin. Irgendeine Kleinigkeit.« Er starrte auf das Buch, das sich zwischen ihren Händen bog.

»Offenbar erkennen Sie sich in diesem Buch wieder. Können Sie sich daran erinnern, es gelesen zu haben? Hat es Sie besonders beeindruckt? Oder beunruhigt?«

Sie antwortete nicht.

Adam fuhr fort: »Gibt es Parallelen zu Ihrem Leben? Haben Sie es vielleicht selbst geschrieben? Sagt Ihnen der Name Katharina Hofmann etwas?«

Die Frau starrte vor sich hin. Plötzlich holte sie aus und warf das Buch mit erstaunlicher Wucht an die Wand neben der Tür. Während Neubauer verblüfft verfolgte, wie das Buch von der Wand fiel, begann die Frau, sich im Bett vor und zurück zu wiegen. Übergangslos fing sie an zu schreien.

Adam zog widerwillig an der Schnur für den Notruf. Ein rotes Licht über der Tür begann zu blinken. Wenig später flog sie auf.

Die Befragung war beendet. Auch der Schutzpolizist hatte kurz um die Ecke geschaut und war dann von einem Arzt und einer Krankenschwester beiseitegeschoben worden.

Adam und seine Kollegin mussten den Raum verlassen. Dieses Interview hatte nicht viel gebracht. Die Frau saß halb aufgerichtet im Bett und schluchzte. Beim Hinausgehen bückte sich Adam und hob das Buch auf.

4

Mein Name ist Hannah Wolf. Als Kind war ich sehr zurückhaltend, und die Freunde meiner Eltern sagten, dass ich unnatürlich bescheiden wäre. Es fiel mir einfach schwer, den Ansprüchen meiner Umwelt zu genügen. Mir fielen Dinge auf, die andere nicht bemerkten, und der normale Smalltalk befriedigte mich nicht nur nicht, es war mir sogar praktisch unmöglich, daran teilzuhaben.

Erstaunlicherweise erfreute ich mich später trotzdem der Aufmerksamkeit des anderen Geschlechts. Ich war groß und schlank. Mein Haar glänzte wie poliertes Ebenholz, und über meine dunklen Augen schrieben nicht wenige meiner Verehrer Gedichte. Dass ich schüchtern und verträumt war, hielten viele junge Männer für geheimnisvoll.

So lange, bis sie herausfanden, dass ich absolut nichts mit ihnen anfangen konnte. Oder wollte.

Einen Großteil meines Lebens fühlte ich mich einsam, kompromisslos einsam. Es war, als könnte es niemals jemanden geben, der mich verstand. Nicht einmal ansatzweise.

Ich hatte gerade eine zähe und anstrengende Affäre mit einem Mitstudenten beendet, als ich Christopher über den Weg lief. Oder er mir. Wahrscheinlich eher wir uns.

Er war ein paar Jahre älter als ich und erfrischend unbeeindruckt von meinem Äußeren. Trotzdem klebte sein Blick an mir, nachdem wir uns im Eingang eines Coffeeshops versehentlich angerempelt hatten.

»Sorry«, sagte er und trat einen Schritt zurück.

Seine Stimme erzeugte ein Kribbeln in meinem Bauch.

»Kein Problem«, erwiderte ich ein wenig heiser. Ich hielt seinem Blick stand und sah etwas in ihm nachgeben. Schnell schlug ich die Augen nieder. Ich hatte nicht vor, gleich wieder den nächsten Mann zu erobern. Aber es war zu spät. Keine Sekunde ließ er mich mehr aus den Augen.

Er lächelte vielmehr und sagte: »Never leave a lady in distress! Darf ich dich zu einem Kaffee einladen, um sicherzugehen, dass alles mit dir in Ordnung ist?«

Ich konnte nicht anders, ich musste lachen.

»Was, bitte schön, sollte mit mir nicht in Ordnung sein? Nur weil ein Mann mir in der Tür die Vorfahrt genommen hat?«

Ohne etwas zu erwidern, schob er eine Hand sanft unter meinen Ellenbogen und steuerte mich zurück in die Bar.

Adam hatte noch kein Wort von dem Buch gelesen, Neubauer hingegen schon. Ihr war der Unterschied zwischen der blonden Frau und der dunklen Haarfarbe der Romanfigur aufgefallen. Sie hatte aber auch bemerkt, dass das Haar der Frau am Ansatz dunkel nachwuchs. Ihre Ähnlichkeit mit der Frau aus dem Roman ging über ein paar unerklärliche Parallelen hinaus, es schien ihr ganzes Leben zu betreffen. Hatte sie die Romanhandlung in ihr eigenes Leben verwandelt oder war ihr Leben etwa Vorlage für den Roman gewesen?

Neubauer seufzte. Sie kam nicht darum herum, sie musste dieses Buch so schnell wie möglich zu Ende lesen.

»Meinst du, sie ist in Gefahr?« Neubauer sah Adam unschlüssig an.

»Das frage ich mich auch«, erwiderte er. »Auf jeden Fall sollten wir die Überwachung beibehalten.« Das würde er dem Alten verkaufen müssen, aber es lag nahe, dass die Frau gefährdet war. Offenbar hatte schon einmal jemand versucht, sie aus dem Weg zu räumen. Derjenige würde bestimmt herausfinden, dass sein Anschlag fehlgeschlagen war.

»Nun spann uns nicht länger auf die Folter!« Val hob ihre sorgfältig gezupften Augenbrauen und nickte Leo auffordernd zu.

Leo berichtete von ihrem Spaziergang am Strand und der Frau, die sie dort gefunden hatte. Ihren vorausgegangenen Besuch bei Adam ließ sie aus.

»Jetzt muss ich um 16 Uhr aufs Revier gehen und alles wiederholen. Warum kriegen sie das nicht hin? Sie müssten nur einfach gleich korrekt mitschreiben!«

»Lass mich raten – dein Vorsprechen ist beim Hauptkommissar«, sagte Val amüsiert.

Leo runzelte die Stirn. »Kennst du das, wenn man mit einem Fingernagel über eine Mauer kratzt?«, fragte sie Val. »Dieses Gefühl habe ich bei Adam.«

Val prustete los. »Komm schon, diese Welpenaugen! Und die Wuschelmähne ...«

Leo schüttelte sich.

Wagners Schwester schnalzte mit der Zunge. »Mal ehrlich, die Figur ist nicht von schlechten Eltern! Dieser Hintern ...«

Leo und Wagner verschluckten sich gleichzeitig.

»Also ich finde, jetzt reicht's«, sagte Wagner mit Nachdruck. Val verstummte beleidigt und Johanna Peters bekam einen Lachkrampf.

»Ich glaube, du spinnst«, sagte Leo.

»Aber dieser Hintern«, kicherte Peters zwischen einem heftigen Schluckauf.

»Ihr habt sie doch nicht mehr alle!«

Wagner klatschte laut in die Hände. »Scotty an Brücke, jemand zu Hause?« Er tippte sich an die Stirn. »Wenn diese Frau ihr Gedächtnis verloren hat und die Polizei nicht dazu in der Lage ist, ihre Identität festzustellen, wonach sieht es dann aus? Na, was sagt ihr?« Plötzlich hellwach sah er in die Runde. »Richtig, das riecht förmlich nach unserem ersten Fall!«

Leo erwiderte seinen Blick zweifelnd. »Dafür müsste euch erst mal jemand engagieren«, wandte sie ein.

»Rrright.« Wagner formte mit seiner rechten Hand eine Pistole und zeigte auf sie. »Und ich weiß auch, wer unsere Vorverhandlung übernimmt.«

Val lächelte ihn bewundernd an. »Brüderlein, manchmal merkt man, wer von uns beiden älter und raffinierter ist.«

Die Zwillinge stießen mit ihren Kaffeebechern an.

Leo schnaubte ungläubig. »Ihr glaubt aber nicht ernsthaft, dass ich einer schwer traumatisierten Frau eure Auftragsformulare unter die Nase halte?«

»Natürlich nicht«, Wagner wurde wieder ernst. »Aber du kannst sie fragen, ob sie nicht vielleicht den Wunsch hat, dass wir Nachforschungen für sie anstellen.« Er sah sie eindringlich an. »Du darfst nicht vergessen, dass wir unabhängig und außerhalb des Polizeiapparats agieren. Das kann für die Dame unter Umständen von Vorteil sein.«

»Da hat er recht«, bestätigte Val und wischte sich verstohlen einen Krümel Mascara aus dem Augenwinkel. »Niemand weiß schließlich, was alles aufgedeckt wird, wenn es losgeht. Wenn unser Polizeiapparat erst mal anfängt, im Trüben zu fischen …«

»Ihr wisst jedenfalls nicht mal, ob sie überhaupt liquide ist«, sagte Leo.

»Wohl wahr«, Val und Wagner grinsten gleichzeitig. »Das Risiko müssen wir halt eingehen.«

»Besser, etwas Gutes tun, als tatenlos herumsitzen«, bekräftigte Wagner.

Leo zögerte. »Okay, ich werde darüber nachdenken. Mehr kann ich im Moment nicht versprechen.« Sicher wusste sie nur, dass sie die Unbekannte im Krankenhaus besuchen würde. Das war ihr von Anfang an klar gewesen. Auf keinen Fall würde sie jedoch versuchen, der Frau etwas aufzuschwatzen, mochten ihre Freunde es noch so gut meinen.

Sie ging zur Garderobe und kam mit ihrer Jacke zurück. »Ich brauche frische Luft. Ein Stündchen im Park.«

Wagner half ihr in die Jacke.

Sie zögerte und sagte: »Tut mir leid. Ich rufe euch an, bevor ich zur Wache gehe. Bis dahin habe ich mich entschieden.«

»Soll ich mitkommen?«, fragte Peters.

Leo schüttelte den Kopf. »Nein. Ich muss nachdenken.« Sie lächelte flüchtig. »Aber danke.«

Mit schnellen Schritten war Leo im Park an der Max-Brauer-Allee. Sie setzte sich auf eine der Bänke vor dem Stuhlmannbrunnen. Im Sommer war das Prasseln des Wassers auf den Skulpturen weithin zu hören. Jetzt war alles kahl und kalt, und das Wasser war abgestellt. Nur die beiden gewaltigen Zentauren rangen weiter miteinander. Scheinbar während eines Wimpernschlags erstarrt, waren sie gefangen im symbolischen Kampf um die Fischereirechte zwischen Hamburg und Altona und gezwungen, diesen Streit bis in alle Ewigkeit fortzuführen. Der Bereich um das Denkmal war von Hecken umgeben. Eine kleine Oase inmitten des Parks. Ein wunderbarer Ort zum Nachdenken.

Auf den umliegenden Bänken saßen Obdachlose. Für einen Moment ließ die Sonne sich blicken und warf wahllos einige winterkalte Strahlen auf frierende Menschen und Pferdemänner aus oxydiertem Metall.

Leo zog die Jacke zusammen. Sie warf einen Blick auf ihre Nachbarn. Verfilzte Bärte und viel zu dünne Kleidung. Sie tranken billigen Fusel direkt aus der Flasche und versuchten, die junge Frau neben sich zu ignorieren. Endlich erhob sie sich. Sie würde ihr Vorgehen von den Fortschritten der Polizei abhängig machen. Sollten Adam und Co. mit der Aufklärung nicht weiterkommen, wäre sie dazu bereit, mit der Frau über die Detektei zu sprechen. Sie zog ihr Handy aus der Tasche.

Als Leo die Polizeiwache betrat, lag etwas in der Luft. Vor einem der Beamten saß ein verwahrloster Mann mit einem struppigen grauen Bart. Leo hörte, dass es offenbar um eine vermisste Person ging. Sie sah sich um. Eine gut gekleidete Frau beschwerte sich daneben laut über eine Beschädigung an ihrem Cabrio. Diese Vorfälle konnten kaum der Grund für die unterschwellige Spannung sein. In einer der hinteren Bürotüren erschien Adam. Als er Leo entdeckte, winkte er sie heran.

Adam schloss die Tür hinter ihr und setzte sich an seinen Schreibtisch.

»Was ist los? Hat euch jemand die Strafzettel geklaut?«

Er räusperte sich und zeigte auf den Stuhl vor seinem Tisch.

Leo hatte sich gerade gesetzt, als die Tür aufging und eine dunkelhäutige Frau mit einer Frisur aus unzähligen kleinen Zöpfchen hereinkam. Sie war untersetzt und nicht sehr groß. Leo riss unwillkürlich die Augen auf. Ein einziges Mal hatte sie bisher so ein Gesicht gesehen: im ägyptischen Museum in Berlin. Nofretete.

Die Frau nickte Leo zu. »Neubauer.«

»Johann«, erwiderte Leo, drehte sich halb im Stuhl und streckte ihr eine Hand hin. »Wow, dann wird das jetzt also ein offizielles Verhör?«

Adam räusperte sich erneut.

»Wenn du nichts dagegen hast, werden wir dieses Gespräch aufzeichnen, damit wir es später in Ruhe auswerten können. Und damit keine Informationen verloren gehen.«

Neubauer nickte ihr freundlich zu und zog sich einen Stuhl neben den Schreibtisch.

»Bringen wir es hinter uns.« Leo beugte sich vor. »Aber zuvor eine Frage. Die Frau nannte mir letzte Nacht einen Namen. Den gleichen Namen hat die Hauptperson in dem Buch, das ich gerade lese. So häufig ist der Name nicht. Gibt es dafür eine Erklärung oder ist das Zufall?«

Die Polizisten warfen sich einen Blick zu.

»Leider gehört das zu den laufenden Ermittlungen. Wir dürfen dir darüber keine Auskunft geben.«

»Schade.« Leo hatte damit gerechnet, aber sie gab noch nicht auf. »Ist es nicht einfacher, sich an die richtigen Details zu erinnern, wenn man vorher weiß, worum es geht? Wenn man also eine Ahnung hat, was wichtig sein könnte?«

»Unvoreingenommenheit ist bei der Erinnerung auch nicht zu unterschätzen.« Neubauer seufzte. »Ich weiß, ihr kennt euch und so weiter. Aber der Alte nimmt uns auseinander und setzt uns gemischt zusammen ... Du weißt, was passiert, wenn wir mit Zivilpersonen über aktuelle Fälle reden!«

»Ich hätte dann gern deine Zöpfe.«

Adam grinste und Neubauer verdrehte die Augen.

»Schon klar, ich will euch nicht in Schwierigkeiten bringen«, sagte Leo. »Und so eine neue Zusammensetzung möchte ich Frau Neubauer nicht zumuten.«

Die Kommissarin verbarg ihr Lachen hinter einer Hand. Adam zog eine Augenbraue hoch.

»Gut, dann können wir vielleicht zur Sache kommen? Wenn ihr euch genügend auf meine Kosten amüsiert habt?« Gereizt fuhr er fort: »Bevor ich mit dem Aufzeichnen beginne: Wir entscheiden hinterher, nach Beendigung des Mitschnitts, ob und welche Informationen wir gegebenenfalls mit dir teilen.«

Adam betätigte das Aufnahmegerät. Die offizielle Fragestunde hatte begonnen.

5

»Und Sie sind …?«, fragte die Schwester am Empfang.

»Ein Bekannter«, sagte der Mann, der vor ihr stand, während hinter ihm eine Gestalt unbemerkt in den Gängen des Krankenhauses verschwand.

»Einen Moment«, erwiderte sie, »ich muss erst beim Stationsarzt nachfragen. So ohne Weiteres kann ich Sie nicht zu der Patientin vorlassen.«

Er nickte, und sie empfand ein unbestimmtes Unbehagen. Mit dem Blick gegen seine verspiegelte Sonnenbrille murmelte sie: »Finden Sie das Licht hier wirklich so grell?«, während sie die Nummer des Arztes wählte.

Sein Gesicht verzog sich zu einer derartig spöttischen Grimasse, dass sie sich beim Telefonieren von ihm abwandte.

»Hallo«, sagte sie in den Hörer, »ja, es handelt sich um jemanden, der die Patientin Hannah Wolf besuchen möchte. Er sagt, er wäre ein Bekannter von ihr.« Sie wurde leiser und hielt den Telefonhörer fest umklammert, ihr Blick war starr auf die Wand gerichtet. Nach Beendigung des Gesprächs drehte sie sich widerwillig zurück zu dem Besucher.

Er war nicht mehr zu sehen. Die Halle war voller Menschen, aber der seltsame Fremde war wie vom Erdboden verschluckt. Zögernd trat sie hinter dem Tresen hervor und schaute in alle Richtungen. Nichts. Wie in Zeitlupe hob sie den Telefonhörer.

»Gut«, Adam unterbrach die Aufzeichnung des Gesprächs. »Klappe, Schnitt, aus – alles im Kasten.«

Leo fühlte sich ausgelaugt. »Super«, sagte sie säuerlich und streckte die Arme. »Gerade dachte ich, wir würden hier alle übernachten.«

Neubauer dehnte dezent ihre Schultermuskulatur. »Vielen Dank für Ihre Geduld.« Sie lächelte Leo an.

Adam gähnte. »Ja ja, vielen Dank. Leo, das war's dann.«

»Und das Teilen von Informationen?«

Er wechselte einen schnellen Blick mit Neubauer. Sie zuckte mit den Schultern, spielte mit ihren Zöpfen. Adam grinste müde. Da war offenbar keine Antwort zu erwarten. Seine Augen wanderten über die Unterlagen auf seinem Schreibtisch.

»Dir war etwas aufgefallen, als du gekommen bist.«

Neubauer erhob sich abrupt. »Ich hole mir einen Kaffee, möchte noch jemand?«

Irritiert fuhr Adam zu ihr herum: »Was?«

»Kaffee, Kaffee, Kaffee …«

»Von mir aus. Bring mir einen mit.«

Leo verneinte.

Als Neubauer gegangen war, fuhr Adam fort: »Du hattest recht. Die Stimmung im Revier war aufgeladen. Kurz bevor du ankamst, haben wir etwas sehr Interessantes herausgefunden.«

Er lehnte sich in seinem Stuhl zurück und verschränkte die Arme im Nacken.

»Die Frau vom Strand, nennen wir sie einfach mal so, erinnert sich an absolut nichts, was nicht in diesem verdammten Buch steht. Du kennst es?«

Leo musterte ihn gespannt. Ungeduldig nickte sie.

»Natürlich sind sogar wir inzwischen auf die Idee gekommen, dass sie es wahrscheinlich selbst geschrieben hat.«

»Herzlichen Glückwunsch«, spottete Leo. »Hoffentlich wurde niemand verletzt bei so viel Hirnaktivität.«

Adam starrte sie an. Bevor er weiterreden konnte, klopfte es und Neubauer kam mit zwei Kaffeebechern und mit von Wendsheim im Schlepptau zurück. Adam runzelte die Stirn. Mit einem Seitenblick auf von Wendsheim sagte er: »Wir wollen dich dann auch nicht länger aufhalten, Leo ...«

Leo stand widerstrebend auf. Es sah nicht so aus, als würde sie noch etwas in Erfahrung bringen.

An der Tür drehte sie sich um. »Ich wollte ins Krankenhaus fahren und die Frau besuchen. Ist das ein Problem?«

»Ich denke nicht«, antwortete Adam zögernd, »du brauchst allerdings eine Genehmigung. Von uns. Von mir.«

Als sie am Empfang standen, sagte er zu ihr: »Melde dich bei der Stationsschwester. Sei schön brav und zeig deinen Ausweis. Und denk daran, solltest du die Frau aufregen, kannst du dich auf was gefasst machen!«

Er nahm das Formular entgegen und setzte seine Unterschrift darunter.

»Moment noch«, rief er seinen Kollegen durch die geöffnete Tür zu. »Kai, Finger weg von meinem Kaffee!«

Er begleitete Leo nach draußen, wobei er ihr zuraunte: »Halte dich aus den Ermittlungen raus.«

Als Leo nach dem Besuchsschein griff, hielt er ihn fest.

»Ich kann sogar verstehen, dass du besorgt bist. Aber falls sie dir etwas anvertraut, irgendetwas ... Also, wenn du etwas in Erfahrung bringst, dann muss ich das wissen.«

Sie hob beide Daumen. Sein Blick ging forschend über ihr Gesicht. Warum war er so verunsichert?

Vielleicht profitieren wir davon, rechtfertigte er sich in Gedanken. *Vielleicht löst Leos Besuch bei der Frau Erinnerungen aus. Allein darum geht es.*

»Vor dem Krankenzimmer sitzt ein Kollege in Uniform. Du hast deinen Ausweis dabei?«

Ungeduldig zog sie an dem Formular.

»Und du hast es verstanden?«, fuhr er leise fort. »Sollte ihr etwas einfallen, irgendetwas, informierst du uns sofort.« Er ließ das Papier los.

Sie steckte es ein. Bevor sie sich umdrehen konnte, sagte er: »Komm bloß nicht auf blöde Ideen. Zum Beispiel, Kontakt mit Mr. Holmes und Madame Watson aufzunehmen.«

Mit unbewegtem Gesicht wandte sie sich ab und ging.

Adam seufzte. Zurück im Büro schob er von Wendsheim von seiner Schreibtischkante, setzte sich auf den Stuhl dahinter und griff nach dem lauwarmen Kaffee.

Neubauer fragte mit gesenktem Blick, wie viel er seiner »Freundin« mitgeteilt hätte. Sie nahm einen Bleistift und malte Kringel auf ihren Block.

»Verdammt noch mal«, schwungvoll legte Adam die Füße auf den Tisch, »glaubst du, ich bin blöd? Meinst du, ich könnte nicht selbst beurteilen, was weitergegeben werden kann und was nicht? Und an wen?«

Seine Füße waren dicht neben ihrem Block gelandet, und sie richtete sich auf. »Dann nehme ich an, sie weiß nichts von der letzten Entwicklung.« Neubauer ließ den Rest des Satzes in der Luft hängen.

»Korrekt.« Adam setzte den Becher an und nahm einen Schluck. Er war verärgert.

Von Wendsheims Blicke waren zwischen Adam und Neubauer hin- und hergewandert. »Seid ihr fertig? Klärt ihr mich jetzt bitte auf, worum es geht und lasst das Gezicke?«

Adam gab sich einen Ruck. »Kai hat ausnahmsweise recht.« Er nahm die Füße vom Tisch. »Was ist mit Andreas? Hat er sich gemeldet?«

Von Wendsheim nickte. »Er recherchiert. Scheint tatsächlich fleißig zu sein. Anhand von Gezeitentabellen und Gesprächen mit Hafenmeistern will er die aktuelle Strömungsrichtung und -geschwindigkeit von gestern Nacht herausfinden. Er hat noch Termine, meint aber, dass er bis Dienstschluss auf der Matte steht.«

»Gut, weiter zu unserem Anruf beim Verlag. Du bist im Bilde?«

»So lala«, erwiderte von Wendsheim und wiegte den Kopf. Er war bei dem Telefonat nicht dabei gewesen.

»Neubauer, erzähl unserem verarmten Adel doch bitte, mit Betonung auf ›kurz‹, welche unerwartete Wendung sich durch den Anruf ergeben hat.«

Sie blätterte in ihrem Block zurück zu den Notizen. »Anruf beim Cinque Stelle Verlag. Seriöses, alteingesessenes Hamburger Verlagshaus. Nix mit alternativ, auch wenn sie in der Schanze residieren.«

Von Wendsheim sah sie gespannt an.

»Weiter«, sagte er, »ich hänge an deinen Lippen.«

Sie klemmte sich ein paar Zöpfchen hinters Ohr. »Wir rufen also an. Wollen uns nach der Autorin Katharina Hofmann erkundigen. Und was ist? Am anderen Ende der Leitung völliges Unverständnis. Nach einigem Hin und Her stellt sich heraus, dass sie dachten, wir hätten aufgrund ihrer Anzeige zurückgerufen.«

Adam trommelte mit den Fingern auf die Lehne. »Neubauer«, knurrte er, »fass dich kurz!«

Irritiert sahen Neubauer und von Wendsheim ihn an.

»Äh, also, sie haben vor drei Tagen eine Lektorin als vermisst gemeldet.« Neubauer kam wieder in Schwung. »Und, halt dich fest, bei dieser Frau handelt es sich um den einzigen Kontakt, der zu der Autorin Katharina Hofmann existiert. Die schreibt nämlich unter Pseudonym und legt außerordentlich viel Wert auf ihr Privatleben. Genauer gesagt, niemand außer dieser Kontaktperson kennt ihre Identität.«

Von Wendsheim warf einen ungläubigen Blick auf Adam. »Mann, das nimmt ja Dimensionen an!«

»Das ist nicht alles. Die verschwundene Lektorin lebt allein. Offenbar sehr zurückgezogen, das scheint sie mit ihrer Klientin gemein zu haben. Ihre Kollegin am Telefon sagte, dass sie von keinen Kontakten außerhalb der Arbeit wüsste, auch nicht mit anderen Angestellten. Das Privatleben dieser Frau ist anscheinend völlig anonym.«

Adam mischte sich ein. »Unsere erste Priorität wird also sein, den Verlag aufzusuchen. Wir müssen feststellen, ob es sich bei der Dame um unser ›Strandgut‹ handelt.«

»Das wäre natürlich ein Knüller«, erwiderte sie.

Adam sah nachdenklich auf seine Unterlagen. »Leider sagt mir mein Gefühl, dass es nicht so einfach wird.«

Von Wendsheim seufzte und stützte seine Hände auf die Oberschenkel.

»›Strandgut‹. Findet ihr wirklich, dass der Name passt? Klingt das nicht ein wenig, nun ja, pietätlos?«

Adam hob eine Augenbraue. »Erspare uns deine moralischen Einwände. Wenn es dich beruhigt, deine Bedenken wurden zur Kenntnis genommen. Der Arbeitstitel ›Strandgut‹ bleibt.«

Adams Worte hallten noch nach, als das Klingeln des Telefons die Stille beendete.

6

Leo war am Busterminal des Altonaer Bahnhofs angekommen. Der nächste Bus zum Krankenhaus würde in drei Minuten abfahren. Sie wählte die Festnetznummer der Detektei. Mr. Holmes und Madame Watson, dachte sie, Idiot!

»Hallo, alles gut überstanden?« Val hatte Leos Nummer erkannt und verzichtete auf ihre übliche Ansage. »Hast du es dir anders überlegt?«

»Ich hatte noch nichts versprochen. Ich wollte mich einfach melden, wenn ich mehr weiß.«

»Aber natürlich, bien sûr«, beschwichtigte Val.

»Also dann. Ich fahre jetzt ins Krankenhaus und besuche die Frau. Danach sehen wir weiter.« Leo machte eine Pause. Sie holte tief Luft. »Leider musste ich gerade erleben, dass Hauptkommissar Adam keinen Schimmer hat. Hätte ich mir vielleicht denken können. Jedenfalls werde ich mit der Frau über die Möglichkeit eigener Nachforschungen sprechen. Sofern sie schon in der Lage ist, sich damit zu beschäftigen. In dem Fall würde ich euch vorschlagen.« Leo seufzte. »Wenn Adam die Ermittlungen leitet, seid ihr ihre einzige Hoffnung.«

»Meine Rede«, sagte Val. »Obwohl, so schlecht ist Adam auch nicht.«

»Ich übernehme natürlich keine Garantie dafür, dass ihr irgendwann auch Kohle seht«, unterbrach Leo sie.

Wagner hatte seiner Schwester den Hörer aus der Hand genommen: »Leo, das erwarten wir natürlich auch nicht von dir. Wenn du meinst, der Frau geht es gut genug und sie möchte uns beauftragen, dann sind wir bereit. Wenn nicht, auch gut. Fühle dich bitte in keiner Weise gedrängt.«

»Gut, dann sind wir uns einig. Ich muss Schluss machen. Bis später.«

Gedankenverloren saß sie am Fenster. Altona, Ottensen und noch ein Stück Bahrenfeld zogen an ihr vorbei. Endlich hielt der Bus am Krankenhaus. Sie meldete sich am Empfang und zeigte die Vollmacht und ihren Personalausweis. Nachdem die Frau beides sorgfältig geprüft hatte, malte sie mit ihrem Kugelschreiber eine Wegbeschreibung auf einen der Geländepläne.

Leo bog in den Gang der Station ein. Sie wunderte sich: Sollte nicht ein Polizeibeamter vor der Zimmertür sitzen? Im Flur war weit und breit niemand zu sehen. Ein merkwürdiges Gefühl kroch zwischen ihren Schulterblättern hoch. Sie sah auf den Zettel vom Empfang. Etwas stimmte nicht. Aus einem der Zimmer drang Stimmengewirr, die Tür war nur angelehnt. Aber es handelte sich nicht um das Zimmer, zu dem sie unterwegs war. Sie legte die Hand auf den Türgriff und verglich noch einmal die Nummer. Kein Zweifel: die 14. An der Wand vor dem Zimmer stand ein leerer Stuhl. Langsam drückte sie die Klinke herunter und öffnete die Tür.

Im nächsten Moment nahm sie eine Gestalt wahr, die sich über das Bett beugte. Zuerst dachte sie, ihr Gehirn würde ihr einen Streich spielen. Ein Schatten, ein Phantom. Dann registrierte sie, dass die Gestalt vermummt war. Die Frau im Bett hatte sich halb aufgerichtet und presste ihren Oberkörper gegen die Kissen. Ihr Mund war geöffnet, aber kein Laut war zu hören. Der Schrei schien in ihrer Kehle erstickt zu sein.

Leo handelte instinktiv. Jahrelanges Boxtraining hatte ihre Reflexe trainiert. Sie überwand die Distanz zum Bett mit einem gewaltigen Sprung und schlug dem Vermummten das Messer aus der Hand. Als Nächstes sah sie den glänzenden Stahl in weitem Bogen durch die Luft fliegen. Der Angreifer zögerte einen Augenblick zu lange. Die Tür wurde aufgerissen.

Ein lautes: »Waffe fallen lassen!«, ertönte. »Sofort!«

Leo wich erleichtert zurück, ohne den Vermummten aus den Augen zu lassen. Der fuhr herum, duckte sich, lief wie ein Rammbock auf den Polizisten zu und gleich darauf an ihm vorbei in den Gang. Ein Schuss verhallte wirkungslos. Leo sah zu der Frau im Bett, die so heftig atmete, dass sie gleich hyperventilieren würde.

Auf dem Weg zu ihr blieb Leo verwundert stehen. Alle Geräusche waren plötzlich verstummt, alles geschah vollständig lautlos. Es gab nur noch ein Singen in ihren Ohren, das anschwoll, bis es ihren Kopf ganz ausfüllte. Der Mund der Frau bewegte sich ohne Ton. Langsam hob Leo beide Hände an ihre Ohren.

Adam, von Wendsheim, Guenther und Neubauer saßen oder standen in Walthers Büro. Der Gesichtsausdruck des Alten war angespannt. Auf seinem Schreibtisch lag die aktuelle Ausgabe einer Boulevardzeitung. Natürlich hatten gestern Nacht mehrere Reporter Bilder am Strand geschossen, und natürlich hatten alle Anwesenden die Tagespresse gelesen.

»Wer ist die Schwerverletzte am Strand?« war der Aufmacher überschrieben. »Die Polizei tappt im Dunkeln!«

»Mal ehrlich«, maulte Guenther, »›die Polizei tappt im Dunkeln‹, wie schlecht ist das denn? Das ist so was von Klischee, das kann doch kein Mensch ernst nehmen!«

Karl Walther räusperte sich.

»Mag sein«, sagte er und faltete das Blatt mit energischen Bewegungen zusammen. »Das ist aber nicht der Grund, weswegen ich euch herbestellt habe.« Er musterte sie der Reihe nach. »Gerade eben wurde mir ein Anruf aus dem Altonaer Krankenhaus durchgestellt.«

Er machte eine Pause. Dieser Anruf war außerordentlich unpassend für ihn gekommen, er hatte seine Aktentasche schon in der Hand gehabt. Walther seufzte tief.

»Es gab einen Zwischenfall. Offenbar hat jemand versucht, unsere Unbekannte aus dem Weg zu räumen.«

»Aber sie wird doch bewacht«, sagte Neubauer.

»Ja nun, wie es aussieht, waren die Täter zu zweit. Einer hat in einem Nachbarzimmer einen Patienten bedroht, und die Krankenschwester hat unseren Personenschützer zu Hilfe geholt. Was blieb ihr auch anderes übrig? Und ihm auch. Er war immerhin so geistesgegenwärtig, über Funk Verstärkung anzufordern. Danach hat er sofort wieder seinen Posten eingenommen. Hätte er nicht noch einmal in das Krankenzimmer geschaut, das er bewachen sollte, wären wahrscheinlich sowohl die Patientin als auch ihre Besucherin getötet worden.«

Adam zog scharf die Luft ein.

Von Wendsheim fragte: »Was ist mit dem Täter oder den Tätern?«

»Entkommen«, sagte Walther und faltete die Zeitung akribisch weiter zu einem kleinen Quadrat. Er sah auf und sagte gequält: »Damit sind wir nicht mehr die Einzigen, die sich für diesen Fall interessieren. Das ist euch hoffentlich klar.«

Er sah wieder zu Adam und fuhr fort: »Du hast Besuch. Sie warten in deinem Büro.«

»Was zum Teufel ...«, erwiderte Adam und stürmte aus dem Raum.

Walther sah ihm hinterher. »Diese aufbrausende Disposition ist auf Dauer nicht gesund für ihn.«

Adam riss die Tür zu seinem Büro auf. Vor dem Fenster erkannte er die Umrisse einer Person, die ihm vage bekannt vorkamen. Bevor er nachdenken konnte, hörte er ein Geräusch von der Seite und stellte mit offenem Mund fest, dass jemand hinter seinem Schreibtisch saß.

»Mach den Mund zu, Siegfried«, sagte Claudia Calabrese und nahm aufreizend langsam die Füße von seinem Tisch, »sonst fliegt dir noch etwas hinein. Andererseits hättet ihr dann heute wenigstens etwas gefangen.«

»Verschwinde von meinem Schreibtisch«, knurrte Adam gefährlich leise.

Seufzend erhob sie sich und schlenderte zu ihrem Chef ans Fenster.

Robert van Veen drehte sich um und sah Adam nachdenklich an. Er hatte die Hände auf dem Rücken verschränkt.

»Sorry«, sagte er, »wie du weißt, ist das nicht unsere Entscheidung.«

Adam stieß ein verächtliches Schnauben aus, und van Veen hob eine Hand. »Siegfried!« Adam stöhnte, und Calabrese grinste schadenfroh. »Wir haben letztes Jahr hervorragend zusammengearbeitet. Warum sollte das jetzt ein Problem sein?«

Adam seufzte. Schließlich zeigte er auffordernd auf die Stühle vor seinem Schreibtisch. Nachdem er sich auf seinen Platz gesetzt hatte, wischte er betont sorgfältig über die Stelle, an der Calabreses Füße gelegen hatten. »Also: Same procedure as last year.« Adam lehnte sich in seinem Stuhl zurück. »Die Musketiere kämpfen wieder zusammen.«

Fand das LKA einen Grund, sich in seine Fälle einzumischen, musste er die bittere Pille schlucken. Wenn es sich dabei um van Veen und sein Team handelte, sah die Sache etwas besser aus. Im letzten Jahr hatte er van Veen bei der Aufklärung eines Falls am Flughafen unterstützt. Dabei hatte er ihn kennen und schätzen gelernt.

Van Veen nickte. »So ist es. Wie schön, dass wir schon wissen, wie es geht – mehr noch, dass es geht. Würdest du deine Informationen also bitte mit uns teilen?«

Es klopfte und von Wendsheim sah um die Ecke.

»Hoher Besuch.« Er grinste und Adam winkte ihn ungeduldig herein. Im Schlepptau erschienen Neubauer und Guenther.

»Wie geht es Brander?«, fragte Adam nach der Vorstellungsrunde.

Calabreses Gesicht verdunkelte sich.

»Er freut sich immer noch über Besuch«, sagte sie. Diesmal fehlte ihrer Erwiderung die übliche Schärfe.

Adam räusperte sich. »Okay. Wie es aussieht, müssen wenigstens zwei von uns noch mal ins Altonaer Krankenhaus. Einer davon bin ich, wer will mit?«

Neubauer hob eine Hand und van Veen nickte. Er wandte sich an Calabrese. »Du bist unsere Verbindung zum LKA. Thomas und Sven hören auf dein Kommando.«

»Sven?« Adam hob fragend eine Augenbraue.

»Der Mann, der letztes Jahr krank war. Sven Gruber, Zehnkämpfer. War 2001 in Ardoyne, nördlich von Belfast, da ging es hoch her. Außerdem hat er diverse Fortbildungen beim FBI, unter anderem als Profiler.«

»Yak«, flüsterte Guenther und machte ein angewidertes Gesicht. »Ein ganz harter Hund. Einer der einen Grill mit zwei Stöckchen anzündet. Womöglich versteht er auch noch Frauen und verbringt seine Freizeit im Tierheim …«

Neubauer grinste. »Also ich würde ihn gern kennenlernen. So einen richtigen Mann. Das wäre mal eine Abwechslung hier.«

Guenther tat, als müsse er sich übergeben. Adam runzelte die Stirn. »Ich fahre mit Aminata und Robert ins Krankenhaus. Kai und Andreas, ihr fahrt zum Verlag. Danach macht ihr Schluss für heute.«

Calabrese meldete sich. »Robert, wenn du nichts dagegen hast fahre ich mit zum Verlag.«

Van Veen warf einen Blick auf Adam, der zuckte die Schultern. Da mussten seine Männer eben durch.

»Denkt daran, ein Bild von der Frau mitzunehmen«, sagte er zu den beiden.

An einer Stellwand in der Ecke hingen Fotos von der Frau und ihrem Fundort, Abzüge lagen auf seinem Schreibtisch. Die beiden Kommissare grinsten, und Guenther boxte von Wendsheim mit einem Seitenblick auf Calabrese in die Rippen. *Wenn ihr wüsstet*, dachte Adam schadenfroh.

Zu dritt in Adams Mustang wäre wenig bequem. Neubauer fuhr einen verbeulten Wagen von undefinierbarer

Farbe und fragwürdigem Fabrikat, auf jeden Fall war er winzig klein – also saßen sie in van Veens Volvo. Die Heizung lief auf Hochtouren.

Van Veen fuhr ruhig und besonnen, und nach einigen Kilometern fragte Neubauer, ganz eingelullt von der Wärme: »Wer ist eigentlich Brander?«

Stille. Sie hatte den Eindruck, ahnungslos in ein Fettnäpfchen getreten zu sein, als Adam endlich antwortete: »Brander Amund Angerboda, ein wehrhafter Krieger mit flammendem Schwert …«

Neubauer sah ihn verblüfft an. Kam jetzt noch *Schlacht um Mittelerde*?

Nach kurzem Schweigen fuhr Adam fort: »Er gehört zum Team von unserem Freund hier«, er warf van Veen einen Seitenblick zu. »Letztes Jahr wurde er bei Ermittlungen schwer verletzt. Es war übrigens der Fall, bei dem ich unsere Zeugin kennengelernt habe. Der Mann jedenfalls sieht aus wie Thor. Leider hat ihm das nicht geholfen.«

Van Veen sah Neubauer im Rückspiegel an. »Einer der besten und aufrichtigsten Menschen, die ich kenne«, sagte er leise. »Er ist noch in der Rekonvaleszenz. Wir hoffen aber, dass er bald wieder mit uns arbeiten kann.«

Leo versicherte, dass mit ihr alles in Ordnung sei. Sie war immer noch in dem Krankenzimmer der angeblichen Hannah Wolf.

Zwei Ärzte, Krankenschwestern und der schuldbewusste Polizist drängten sich in dem Zimmer. Letzterer schüttelte immer wieder hilflos den Kopf.

Idiot, dachte Leo, *wir hätten tot sein können!* Der Vorfall überzeugte sie endgültig von der Inkompetenz der

Polizei. Sie wandte sich der Frau in dem Krankenbett zu. Als Leo näher trat, richtete sich die Frau mühsam auf. Sie sah zwischen den vielen Menschen hindurch und streckte die Hand nach ihr aus.

Leo hob langsam eine Hand. Fasziniert beobachtete sie, wie ihre Hand erst leicht, dann immer stärker zu zittern begann.

7

Johanna Peters saß in ihrem Büro. Sie hatte den Kopf auf eine Hand gestützt und starrte aus dem Fenster. Von dem Treiben unten auf der Ehrenbergstraße bekam sie nichts mit. Ihr Leben hatte in den letzten Monaten seltsame Wendungen genommen. Mit jedem Schritt betrat sie neues Terrain.

Bis vor Kurzem hatten sie und Leo bei derselben Airline gearbeitet. Peters hatte ihre Arbeit trotz des anstrengenden Schichtdienstes gemocht. Aber nun war ihre Arbeit erst einmal auf Eis gelegt. Anfangs war sie sich nicht sicher gewesen, ob diese Zwangspause wirklich das Richtige für sie war. Ihre Erkrankung nahm dadurch viel zu viel Raum in ihrem Leben ein. Jetzt schien es, als wäre sie an einem Scheidepunkt angekommen. Sie hatte erkannt, dass sie weiter in dem Detektivbüro arbeiten wollte.

Sie seufzte. Das Geschäft mit den Ermittlungen musste unbedingt anlaufen. Leider herrschte absolute Flaute, obwohl Wagner und seine Schwester sich sehr professionell vorbereitet hatten.

Ein polizeiliches Führungszeugnis und eine Auskunft aus dem Gewerbezentralregister – das waren praktisch die einzigen Voraussetzungen für die Eröffnung einer Privatdetektei. Aber natürlich besaß man damit noch kein Know-how. Wagner hatte Seminare in Österreich und den Niederlanden besucht, für einen Lehrgang war er sogar in die USA gereist. Seine mageren Englischkenntnisse hatten sich dadurch drastisch verbessert. In

Deutschland hatte er bei der Zentralstelle für die Ausbildung im Detektivgewerbe, der ZAG, die Themen Recht und Gesetz ausführlich behandelt, was ihm als ehemaligem Polizisten nicht schwergefallen war. Bei seinen Kursen im Ausland hatten Sicherheitstechniken und technische Hilfsmittel im Vordergrund gestanden.

Val war mehr für die psychologischen Zusammenhänge zuständig. Sie hatte die Fachliteratur förmlich eingeatmet, bis sie zu einer wandelnden Enzyklopädie mutiert war. Danach ging ihre Besserwisserei allen auf die Nerven. Um ihre Energie in andere Bahnen zu lenken, hatte ihr Bruder sie gebeten, sich um die betriebswirtschaftlichen Belange des Unternehmens zu kümmern. Voller Enthusiasmus war sie in der neuen Herausforderung aufgegangen, und Wagner und Peters konnten für eine Weile aufatmen.

Peters kratzte sich gedankenverloren unter dem Rand ihrer Perücke. Sie war froh, dass sie die Chemotherapie gut vertrug. Auch die Perücken störten sie kaum noch, dafür hatte sie den Reiz des Ausprobierens entdeckt. Diese Wandlungsfähigkeit machte sie außerdem zur perfekten Detektivin. Ihr Schwelgen im Haarersatz wurde nur von den Perückenpreisen gebremst. Vielmehr als die falschen Frisuren irritierte sie aber immer noch ihr neuer Name.

Sie verschränkte die Arme im Nacken und lehnte sich zurück. Ihre Gedanken wechselten ungewollt die Richtung, und sie dachte an die Scheidung von ihrem Mann. Wie hatte sie seine erschreckende Gefühlskälte so viele Jahre ertragen können? Hatte sie es einfach nicht wahrhaben wollen? Sie hatte jedenfalls gründlich mit ihrer Vergangenheit gebrochen und sogar den Mädchennamen ihrer Mutter angenommen.

Sie drückte die Schultern nach unten und widmete sich entschlossen den Papieren vor ihr. Im Moment gab es allerdings nur Rechnungen.

Sie hörte ein Geräusch an der Tür und sah hoch. Val schaute mit einem fragenden Blick herein. Peters lächelte. Mit einem unterdrückten Seufzen lehnte sie sich wieder zurück.

Val ließ sich auf einen Stuhl fallen. Sie zupfte ihr Kleid zurecht und sagte: »Hoffentlich haben wir Leo nicht zu sehr bedrängt.« Sie sah Peters besorgt an. Ihre freundlichen, etwas groben Züge sortierten sich zu einem unglücklichen Gesichtsausdruck. »Ich möchte niemals verzweifelt genug sein, meine Freunde auszunutzen.«

»Keine Angst«, erwiderte Peters. »Leo lässt sich schon nicht vor irgendeinen Karren spannen.« Nachdenklich sah sie vor sich hin. »Letztendlich hat sie uns nichts versprochen.«

»Sicher.« Val atmete tief durch. »Aber wenn Mrs. Noname mehr über ihre Biografie erfahren will, dann sind wir im Spiel. Das wäre fantastisch. Es wäre unser erster Fall! Wir sollten anfangen, ein bisschen zu recherchieren. Schaden kann es nicht, und an Arbeit ersticken wir ja auch nicht gerade.«

Johanna Peters war nicht bei der Sache. Ihre Gedanken waren an den magischen Worten »erster Fall« hängen geblieben. Vals Wunschvorstellung schwebte leicht wie eine Feder durch den Raum.

»Also lasst uns den Kampf aufnehmen, gegen Langeweile und Frust!«

Die Frauen sahen zur Tür. Vals Bruder steckte den Kopf herein.

»Und die langsamen Mühlen des Gesetzes«, fuhr er fort. »Wir müssen uns Gedanken machen, womit wir anfangen – und wie wir anfangen.«

Val legte die Stirn in Falten.

»Cher frère, du hast tausendundeinen Kurs besucht. Ich habe dich im Übrigen gesponsert. Jetzt zeig mal, wofür das gut war.« Sie nickte Wagner auffordernd zu.

Wagner sah sich um. Da er keinen weiteren Stuhl entdecken konnte, setzte er sich auf Peters' Schreibtischkante.

»Wir müssen die Fakten festhalten. Dafür brauchen wir eine Tafel oder etwas Ähnliches. Wir müssen unsere Fotos und Ermittlungsergebnisse aufhängen können.«

Peters stand auf und ging aus dem Zimmer. Kurz darauf rollte sie eine große weiße Tafel vor sich her. »Schöne Detektive! Ihr findet nicht mal eure eigenen Sachen. Dieses Teil kommt aus der Abstellkammer. Ich wette, ihr habt keine Ahnung, was in eurer Lagerhalle vor sich hin schimmelt. Gebt zu, ihr wisst nicht mehr, was ihr gekauft habt.« Sie schüttelte den Kopf. »So was von dekadent.«

Wagner sagte betont nüchtern: »Okay, danke, damit wären alle Voraussetzungen erfüllt.« Er sah die beiden Frauen an. »Legen wir los.«

»Was ist unser erster Schritt?«, fragte Peters.

»Als Erstes müssen wir Kontakt zu dem Verlag aufnehmen, in dem die Bücher von Katharina Hofmann erschienen sind. In ihrem letzten Roman taucht eine ›Hannah Wolf‹ zum ersten Mal auf.«

Wagner klatschte lautlos Beifall. »Richtig, Schwesterherz. Es handelt sich übrigens um den Cinque Stelle Verlag. Ich war ja nicht völlig untätig, die Adresse ist in der Schanze.« Zufrieden betrachtete er seine Fingernägel.

»Was haben wir noch?«, fragte Val.

Wagner hatte einen schwarzen Stift gefunden und »Verlag« auf die Tafel geschrieben. Er zuckte die Schultern.

»Wir werden nicht darum herumkommen, das Buch zu lesen«, sagte er, »und zwar möglichst bald.«

»Das kann ich machen«, sagte Peters.

»Vielen Dank, das hilft uns.« Wagner räusperte sich und verlor für einen Moment den Faden.

»Schreib schon«, Val sah ihn belustigt an, »Johanna liest das Machwerk. Los, an die Tafel damit!«

Wagner schrieb: Johanna – *Tödliches Geheimnis.*

»Die Bestimmung der Strömungsgeschwindigkeiten et cetera können wir getrost der Polizei überlassen. Ich denke, dass Val am ehesten dazu in der Lage ist, Informationen aus unserem Freund Adam herauszuquetschen.« Wagner warf Val einen schadenfrohen Blick zu. Dann blieben seine Augen am Ziffernblatt der Wanduhr hängen.

»Schon 18 Uhr«, verwirrt unterbrach er sich. Niemand hatte auf die Zeit geachtet. »18 Uhr. Da erreichen wir natürlich niemanden mehr im Verlag. Aber morgen früh rufst du als Erstes dort an und bittest um einen Termin.« Wagner sah seine Schwester an.

Sie nickte. Leiser Spott lag in ihrem Blick.

»Du hast recht, es ist wirklich schon 18 Uhr«, sagte Peters. »Ich mache mich auf den Weg, damit ich noch ein Exemplar von dem Buch erwische.« Sie klemmte sich die Handtasche unter den Arm. »Ich gehe in die Buchhandlung in Ottensen.«

Wagner folgte ihr zur Garderobe.

»Wenn das Buch einigermaßen spannend ist, schaffe ich heute ein paar Kapitel. Dann kann ich morgen schon mehr sagen.«

Wagner half ihr in die Jacke. Beim Hineinschlüpfen achtete sie darauf, dass ihre Perücke nicht verrutschte.

»Und morgen? Wann fangen wir an?« Bisher hatte es keine festen Arbeitszeiten gegeben.

»Sagen wir 8.30 Uhr?«, fragte er.

Nach unserer Hochzeit verwöhnte Christopher mich unverändert mit kleinen Geschenken und ständiger Aufmerksamkeit. Wie würde ich diese übergroße Liebe jemals als Gefangenschaft interpretieren können. Ausgeschlossen. Aber ...

Tatsächlich war es so, dass ich manchmal glaubte, nicht genügend Luft zum Atmen zu haben. Als würde mir alles, selbst der Sauerstoff, von Christopher zugeteilt werden. Ich ertappte mich dabei, nach Gelegenheiten zu kleinen Fluchten zu suchen. Es war unheimlich, wie mein Mann das sofort zu durchschauen schien. Eines Abends im November stellte er mich vor dem flackernden Kaminfeuer in unserem Salon zur Rede.

»Du scheinst in letzter Zeit unzufrieden zu sein«, begann er. Der sanfte Vorwurf bereitete mir augenblicklich ein schlechtes Gewissen. Wieso hatte ich mich eingeengt fühlen können, wo er doch immer nur das Beste für mich im Sinn hatte?

»Es kommt mir so vor, als würde meine Anwesenheit dich nervös machen, ja als wäre sie dir manchmal sogar lästig.« Traurig sah er mir in die Augen. »Ich sage ›manchmal‹, obwohl ich es ehrlich gesagt ständig fühle.«

Eine Träne lief aus seinem rechten Auge. Er wischte sie nicht weg. Ich ging zu ihm, um sie ihm aus dem Gesicht zu küssen, aber er streckte einen Arm aus und hielt mich

zurück. »Ich möchte nichts mehr auf dieser Welt, als dich glücklich zu sehen!«

Er ergriff mich an der Schulter. Sein Griff wurde schmerzhaft fest. »Aber ich fühle mich in letzter Zeit oft am Ende meiner Weisheit. Und am Ende meiner Kräfte.«

Sein plötzlicher Schlag traf mich unvorbereitet und warf mich zu Boden. Roter Zorn flammte vor meinen Augen auf, als er mich mit einem Fuß hart in den Brustkorb trat.

Ich konnte mich nur noch zusammenkrümmen und leise vor mich hin wimmern. Die folgenden Schläge und Fußtritte nahm ich kaum noch wahr. Ich hatte mich in eine dunkle, unerreichbare Leere in mir selbst zurückgezogen.

8

Von Wendsheim und Guenther waren von Calabrese überholt worden. Seelenruhig durchforstete sie die Fotostapel, während die beiden Männer sich näherten. Sie suchte einige Bilder heraus und wandte sich ab.

»He«, rief von Wendsheim, »ich glaube, wir sollten zusammenarbeiten.«

Guenther schwante nichts Gutes.

»Bei eurem Tempo stellt der Täter sich eher freiwillig, als dass ihr ihn erwischt.« Sie lächelte eisig.

»Interessant. Von welchem Täter sprechen wir denn in diesem Fall?« Arrogant konnte von Wendsheim auch. Während sie ihn irritiert musterte, fuhr er fort: »Soweit ich weiß, geht es um die Klärung einer Identität. Aber das ist dir vielleicht zu viel Fremdwort?«

Sie schnaubte ungläubig und Guenther brach in Gelächter aus. Ein Blick in ihr Gesicht ließ ihn verstummen.

Er räusperte sich und sagte: »Hey, Kai, und äh, Claudia, Starallüren verträgt mein Magen nicht. Wir arbeiten zusammen, Arbeiter, verarmter Adel und Alphaweibchen vom LKA. Also bitte, Contenance!«

»Alle Wetter, Andreas«, spottete von Wendsheim. »Wie viele Sprachen kannst du noch?«

Calabrese murmelte etwas wie »che cazzo«. »Bitte weniger ›Weibchen‹ und dafür sinnvolle Beiträge. Dann läuft es auch mit uns. Wo steht der Dienstwagen?«

Auf dem Weg in die Sternschanze las von Wendsheim vom Rücksitz aus vor, was er im Internet über den Verlag gefunden hatte. Guenther fuhr und Calabrese saß mit gerunzelter Stirn neben ihm.

»Und die abgetauchte Lektorin war der einzige Kontakt zur Autorin?«, fragte sie mitten in seinen Vortrag hinein.

Von Wendsheim blickte von seinem Handy hoch. Er fing Guenthers Blick im Rückspiegel auf. Sie hatte ihn mitten im Satz unterbrochen und ihre Frage hatte nichts mit dem zu tun, was er gerade vorgelesen hatte. Gut, wenigstens war sie informiert.

»Stimmt«, erwiderte Guenther schnell.

»Sie wird in ihrem Büro Unterlagen haben müssen. Im Schreibtisch oder noch wahrscheinlicher im Tresor.«

Die Männer zuckten mit den Schultern.

»Sonst müssen wir zu ihr nach Hause. Irgendwo muss sie die Akten aufbewahren.«

Calabrese presste den Mund zusammen. Idioten, dachte sie. Von Wendsheim rollte mit den Augen. Das konnte ja heiter werden.

Guenther steuerte durch die belebten Straßen. Sie fuhren am Central Park vorbei und bogen in die Straße Schulterblatt. Die alten Wohnhäuser waren ausnahmslos mit Graffiti überzogen. Calabrese sah schweigend aus dem Fenster, ihr Gesicht war angespannt. Portugiesische Cafés, Bars, Szenelokale. Rechts die Rote Flora.

Guenther fuhr auf einen kleinen Parkplatz vor dem Verlagsgebäude. Calabrese sprang wie eine angespannte Stahlfeder aus der Beifahrertür. Guenther und von Wendsheim schälten sich langsam aus ihren Sitzen.

Die beiden Stunden im Verlag hatten sie nicht weitergebracht. Die vermisste Angestellte hieß Emilia Winter. Sie war nicht nur die Lektorin der Schriftstellerin Katharina Hofmann, sondern tatsächlich auch der einzige Kontakt zu ihr. Die Treffen zwischen den beiden hatten immer außerhalb des Verlags stattgefunden. Katharina Hofmann hatte ausdrücklich verlangt, dass außer Emilia Winter niemand ihre Identität kannte. Es existierte kein einziges Bild von ihr.

Emilia Winter lebte ebenfalls sehr zurückgezogen, ihre Kollegen wussten so gut wie nichts über sie. Von der Personalleiterin bekamen sie ihre Adresse. Das einzige Foto von ihr war auf einem Betriebsausflug aufgenommen worden. Es war ein Versuch gewesen, die Mitarbeiter der einzelnen Bereiche enger zusammenzuschweißen. Emilia Winter hatte an keiner anderen Freizeitaktivität teilgenommen. Auf dem verblassten Foto stand sie zwischen etwa 15 Kollegen. Im Augenblick des Auslösers hatte sie sich gebückt, und es war so gut wie nichts von ihr zu erkennen.

Calabrese hatte das Foto trotzdem ernst entgegengenommen. Die Männer hatten sich vielsagende Blicke zugeworfen. Die Frau, die zwischen Herstellern, Setzern, Lektoren und Vertriebsmitarbeitern stand, sah eher aus wie ein Phantom. Nicht einmal ihre Haarfarbe hätte man eindeutig bestimmen können. Als nächsten Angehörigen hatte sie ihren Bruder angegeben. Niemand hatte ihn jemals gesehen. Doch zu ihm gab es immerhin eine Telefonnummer. Alle Versuche, ihn zu erreichen, waren jedoch bisher gescheitert.

»Vielen Dank«, kam von Wendsheim Calabrese zuvor. Er nickte der Personalchefin zu. Sie zeigte ihnen den Schreibtisch von Emilia Winter und verwies sie dann an ihre Assistentin.

In dem Schreibtisch fanden sie keine Anhaltspunkte auf die Autorin Katharina Hofmann. Es gab auch keine privaten Unterlagen, Notizen oder Ähnliches. Der Schreibtisch schien akribisch aufgeräumt und von allen persönlichen Inhalten gesäubert worden zu sein.

Die Assistentin der Personalchefin war eine große, hagere Frau, die ihre grauen Haare zu einem strengen Knoten hochgesteckt hatte. Sie führte die Polizisten in ihr Büro. In dem winzigen Zimmer hingen vergrößerte Fotos der erfolgreichsten Autoren des Verlags. Ein gespitzter Bleistift lag neben einem Moleskine-Block, der Computer wirkte wie ein notwendiges Übel. Auf dem Schreibtisch herrschte penible Ordnung.

»Wie gesagt, wir machen uns große Sorgen.« Sie runzelte die Stirn, während sie die dünne Mappe mit Emilia Winters persönlichen Daten in einen Metallschrank hängte.

»Unentschuldigt nicht zur Arbeit zu kommen, das sieht ihr nicht ähnlich. Und sie nimmt auch keine Anrufe an.« Ihr Mund verzog sich; sie begann an der Innenseite ihrer Wange zu kauen.

Calabrese hatte die Fotos betrachtet. Sie drehte sich um. »Und ihr Bruder?«

»Wie gesagt, den konnten wir ebenfalls nicht erreichen.«

»Hat sie sich in der letzten Zeit anders verhalten als sonst? Ist Ihnen irgendetwas an ihrem Benehmen aufgefallen?«

Die Frau schüttelte stumm den Kopf.

»Gibt es jemanden im Kollegenkreis, mit dem sie engeren Kontakt hat, vielleicht sogar befreundet ist?«

»Das haben Sie hier doch schon von allen gehört, Frau Winter ist extrem zurückhaltend. Sie hat sich zum Beispiel auch mit niemandem geduzt, was in einer Branche wie unserer fast unmöglich ist. Viele nehmen es persönlich, betrachten es sogar als einen Affront, wenn man sie einfach konsequent weiter siezt.« Sie schwieg abrupt und kaute wieder an ihrer Wange.

Bevor einer der Ermittler etwas erwidern konnte, wurde die Tür einen Spalt weit geöffnet. Eine junge Frau mit einem dunklen Pagenkopf sah herein.

»Pardon, Jeannette.«

»Claire, was ist denn?«

Die Personalassistentin musterte die junge Frau mit dem überdimensionalen schwarzen Brillengestell ungeduldig. Ihr Blick drückte das Bedauern aus, sich dem lästigen Zwang des Duzens nicht gleichfalls entziehen zu können.

»Du hast doch gesagt, wir sollen dich informieren, sobald jemand Frau Winter oder ihren Bruder erreichen konnte.«

Hätte es mir jemand vorhergesagt, ich hätte ihm ins Gesicht gelacht. Es wäre mir unglaubwürdig vorgekommen, dass ich mich jemals daran gewöhnen könnte, fortdauernd misshandelt zu werden. Ja sogar noch Entschuldigungen für den Täter zu erfinden. Und irgendwann nicht einmal mehr zu versuchen, mich gegen die Übergriffe zu wehren.

Was war geschehen? Was war mit mir geschehen? Und vor allem: Wer war Christopher wirklich?

Die Mehrzahl der Stunden eines Tages damit beschäftigt, ihn zu besänftigen und für gute Stimmung zu sorgen

und dabei die Schmerzen meiner Prellungen und Brandwunden zu ignorieren, fehlte es mir an Zeit, mich mit meiner Situation auseinanderzusetzen. Ich war verhuscht und unterwürfig. Das schien ihn nur umso mehr zu reizen. Doch ich konnte nicht anders.

Ich konnte mir ein Leben ohne ihn nicht mehr vorstellen. Und wenn das bedeutete, dass ich seine Launen ewig weiter ertragen musste, dann suchte ich die Schuld daran bald bei mir. Ich stellte mich wirklich oft ungeschickt an, und sicher hatte er recht, wenn er manchmal ungeduldig wurde. »Manchmal« bedeutete irgendwann jeden Abend, und die Anlässe wurden immer lapidarer. Ich war nicht mehr in der Lage, klar zu denken.

Mehrmals war ich im Krankenhaus gewesen, immer wieder »eine Treppe heruntergefallen«, Brüche, Verstauchungen, Prellungen ... Ich lernte, damit zu leben. Schmerzen gehörten zu meinem Alltag. Hatte ich mir das in einer dunklen Stelle meiner Seele vielleicht immer schon gewünscht? War ich nicht imstande gewesen, »irgendetwas« zu fühlen, während ich mich von allem anderen abkoppelte? Jetzt fühlte ich zumindest Schmerz. Realen, glühenden Schmerz.

Als ich spürte, dass sich etwas in mir zu verändern begann, wurde ich erstmals wieder aufmerksam. Es begann damit, dass mir häufig schlecht wurde. Ohne ersichtlichen Grund. Schmerzen hatte ich schon seit langer Zeit, aber ich hatte mich nie morgens übergeben müssen. Ich fing an, wieder auf meine Periode zu achten. Nur um festzustellen, dass es keine Periode mehr gab. Ein Alarm ertönte in mir. Laut, sehr laut. Ich erwartete ein Kind.

Ich betrachtete mich in unserem Schlafzimmerspiegel. Ich erschrak. Eine geisterhaft bleiche Frau mit Prellungen in unterschiedlichen Farbstadien am ganzen Körper sah mir entgegen. Meine Haare waren ungewaschen und strähnig. Stumpf und glanzlos hingen sie um mein verschwollenes Gesicht. Ich konnte ein Aufschluchzen nicht verhindern. Wie hatte ich es so weit kommen lassen können?

Nie hat nur einer Schuld. Es gibt immer auch den, der es geschehen lässt, ohne sich zu wehren. Ich riss mir die stinkenden, verschwitzten Klamotten vom Leib und ging ins Bad. Christopher war im Büro. Anfangs hatte er die Haustür abgeschlossen, das war schon seit langer Zeit nicht mehr notwendig gewesen. Ich hätte mich niemals gegen ihn aufgelehnt oder zu entkommen versucht.

Jetzt sah alles anders aus. Ich duschte ausgiebig und wusch mir gründlich die Haare. Dabei versuchte ich, klare Gedanken zu fassen. Was würde geschehen, wenn ich ihm von meiner Schwangerschaft erzählte? Wollte ich überhaupt weiterhin mit einem Mann zusammenleben, der so unbeherrscht war? Manchmal verhielt er sich kalkuliert grausam. Wollte ich meinem Kind diesen Mann zumuten? Die Antwort war ein klares Nein! Was sollte ich also tun?

9

Vor dem Hauptgebäude des Krankenhauses standen Streifenwagen. Aminata-Marie Neubauer folgte den beiden Männern durch die Automatiktür. Sie wurden erwartet. Während der Fahrt hatten sie die Nachricht erhalten, dass die unbekannte Frau in ihrem Krankenzimmer überfallen worden war.

Ein Vertreter des Krankenhauses kam mit dem Chefarzt auf sie zu.

»Das ist ungeheuerlich! Wie konnte das passieren?« Der Herr im Glencheck-Anzug rang die Hände.

Van Veen sagte: »Das werden wir herausfinden. Aber zuerst müssen wir mit den Beteiligten sprechen. Haben Sie ein Zimmer für uns, in dem wir ungestört mit den Zeugen reden können? Einzeln.«

Sein Gegenüber beruhigte sich. Er sah seinen Begleiter im Arztkittel fragend an. »Das müssten Sie am besten wissen.«

Professor Dr. Bundschuh dachte kurz nach, dann sagte er: »Kommen Sie mit.«

»Wie geht es der Patientin?«, fragte Adam. »Ist sie in der Lage, mit uns zu reden?«

Der Arzt wiegte den Kopf hin und her. »Am besten fragen wir den Stationsarzt. Er hat als Erster nach ihr gesehen. Ich vertraue seinem Urteil voll und ganz.«

Sie schoben sich zwischen Patienten, Besuchern und Personal hindurch, die aufgeregt in Gruppen zusammenstanden und diskutierten, was sich wohl ereignet haben mochte. An den Fahrstühlen und dem Eingang zum Treppenhaus waren Streifenbeamte postiert. Im Moment kam hier niemand durch. Schon wurden erste Proteste laut. Die Ermittler zeigten ihre Ausweise und machten sich auf den Weg zum Fahrstuhl. Der Professor und sein Begleiter gingen voraus.

»Wenn Sie mit der Verletzten von Station 3B sprechen müssen, ist es am sinnvollsten, wenn der Raum, den sie benötigen, ebenfalls in dieser Etage ist.«

Adam nickte zustimmend.

»Es gibt zwei Aufenthaltsräume für Patienten. Der eine ist sehr klein, hat dafür aber eine Tür. Der andere ist offen. Ich schlage vor, dass Sie Ihre Zeugen in dem kleineren Zimmer befragen. Ich zeige Ihnen den Raum.«

Der Herr im Anzug eilte neben ihnen her. Atemlos sagte er: »Wir müssen eine Erklärung für die Presse herausgeben. Sind Sie befugt, das mit mir abzusprechen?«

»Zum Glück nicht«, erwiderte van Veen.

Er griff nach seinem Handy und wählte eine Nummer. Dann verband er den Vertreter der Krankenhausleitung mit der Pressestelle des LKA.

In einer Ecke des Zimmers befand sich ein flacher Tisch aus Furnierholz, darauf lagen Zeitschriften. Rechts und links davon standen zwei abgewetzte Sessel aus braunem Cord. Neubauer sah sich um und stöhnte leise. Ihr Blick blieb an dem grau melierten Linoleumboden hängen.

»Sehen wir zu, dass wir hier fertig werden.«

Der typische Krankenhausgeruch hing in der Luft, eine Mischung aus Sterillium, menschlichen Ausscheidungen und ungewaschenen Körpern. Die Konzentration jedes einzelnen Bestandteils lag zwar allenfalls im homöopathischen Bereich, war aber dennoch unverkennbar, und für viele sogar unerträglich. Adam schüttelte sich.

»Darauf kannst du Gift nehmen. Können wir zuerst die Patientin sehen?«, fragte er den Arzt. Der Mann stand ungeduldig neben der Tür. Er hatte die Hände in den Taschen seines Kittels versenkt und wippte auf den Schuhspitzen. Der Mann im Anzug war im Gang stehen geblieben. Er telefonierte immer noch.

Nach einem kurzen telefonischen Wortwechsel mit dem Stationsarzt nickte der Chefarzt den Polizisten zu. »Aber nicht so viele, einer. Und am besten eine Frau!«

Neubauer spürte, dass plötzlich alle Augen auf sie gerichtet waren. Ein Gefühl, das sie überhaupt nicht schätzte. Van Veen sah von ihr zu Adam.

»Kein Problem«, sagte Adam, »Nati packt das.«

Neubauers Blick kreuzte den von Adam. »Danke für dein Vertrauen, Sigi.«

»Okay«, sagte Adam, »bevor wir hier festwachsen oder von Keimen gefressen werden, stimmen wir kurz ab, wie sie vorgehen soll.«

Der Chefarzt wandte sich an van Veen. »Könnte ich mich jetzt wieder meiner Arbeit zuwenden?«

Van Veen runzelte die Stirn. »Ich hörte von einer zweiten beteiligten Person.«

Professor Dr. Bundschuh seufzte. »Das stimmt. Eine junge Frau. Sie war zur Zeit des Überfalls bei der Patientin. Ohne sie hätten wir zweifellos einen Todesfall mehr.«

»Wo ist die Frau? Wir müssen sie dringend ...« Beim Sprechen bemerkte Adam seinen beschwörenden Ton. Er räusperte sich und verstummte.

Der Arzt stand schon an der Tür.

»Sicher«, sagte er. »Es wäre allerdings besser gelaufen, wäre ihr Polizist nicht abgelenkt gewesen. Ich bin gelinde gesagt erstaunt, dass es überhaupt zu dem Vorfall kommen konnte, trotz Polizeischutz.«

»So ist es. Kunstfehler passieren leider nicht nur im OP.«

Professor Bundschuh runzelte die Stirn.

»Adam ...«, sagte van Veen.

Leo saß aufrecht auf dem Krankenbett. Sie sollte sich hinlegen, aber sie wollte nach Hause. Sie hatte nicht das Gefühl, dass sie sich beruhigen müsste. Das Öffnen der Tür holte sie aus ihren Gedanken. Adam und van Veen folgten der Krankenschwester ins Zimmer. Leo schwang die Beine aus dem Bett.

Die Zimmertür öffnete sich erneut. Der Vertreter der Klinikleitung brachte van Veen sein Handy zurück. Die beiden führten ein leises Gespräch, während Adam näher zu Leo trat.

»Leo«, sagte Adam und schüttelte den Kopf.

»Da schau«, erwiderte sie, »der Kommissar geht um!«

Er hob eine Augenbraue. Sie fuhr fort: »Tauchst du eigentlich auch mal auf, bevor alles vorbei ist?«

Adam holte Luft. »Bevor du weiter hochfährst, würde uns eine kurze Schilderung der Ereignisse helfen.«

Van Veen sah zu ihnen hinüber. Als er auf sie zugehen wollte, klingelte sein Telefon.

Das Geräusch hatte eine ernüchternde Wirkung auf Leo. Sie war inzwischen aufgestanden, und jetzt trat sie ans Fenster.

»Ich komme ins Zimmer – da steht der Kerl da, über ihr Bett gebeugt. Gerade wundere ich mich noch, dass keiner vor dem Zimmer Wache hält. Ich sehe etwas aufblitzen. Ein Messer, ohne Zweifel!« Es fröstelte sie plötzlich.

»Könntest du ihn beschreiben?«

Sie schüttelte langsam den Kopf. »Er war vermummt. Zuerst wirkte es wie eine Halluzination.« Sie schluckte. »Aber dann sehe ich dieses erhobene Messer. Ich erinnere mich nur, dass ich dachte, ich muss ihn irgendwie aufhalten. Es war klar, was er vorhatte. Und die Frau starrte ihn nur an, wie gelähmt!«

Adam räusperte sich. Leos Mut hatte der Frau wahrscheinlich das Leben gerettet. Er fuhr sich mit beiden Händen durch die Haare.

»Also, Leo«, begann er und war gleich wieder irritiert von ihrem spöttischen Blick. Warum fiel es ihm so schwer, normal mit ihr zu sprechen?

Van Veen holte ihn aus seiner Verwirrung heraus. Er trat zu ihnen und sagte: »Vielen Dank. Sie haben sehr geistesgegenwärtig und mutig gehandelt. Die Frau verdankt Ihnen ihr Leben!«

»Quatsch«, erwiderte Leo.

»Spielen Sie Ihren Einsatz nicht herunter.« Van Veen sah sie ernst an. »Jetzt kommt es allerdings darauf an, ob Sie ihr auch weiterhelfen wollen.«

»Wir kennen uns doch …?«

»Richtig«, van Veen lächelte leicht, »aber jetzt geht es nur um die Frau, die Sie gefunden haben. Ohne Gedächtnis ist sie hilflos, zudem ist sie offenbar sogar gefährdet. Sie wissen vielleicht, dass sie sich für eine Figur aus einem Buch hält? Viel mehr an Hinweisen haben wir nicht. Wir sind und sie ist auf Ihre Unterstützung angewiesen.«

Leo seufzte. »Ich möchte Ihnen helfen, ob Sie es glauben oder nicht.« Ihr Blick streifte Adam. »Aber ich konnte nicht das Geringste erkennen. Boxtraining hilft in solchen Situationen – aber ehrlich, wenn es hart auf hart kommt … Mich hat das Adrenalin gepusht, ich habe einfach nur gehandelt, wie ein Automat.«

Leo wollte weg. Raus hier, so schnell wie möglich. In dieser Umgebung konnte sie nicht denken. Aber van Veen ließ nicht locker. Ob sie wirklich sicher war, dass es sich um einen Mann gehandelt hatte?

Ja, sie war sich sicher. Verdammt.

»Trug er Handschuhe?«

»Ja, oder ich weiß nicht. Doch! Alles war schwarz, auch die Hände.«

»Trug er eine Maske? Konnten Sie die Augen erkennen?«

Leo rieb sich die Schläfen. »Nein, keine Ahnung. Doch, er trug so eine Skimaske. Aber ich habe nur auf das Messer geachtet.«

Ihre Stimme zitterte und van Veen verstummte. Adam suchte seinen Blick und schüttelte leicht den Kopf. Wenn mit Leo die Nerven durchgingen, war man besser nicht in der Nähe.

»Danke, Leo«, sagte Adam. »Du kennst das ja schon, komm morgen bitte aufs Revier.«

Sie atmete laut ein. Bevor sie etwas erwidern konnte, setzte van Veen hinzu: »Sollen wir Sie nicht lieber nach Hause fahren lassen? Unterschätzen Sie den Stress nicht, unter dem Sie stehen.«

»Danke, meine Herren«, erwiderte Leo. »Besagter Stress halbiert sich schlagartig, sobald ich hier raus kann. Und, nichts für ungut, die Abwesenheit von Polizeibeamten trägt immer zu meiner Entspannung bei.« Sie zog ihre Jacke von der Stuhllehne.

Adam sah etwas, das er noch nicht erlebt hatte: Van Veen war sprachlos. Er folgte Leo mit den Augen. Nachdem sie die Tür geschlossen hatte, schüttelte er den Kopf. Er räusperte sich.

»Der Verlag hat den Bruder von Frau Winter erreicht. Claudia hat sich gemeldet.«

Sie gingen in das Zimmer, in dem die Befragungen stattfinden sollten. Adam checkte unauffällig sein Telefon, aber es hatte sich nur Calabrese, und das natürlich bei van Veen, gemeldet.

Neubauer seufzte. Das Gespräch mit der Frau im Krankenhaus hatte nichts gebracht. Der Vermummte war plötzlich bei ihr am Bett aufgetaucht, und nachdem sie sein Messer gesehen hatte, konnte sie sich an nichts mehr erinnern. Leonora Johann hatte ausgesagt, dass die Person nicht zu erkennen gewesen war. Eine Vermummung verbarg viel mehr als individuelle Merkmale. Selbst Größe und Gewicht ließen sich in so einer Situation nur schwer bestimmen.

Sie legte das Buch aus der Hand. Weiter konnte sie heute beim besten Willen nicht lesen. Es war nicht die Art von Lektüre, die sie gewöhnlich schätzte. Vielleicht morgen vor dem Frühstück wieder. Sie seufzte erneut und fuhr mit gespreizten Fingern durch ihre unzähligen kleinen Zöpfe.

Bevor sie von ihren Kollegen zu Hause abgesetzt worden war, hatten sie sie zu einem weiteren Krankenbesuch mitgenommen. Zu dem Mann, von dem sie schon so viel gehört hatte, ohne ihn je gesehen zu haben. Brander. Scherzhaft »Thor« genannt.

10

Leo stieg am Bahnhof Altona aus dem Bus. Sie hatte schon bei den Wagner-Zwillingen angerufen und sich angekündigt. *Das gefällt mir alles nicht*, dachte sie, während sie die Max-Brauer-Allee entlangging. Sie hatte keinen Auftrag für das Detektivbüro in der Tasche, dafür war sie mehr als genervt von der Polizei. Sowohl bei der Aufklärung des Verbrechens, als auch beim Schutz der Unbekannten hatte sie versagt. Nicht zum ersten Mal. Die einzige Hoffnung für die Frau schien darin zu bestehen, dass die Detektei Licht in die Angelegenheit bringen konnte.

Leo saß auf der Kante von Wagners Schreibtisch. Ihre Freundin war schon weg. Val hatte sich in einen Besucherstuhl versenkt, und hinter dem Schreibtisch glänzte Wagner in seiner Rolle als Philip Marlowe. Er lehnte sich in seinem Stuhl zurück und stellte die Füße fest auf den Boden. Er war kurz davor, sie auf den Tisch zu legen.

Leo sah ihn fragend an. »Klopf, klopf! Hallo, Sherlock, aufwachen! Es geht gerade um streng Vertrauliches. Sensible Daten, okay? Wenn Adam und Co. dahinterkommen, bin ich tot.«

Wagner räusperte sich. Val warf ihm einen vorwurfsvollen Blick zu. »Die arme Frau, sie ist auf die Hilfe der Polizei angewiesen. Wir wissen ja, was dabei herauskommen kann. Tintin, du musst dich konzentrieren.«

Sie wandte sich an Leo. »Wir müssen unbedingt Kontakt zu dem Verlag aufnehmen. Die sollten wohl wissen, wer für sie schreibt. Andererseits, wenn es so einfach wäre, hätten unsere Freunde von der Polizei ihre Identität schon geklärt.«

Nachdenklich betrachtete sie ihre Fingernägel. »Warum vermischt sie ihre Erinnerungen mit dem Inhalt des Buches? Hoffentlich hat Johanna bis morgen ein paar Kapitel geschafft. Der Verlag ist in der Schanze, habt ihr gesagt?«

Wagner runzelte die Stirn. »Jo hat doch dort schon angerufen! Konzentriere dich einfach mal, bevor du dich ereiferst.«

»Okay, okay«, sie winkte ab. »Ich werde meine Kontakte vom Kiez befragen. Vielleicht weiß jemand etwas.« Sie fuhr sich mit einer gezierten Handbewegung über die Haare. Ihre Armreifen klimperten. »Aber wie ich aussehe. So geht das auf keinen Fall!« Sie griff nach ihrer Handtasche und stand auf. »Mädels, wenn ihr mich sucht, ich bin in der Maske …«

Wagner seufzte. Seine Schwester, die bei ihrer gemeinsamen Geburt noch sein Bruder gewesen war, konnte anstrengend sein.

»Leo, ich bin dir wirklich dankbar, dass du uns hilfst. Ich möchte dich aber auf keinen Fall in Schwierigkeiten bringen. Wenn du also über irgendetwas nicht sprechen darfst – ich kann das voll und ganz verstehen.«

Leo nickte. Sie sah Val nachdenklich hinterher.

»Schon klar. Aber ich glaube, ohne euch kann die Frau einpacken. Die Bullen tappen absolut im Dunkeln.« Sie gab sich einen Ruck. »Sprechen wir über die Fakten. Was wisst ihr über die Unbekannte?«

»Bis jetzt fast nichts. Jo hat bei dem Verlag angerufen, der das Buch herausbringt. Sie hat den Namen einer Kontaktperson erfahren, mit der die Autorin kommuniziert.

Die spricht dort tatsächlich nur mit einer einzigen Person.«

Leo hörte zu, aber sie war abgelenkt. Sein verändertes Aussehen war offensichtlich noch nicht in seinem Gehirn angekommen. Ihre Blicke maßen ihn von Kopf bis Fuß. In seinen Augen und auch in der verhaltenen Art, mit der er sprach, erkannte man den alten übergewichtigen, wenig selbstbewussten Wagner.

»Äh, Leo, was ist?« Zu seiner Unsicherheit gesellte sich eine leichte Irritation.

»Alles in Ordnung. Spann mich nicht auf die Folter.«

»Hm, ja ... es wird wirklich spannend. Der einzige Mensch, der Kontakt mit der Autorin hat, ihre Lektorin, wird nämlich seit einer Woche ebenfalls vermisst.« Er blickte von seinen Schuhen auf und begegnete ihrem verblüfften Gesichtsausdruck. »Emilia Winter«, fügte er hinzu.

Val war aus der Toilette zurückgekommen und lehnte im Türrahmen. Nach einem anerkennenden Pfiff spann Leo ihre Gedanken weiter.

»Warte mal, du willst mir erzählen, dass es nur eine Person in dem Verlag gibt, die diese Autorin kennt? Und ausgerechnet die wird vermisst?«

Wagner nickte.

Val räusperte sich. »Emilia Winter, aha. Kinder, ich mache mich auf den Weg. Heute Abend ist einiges los, in verschiedenen Clubs. Mal sehen, ob ich etwas über diese ominöse Emilia in Erfahrung bringe. Wer weiß, sie hat ja in der Schanze gearbeitet. Im besten Fall hat sogar jemand eine Idee, wer Katharina Hofmann ist.« Sie wandte sich ihrem Bruder zu. »Aber vergiss 8.30 Uhr morgen früh!«

Kopfschüttelnd sah er ihr hinterher.

11

Meine Fehlgeburt lag inzwischen eine Woche zurück. Ich war im Krankenhaus auf der Privatstation. Christopher besuchte mich jeden Tag. Wenn ich aufwachte, saß er meistens auf dem Stuhl neben meinem Bett. Wenn er nicht da war, saß seine Schwester im Zimmer. Einer von beiden schien rund um die Uhr anwesend zu sein. Seine scheinbar liebevolle Präsenz erschien mir wie eine immerwährende unausgesprochene Drohung. Gegenwart und Vergangenheit verschwammen in meiner Erinnerung, und ich wusste nicht, was ich glauben sollte. Ich traute mir selbst und meinem eigenen Urteilsvermögen nicht mehr.

Hatte er mich tatsächlich geschlagen? Getreten? Dieser Mann? Er kümmerte sich liebevoll um mich. Jeden Tag brachte er Blumen oder Pralinen oder andere kleine Geschenke mit. Das Pflegepersonal hatte er völlig verzaubert. Seine Schwester war wortkarg und verschlossen, aber so kannte ich sie. Sie war einfach unheimlich misstrauisch. Nur selten schenkte sie mir auch nur den Ansatz eines Lächelns. Ihr Bruder war ihr Held. Unantastbar. Ich hatte schwerwiegende Anschuldigungen gegen ihn ausgesprochen, das konnte sie mir nicht verzeihen.

Obwohl ich mittlerweile alles zurückgenommen hatte. Schweren Herzens einerseits, aber andererseits konnte ich nicht mehr glauben, woran ich mich zu erinnern glaubte. Eine Schwangerschaftsdepression, hieß es. Psychosen, Depressionen – alles Mögliche konnte passieren. Ich

schloss die Augen. Es war einer dieser seltenen Momente. Ich war tatsächlich vollkommen alleine im Zimmer. Ich seufzte.

Was sollte ich nur glauben? Mein Leben schwamm einfach davon. Woran sollte ich mich festhalten? Nichts schien sicher zu sein.

Als ich die Augen öffnete, war eine Krankenschwester im Raum. Plötzlich hatte ich Tränen in den Augen. Mein Kind! Was war passiert? Ich konnte mich nicht mehr beherrschen und schluchzte laut.

Die Assistentin der Personalleiterin sah den Polizisten indigniert hinterher. Sie hatte noch nicht ausgesprochen, da war Calabrese schon aus dem Raum gestürmt, von Wendsheim und Guenther im Schlepptau.

Calabrese riss die Tür zu dem Büro auf, in dem die Sekretärin des Verlegers gerade mit Emilia Winters Bruder sprach. Mit großen Augen sah die junge Frau vom Telefon auf. Die Kommissarin musste sich beherrschen, um ihr nicht den Hörer aus der Hand zu reißen.

»Calabrese, LKA«, sagte sie außer Atem, »ich übernehme dieses Gespräch!«

»Moment«, sagte die Angestellte. Sie legte den Hörer langsam auf und runzelte die Stirn. »Es hat keinen Zweck, verrückt zu spielen. Herr Winter ist noch in London, er kommt erst morgen früh zurück nach Hamburg.«

Calabrese versuchte sich zu beherrschen. Sie war kurz davor, die Frau zu erwürgen. Der schien allmählich der Ernst der Lage zu dämmern.

»Er will sofort nach der Landung herkommen, das hat er zugesagt. Er war mehrere Wochen in Südamerika und wusste nichts davon, dass seine Schwester vermisst wird.«

Calabrese stieß laut die Luft aus.

»Maledetto!«, fauchte sie. »Ist Ihnen klar, dass Sie die Polizei behindern?«

»Das glaube ich kaum«, entgegnete die junge Angestellte pikiert. »Er war völlig überrascht, als ich ihm sagte, dass seine Schwester verschwunden ist und wir ihn deshalb suchen. Er hatte wirklich keine Ahnung!«

»Das finde ich gern selbst heraus«, presste Calabrese durch die Zähne.

»Das Kind ist im Brunnen, so oder so«, murmelte von Wendsheim und legte Calabrese eine Hand auf die Schulter. Sie musterte ihre Schulter mit dem Fremdkörper. Von Wendsheim zog die Hand zurück. Sein spöttischer Blick ärgerte sie.

Endlich nickte sie. »Es wundert mich allerdings, dass Herr Winter nicht von sich aus mit uns sprechen wollte. Recht ungewöhnlich, sofern er wirklich von nichts weiß.« Sie kniff die Augen leicht zusammen. »Morgen früh also. Wir werden die Ersten sein, die mit Herrn Winter sprechen! Notieren Sie sich das.« Sie fixierte die Angestellte. »Ist das klar? Bevor hier irgendwelche Gespräche stattfinden, wird Herr Winter von uns befragt.«

Die junge Frau nickte ein wenig atemlos. Etwas Aufregenderes würde sie so bald nicht erleben.

Calabrese ließ sich von den Kollegen vor einem Hauseingang absetzen.

Sie stand vor der Panoramascheibe und sah direkt auf die Alster. Eine exklusive Wohnlage. Langsam drehte sie sich um.

»Hast du jetzt alle Lichter durchnummeriert?«, fragte Brander Angerboda spöttisch.

Sie zuckte mit den Schultern. Ein Blick auf ihn, und sie verbiss sich die Antwort. Sie wusste, dass er es hasste, wenn sie Rücksicht nahm. Aber er war einfach immer noch schwach. Es klingelte an der Tür. Ihre Blicke trafen sich.

»Wer ist da?«

Knistern und Rauschen, dann eine bekannte Stimme: »Wer will das wissen?«

Adam und van Veen standen in der Tür, hinter ihnen tauchte eine dunkelhäutige junge Frau auf. Calabrese musterte Aminata Neubauer interessiert. Sie warf einen Seitenblick auf Angerboda. Der sah aus, als hätte er einen Geist gesehen. Er starrte Neubauer an. Sie starrte zurück.

Adam hob eine Augenbraue. Bevor er einen Kommentar abgeben konnte, kam Calabrese ihm zuvor: »Alles okay?«

Angerboda räusperte sich, und der Moment war vorbei. Aber er ließ Neubauer nicht aus den Augen. »Freut mich, euch zu sehen.«

Die schwarze Schönheit schloss die Tür hinter sich. Calabrese fühlte sich seltsam hölzern. War sie etwa eifersüchtig? Sie wusste es selbst nicht.

Adam war vor die Scheibe getreten und verzog anerkennend das Gesicht.

»Nicht schlecht, mein Lieber. Brauchst du vielleicht einen Pfleger?« Sein Blick wanderte zwischen Angerboda und Neubauer hin und her. »Oder eine Pflegerin …«

Calabrese runzelte die Stirn.

Van Veen sagte sachlich: »Wir wollten uns davon überzeugen, dass es dir gut geht. Und sehen, ob wir etwas für dich tun können.« Er warf einen Blick aus dem Fenster. »Wie du siehst, sind wir fast in der alten Besetzung.

Bis auf Wagner natürlich. Dieses Mal arbeiten wir mit Adams Kollegen aus Altona zusammen.«

»Was macht Wagner jetzt?«, fragte Angerboda. »Wie läuft sein Detektivbüro?« Seine Augen blieben wieder an Neubauer hängen. »Und du? Bist du eine von Siegfrieds Kolleginnen?«

Neubauer atmete langsam aus. Sie fühlte Angerbodas Blick auf sich. Eine leichte Röte überzog ihr dunkles Gesicht. Calabreses Feindseligkeit war fast greifbar.

»Aminata-Marie Neubauer«, sagte sie heiser.

Calabrese drehte sich abrupt um. »Ich muss los.« Sie zog die Schultern hoch und ging mit halb erhobener Hand zum Ausgang. Die Männer sahen ihr verblüfft hinterher. Neubauer machte einen Schritt in Richtung Tür. Doch dann blieb sie stehen und sah betreten zu Boden.

Angerboda schüttelte leicht den Kopf. »Manchmal geht es einfach mit ihr durch. Kein Mensch weiß, was sie gerade hat oder worüber sie sich aufregt.«

Neubauer war zwar anderer Meinung, sagte aber nichts. Adam hob eine Augenbraue und murmelte: »Das ist Roberts Baustelle. Wenn die Dame sich nicht genug beachtet fühlt ... Vielleicht solltest du ihr mal auf den Zahn fühlen.« Er sah van Veen auffordernd an.

Der zuckte die Schultern. Calabrese würde sich wieder beruhigen, wie immer. Angerboda runzelte die Stirn. Er würde sie in den nächsten Tagen anrufen. Sie sollte ihm erklären, was ihr seltsames Benehmen zu bedeuten hatte. Dann schüttelte er die Gedanken an Calabrese ab.

»Aminata-Marie«, wiederholte er leise.

12

Val war schillernd wie ein Paradiesvogel zur Reeperbahn aufgebrochen. Man kannte sie, und sie kannte die einschlägige Szene. Wenn jemand dort etwas über Emilia Winter wissen sollte, würde sie es herausfinden.

Sie begann ihre Tour im *Club Paradise*. Auf ihren unglaublichen Absätzen stöckelte sie über den Kiez. Irgendwann kam sie auch an der Davidwache vorbei. Sie plauderte mit den Nutten vom Straßenstrich. Nur kurz und auch nur mit denen, die sie kannte. Die anderen beobachteten sie argwöhnisch. Danach führte ihr Weg vor allem in unbelebt wirkende Seitenstraßen.

Das Kopfsteinpflaster glänzte feucht im Licht der Straßenlaternen. Ihre Absätze klapperten laut durch die Nacht. Die Fußwege waren schmutzig, und die Graffiti krude und verzweifelt.

Ein abgerissener Mann kam ihr entgegen. Er schleppte eine volle Plastiktüte und fluchte vor sich hin. Sein Wortschwall wechselte zwischen lautem Pöbeln und einem kaum hörbaren Gebrabbel hin und her. Irgendetwas an ihm beunruhigte sie. Weit und breit war niemand sonst zu sehen. Sie atmete schneller. Normalerweise konnte sie sich auf ihren Instinkt verlassen. Kurz vor ihr war ein Tattoo Studio im Souterrain. Entschlossen trat sie ein. Mehrere Glöckchen klingelten leise.

Der Vorraum war dunkel, und sie ging schnell durch den schwarzen Vorhang in das angrenzende Zimmer. Viel heller war es hinter den Stoffbahnen auch nicht. Rötliches

Licht beleuchtete schwach die unzähligen Fotos an den Wänden. Der Künstler hatte hier offenbar seine frisch gestochenen Motive verewigt. Sie atmete laut aus. Ein Knurren ließ sie zusammenfahren. Tief und heiser.

Sie kniff die Augen zusammen. Am anderen Ende des Raumes saß ein Dobermann neben einem gewaltigen Sessel. Der Hund hatte die Zähne gebleckt und die Lefzen hochgezogen. Kein schöner Anblick. Sie seufzte. Vorsichtig tastete sie in ihrer Handtasche nach dem Pfefferspray. Ein Räuspern ertönte. Heiser und gleichzeitig feucht. Nur ein lebenslanger Raucher konnte so ein Geräusch hervorbringen. Val hielt den Atem an.

In dem Schatten auf dem Sessel bewegte sich etwas. Sie sah genauer hin und erkannte eine ausgemergelte Gestalt. Ganz in Schwarz. Hände bewegten sich.

Mit einem Zischen ging ein Streichholz an und beleuchtete ein eingefallenes Gesicht. Der Rauch kratzte Val im Hals. Aber sie war Raucherkneipen gewöhnt und nahm sich zusammen. Der hagere Mensch ergriff den Hund am Halsband und winkte Val zu sich heran. Rauchwolken stiegen über ihm auf.

Als sie näher kam, erkannte sie, dass der Sessel bessere Tage gesehen hatte. In der rötlichen Dunkelheit war die Farbe nicht zu erkennen, aber er war ebenso verschlissen wie die Person, die darin saß. Ein graues Gesicht, in dem schwarze Augen funkelten. Mann oder Frau, überlegte Val. Sie wusste, dass viele sich die Frage auch bei ihr stellten. Obwohl sie alles tat, um Zweifel zu zerstreuen. Diese Person sah mehr tot aus als lebendig. Der ausgemergelte Zustand beraubte sie außerdem ihrer Geschlechtsmerkmale.

»Was für ein Tattoo könntest du wollen? Nein, sag nichts!«

Die Gestalt hob eine Hand. Die Anstrengung ließ sie husten.

»Ein Einhorn? Nein, ein chinesisches Schriftzeichen. Das Zeichen für FRAU!«

Das spöttische Kichern endete in einem erneuten Hustenanfall. Val applaudierte lautlos.

»Bravo, wirklich super! Aber leider falsch. Kannst du ›Codein‹ auf Chinesisch?«

Verblüfftes Schweigen.

»Aber mit *dem* Husten stichst du hoffentlich nicht selbst.«

Das Wesen hatte sich wieder gefasst. »Auch mit dem Husten steche ich dir noch einen lebensgroßen Puma auf den Rücken. In einem Rutsch, ohne abzusetzen.«

Wieder schüttelte ein Hustenanfall den mageren Körper.

Val hob zweifelnd die Augenbrauen. Sie warf einen Blick über die Schulter und dachte, dass es langsam Zeit wurde zu gehen. Der unheimliche Mann draußen musste längst weg sein.

Plötzlich kam Leben in ihr Gegenüber. Der Holzstuhl, von einem Fuß herangezogen, schrammte über den Boden.

»Da, setz dich einen Moment zu mir. Dann finden wir heraus, was du willst. Bisher hat noch jeder sein Motiv bei mir gefunden.«

Widerstrebend setzte Val sich auf den klapprigen Stuhl. Sie stellte ihre Handtasche auf ihre Knie und umschlang sie mit beiden Händen. *Was mache ich hier?*, dachte sie verwundert.

Zweieinhalb Stunden später aß sie Falafel in der Hein-Hoyer-Straße. Sie hatte gerade noch einen Whisky im

Brachmanns getrunken, den hatte sie nötig gehabt, und überlegte jetzt, wo sie doch noch etwas erfahren könnte. Langsam schlossen die meisten Kiezlokalitäten. Was danach noch aufhatte, war entweder in der Erotikbranche oder abgerissen und schäbig. Wobei das eine das andere nicht ausschloss. Vielleicht machte sie noch einen Abstecher ins *Piccadilly*.

Tatsächlich saß sie dort wenig später mit einem Johannisbeerschnaps an der Bar. Die vorherrschende Farbe war Rot. Im Hintergrund lief der *Piccadilly Tango* von den Alfredos. Auf Regalen im Raum verteilt standen mehr als 200 Whisky- und Kaffeekrüge. Neben ihr starrte ein junger Mann in schwarzem Leder trübsinnig in sein Bierglas. Eindeutig schwul. Energisch wandte sie sich ab und zwinkerte dem Barmann zu. Wenn jemand etwas wusste, dann er.

Sie schwankte leicht vor der Haustür. Das Schlüsselloch schien ihr auszuweichen. Der Schlüssel kratzte über den Metallbeschlag. Val kicherte. Sie hielt die Luft an und beugte sich noch weiter herunter. Endlich! Es klappte so unvermutet, dass sie fast mit der Tür in den Raum fiel.

Adam stand am Fenster und betrachtete gedankenverloren die Aussicht. Er hatte seinen Kollegen den Rücken zugewandt, doch im Fenster konnte er ihre Spiegelbilder sehen.

Sie saßen Angerboda gegenüber, der erschöpft wirkte und sich mit halb geschlossenen Augen im Sofa zurückgelehnt hatte. Er saß unter einem abstrakten Gemälde von enormen Ausmaßen. Ein überdimensionaler Farbklecks vor dem Hintergrund der weiß verputzten Wand.

Sein Gesicht wurde zunehmend blasser. Es hob sich kaum noch von der Wand ab.

Aminata Neubauer bemerkte es. Hilfesuchend sah sie sich nach Adam um. Es wurde Zeit zu gehen. Ihr Chef starrte aus dem Fenster. Auch van Veen schien in Gedanken versunken zu sein. Schließlich richtete Angerboda sich auf und lächelte ihr zu. Sie lächelte zurück.

»Die Herren Kollegen scheinen zu träumen. Ich glaube, wir sollten besser gehen. Damit du deine Ruhe hast.«

Er schüttelte abwehrend den Kopf. »Bitte, du störst mich überhaupt nicht.« Sein Blick verschlug ihr für einen Moment die Sprache. Dabei war er seit seiner Verletzung nur ein Schatten seines früheren Selbst.

Van Veen räusperte sich. »Das stimmt, wir sind wirklich rücksichtslos. Brander, es tut mir leid, wir gehen jetzt. Dann kannst du dich von unserem Überfall erholen.«

Er erhob sich.

»Aufbruch?« Adam drehte sich zu ihnen um. »Wird auch Zeit.« Er ging zu Angerboda und legte ihm eine Hand auf die Schulter. »Steh nicht auf.«

Der sanfte Druck hielt Angerboda auf dem Sofa. Resigniert blieb er sitzen.

»Brander, altes Haus, wir halten dich auf dem Laufenden, wenn du willst. Auch was Wagner alias Holmes angeht. Aber jetzt hau dich erst mal in die Falle.«

Die Männer gingen in den Flur und zogen ihre Jacken an. Adam tauchte in der Türöffnung auf und warf Neubauer einen auffordernden Blick zu. Er runzelte die Stirn.

»Aminata? Wir wollen den alten Herrn nicht überfordern.«

Angerboda verzog das Gesicht. Er hielt Neubauers Hand einen Moment länger als nötig. Ihr Gesicht glühte.

In der Diele half van Veen ihr in den Parka. Unauffällig schob sie eine kleine Karte in ihre Jackentasche.

Adam lief wie ein Tiger durch seine Wohnung. Er war allein. Seine Tochter Louisa lebte bei ihrer Mutter in Volksdorf, also nicht gerade um die Ecke. Er hätte seine Tochter gern öfter bei sich gehabt, auch wenn ihre Besuche schwer mit seiner Arbeit zu vereinbaren waren. Aber sie fehlte ihm.

Er seufzte. Die Zeit verging, und nun wurde sie schon bald neun. Nachdenklich blieb er im Flur stehen. Sein Blick fiel auf die Ablage vor dem Spiegel. Eine Mütze. Leos. Adam runzelte die Stirn und ging in die Küche. Er holte eine angebrochene Flasche Rosé aus dem Kühlschrank. Mit der Flasche und einem Weinglas ging er ins Wohnzimmer.

Kurz darauf lag er mit halb geschlossenen Augen in seinem Entspannungsstuhl. Im Hintergrund spielte Joe Bonamassa.

Was brachte jemanden auf die Idee, eine Figur aus einem Roman sein zu wollen? Hatte die Person kein eigenes Leben? Oder ging es in Wirklichkeit doch um deren persönliche Lebensgeschichte? Hatte sie selbst oder jemand anderes erlebt, was in dem Thriller stand?

Bald war die Flasche leer und Adams Kopf fühlte sich genauso an. Mühsam erhob er sich und fiel ins Bett.

Neubauer schlief in ihrer kleinen Zwei-Zimmer-Wohnung in Barmbek. Auf ihrem Nachttisch lag eine Visitenkarte aus cremefarbenem Karton, beschwert mit einem Rosenquarz. Sie wohnte im Komponistenviertel. Bachstraße, Beethovenstraße und einige mehr. Das Beste an diesem Teil Barmbeks war die Nähe zu irgendwas. Die Nähe zu Kampnagel zum Beispiel, einer ehemaligen Kranfabrik, die 1984 umgebaut worden war und sich zu einem bedeutenden Kulturzentrum entwickelt hatte. Gleich um die Ecke lagen auch der Mühlenkamp, eine Straße mit stilvollen alten Wohnhäusern und zahllosen Bars und Restaurants, sowie der Osterbekkanal, wo im Schatten alter Bäume gemütlich die Kähne eines Bootsverleihs dümpelten.

Individualisten schätzten die kleinen Boutiquen in der Gegend, und wer Konventionelles vorzog, die Nähe zur Hamburger Meile, dem langgestreckten Einkaufszentrum an der Mundsburg. Vor allem aber gab es hier noch bezahlbaren Wohnraum mitten in der Stadt.

In dem Haus, in dem Neubauer wohnte, gab es leider Leute, die ein Problem mit ihrer Hautfarbe hatten. Diese Tatsache verunsicherte sie mehr, als ihr lieb war. Ihre selbstbewusste Mutter hatte noch nie einen Gedanken an die Meinung anderer verschwendet. Schon oft hatte Neubauer sich gewünscht, mehr wie ihre Mutter zu sein. Aus diesem Grund hatte sie auch die Zeugin insgeheim bewundert, die heute bei Adam eine Aussage gemacht und später die Unbekannte im Krankenhaus gerettet hatte. Die junge Frau hatte kein Problem damit zu sagen, was sie dachte. Sie war unangepasst. Außerdem versuchte sie nicht, zu gefallen.

Oder die Kollegin vom LKA. Scheinbar eine Zicke mit Haaren auf den Zähnen. Aber sie tat, was sie wollte, egal, was man von ihr hielt. Wie oft hatte Aminata ihre Unsicherheit schon verflucht.

In seiner 200-Quadratmeter-Wohnung an der Alster lag auch Angerboda mittlerweile im Bett. Der Besuch hatte ihn aufgewühlt. Als Erstes war die Erinnerung an seinen letzten Einsatz hochgekommen. Adam war der Auslöser, er war dabei gewesen. Damals, vor fast einem Jahr, als Brander von einer Kugel niedergestreckt worden war.

Er versuchte, eine bequemere Position einzunehmen. Leise stöhnend hob er die Bettdecke mit den Füßen an. Er weigerte sich inzwischen, Schmerzmittel einzunehmen, obwohl seine Lunge und die Narben ihm Probleme bereiteten.

Aminata-Marie. Hartnäckig kreisten seine Gedanken um den Namen und vor allem um die Frau, bis er endlich einschlief.

13

Mit der Zeitumstellung schien bei den Singvögeln Schlaflosigkeit ausgebrochen zu sein. Sie verfielen in einen musikalischen Frühmodus, und es war morgens unbeschreiblich laut. Selbst mitten in der Stadt.

Wagner wohnte in Fuhlsbüttel, ein wenig nördlich vom Zentrum. Dafür lag der Flughafen in der Nähe, an dem er bis vor Kurzem noch gearbeitet hatte. Sein Detektivbüro in Altona hingegen war leider ziemlich weit entfernt. Die winzigen Krakeeler sorgten dafür, dass er morgens gegen 4.30 Uhr wach wurde und an Weiterschlafen nicht mehr zu denken war.

Mit geschwollenen Lidern schlich er aus dem Bett in die Küche und setzte Kaffee auf. Er warf einen Blick auf Vals Zimmertür. Seine Schwester hatte in Berlin gelebt, wegen ihres gemeinsamen Babys, dem Detektivbüro, war sie nach Hamburg gezogen. Hier lebte sie bis auf Weiteres bei Wagner, der das Reihenhaus der verstorbenen Eltern übernommen hatte.

Er gähnte. Hinter der Tür rührte sich nichts. Das war ungewöhnlich. Auch Val war bei dieser Lautstärke vor ihrem Fenster normalerweise früh aus den Federn. Obwohl sie wesentlich später ins Bett kroch als er.

Er goss Kaffee in zwei Becher und klopfte an ihre Tür. Mit dem Ellenbogen drückte er die Klinke herunter und sah durch den Spalt. Er erstarrte. Ihr Bett war unberührt.

Die Frau im Krankenhaus lag mit offenen Augen im Bett. Auch sie war von dem Spektakel der Vögel geweckt worden. Sie seufzte. Noch zwei Stunden bis zum Frühstück. Sie lag ganz still, versuchte sich zu konzentrieren. Aber immer, wenn etwas aus dem Nebel auftauchen wollte, wenn es scheinbar zum Greifen nahe war und ihr ganzer Körper vor Aufregung zu kribbeln begann, wurde alles wieder schwarz. Am liebsten hätte sie ihren Frust herausgeschrien. Diese absolute Hilflosigkeit! Dann kamen die Kopfschmerzen mit erbarmungsloser Wucht. Wie rot glühendes Eisen auf einem Amboss. Als sie dachte, es könnte nicht mehr schlimmer werden, folgten die Hammerschläge.

Wagner hatte kurz geduscht, sich angezogen und beide Becher Kaffee getrunken. Danach war er eilig aufgebrochen. Dass Val nicht nach Hause gekommen war, war ungewöhnlich. Allerdings kam es schon mal vor, dass Partys auf St. Pauli bis in die Morgenstunden gingen. Und wenn Val den Absprung nicht schaffte, legte sie sich hinterher auf die Schlafcouch im Büro. Wagner hoffte, dass das auch letzte Nacht der Fall gewesen war. Anrufe auf dem Handy oder dem Bürotelefon hatte sie jedenfalls nicht entgegengenommen.

Er radelte zum Ohlsdorfer Bahnhof. Während er sein Fahrrad anschloss, überlegte er, ob er sich ein Taxi gönnen sollte. Schließlich entschied er sich dagegen. Wahrscheinlich lag seine Schwester nur verkatert im Büro.

Eine knappe Stunde später schloss er die Tür zur Detektei auf. Tatsächlich wurde er von einem lauten Schnarchen begrüßt.

Hoffentlich begann sie nicht, ihre alten Gewohnheiten aus Berlin wieder aufzunehmen. Zu viel Alkohol und durchzechte Nächte mit bestenfalls schrillen, aber leider manchmal auch zwielichtigen Gestalten. Besorgt sah er in den Besprechungsraum mit der Schlafcouch.

Er atmete auf. Sie lag mit halb geöffnetem Mund auf der ungemachten Couch und schnarchte, was das Zeug hielt. Aber wenigstens war sie allein.

Leise ging er in die Teeküche und schaltete den Kaffeeautomaten ein. Ihre Tasse stellte er auf ein kleines Tablett, zusammen mit einem Glas Wasser und einer Kopfschmerztablette. Bevor er zurückging, lehnte er sich einen Moment gegen die Arbeitsfläche. Mit Zeigefinger und Daumen massierte er seine Stirn. Er wusste, dass Val es nicht leicht hatte.

Ein geräuschvolles Gähnen holte ihn aus seinen Gedanken, gleichzeitig wurde er von einer gewaltigen Alkoholfahne getroffen. Seine Schwester lehnte im Türrahmen und gähnte ungeniert. Ihre Frisur war derangiert und ihr Gesicht von Make-up-Resten verschmiert. Wagner seufzte.

Er bemühte sich, in neutralem Tonfall zu sprechen. Keinesfalls vorwurfsvoll, das hätte ewige Diskussionen nach sich gezogen.

»Ist es spät geworden?« Er versenkte den Blick in seinem Cappuccino.

»Das kann man wohl sagen.« Sie griff nach dem Wasser und leerte das Glas in einem Zug. »Aber meine letzte Station war wenigstens zu einem kleinen Teil erfolgreich …«

Während sie ihr Glas unter dem Wasserhahn erneut füllte, sah er sie überrascht an.

Sie saßen in den Sesseln im Besprechungsraum. Val hatte sich gekämmt und gewaschen. Nach einer Aspirin, einem halben Liter Wasser und drei Tassen Espresso war sie ansprechbar.

Unbewusst strich sie beim Reden immer wieder über ihren linken Oberarm, und als Wagner sie dort vorhin aus Versehen berührt hatte, war sie schmerzhaft zusammengezuckt.

Er hörte ihr mit leicht gerunzelter Stirn zu. Schon wieder betastete sie äußerst vorsichtig dieselbe Stelle. Irritiert fragte er schließlich: »Sag mal, Val, was hast du eigentlich dauernd mit deinem Arm?«

»Wieso? Wie kommst du darauf? Was soll da sein?«

»Das frage ich dich.« Er richtete sich auf. »Bist du verletzt worden?«

»Ach was.« Resigniert sank sie in sich zusammen. Mit einem Seufzen öffnete sie die obersten Knöpfe ihrer Bluse. »Irgendwann erfährst du es ja sowieso.«

Vorsichtig schob sie den Ausschnitt über die linke Schulter und entblößte ihren Oberarm. Wagner sah ihr verständnislos zu, bis er den Grund erkannte: eine Tätowierung.

Er stieß die Luft aus. »Du spinnst!«

»Mag sein«, erwiderte sie. »Aber sieh mal genau hin. Es ist ein Kunstwerk. Der Mann, oder was immer es war, versteht sein Geschäft.«

Wagner beugte sich über ihren Arm. Das Bild, bestimmt sechs Zentimeter hoch, stellte einen Kopf mit zwei Gesichtern dar. Bei genauerem Hinsehen erkannte man eine männliche und eine weibliche Seite. Val beobachtete ihn halb zerknirscht, halb herausfordernd.

»Ein Januskopf«, sagte sie.

»Tatsächlich? Originell. Sind bei dem nicht eigentlich beide Gesichter männlich? Aber egal, du musst damit jetzt dein Leben lang herumlaufen.«

»Brüderchen, nicht so theatralisch. Notfalls wird sich schon etwas finden.« Sie verrenkte den Kopf, um das Bild auf ihrem Arm zu betrachten. Die Haut um die Einstiche war noch rot und geschwollen. »Ich muss es eincremen«, murmelte sie.

Was, wollte Wagner erwidern, *was soll sich da finden? Dachtest du an Amputation, wenn es dir nicht mehr gefällt?*

Aber er schwieg. Es hatte keinen Sinn, sich aufzuregen. Immerhin schien es gut gemacht worden zu sein. Er beugte sich vor und musterte das Tattoo erneut. Die Symbolik passte schon, irgendwie ... Er seufzte.

»Was wolltest du erzählen? Von der letzten Station auf deiner Sauftour?«

Val hob den Blick. Das Gesicht ihres Bruders war direkt vor ihr. Sie lehnte sich zurück und richtete ihre Kleidung.

»Jaaa, bei meinem letzten *Waterhole* ... Es war wirklich schon sehr spät, oder besser früh. Außerdem war ich neben der Spur. Mein Arm tat weh und ich wollte nicht darüber nachdenken, ob die seltsame Krähe im Tattoo-Studio mir nur eine Entzündung oder gleich Aids verpasst hatte.«

Wagner schüttelte den Kopf.

»Wo war ich? Ach ja, im *Paradise*. Falsch, das lag schon hinter mir. Richtig, im *Piccadilly* endete die Odyssee.«

Bei dem Wortspiel lächelte sie in sich hinein. Ihr Bruder stieß ein ungeduldiges Schnaufen aus.

Sie räusperte sich. »Ganz ruhig. Du bist angespannt, das ist nicht gut für deine Muskulatur.« Nach einem Blick auf sein Gesicht sagte sie schnell: »Ich wusste, dass dieser Barkeeper den Finger am Puls hat. Emiliana Winter, oder wie sie heißt, war leider nicht selbst in seinem Etablissement, aber Kollegen von ihr, vom Verlag. Die haben sich so richtig über sie ausgelassen. Und mein Kontakt hat sich das gemerkt, erstaunlich, nicht?«

Wagner rollte mit den Augen. »Und, weiter? Kommst du irgendwann auf den Punkt?«

Sie strich versonnen über ihren linken Arm. »Er hat wohl ein paar Stammkunden in dem Verlag. Liegt ja auch praktisch um die Ecke. Ist schon gut, aber hetz mich nicht! Die Frau muss unheimlich verschlossen sein. Sie hält sich aus allem heraus, duzt niemanden und lässt alle Annäherungsversuche abblitzen. Die Leute waren ziemlich aufgebracht darüber. Sie will nichts mit ihnen zu tun haben, so verhält sie sich. Das macht Menschen misstrauisch. Du willst nicht meine Freundin sein? Was bist du denn für eine? Jedenfalls haben die lieben Kollegen angefangen, ihr nachzuspionieren. Reine Neugier, kennt man ja – vor allem die Bosheit, die meistens dahintersteckt!«

Ein Thema, das sie berührte. Ihre Wangen hatten sich gerötet.

»Hauptsächlich haben sich alle darüber gewundert, dass ausgerechnet die Winter den dicken Fisch an Land gezogen hat, die öffentlichkeitsscheue Autorin Katharina Hofmann. Von der gesamten Belegschaft im Verlag ist sie die Einzige, die Kontakt zu der Autorin hat. Niemand außer ihr weiß etwas über diese Schriftstellerin. Keiner kennt ihren richtigen Namen. Wenn Honorare gezahlt werden, laufen sie über ein anonymes Nummernkonto.

Großes Geheimnis. Riesengroße Neugier. Hast du ein ungefähres Bild?«

Wagner nickte. »Hatten sie denn Erfolg mit ihren, hm, Nachforschungen?«

»Teils, teils. Den echten Namen der Hofmann haben sie nicht herausbekommen. Eine Zeit lang hielt sich sogar das Gerücht, dass es die Winter selbst sei. Hat sich aber nicht bestätigt, soweit ich weiß. Immerhin haben sie ihre Adresse herausbekommen. Also die von der Winter. Was leider auch kein großer Durchbruch ist, die Personalabteilung hat sie natürlich ebenfalls. Hält sie aber unter Verschluss.«

Wagner runzelte die Stirn. »Wir werden über die Personalabteilung kaum an vertrauliche Auskünfte herankommen.« Er sah seine Schwester an. »Tut dein Arm noch weh? Musst du die Wunde nicht eincremen oder pudern oder irgendwas?«

»Bien sûr. Mach ich gleich.«

»Also gut, haben wir die Adresse oder nicht?«

Sie lächelte ein kleines triumphierendes Lächeln und schnipste einen Fussel von ihrer Schulter. »Oui, cher frère! Mein phänomenaler Barmann erinnerte sich an die Straße und sogar an die Hausnummer. Wahrscheinlich ...«

»Wahrscheinlich?«

»Straße, 100 Prozent. Hausnummer, na ja, so um die 75!«

»Und, wo soll es sein?«

»Schulterblatt.«

»Und weiter?«

»Wie weiter?«

»Komm schon! Die Hausnummer!«

»75, sag ich doch.«

Wagner stieß die Luft aus. Meine Güte, war das zäh.

Val stand auf und suchte nach ihrer Handtasche. Wagner fand, dass es mehr ein kleiner Koffer war. Auf jeden Fall hatte auch die entzündungshemmende Creme des Tätowierers einen Platz darin gefunden.

Wagner fuhr sich über den Kopf, wodurch er sorgfältig geglättete Locken in Unordnung brachte. Fast wie Adam. Hastig strich er seine Haare zurück.

»Val, wir müssen diese Chance ergreifen. Das heißt, so schnell wie möglich in die Schanze!« Er sah auf die Uhr. »In spätestens 15 Minuten ist Jo hier. Du fasst alles kurz für sie zusammen, und dann starten wir durch.«

14

Von Wendsheim kam mit der S-Bahn aus Blankenese. Am Bahnhof Altona sollte Guenther ihn einsammeln.

Guenther wohnte in Wilhelmsburg. Die beiden Wohnbezirke konnten kaum unterschiedlicher sein. Blankenese stand für gediegenen hanseatischen Reichtum, überwiegend altes Geld, wohingegen Wilhelmsburg zumindest in großen Teilen zum Brennpunkt der Hamburger Kriminalität gehörte. Obwohl er wusste, dass Guenther vor dem Bahnhof mit Sicherheit schon wartete, holte von Wendsheim sich seelenruhig einen Latte Macchiato und ein belegtes Brot. Im letzten Moment bestellte er noch einen schwarzen Kaffee, mittlere Größe. Becher und Brötchentüte balancierend fuhr er die Rolltreppe hoch und verließ den Bahnhofsbereich.

Guenther lehnte mit verschränkten Armen an der Fahrertür seines zerbeulten Wagens.

Von Wendsheim wappnete sich innerlich und zwang seine Gesichtszüge zu einem verbindlichen Lächeln. »Moin!«

Guenther stöhnte übertrieben. Erst musterte er seinen Kollegen strafend, dann schnappte er sich den Becher mit dem Latte. Bevor von Wendsheim reagieren konnte, beschwerte er sich: »Steig schon ein! Eine halbe Stunde warten reicht mir.«

Von Wendsheim saß gerade und starrte den Kaffeebecher an, da setzte sich der alte Mitsubishi Pajero mit einem kräftigen Ruck in Bewegung. Er hielt den überschwappenden Becher hoch und verzog das Gesicht. Ein halber Schluck war genug. Der Tag fing wirklich beschissen an. Süßer Kaffee! Er hatte extra Zucker für Guenther genommen.

»Wieso ist der Latte so bitter?«, beschwerte der sich im selben Moment.

»Fahr einfach und halt die Klappe.«

»Eure Lordschaft ist wohl nicht gut drauf, heute Morgen.«

Statt einer Antwort sah von Wendsheim demonstrativ aus dem Fenster.

»Was ist in der Tüte? Eine fette kleine Schweinerei?«

Nach einem Seitenblick auf von Wendsheims flachen Bauch fügte er hinzu: »Denk an deinen Leibesumfang. Nicht, dass ich mir wieder das Gejammer anhören muss.«

»Augen bitte nach vorn im Straßenverkehr!«

»Alter, was ist los mit dir? Du bist ja noch verkniffener als sonst! Dabei hab *ich* wie ein Idiot vor dem Bahnhof gestanden und gewartet.«

»Scheiße«, stieß von Wendsheim hervor. »Erst säufst du meinen Latte, und dann willst du auch noch mein Brot fressen?«

»Jetzt lass mal gut sein. Erstens würde ich niemals auf die Idee kommen, die morgendliche Latte des Herrn Grafen zu saufen, garantiert nicht, und zweitens …«

»Es reicht. Du bist im Keller des guten Geschmacks. Tiefer geht's nicht, selbst für dich – also: einfach mal Fresse halten.«

Sie näherten sich Eimsbüttel, wo Calabrese hoffentlich auf sie wartete.

»Bei der Dame müssen wir aufpassen, dass sie uns nicht im Regen stehen lässt.«

Von Wendsheim warf Guenther einen spöttischen Blick zu.

»Bildlich gesprochen, natürlich!«

Er holte endlich sein Brot aus der Tüte und nahm einen herzhaften Bissen.

Guenthers Magen knurrte laut.

»Halt an! Bist du blind? Da steht sie doch.« Von Wendsheim zeigte auf den Straßenrand. Er drehte sich um. Calabrese sah ihnen mit finsterem Gesicht hinterher.

Guenther zuckte die Achseln.

»Also bitte, wer lässt hier wen im Regen stehen?« Er grinste. »Ich hatte sie echt nicht auf dem Schirm. Muss akute Unterzuckerung sein. Aber die Dame hat uns leider gecheckt. Na egal, ich wende da vorn.«

»Futterluke auf!« Von Wendsheim hielt ihm sein Brot unter die Nase.

Calabrese öffnete die Wagentür. Die Männer nickten synchron, beide mit vollem Mund.

»Lasst mich raten, der Wagen ist ein Erbstück. Zweiter Weltkrieg, Japan im Völkerbund …«

Von Wendsheim prustete los und verschluckte sich. Guenther erwiderte unbewegt: »Der nächste Bahnhof dürfte Christuskirche sein. Die Züge fahren im Zehn-Minuten-Takt.«

Sie runzelte die Stirn. »Acht Minuten, um genau zu sein. Aber ich denke, wir hören auf zu schmollen und benehmen uns wie große erwachsene Polizisten.« Sie sah von einem zum anderen. »Dafür werden wir bezahlt. Also fahren wir brav zusammen ins Schanzenviertel.« Sie lehnte sich zurück und sah aus dem Fenster.

Bis zur Ankunft beim Verlag war es still im Wagen.

»Weißt du, was ein Januskopf ist?«, fragte Val Leos Freundin. Diese hatte gerade die Tür aufgeschlossen und schälte sich aus ihrer Jacke. Heute hatte sie einen kupferroten Pagenschnitt. Wagner schüttelte still den Kopf. Manchmal war es anstrengend, am Arbeitsplatz nur von Frauen umgeben zu sein.

»Ich weiß nicht, was meintest du?« Peters runzelte die Stirn. Sie hängte ihre Jacke auf.

Val seufzte. »Komm erst mal mit. Tintin, holst du uns Kaffee? Ich bringe Jo auf den neuesten Stand.«

Wenig später schloss Wagner die Tür hinter sich. Er hatte zwar dafür plädiert, mit der S-Bahn zu fahren, aber davon wollte seine Schwester nichts wissen. Sie führte an, dass sie immer und überall einen Parkplatz finden würde, und Wagner musste ihr recht geben. Egal wo, mitten im Zentrum oder in überfüllten Seitenstraßen, Val parkte garantiert immer genau dort vor der Tür, wo sie hinwollte.

Während Wagner besorgt die Straße scannte und keine einzige Parklücke fand, setzte Val seelenruhig den Blinker und wartete, bis der Wagen, der direkt vor der Hausnummer 75 stand, herausgefahren war. Schwungvoll setzte sie ihr Peugeot-Cabrio in die Lücke.

»Et voilà!« Sie schälte sich aus dem Sitz.

Ihr Bruder stieg kopfschüttelnd aus. Auf dem Gehweg sahen sie sich um. Vor ihnen Wohnhäuser aus der Gründerzeit, an den Fassaden Graffiti bis hoch zum ersten Stock. Halbblinde Fenster, umrahmt von Stuck und Rosetten, hübsche kleine Erker. Im Erdgeschoss ein portugiesisches Restaurant, eine Bankfiliale und ein Eiscafé. Genau darüber, im zweiten Stock, sollte die Wohnung der verschwundenen Lektorin sein. Die Namen neben den

Klingelknöpfen waren kaum lesbar, versteckt hinter vergilbten und zerkratzten Plastikschildchen.

Wagner entzifferte den Namen auf einem der Schilder. Er klingelte. Nichts tat sich. Er sah seine Schwester an.

Sie zuckte die Schultern. »Warten«, flüsterte sie. »Oder woanders klingeln. Am besten bei einem aufregenden Namen.«

Er zögerte. Schließlich drückte er zaghaft auf den obersten Klingelknopf. Stille. Dann eine heisere Stimme: »Was willst du? Pack deine Scheißreklame ein und verschwinde!«

»Auf-re-gend, cher frère, nicht auf-ge-regt!« Sie schob ihren Bruder zur Seite, lehnte sich über die Gegensprechanlage und sagte mit tiefer Stimme: »Vergiss die Reklame, Baby. Meine Freundin macht nicht auf, und das heißt, dass sie einen ihrer Asthmaanfälle hat. Also drück auf den Knopf und lass mich rein!«

Es kam keine Antwort, aber endlich summte es, und sie konnte die Tür öffnen. Wagner folgte ihr kopfschüttelnd.

Im zweiten Stock waren sie so schlau wie vorher. »Worauf wartest du?«, zischte Val, »das hättest du dir ja denken können. Sie wird vermisst, also mach diese Tür irgendwie auf.«

Ihr Bruder hörte nur mit einem halben Ohr zu. Er schnupperte. Unbewusst, aber konzentriert. Bilder von aufgebrochenen Wohnungen verschwundener Personen stiegen vor seinem geistigen Auge auf. Er hatte solche Einsätze erlebt, in seinem früheren Leben als Polizist. Man musste immer auf das Schlimmste gefasst sein.

Er wappnete sich innerlich und zog einen Dietrich aus der Jackentasche. Im Handumdrehen hatte er die Tür geöffnet. Seine Schwester warf ihm einen anerkennenden Blick zu und verschwand in der dunklen Wohnung. Sekunden später hörte er sie keuchen. Kaum war er drinnen, hielt auch er den Atem an.

Val lehnte an der Wand. Ihr Gesicht war fast vollständig hinter einem Taschentuch verschwunden. Sie drückte es mit beiden Händen fest auf ihre Nase und starrte ihn mit glasigen Augen an.

Er griff nach seiner Taschenlampe. Der Lichtkegel fiel auf die Tür, hinter der der Gestank lauerte.

Sie war nur angelehnt. Wagner stieß sie mit einem Fuß auf.

Das Schlafzimmer. Weiß getünchte Wände, eine Schrankwand mit Lamellen und auf dem Doppelbett ein Mensch, der nicht wieder aufwachen würde.

Wagner schaltete das Licht ein. Langsam näherte er sich dem Bett. Seine Schwester hielt sich dicht hinter ihm. Das Taschentuch sank herab, er hörte, wie sie scharf die Luft einzog. Danach würgte sie. Er drehte sich um und schob sie zurück. Der Anblick auf dem Bett war nicht schön. Dazu der Gestank. Er verstellte ihr den Blick auf die Leiche und fragte: »Seit wann wird Frau Winter vermisst?«

Sie schluckte. In ihrem Kopf war Chaos.

»Ruhig«, sagte er, »flach atmen. Ganz oben im Zwerchfell. Dann denk noch mal nach: Wie lange ist die Frau schon verschwunden?«

»Soweit ich weiß – ungefähr eine Woche.«

Er drehte sich um und warf einen langen Blick auf das Bett. »Das könnte hinkommen«, murmelte er.

Val war noch um Fassung bemüht. Bei der Gründung der Detektei hatte sie den Mund ziemlich voll genommen.

Theoretisch hatte sie auch alles drauf. Aber praktisch? Die vielen Vorträge hatten sie nicht ausreichend auf die Realität vorbereiten können.

Dieser Tod war unwürdig. Die Vorstellung, so aufgefunden zu werden, war beinahe schlimmer als der Gedanke an den Tod selbst. Sie fühlte ihre Distanz schwinden. »Schrecklich«, stöhnte sie leise.

Bevor ihr Bruder sie fürsorglich aus dem Zimmer bringen konnte, straffte sie sich.

»Schon gut. Es geht schon wieder. Tintin, wir haben nicht viel Zeit. Wir müssen auf Spurensuche gehen – und unseren hübschen Hauptkommissar anrufen.«

Wagner antwortete nicht. Er kämpfte mit widerstreitenden Gefühlen. Der Ernst ihrer Lage war ihm schlagartig bewusst geworden. Eben hatten sie noch Detektiv gespielt, wie früher als Kinder. Aufregend zwar, aber selten gefährlich. Mit einem Schlag war alles anders. In seiner Zeit als Kommissar hatte er gefährliche Situationen erlebt, nicht viele, aber schon ein paar, nur hatte er dabei immer die Sicherheit des Polizeiapparats hinter sich gewusst. Jetzt fühlte er sich schutzlos, beinahe vogelfrei. Und irgendwie waren sie das ja auch. Ein Privatunternehmen, ohne Befugnisse. Auf keinen Fall durften sie die Arbeit seiner ehemaligen Kollegen behindern.

Val legte ihm eine Hand auf die Schulter und schüttelte ihn leicht. Er nahm ihre Hand und drückte sie.

»Du hast recht. Beeilen wir uns!« Mit der freien Hand fischte er Latexhandschuhe aus seiner Jackentasche.

Augenrollend verfolgte er Vals Show beim Anziehen. Dabei sah sie überall hin, nur nicht in Richtung des Bettes.

»Schau dir die anderen Räume an«, sagte er. »Vielleicht fällt dir etwas auf. Suche nach Einbruchsspuren, ob etwas durchwühlt aussieht. Hat sie Besuch gehabt? Solche Sachen.«

»Ouí, mon général!« Val ging aus dem Zimmer.

»Und denk dran, wir haben nicht viel Zeit. In 15 Minuten rufe ich Siegfried an.«

Meine Güte, dachte Wagner. *Das sieht wirklich unschön aus!* Das Gesicht der Person war bis zur Unkenntlichkeit zerstört worden. Dafür musste jemand sehr oft und sehr brutal zugeschlagen haben. Abgrundtiefer Hass drängte sich als Motiv auf. Es war aber auch möglich, dass jemand die Identität des Opfers verschleiern oder eine Identifikation zumindest erschweren wollte. Dafür sprach die Tatsache, dass beide Hände fehlten. Wagner atmete tief aus. Vielleicht war es einfach das Werk eines durchgeknallten Psychopathen!

Er schloss die Augen. Dann zwang er sich, noch einmal genau hinzusehen. Keine Haare, das stach ihm als Nächstes ins Auge. Verwundert trat er näher heran. Was vom Schädel übrig war, schien sorgfältig rasiert worden zu sein. Die abgetrennten Hände waren nirgends zu sehen. Das blutige Bettzeug war zerwühlt. Er beugte sich dicht über den Körper und zwang sich, ganz genau hinzuschauen. Die Scharten auf der Kopfhaut zeugten davon, dass die Rasur erst nach Eintritt des Todes erfolgt war.

Als er Geräusche hörte, rief er: »Hast du etwas gefunden, Val?«

Ihre Antwort war unverständlich, also machte er sich auf den Weg zu ihr.

15

Vielleicht muss ich noch einmal etwas weiter ausholen. Ganz so plötzlich waren die Misshandlungen meines Ehemannes doch nicht gewesen.

Es hatte vorher eine Zeit der, sagen wir, Reife gegeben. Christopher wollte auf keinen Fall Kinder, ich um jeden Preis ... So viel zu der umfassenden Analyse einer Beziehung, bevor man heiratet!

Er NEIN – ich JA, es war eine fatale Situation. Vor allem, weil es einfach nicht in meinen Kopf hinein wollte, aus welchem Grund er gemeinsame Kinder mit mir so kategorisch ablehnte. Hatte es mit mir zu tun? Was konnte dahinterstecken? Der Gedanke trieb mich um und ließ mir keine Ruhe. Irgendwann veranlasste er mich, meinem Mann hinterherzuspionieren. Ich befürchtete, er würde mich betrügen und dass er nur aus diesem Grund keine Kinder mit mir haben wollte. Zumindest in dem Punkt hatte ich weit danebengelegen.

Später wünschte ich, es wäre nur das gewesen.

Hinter zusammengezogenen Augenbrauen betrachtete Calabrese die Umgebung. Die beiden Typen aus Adams Truppe gingen ihr gewaltig auf die Nerven, das war ihr deutlich anzusehen. Die Stimmung im Wagen war ungemütlich, und als sie endlich angekommen waren, riss sie sofort die Tür auf. Auf dem Gehsteig dehnte sie sich wie eine Katze und sah sich um. Von Wendsheim und Guenther schlenderten gerade um den Wagen, da marschierte sie schon in die Richtung des Verlags. Die beiden Polizisten warfen sich einen genervten Blick zu.

Ungerührt drückte sie auf die Klingel. »LKA, Calabrese. Und zwei Kommissare. Wir wollen zu Herrn Winter.«

Der Summer ertönte. Sie drückte die Tür auf und ging voraus.

Die »zwei Kommissare« lehnten mit verschränkten Armen links und rechts vom Eingang. Von Wendsheim zuckte die Schultern und folgte ihr. Er hielt die Tür für Guenther auf.

Am Empfang wurden sie von einer Frau mit schwarzer Designerbrille erwartet. Sie stellte sich als Claire Marciniak vor und bebte vor unterdrückter Aufregung.

»Herr Winter wartet im Besprechungszimmer. Er ist gerade aus London angekommen. Folgen Sie mir bitte.«

Auf dem Weg dorthin drehte sie sich vertraulich zu ihnen um. »Die Nachricht vom Verschwinden seiner Schwester hat ihn sehr aufgeregt, er ist außer sich.« Vor der Tür zu dem Besprechungszimmer blieb sie stehen. »Ich habe Kaffee für uns bestellt.«

Calabrese verzog das Gesicht. Wollte die Frau dafür gelobt werden? Sie zeigte auf den Türdrücker.

Der Mann, der in dem kleinen Raum auf und ab tigerte, war groß und im landläufigen Sinne gut aussehend. Er hatte volles dunkles Haar und eine athletische Figur. Das Kinn war etwas fleischiger, um die Leibesmitte war er etwas fülliger, aber Letzteres wurde durch einen guten Schneider geschickt kaschiert.

Der Mann patrouillierte ruhelos vor den Altbaufenstern auf und ab. Als die Tür sich öffnete und vier Personen den Raum betraten, blieb er unvermittelt stehen.

Man sagte Calabrese einen Blick nach, der sich durch Stahl schneiden konnte. Außerdem konnte er das Innerste einer Person nach außen kehren. Diesen Röntgenblick richtete sie auf Christopher Winter.

Er musterte die Hereinkommenden. Calabreses Blick glitt einfach von ihm ab.

»Was ist mit meiner Schwester?«, fragte er. Auf seinem Gesicht zeigten sich Spuren von Erschöpfung. Die Nachricht von ihrem Verschwinden hatte ihn gestern erreicht.

Die Angestellte war mit der Situation sichtlich überfordert. Sie rang die Hände.

»Nehmen Sie doch bitte Platz.«

Calabrese kniff die Augen zusammen. Sie konnte den Mann nicht einordnen. Ihre Kollegen setzten sich, und Winter nahm widerstrebend ihnen gegenüber Platz. Marciniak verließ mit einer gemurmelten Entschuldigung den Raum.

Calabrese stellte sich an eine Schmalseite des Tisches. Straßenlärm drang gedämpft zu ihnen herauf. Sie beugte sich vor und stützte die Hände auf der Tischplatte ab. Dabei fixierte sie Winter.

»Ihre Schwester ist der einzige uns bekannte Kontakt zu einer Schriftstellerin namens Katharina Hofmann«, sagte sie.

Er zuckte mit den Schultern. »Ja, und? Das interessiert mich nicht. Ich will wissen, seit wann meine Schwester vermisst wird und was getan wird, um sie zu finden!«

Die Tür ging auf und eine Frau schob sich durch die Öffnung. Sie balancierte ein volles Tablett. Alle sahen zur Tür und Guenther sprang auf, um ihr zu helfen.

Sie nickte ihm dankbar zu. »Claire, äh, Frau Marciniak, lässt sich entschuldigen. Sie hat Termine. Ich soll für sie bei dem Gespräch dabei sein.« Sie stellte das Tablett auf dem Tisch ab und begann mit der Verteilung von Gläsern und Tassen.

»Der Verlagsleiter ist im Urlaub. Sein Vertreter ist krank.« Sie lächelte. »Ich heiße übrigens Julia Dietrich.«

Die beiden Kommissare lächelten ritterlich zurück und Christopher Winter brummte etwas Unverständliches.

Calabrese trommelte mit den Fingern auf die Tischplatte.

»Gut, also, Ihre Schwester ist eine wichtige Zeugin für uns. Seit wann sind Sie im Ausland und wann hatten Sie das letzte Mal Kontakt zu ihr?«

Winter schien nachzudenken. »Beides ist fast exakt drei Wochen her«, sagte er schließlich. »Am Abend vor meiner Abreise nach Buenos Aires habe ich mit Emilia telefoniert.«

»Sind Sie verheiratet?«, warf von Wendsheim ein.

Irritiert wandte Winter den Blick von Calabrese zu ihm. »Ja, allerdings. Warum interessiert Sie das?«

»Wie lautet der Name Ihrer Frau?«

»Marlene Winter. Können Sie mir jetzt bitte sagen, warum Sie diese Fragen stellen?«

»Wo hält Ihre Frau sich zurzeit auf?«

Winter lehnte seinen massigen Körper im Stuhl zurück. Das Holz reagierte mit einem protestierenden Knarren. Er betrachtete kurz seine Finger, dann richtete er seine graublauen Augen auf Calabrese. Sie erwiderte seinen Blick.

Er hatte schöne Augen und dichte schwarze Wimpern.

»Ihre Frau«, erinnerte sie ihn, »wo können wir sie erreichen?«

»Sie wird in unserer Finca auf Mallorca sein.« Winter runzelte die Stirn und sah alle der Reihe nach an. »Verflucht noch mal, was ist hier eigentlich los?«

Sein Blick blieb an Julia Dietrich hängen. »Sie sind doch eine Kollegin meiner Schwester. Also bitte, worum geht es hier? Was ist mit Emilia?«

Von Wendsheim und Guenther sahen sich an. Ersterer nickte und sagte: »Frau Dietrich, wir müssen Sie bitten, vorerst den Raum zu verlassen.«

Sie sah ihn fragend an und Guenther ergänzte: »Sorry.« Er sprang auf und öffnete die Tür für sie. »Wir melden uns bei Ihnen.«

Calabrese machte eine auffordernde Handbewegung. Ausnahmsweise waren die drei Ermittler sich einig. Julia Dietrich verließ zögernd das Zimmer.

»Meine Schwester!«, wiederholte Winter.

»Sie wurde von ihren Arbeitskollegen als vermisst gemeldet«, sagte von Wendsheim.

»Ich verstehe nicht ...« Winter rieb sich das Gesicht. »Es tut mir leid, ich bin ziemlich müde. Waren Sie bei meiner Schwester zu Hause? Das lässt sich sicherlich ganz einfach aufklären. Sie hasst es, krank zu sein. Wahrscheinlich hat sie sich deshalb nicht gemeldet. Eine Grippe oder so was. Irgendetwas, das sie umgehauen hat.«

Müde sah er hoch. Seine Augen waren rot gerändert.

»Wir müssen noch einmal auf Ihre Frau zurückkommen«, begann Calabrese. In dem Moment klingelte von Wendheims Telefon. Er sah auf das Display. Adam. Von Wendsheim stand auf und ging vor die Tür.

»Moment«, sagte er in den Hörer.

Im Gang sah er sich um. Die Tür zu einem der Zimmer stand offen. Julia Dietrich saß vor dem Schreibtisch der

Marciniak. Er lächelte beide Frauen an und zog die Tür zu. »Moin, Chef, was gibt's?«

»Ihr seid beim Verlag, korrekt?«

»Treffer und versenkt.«

Adam sprach einige Minuten und von Wendheims Augen wurden immer größer. Als Adam fertig war, blieb es einen Moment still.

»Scheiße«, sagte von Wendsheim endlich. Er hatte seine Runden vor dem Besprechungsraum beendet und sah auf die geschlossene Tür. »Scheiße«, wiederholte er. Dann nahm er sich zusammen und berichtete von dem Gespräch mit Christopher Winter.

Adam hörte schweigend zu. Schließlich räusperte er sich. »Ihr müsst ihn hinhalten, bis wir hier mit den Spuren fertig sind. Außerdem ist der Anblick nichts für schwache Nerven. Bereitet ihn darauf vor, aber seht zu, dass er die Tote identifiziert. Die Adresse ist praktisch nebenan.« Er unterbrach das Gespräch.

Bevor von Wendsheim in das Zimmer zurückging, fluchte er erneut. Drinnen sah Guenther ihn fragend an, aber er schüttelte nur leicht den Kopf. »Jetzt nicht.«

Winter war gerade dabei zu erzählen, dass er ein Haus auf Mallorca besaß, wo seine Frau sich nach seinem Kenntnisstand aktuell aufhalten würde. »Eine Finca mit einem Stück Grund. In unserem Fall mit Pool und mehreren Hektar Land, auf denen eine Handvoll Olivenbäume wachsen. Sehr idyllisch. Das Wetter ist im Allgemeinen auch besser als hier.«

Er verstummte. Es arbeitete in seinem Gesicht. »Sie haben mir immer noch nicht gesagt, was das alles mit meiner Schwester zu tun hat. Also, bevor ich weiter kooperiere, bestehe ich auf einer Antwort.«

Von Wendsheim versuchte, Guenther durch Grimassen etwas mitzuteilen. Der machte ein ratloses Gesicht. Calabrese sah die beiden irritiert an. Von Wendsheim räusperte sich.

»Wir bräuchten die Anschrift Ihrer Schwester«, sagte er.

»Das ist hier gleich nebenan«, erwiderte Winter. Sein Blick ruhte nachdenklich auf von Wendsheim. Langsam nahm sein Gesicht einen alarmierten Ausdruck an. »Ist etwas passiert?«

Der Kommissar sah seine Kollegen an und wies mit den Augen Richtung Tür.

»Warten Sie bitte einen Moment«, sagte er zu Winter.

Guenther und Calabrese folgten ihm aus dem Zimmer.

»Was soll das werden?«, zischte Calabrese. »Wir hatten ihn gerade schön am Laufen.«

Von Wendsheim seufzte. Er erzählte ihnen von Adams Anruf und dass Wagner in der Wohnung von Winters Schwester war.

»Wieso ist Wagner in der Wohnung?«, fragte Calabrese scharf. Sie kannte ihn von seinem letzten Einsatz. Auf jeden Fall war er nicht mehr bei der Polizei. Damit hatte er für sie den legalen Weg verlassen und den Guten entsagt.

»Was weiß denn ich«, herrschte von Wendsheim sie an. »Auf jeden Fall können wir unserem Zeugen jetzt mitteilen, dass in der Wohnung seiner Schwester eine Leiche liegt. Vielleicht möchte er sie ja identifizieren. Aber nach dem, was Adam gesagt hat, dürfte das gelinde gesagt schwierig sein.«

Guenther runzelte die Stirn. »Gemach, lieber Kollege. Wir müssen überlegen, ob wir uns diesen Tatbestand zunutze machen können.«

»Bist du übergeschnappt?«, erwiderte von Wendsheim.

»Keinesfalls. Ich finde das Auftreten des Mannes nicht stimmig. Warum ist er zum Beispiel nicht zuerst in die Wohnung seiner Schwester gegangen, wenn sie sich hier gleich nebenan befindet?«

»Du hast recht.«

»Wie auch immer«, sagte Calabrese, »wir müssen ihn jetzt informieren.«

Die Männer nickten. »Aber wir können ihn auf keinen Fall gleich mitnehmen.«

16

Wagner hatte Adam angerufen. Er hatte ihm alles geschildert, wie sie es in der Wohnung vorgefunden hatten. Siegfried Adam hatte ihm in deutlichen Worten zu verstehen gegeben, dass er bei der Ermittlung nicht erwünscht war: »Halt dich da gefälligst raus!«

Das war für Wagner natürlich keine Option, schließlich folgte er einem Auftrag, gewissermaßen einem höheren Ziel. Aber Adam hatte klare Vorstellungen davon, wie alles laufen sollte, und er war nicht für übermäßige Toleranz bekannt. Daher bestand Wagners Antwort nur aus einem unverständlichen Gemurmel. Widersprechen brachte nichts, und direkt lügen wollte er auch nicht. Bevor Adam nachhaken konnte, unterbrach Wagner die Verbindung.

Er sah sich nach seiner Schwester um. Sie war immer noch etwas blass um die Nase und hatte sich auf einen Sessel im Wohnzimmer gesetzt.

»Wir haben fünf Minuten«, sagte er zu ihr. »Danach dürfen wir nur noch aussagen, was wir gefunden haben und warum wir überhaupt hier waren.«

Sie nickte mechanisch und umklammerte die Sessellehnen. Wie sie so dasaß, völlig verkrampft, schien sie sich an dem Sessel festzuhalten. Die durchsichtigen Einmalhandschuhe wirkten seltsam unpassend an ihren großen Händen.

»Du verschwindest hier«, entschied er. »Ich bleibe für die Aussage und komme später nach ins Büro.«

Val erhob sich wie eine alte Frau. Bevor sie hinausging, legte sie ihm eine Hand auf die Schulter.

»Wer macht so etwas?«, sagte sie, ohne eine Antwort zu erwarten. Kopfschüttelnd verließ sie die Wohnung.

Wagner atmete auf. Nachdem er keine Rücksicht mehr auf seine Schwester nehmen musste, gewann seine Erfahrung als Polizist die Oberhand. Bevor Adam und seine Truppe auftauchten, hatte er zwei leere Flaschen billigen Fusels im Mülleimer und einen auffälligen Schmutzrand in der Wanne des ansonsten klinisch sauberen Badezimmers entdeckt.

Neubauer war mit Adam in der Wache. Eigentlich warteten sie auf van Veens Ankunft, aber nach Wagners Anruf beschloss Adam, sofort in die Wohnung von Emilia Winter zu fahren. Neubauer sollte ihn begleiten. Diesmal fuhren sie mit dem Mustang.

Adams 1965er Mustang Shelby war ein Erbstück von seinem Vater. Das Einzige, was er je von ihm bekommen hatte. Und auch das erst nach seinem Tod. Aber der Alte hatte sich um ihn gekümmert, nachdem Adams Mutter die Familie verlassen hatte. In Gedanken versunken, schloss Adam die Fahrertür auf und stieg ein.

Neubauer wartete geduldig auf der Beifahrerseite. Sie kannte ihren Chef inzwischen recht gut. Ihr Blick glitt über den schmutzig-weißen Wagen mit den zwei blauen Le Mans-Streifen. Eine Wolke aus Benzin und Testosteron schien an ihm zu kleben, wie ein aufdringliches Aftershave.

Als sie die Wohnung von Emilia Winter betraten, hatte Calabrese gerade angefangen, Wagner in die Mangel zu nehmen.

Beim Klang von Adams Stimme sah Wagner hoffnungsvoll in Richtung Tür.

»Hallo, Siegfried«, sagte er erleichtert.

Adam hob eine Augenbraue.

»Chef!«, verbesserte Wagner sich schnell.

Von Wendsheim und Guenther waren nicht im Raum. Sie mussten irgendwo in der Wohnung sein.

Adam nickte Calabrese zu. Sie machte ein Gesicht, als hätte sie auf eine Zitrone gebissen.

»Wo ist Robert?«, fragte sie.

»Kommt nach.«

Adam sah sich um. Sie standen im Wohnzimmer, das aussah, wie aus einem IKEA-Katalog. Adam schloss für einen Moment die Augen. Etwas passte nicht.

Neubauer ging langsam durch den Raum. Calabreses Blicke folgten ihr.

Adam öffnete die Augen und schüttelte die Stimmung ab. Der Gesichtsausdruck der LKA-Kommissarin war unbewegt, aber ihre Anspannung hing in der Luft. Er beobachtete sie. Sie vibrierte geradezu vor Selbstbeherrschung. Waren es ihre Schwingungen, die ihn gestört hatten? Wohl kaum. Er verwarf den Gedanken und wandte sich Wagner zu.

»Wo ist dein Schatten?«

Wagner zögerte. Schließlich seufzte er und sagte: »Val war ziemlich geschockt nach dem Fund. Ich habe sie nach Hause geschickt. Sie hat ja nicht mehr gesehen als ich. Eher weniger.«

»Sie hätte nicht einfach verschwinden dürfen«, stellte Calabrese fest.

»Hätte, sollte … Wir haben Valentino, und der weiß, worum es geht. Er war lange genug selbst Polizist. Ersparen wir uns eine hysterische Zeugin. Wir wissen, wo wir sie finden.«

Calabrese hatte Adams Spitznamen für Wagner schon immer lächerlich gefunden. Sie musterte Adam regungslos von oben bis unten. Dann drehte sie sich auf dem Absatz um und ging.

Für einen Sekundenbruchteil grinsten Adam und Wagner sich an, wie früher. Aber das Grinsen verschwand sofort aus Adams Gesicht.

»Valentino«, begann er, »jetzt möchte ich von dir hören, wie ihr in diese Lage gekommen seid.«

Wagner holte tief Luft.

»Durch unsere Arbeit in der Detektei.«

»Und wer hat euch den Auftrag gegeben?«

Wagner schwieg. Das hatte er befürchtet. Wie sollte er auf diese Frage reagieren? Fakt war, dass er keinen Auftrag hatte.

Adam wartete auf eine Antwort.

»Ihr habt hier nichts zu suchen«, sagte er schließlich. »Wenn ihr an Informationen kommt, die ein Verbrechen betreffen, dann habt ihr euch sofort an mich zu wenden.«

Wagner fixierte irgendeinen Punkt im Raum, nur um Adam nicht ansehen zu müssen. Seine Gedanken hatten sich schon immer in seinen Augen gespiegelt. *Immer noch keine Spur von Bescheidenheit*, dachte er. *An MICH wenden, also wirklich, CHEF ...*

Adam verlor die Geduld. »Ihr stolpert hier herum und vernichtet vielleicht wertvolle Spuren. Und in der Zeit hätten Polizisten und Rechtsmediziner schon mit den Hinweisen arbeiten können.«

»So lange ist es nun auch nicht her, dass ich bei dem Verein war. Ich bin in der Zwischenzeit nicht völlig verblödet.«

Wider Erwarten reagierte Adam gelassen auf Wagners Ausbruch.

»Na, wenn du so ein Fuchs bist, dann erzähle mir doch mal, was dir hier aufgefallen ist.« Adam sah Wagner spöttisch an. Guenther war dazugekommen und lehnte im Türrahmen. Aus dem Schlafzimmer waren Stimmen zu hören. Calabreses und von Wendsheims und zwei weitere.

Wagner blickte in Richtung Tür, aber niemand erschien. Er verschränkte die Arme vor der Brust.

»Also gut. Wir waren von Anfang an bereit, unsere Informationen zu teilen.«

»Prima«, ließ Guenther sich vernehmen, »wir sind gespannt. Bis jetzt höre ich nur Gesülze.«

Um sie herum bestäubten zwei Techniker in Vliesanzügen sämtliche Oberflächen mit Graphitpuder. Sie gingen stoisch ihrer Arbeit nach und schienen die Auseinandersetzung nicht zu beachten.

Wagner seufzte. »Zuerst, diese Emilia Winter arbeitete in einem Verlag, als Lektorin, richtig?« Er wartete nicht auf eine Antwort. »Sie betreute eine Autorin, die unter Pseudonym schreibt. Sie scheint sogar die Einzige zu sein, die die Identität der Frau kannte, zumindest im Verlag. Diese Schriftstellerin hat mehrere Bestseller geschrieben, das liegt allerdings schon einige Zeit zurück. Jetzt ist plötzlich ein neues Buch von ihr auf dem Markt. Und im gleichen Moment verschwinden beide Frauen.«

Guenther rollte die Augen. Das alles wussten sie selbst.

Unbeirrt fuhr Wagner fort: »Vermutlich hat Frau Winter nicht schlecht verdient. Sie scheint sehr zurückgezogen gelebt zu haben. Warum hat sie dann so eine Einrichtung? Es handelt sich um reine Massenware, da ist nichts

Individuelles, nichts Persönliches. Keine Bilder. Und vor allem: keine Bücher. Keine Erstausgaben von der berühmten Autorin, mit der sie so eng zusammenarbeitet. Oder von anderen, die Hofmann wird ja nicht ihre einzige Autorin gewesen sein.«

Adam nickte nachdenklich. Das war es, was ihm vorhin aufgefallen war. Bücher fehlten! Er bedeutete Wagner fortzufahren.

»Das Gleiche im Bad. Blitzblank, als wäre alles gerade geschrubbt und poliert worden. Es riecht nach Putzmitteln und Desinfektionszeug. Aber in der Badewanne ein fetter Schmutzrand. Geradezu ekelhaft! Wie dreckig muss man in die Wanne gehen, damit so ein Rand entsteht?«

Er wurde unterbrochen, weil die beiden Techniker aus dem Schlafzimmer hereinkamen. »Moin.«

Adam sah sie stirnrunzelnd an.

»Wir sind nebenan fertig. Aber *Columbo* hätte gern noch einen Plausch mit euch.«

Sein Kollege sagte: »Den Rest der Wohnung haben wir im Sack. Wir gehen dann mal in den Keller.«

»Zum Lachen?«, murmelte von Wendsheim, der neben Calabrese auftauchte.

»Das ist mir im Schlafzimmer vergangen.« Der Techniker hatte ihn offenbar gehört. »Aber wenn du einen guten versauten Witz kennst?«

»Mac ist nebenan?«, fragte Adam.

Die KTU-Beamten nickten und gingen Richtung Haustür. Ihre Kollegen waren mit den Fingerabdrücken fertig und schlossen sich an.

»Zeit, Mac einen Besuch abzustatten«, sagte Adam. »Du wartest hier«, fügte er mit einem Blick auf Wagner hinzu.

Auf dem Weg ins Schlafzimmer klingelte sein Handy. Van Veen. Das Gespräch war kurz, Adam sagte wenig. Danach knurrte er: »Robert kommt. Er bringt den Bruder mit.«

Neubauer, von Wendsheim, Guenther und Calabrese drängten sich mit Adam und dem Rechtsmediziner im Schlafzimmer.

Fernando MacAllistair war nach einem Lied der schwedischen Popgruppe Abba benannt worden und zelebrierte eine verblüffende Ähnlichkeit mit dem amerikanischen Kultkommissar *Columbo*. Sein zerknautschter Trench lag ordentlich zusammengefaltet auf einem Hocker.

»Keine Spur von den Händen oder dem Kopfhaar«, sagte er anstelle einer Begrüßung. Er richtete sich aus seiner gebückten Haltung über dem Bett auf. »Es gibt nicht viel zu sagen ohne eine gründliche Untersuchung im Institut. Außerdem sollten wir uns beeilen, bevor der mutmaßliche Bruder hier auftaucht. Im Moment halte ich eine Identifizierung anhand äußerlicher Merkmale für bestenfalls schwierig, eher unmöglich. Die Leiche weist keine signifikanten individuellen Kennzeichen auf. Kein Muttermal, keine Narben, abgesehen von den Schnittstellen an den Handgelenken natürlich, aber die dürfte sie wohl zu Lebzeiten noch nicht gehabt haben.«

Adam wartete. Nach einer Weile fuhr MacAllistair fort: »Es handelt sich um eine weibliche Leiche. Die Verletzungen wurden ihr post mortem zugefügt. Bis auf den ersten Schlag, der sich am Hinterkopf befindet. Er war mit Sicherheit tödlich. Wie schnell, kann ich nicht sagen. Ob es sich um die Bewohnerin dieser Wohnung handelt? Keine Ahnung. Die Hände sind wenig fachmännisch, vermutlich mit einer Art Axt, abgetrennt worden. Die Rasur des Kopfes erfolgte ebenfalls erst nach Eintritt des Todes. Das Alter kann ich zum jetzigen Zeitpunkt nicht definitiv bestimmen.« Er nickte zur Bekräftigung und wandte sich ab.

Adam räusperte sich. Er müsste sich schon sehr täuschen, wenn nicht ... Lautlos begann er zu zählen. Unterdessen zog MacAllistair umständlich seinen Trenchcoat an. Er griff nach seiner Tasche und war schon in der Tür, als er sich umwandte. Adam hatte gerade bis acht gezählt.

»Außerhalb des Protokolls: Die Beschaffenheit der Haut lässt für mich darauf schließen, dass die Frau kurz vor ihrem Ableben längere Zeit im Wasser gelegen hat. Ob Badewanne oder Binnensee, kann ich nicht sagen. Mit Sicherheit aber nicht in Salzwasser. Das würde den Zustand ihrer Augäpfel erklären. Erst der Schlag auf den Hinterkopf, dann unter Wasser mit ihr, um sicher zu gehen. Aber wie gesagt, das ist noch Spekulation.«

Da war es doch! Adam war zufrieden. MacAllistair hatte seine Rolle als *Columbo* so verinnerlicht, dass er sich die besten Schlussfolgerungen immer bis zum letzten Moment aufbewahrte. Als der Rechtsmediziner ging, drückte er praktisch van Veen die Klinke in die Hand. Die Männer nickten sich zu.

Hinter van Veen stand Christopher Winter, und hinter dem erklommen gerade die Kriminaltechniker die Stufen aus dem Keller.

Adam sah an van Veen und Winter vorbei. Er winkte den ersten Techniker heran und verschwand mit ihm im Wohnzimmer. Van Veens nachdrückliche Versuche, Blickkontakt aufzunehmen, ignorierte er.

»Habt ihr was gefunden?«, fragte er den Kollegen von der Spurensicherung leise.

»Alles tippi toppi. Nicht mal Staub.« Der Mann begann, sich aus seinem Vliesanzug herauszuschälen. »Aber da unten gibt es einen sündhaft teuren Klimaschrank. So'n Ding für wirklich kostbare Rotweine. Es stehen auch ein paar Fläschchen drin.« Er grinste flüchtig. »Solltet ihr das Zeug vernichten müssen – ich bin dabei!«

Adam ließ ihn stehen und ging zurück. Van Veen sah ihm entgegen.

»Ich glaube, es ist besser, wenn Herr Winter im Wohnzimmer wartet«, sagte Adam zu van Veen.

Christopher Winter trat vor. Es war klar, dass er es nicht gewohnt war, ungefragt über sich bestimmen zu lassen.

»Wo ist meine Schwester?«, fragte er.

Adam seufzte. Er richtete seine Antwort an van Veen. »Das will er nicht sehen! Es bringt auch nichts, sagt *Columbo*.«

Sie standen noch im Flur, als Wagner dazukam. Er hatte den Wortwechsel zwischen Adam und dem Techniker mitgehört. Van Veen begrüßte ihn überrascht.

»Wenn es weiter nichts mehr gibt«, sagte Wagner.

Adam sah ihn grimmig an.

»Ich denke, du kannst jetzt gehen.«

Er legte seine Hand leicht auf Christopher Winters Arm und wollte ihn ins Wohnzimmer führen. Plötzlich wand Winter sich aus Adams Griff und verschwand blitzschnell im Schlafzimmer. Sekunden später hörte man einen erstickten Schrei. Calabrese und von Wendsheim stürzten ihm nach.

Van Veen stöhnte auf. Er tauschte einen Blick mit Adam. Dann sah er Wagner an, der unschlüssig stehen geblieben war.

»Du warst uns eine große Hilfe, vielen Dank. Vor allem dafür, dass du uns so zügig informiert hast. Aber jetzt musst du gehen.«

Vor der Tür warteten schon die Herren vom Bestattungsinstitut. Wagner murmelte eine Entschuldigung und quetschte sich vorbei.

Auf der Straße sah er sich um. Val war natürlich nicht mehr da. Er zog sein Handy hervor und wählte einen Taxiruf.

Van Veen und Adam gingen ins Schlafzimmer. Guenther hielt Neubauer zurück und flüsterte: »Sehen wir uns noch mal um? Das Schlafzimmer ist eh voll. Außerdem ist da jetzt dicke Luft.«

Sie erwiderte: »Dann lass uns in der Küche anfangen. Mir ist da vorhin etwas aufgefallen.«

17

Endlich zu Hause! Ich war schon fast sicher, mir all die schrecklichen Dinge eingebildet zu haben. Posttraumatische Wahnvorstellungen, irgend so etwas sollte ich gehabt haben. Das musste es wohl gewesen sein. Ich konnte, nein, ich wollte es nur allzu gerne glauben. Die langsam verblassenden blauen Flecke? Ich war zu müde und zu erschöpft, um mir darüber den Kopf zu zerbrechen. Christopher war liebevoll um mich besorgt und las mir jeden Wunsch von den Augen ab. Das war es doch, was zählte. Die ständige Anwesenheit seiner Schwester empfand ich als unheimlich, aber es war ja nur zu meinem Besten. Schließlich war ich immer noch geschwächt und nicht in der Lage, einen Haushalt zu führen.

Im Nachhinein erscheinen mir diese Gedanken selber naiv und dumm, aber damals wollte ich mich daran festhalten. Um jeden Preis. In diesem Fall war es der Preis der Freiheit. Selber wieder zu arbeiten, Verantwortung zu übernehmen, selbstständig zu sein – das war in dem Moment keine Option. Ich war emotional und körperlich am Ende und in dieser Verfassung ein dankbares Opfer.

Aber selbst in Phasen größter Erniedrigung gibt es ein gewisses Bedürfnis nach Kontrolle über seinen Unterdrücker, einer Art Gleichstellung auf irgendeiner Ebene. Das manifestierte sich bei mir in einem starken Verlangen nach Treue. Dieses Bedürfnis war nicht verhandelbar. Unabhängig von meiner Abhängigkeit. So absurd sich

das auch anhören mag, ich war meinem Mann absolut hörig und beugte mich all seinen Entscheidungen – aber ich war nicht bereit, Untreue zu akzeptieren.

Vielleicht war es auch nur die notwendige Entschuldigung für mein Unterbewusstsein, die es brauchte, um aufzubegehren. Jedenfalls wurde ich mit der Zeit immer misstrauischer. Es war allerdings sehr schwierig, meinem Mann hinterherzuspionieren, weil mir ständig seine Schwester im Nacken saß. War ich seine Sklavin, so war sie nicht nur sein Schatten, sondern auch seine Augen und Ohren sowie sein verlängerter Arm.

Val hatte mit sich gerungen, wohin sie fahren sollte. Am liebsten wäre ihr ein heißes Bad zu Hause gewesen. Kerzen, ein kleiner Drink am Wannenrand …

Sie seufzte bei dem Gedanken daran. Aber ihr Pflichtgefühl hatte es nicht zugelassen. Daher stand sie jetzt in der Ehrenbergstraße und schloss die Tür zur Detektei auf. Ihre Hände zitterten immer noch leicht und ihr war klar, dass sie eigentlich nicht mit dem Auto hätte fahren dürfen.

Wenigstens war Johanna da. Sie hatte die Perücke abgelegt und kam ihr entgegen. Bei dem Anblick der jungen Frau mit dem kahlen Kopf zog ihr Herz sich zusammen. Merde, dachte Val, verdammte Rührseligkeit!

»Was ist los?«, fragte Peters verwundert. »Du siehst völlig mitgenommen aus!«

Val schluckte und riss sich zusammen. »Das sagt die Kleine, die aussieht wie eine rasierte Katze.«

»Billiges Ablenkungsmanöver. Komm schon, so wie du aussiehst, müsst ihr mindestens eine Leiche gefunden haben.«

Val seufzte. Die Vision eines Wannenbades tauchte schon wieder verlockend auf. Sie begann, nervös auf und ab zu laufen.

»In der Tat, du hast vollkommen recht.«

Peters stellte sich ihr in den Weg.

»Wie? Wer? Sprich mit mir.«

Val seufzte erneut. »Ich möchte es so schnell wie möglich vergessen. Am liebsten würde ich einfach nicht mehr darüber reden.«

»Dir ist klar, dass das nicht möglich ist?«

Val blieb stehen und sah Johanna flehend an. Aber die blieb unerbittlich.

»Komm schon. Lass dich nicht gleich von unserem ersten Fall aus der Bahn werfen!« Sie nahm Vals Arm und führte sie in ihr Büro.

Ein Glas Wasser, zwei Tassen Espresso und viele aufmunternde Worte später hatte Peters endlich einen Teil der Geschichte gehört. Mehr war im Moment nicht herauszubekommen.

Während Val sich schnäuzte und mit einem Taschentuch die Tränenspuren in ihrem Gesicht verschmierte, klopfte Peters ihr mechanisch auf die Schulter.

»Liebes«, sagte Val schließlich, »ich bin kein Wiener Schnitzel. Du kannst aufhören, auf mir herumzuklopfen.«

»Entschuldige. Es kommt mir so unwirklich vor. Ich fühle mich wie in einem Krimi, ganz und gar nicht real.«

»Was meinst du, wie ich mich gefühlt habe!« Val knüllte das Taschentuch zusammen und fuhr sich über die Haare. Sie versuchte, den Zug ihrer Erinnerung an diesem Punkt zu stoppen.

Während sie auf das Quietschen der Bremsen wartete, fuhr Peters ungerührt fort: »Es muss schrecklich gewesen sein. Aber es zeigt uns auch, dass wir den Täter schnellstens finden müssen.«

»Schätzchen, du hast die Leiche nicht gesehen.« Val schüttelte sich. »Diesen Anblick werde ich Zeit meines Lebens nicht vergessen!«

Mitfühlend sah Peters sie an. »Du Armes.« Sie nahm sie in den Arm. Doch dann ließ sie sie abrupt wieder los. »Aber Val, wir sind Detektive! Gentlemandieben rosa Diamanten abzunehmen, das gibt es doch nur in alten Filmen.«

Val sah mitgenommen aus. Die Zeit der Träume war vorbei, jetzt begannen die Albträume. Willkommen in der Realität.

Das kleine Schlafzimmer hatte seine Kapazität erreicht. Es war voll. Voll mit Lebenden, die sich um das Bett der Toten drängten.

Adam empfand ihre Anwesenheit beinahe als geschmacklos. Der misshandelte Leichnam lag, von den Lampen der KTU unerbittlich bis ins letzte Detail ausgeleuchtet, vor ihnen. Verletzlich in seiner Nacktheit. Er wandte sich ab. Van Veen und Calabrese redeten auf Winter ein. Der schien sie nicht zu hören. Von Wendsheim warf Adam einen Blick zu.

Adam gab sich einen Ruck. »Wir sollten nach nebenan gehen.«

Van Veen stimmte Adam mit einer Geste zu. Er versuchte, Winter aus dem Raum zu schieben. Aber Winter stemmte sich dagegen und blieb stehen, fest wie ein Fels.

»Was ist das«, stotterte er, »da, auf dem Bett? Soll das etwa meine Schwester sein?«

Von Wendsheim und Adam packten Winter energisch an je einem Arm und zogen ihn aus dem Zimmer. Das

Wohnzimmer war zum Glück leer, die KTU war abgezogen. Winter ließ sich auf das Sofa fallen.

»Ich verstehe das nicht«, murmelte er.

Van Veen hatte die Hände auf dem Rücken verschränkt. Er ging langsam vor dem Sofa auf und ab. Adam und von Wendsheim standen neben Winter, bereit, ihn aufzuhalten, falls er erneut versuchen sollte, ins Schlafzimmer zu kommen. Als letztes Bollwerk lehnte Calabrese im Türrahmen. Ihr Blick ging allerdings Richtung Küche, wo Guenther und Neubauer miteinander tuschelten.

»Zieh den Müllbehälter unter der Spüle heraus«, forderte Neubauer Guenther auf. Er gehorchte.

»Und?«

»Was siehst du?«

»Zwei Pullen Vino, leer. Scheint roter gewesen zu sein.«

Sie runzelte ungeduldig die Stirn. »So weit richtig. Aber jeder Erwachsene über 20 erkennt, dass es sich bei den beiden Flaschen um Fusel der billigsten Sorte gehandelt hat.«

»Ach, und woran?«

»Du erkennst das nicht? Dieser Stoff war unterste Schublade! Pennerglück …«

»Scheint mir nicht verkehrt zu sein.« Guenther grinste. »Bestimmt günstig.«

Sie rollte mit den Augen. »Hast du gehört, was die Jungs von der KTU im Keller gefunden haben? Einen Klimaschrank, für Rotwein. Nie und nimmer würde jemand, der so etwas besitzt, einen derartigen Fusel trinken.«

Nachdenklich nahm Guenther die beiden Flaschen heraus. Er stellte sie auf den Küchentisch und starrte sie an.

»Was sagt uns das?«, fragte er schließlich.

»Sag du es mir.«

Er schwieg. Lange. »Es ist zumindest seltsam. Vielleicht gibt es aber auch eine völlig logische Erklärung dafür.«

Sie sah ihn abwartend an. »Und, die wäre?«

»Was weiß denn ich? Steigende Alkoholkosten, Besuch, der Qualität nicht zu schätzen weiß und Quantität vorzieht ...«

»Nehmen wir an, nur als Hypothese, diese zurückgezogene Frau lädt jemanden zu sich nach Hause ein. Glaubst du wirklich, dass es jemand wäre, der billigen Fusel trinkt?«

»Komm schon, Aminata, das ist doch reine Spekulation.«

Sie seufzte.

»Sicher. Es ist Spekulation. Aber die gründet sich auf einige unstrittige Fakten. Ich sage nur, Klimaschrank, Fusel, das passt einfach nicht zusammen.«

»Himmel, die Alte war scheinbar irgendwie gaga, außerdem nicht gerade ein Bild von einer Frau. Vielleicht hat sie sich ab und zu den einen oder anderen mit so einer Pulle gefügig gemacht. Und vielleicht hat sie dabei diesmal den Falschen erwischt.«

Er duckte sich unwillkürlich unter ihrem Blick.

»Okay«, murmelte er, »wir packen die Fläschken ein und lassen sie erkennungsdienstlich behandeln. Was hast du noch?«

»Mal ehrlich, mein lieber Andreas, so zu reagieren, falls man nur einfach gerade keine Lust auf Sex hat, ist etwas überzogen, oder?«

Er zuckte lahm mit den Schultern.

»Gesicht zerschlagen und Hände abhacken, fällt hoffentlich auch nicht unter deine Vorstellung von einer angemessenen Reaktion auf enttäuschte erotische Erwartungen.«

»Wow«, sagte er, »wenn du es so formulierst.«

Neubauer stieß sehr langsam die Luft aus. »Wirklich, Andreas, ich finde das nicht komisch. Du hast gesehen, wie jemand die Frau zugerichtet hat. Da bleibt mir ehrlich gesagt der Spott im Hals stecken.«

»Komm auf den Teppich. Wir sind auf derselben Seite. Wir wollen beide diesen Typen aus dem Verkehr ziehen.«

Er legte ihr beschwichtigend eine Hand auf den Arm.

»Das hoffe ich für dich. Sonst wünschst du dir besser, dass ich nicht die Erste bin, die die Axt findet.«

Guenther bemerkte Calabreses Blick aus dem Wohnzimmer. »Und? Was ist los?«

Winter hatte das Gesicht in den Händen vergraben. Eigentlich hätte Adam gern seinen Gesichtsausdruck gesehen, aber das war nicht möglich.

»Herr Winter, hören Sie mich? Ich verstehe Ihre Situation. Wir müssen leider trotzdem mit Ihnen reden«, unterbrach van Veen die Stille. »Schaffen Sie das jetzt?«

Winter fuhr sich durch die Haare und hob den Kopf. Seine Mimik war schwer zu deuten. Schließlich nickte er.

»Sie waren bis gestern verreist?«

»Ja.«

»Wann genau sind Sie abgereist?«

Adam sah, dass Neubauer ihm aus der Küche Zeichen machte. Er runzelte die Stirn und ging zu ihr. Van Veen streifte ihn nur mit einem flüchtigen Blick.

»Was gibt es?«, fragte Adam.

»Ein paar Ungereimtheiten«, flüsterte Neubauer.

Guenther hatte sich abgewandt und verzog das Gesicht.

»Siehst du das anders?«

»Lass mich erst mal erzählen.«

Als Neubauer geendet hatte, herrschte einen Moment Stille. Nachdenklich musterte Adam die Flaschen auf dem Küchentisch. Er beugte sich vor und las die Etiketten.

»Fusel also – sagst du. Woher ...«

Ein Räuspern von der Tür unterbrach ihn. Calabrese lehnte im Türrahmen und applaudierte lautlos.

»Ich bin beeindruckt. Was ich gehört habe, ist absolut schlüssig. Hervorragend beobachtet.«

Adam und seine Kollegen musterten sie irritiert.

Sie sah spöttisch zurück. »Was ist los?« Eine Imitation von Guenthers Reaktion. Sie schlenderte in die Küche und warf einen Blick auf die Flaschen. »Im Ernst. Ich frage mich, ob die Tote wirklich Emilia Winter ist.«

Guenther rollte die Augen. »Mal ehrlich, geht das nicht etwas zu weit? So grob Richtung Verschwörungstheorie.«

Sie ließ sich nicht beirren. »Warum diese Verstümmelungen, wenn nicht zur Verschleierung der Identität? Ich bin gespannt, ob Winter seine Schwester identifizieren kann. Er dürfte kaum Anhaltspunkte dafür finden.«

»Es soll psychisch gestörte Täter geben, deren Beweggründe man schlicht und einfach nicht versteht. Weil man sie als normaler Mensch nämlich nicht verstehen kann. Außer man ist Seelenklempner oder noch besser Sozialtherapeut. Aber die sind ja selbst ihre besten Kunden.«

Bei Guenthers Ausbruch wanderten nicht nur Calabreses Augenbrauen eine nach der anderen nach oben. Neubauer öffnete den Mund, um etwas zu sagen, aber Adam kam ihr zuvor.

»Schluss damit! Wir müssen zurück zur Befragung. Vielleicht gibt es ein besonderes Merkmal am Körper der Toten. Auf jeden Fall sollten wir Winters Reaktionen beobachten.« Er nickte Andreas Guenther auffordernd zu.

Die Welt war aus den Fugen. Wenn er, Adam, sich plötzlich auf Calabreses Seite wiederfand, war unabsehbar, was noch alles passieren konnte. Was hätte Wagner wohl dazu gesagt?

»Gute Arbeit!«, flüsterte Calabrese Aminata Neubauer zu.

Verblüfft blieb Neubauer stehen. Sie musterte Calabrese kühl, aber in deren Augen lag kein Spott. Die Kommissarin mit den sizilianischen Wurzeln gab ihr einen sanften Stoß. Die Kollegen warteten.

Calabrese hatte den Rest des vergangenen Abends damit verbracht, sich über ihre Gefühle zu Angerboda klar zu werden. Am Ende war sie zu dem Schluss gekommen, dass ihre heftige Reaktion auf Aminata keine Eifersucht im herkömmlichen Sinne gewesen war. Aber sie wollte Brander nicht teilen. Sie wollte seinen Humor und seine neue Verletzlichkeit für sich. Verliebt war sie nicht in ihn. Tatsächlich war es sogar so, dass sie Adams Kollegin mochte. Die Ergebnisse ihrer angestrengten Überlegungen waren befreiend. Sie erkannte, wie ihre Beziehung zu Brander wirklich aussah. Dass er nicht in sie verliebt war, hatte sie längst bemerkt. Sie war sich nur nicht sicher gewesen, wie sie mit dieser Feststellung umgehen sollte.

Plötzlich war alles ganz einfach. Sie waren Freunde! Nicht mehr, aber auch nicht weniger. Sofern sie diese Freundschaft nicht versiebte.

18

Wagner schloss die Tür zur Kanzlei auf. Er hörte gedämpftes Stimmengemurmel, es kam aus der Richtung des Besprechungszimmers. Er schob den Gedanken an ein Meeting mit Klienten beiseite und ging als Erstes in die Teeküche.

Gerade hatte er seine Tasse unter den Automaten gestellt, da erschien Peters im Türrahmen. Sein Gesicht rötete sich flüchtig, wie immer. Er konnte einfach nichts dagegen tun.

Sie ignorierte es taktvoll und sagte: »Gut, dass du da bist. Val ist ziemlich mitgenommen. Du musst mir unbedingt erzählen, was los ist. Aus ihr ist kein vernünftiges Wort mehr herauszubringen. Sie sollte sich auf die Couch legen und sich ausruhen, aber das will sie nicht. Du kennst sie ja.«

Es klingelte an der Tür. Leo. Sie hatte Nervennahrung mitgebracht. Rumkugeln vom Biobäcker und klebrig süße Baklava aus dem Mercado.

Vals Wangen bekamen langsam wieder Farbe. Der Rest einer Rumkugel schmolz auf ihrer Zunge und sie verdrehte hingebungsvoll die Augen, während sie nuschelte: »Das war Rettung in höchster Not.« Schokolade verschmierte ihren Mund, auf ihrer Bluse waren Krümel gelandet. Es war ihr egal, denn endlich begann der schreckliche Anblick, der sich auf ihre Retina eingebrannt hatte, zu verblassen.

Wagner lächelte ergeben. Morgen würde er sich wieder ihre Litanei über überflüssige Pfunde anhören müssen.

Die Frauen schwiegen. Ein genussvolles Schweigen, in dem die Anzahl der Gebäckstücke sich stetig verminderte. Es lagen noch vier Teilchen auf dem Papptablett. Wagner seufzte. Hin und wieder musste eine fünf auch gerade sein dürfen! Entschlossen griff er zu.

»Was habt ihr herausbekommen?«, fragte Leo.

Val wurde schlagartig blass. Sie schluckte und der genießerische Ausdruck auf ihrem Gesicht verschwand.

Peters sah Wagner erwartungsvoll an. Auch sie wartete noch auf einen zusammenhängenden Bericht.

Er senkte den Blick. Die Hand mit dem klebrigen Gebäck verharrte in der Luft.

»Val, so geht es nicht. Du musst dich zusammenreißen.« Er sprach so leise, dass alle sich automatisch vorbeugten. Die Baklava verschwand in seinem Mund und er angelte umständlich nach einer Serviette.

Während er kaute und sich die Finger abwischte, fuhr er widerstrebend fort: »Wenn du bei den Außendiensten dabei sein willst, dann musst du einen Weg finden, mit solchen Eindrücken fertigzuwerden. Ansonsten kannst du nur im Sekretariat arbeiten.«

Die Geschwister sahen sich an. Sekunden verstrichen. Schließlich nickte Val.

»Du hast recht, Tintin. Ich werde mir Mühe geben, mehr kann ich nicht versprechen.«

»Fair genug.«

Leo räusperte sich. »Dann schieß mal los, Sherlock.«

Wagner erzählte. Zwischendurch ging Val hinaus. Sie müsse ihre Tätowierung einsalben.

Als es dämmerte, bot sie an, zu einem Italiener in der Nähe zu gehen und Pizza für alle zu holen. Niemand kommentierte ihre Unruhe. Da Wagner seinen Bericht inzwischen abgeschlossen hatte, gingen sie lieber alle zusammen essen. Der Italiener lag gleich um die Ecke und punktete mit hausgemachter Pasta und Pizza aus dem Holzofen.

»Sie sagten, Sie hätten einen Abend vor Ihrer Abreise das letzte Mal mit Ihrer Schwester gesprochen.« Van Veen sah auf sein Handy. »Das wäre dann am neunten März gewesen.«

»Wenn Sie das sagen.«

»Hat Ihre Schwester bei dem Telefonat anders als sonst auf Sie gewirkt? Hat sie vielleicht Andeutungen gemacht?«

Winter schnaubte. »Sie wissen doch gar nicht, was ›normal‹ bei meiner Schwester ist. Vielleicht hat sie ja immer irgendwelche diffusen Andeutungen gemacht.«

»Und, hat sie?«, fragte Calabrese.

»Nein, hat sie nicht. Weder sonst, noch an diesem Abend. Sie war einfach wie immer.«

»Wissen Sie über die Arbeit Ihrer Schwester Bescheid?«, fragte Adam.

»Ehrliche Antwort? Es hat mich nicht die Bohne interessiert. Ich lese nicht zur Entspannung. Wenn ich mal ein Buch in die Hand nehme, dann höchstens, weil ich damit eine Tür offen halten will oder weil ein Tischbein zu kurz ist.«

»Kennen Sie Freunde oder Bekannte Ihrer Schwester?«

Winter schüttelte den Kopf. »Emilia war ein Bücherwurm. Sie hat sich nicht für Menschen interessiert. Bei mir war es genau andersherum.«

Adam warf van Veen einen Blick zu.

»Warum steht hier dann kein einziges Buch?«

»Was weiß denn ich? Ich war noch nicht in dieser Wohnung. Sie hat ihre wunderbare Altbauwohnung in Eppendorf ganz plötzlich aufgegeben. Und nein – sie hat mich vorher nicht gefragt, ich habe es nur beiläufig erfahren.«

»Haben Sie die Adresse dieser Wohnung für uns?«

»Sicher, irgendwo.«

»Schauen Sie doch bitte nach.« Adam seufzte. »Hat Ihre Schwester das häufiger gemacht? Entscheidungen getroffen, die Sie nicht nachvollziehen konnten?«

Winter war nun schwer genervt und schüttelte nur noch wortlos den Kopf.

Calabrese mischte sich ein. »War die Altbauwohnung Eigentum oder zur Miete?«

Winter knurrte. »Sie gehört uns beiden.«

Verblüfft starrten die Polizisten ihn an. »Und warum hat sie sie dann aufgegeben?«

»Ich habe keine Ahnung. Sie hat ihren Anteil jedenfalls nicht verkauft.«

»Hat sie Ihnen Miete gezahlt?«

»Nein.«

Adam und van Veen tauschten wieder einen Blick. Van Veen sagte leise: »Claudia, du gehst bitte noch einmal rüber zu dem Verlag. Versuche mehr über Frau Winter herauszubekommen. Adam, soll einer deiner Kollegen dabei sein?«

Bevor Calabrese protestieren konnte, nickte Adam.

»Andreas, du begleitest sie.« Flüsternd setzte er hinzu: »Ich halte es für sinnvoll, wenn die beiden«, er zeigte auf Neubauer und von Wendsheim, »zu der Eigentumswohnung fahren. Wir sind hier sowieso zu viele. Winter müssen wir gleich gehen lassen, dann kommen wir nach, falls es sich lohnt.«

Adam fragte Winter noch einmal nach der Adresse. Widerwillig antwortete er.

»Löwenstraße.« Nach einer Pause nannte er ihnen die Hausnummer.

»Meine Kollegen möchten der Wohnung einen Besuch abstatten. Haben Sie zufällig die Schlüssel dabei?«

Winter zögerte kaum merklich. »Ich besitze mehrere Immobilien. Glauben Sie mir, wenn ich für jedes Objekt die Schlüssel mit mir herumtragen würde, bräuchte ich einen Rollenkoffer.«

Adam stieß leise die Luft aus. »Gibt es jemanden im Haus, der einen Ersatzschlüssel hat?«

»Im Erdgeschoss, in einer der Wohnungen. Den Namen weiß ich nicht auswendig.«

Adam nickte von Wendsheim auffordernd zu. Der salutierte stumm, bevor er mit Neubauer verschwand.

»Wie lange wollen Sie mich hier eigentlich noch festhalten? Ich bin gestern erst angekommen, nach einem Langstreckenflug. Und jetzt das hier …« Er zeigte in Richtung des Schlafzimmers.

Van Veen sah zu Adam. Ruhig bleiben, sagte sein Blick.

»Geben Sie uns bitte die Handynummer Ihrer Frau und Ihre Adresse auf Mallorca. Sollen wir Sie nach Hause bringen?«

»Nein, danke, ich nehme mir ein Taxi.«

»Wie Sie wünschen.«

»Eins noch«, sagte Adam und kam sich dabei vor wie *Columbo*. »Warum sind Sie heute Morgen nicht zuerst zu Ihrer Schwester gefahren, bevor Sie Ihren Termin im Verlag wahrgenommen haben? Es liegt doch beides gleich nebenan.«

Winter starrte ihn an. Sein rechtes Augenlid zuckte.

»Ich habe nicht daran gedacht. Diese Wohnung habe ich, wie schon gesagt, noch nie betreten.«

Nachdem er die Kontaktdaten von Winters Frau gespeichert hatte, verabschiedete van Veen sich von ihm. Der ging mit schnellen Schritten zur Wohnzimmertür. Jemand hatte sie geschlossen. Das Schlafzimmer war leer, die Tote auf dem Weg in die Rechtsmedizin. Winter verließ mit seinem Handy am Ohr die Wohnung. Als er am Schlafzimmer vorbeiging, wandte er den Blick ab.

Winter war verschwunden.

»Arschloch!« Adam hatte ihm nachgesehen.

Van Veen zuckte mit den Schultern. »Das muss ein ziemlicher Schock für ihn gewesen sein.«

»Tja, ich weiß nicht. Irgendetwas stimmt hier nicht. Was ist das zum Beispiel für eine seltsame Geschichte? Seine Schwester lebt in einer Altbauwohnung, die ihnen beiden gehört. Zahlt keine Miete. Ich gehe davon aus, dass er woanders wohnt. Plötzlich soll sie hierher umziehen? In diese Bruchbude? Warum?« Adam runzelte die Stirn. Er berichtete van Veen von seinem Gespräch mit Neubauer.

»Zugegeben«, sagte van Veen, »Klimaschrank im Keller und billiger Fusel in der Küche passen nicht zusammen. Aber vielleicht hat sie das Zeug zum Kochen benutzt? Auf jeden Fall eine wichtige Beobachtung von deiner Kollegin. Pass auf, dass wir sie nicht abwerben.«

Adam grinste. »Übernimm dich nicht. Du hast mit Claudia schon genug zu tun.«

»Wenn ihr sonst nichts gefunden habt, ich will mich noch mal umsehen.«

Adam hielt van Veen wortlos die Tür zum Badezimmer auf. Van Veen sah ihn fragend an, aber Adam schüttelte den Kopf.

»Fang einfach hier an.« Sein Gesicht blieb ausdruckslos.

Nach kurzem Zögern spielte der Kollege vom LKA mit.

»Okay. Was fällt mir auf? Sehr sauber, riecht irgendwie chemisch. Wahrscheinlich nach Desinfektionsmitteln. Man braucht nur ›Keim‹ zu sagen und einige Leute drehen durch! Alles muss dreimal tot desinfiziert werden.«

Adams Augen wanderten zur Badewanne in der Ecke.

Van Veen sah hinein. »Aha, jetzt verstehe ich, was du meinst. Hier hat der Putzwahn offenbar Halt gemacht.«

Er blickte hoch.

»Diese Wanne ist nicht nur schmutzig – die letzte Person, die drin lag, muss sich vorher im Dreck gewälzt haben!«

Dort, wo die Spurensicherung Proben genommen hatte, war der Schmutzrand verwischt. Van Veen beugte sich tiefer über die Wanne und nahm den Abfluss in Augenschein. Anscheinend war kräftig nachgespült worden. Nur den Streifen am Wannenrand hatte jemand vergessen. Oder nicht gesehen.

»Wir nehmen das einfach erst mal zur Kenntnis. Ruf deine Kollegen an, ob sie inzwischen in der Wohnung sind. Ich sehe mich noch etwas um.«

Calabrese und Guenther hatten Claire Marciniak und Julia Dietrich gerade noch erwischt. Jetzt saßen sie wieder im Besprechungsraum, den sie bereits kannten.

Calabrese beobachtete Guenther, während er Julia Dietrich befragte. Seine aggressive Fragestellung konnte nicht darüber hinwegtäuschen, dass die junge Frau ihm gefiel.

Claudia überlegte, was sie wohl gerade von ihm dachte. Zugegeben, er sah nicht schlecht aus, auf eine etwas verlebte, machohafte Art. Viele Frauen standen darauf. Sie verzog ihr Gesicht und konzentrierte sich auf das Gespräch.

Überrascht stellte sie fest, dass Julia Dietrich sie ansah und nicht Guenther. Das war ungewöhnlich. Die Mehrzahl der Zeugen sprach normalerweise mit ihren männlichen Kollegen, unabhängig von ihrem Rang. Leicht verlegen wandte sie den Blick ab. Das schien die Dietrich zu amüsieren.

Mit heiserer Stimme sprach sie Claire Marciniak an. Die ältere Frau zuckte zusammen. Ihre Augen hatten an Guenther gehangen.

»Äh, Entschuldigung. Was haben Sie gesagt?«

Calabrese seufzte.

»Wie kleidet sich Frau Winter?«

»Sie trägt immer Röcke und blickdichte Strumpfhosen. Mittellange Röcke, irgendwann waren die mal modern. Man nannte das damals ›Midi‹. Ansonsten weite Blusen mit dunklen Strickjacken. Und Halstücher, auf jeden Fall immer ein Halstuch.«

Also wie eine alte Jungfer.

»Und ihre Körperhygiene?«

»Ich verstehe nicht.«

»Ich meine, ist Ihnen jemals aufgefallen, dass Frau Winter ungewaschen roch? Oder sah sie manchmal schmutzig aus?«

»Was ist das denn für eine Frage?« Frau Marciniak sah aufrichtig entrüstet aus.

»Beantworten Sie sie einfach.«

»Nein, natürlich nicht.«

»Was jetzt? Wollen Sie meine Frage nicht beantworten oder ist Frau Winter nicht ungepflegt?« Calabreses Finger klopften auf den Tisch. Irritiert bemerkte sie, dass Julia Dietrich interessiert zuhörte.

Sie warf Guenther einen Blick zu. War das etwa seine ganze Befragung gewesen? Sie räusperte sich und wandte sich nun auch an die Dietrich.

»Und Sie? Fällt Ihnen dazu noch etwas ein?«

Die junge Frau lächelte Calabrese direkt ins Gesicht. »Nein, ich meine – nein, Frau Winter ist ganz bestimmt nicht ungepflegt. Nicht einmal im Sommer, mit ihren vielen dunklen Kleidungsstücken, hat sie nach Schweiß gerochen.« Ihr Lächeln wurde größer.

Calabrese runzelte die Stirn. *Verdammt noch mal, flirtet sie etwa mit mir?*

Guenther wirkte beleidigt. Er war es nicht gewohnt, von Frauen so eindeutig ignoriert zu werden. Die offensichtliche Bewunderung von Frau Marciniak half auch nicht darüber hinweg.

»Also gut, ich denke, wir sind fertig. Sie können nach Hause gehen, vielen Dank für Ihre Zeit.«

Julia Dietrich lächelte sie immer noch an. Calabrese erhob sich und steckte ihr Handy ein. Guenther hielt verstimmt die Tür für Frau Marciniak auf.

»Hätten wir's dann?«, fragte er seine Kollegin.

Sie schenkte ihm einen giftigen Blick. »Geh doch einfach vor, ich komme gleich nach.«

Kopfschüttelnd ging er in den Flur.

Im Besprechungsraum trat Julia Dietrich zu Calabrese. Als sie dicht vor ihr stand, streckte sie ihr die Hand entgegen. Wäre Guenther noch im Raum gewesen, wäre er Zeuge eines unerhörten Vorfalls geworden: Calabrese wurde rot!

19

Neubauer und von Wendsheim hatten beim zweiten Klingeln einen Treffer.

»Guten Tag, Polizei. Öffnen Sie bitte.«

Ein älterer Mann in Jeans und Kapuzenshirt hatte sie in den Hausflur gelassen. Er stand in seiner halb geöffneten Wohnungstür und sah ihnen entgegen. Ein starker Geruch nach Zigarettenrauch umwehte ihn. Er ließ sich ihre Ausweise zeigen und studierte sie lange.

Schließlich sagte er: »Ist doch eh Quark. Mir könnte jeder irgendwas vor die Nase halten, im Zweifel von der Kinderpost. Also, was wollen Sie?«

Der zweite Blick offenbarte, dass er noch gar nicht so alt war, aber offensichtlich schon lange rauchte.

»Haben Sie einen Ersatzschlüssel für die Wohnung von den Geschwistern Winter?«

Seine Antwort wurde von einem Hustenanfall erstickt, und Neubauer wich einen Schritt zurück. Immer noch hustend winkte er ab. »Keine Sorge, ist nur der Teer!« Er wartete einige Sekunden.

Neubauer dachte nicht daran, auf seine Bemerkung einzugehen. Sie zupfte einen Fussel von ihrer Jacke. Schließlich fuhr er fort: »Den Schlüssel für die Winter-Wohnung wollen Sie? Dann ist heute Ihr Glückstag!« Er drehte sich um und schlurfte in seine Wohnung zurück.

Die beiden Polizisten sahen sich an. Und nun? Sie verspürten wenig Lust, ihm in die dunkle, stinkende Wohnung zu folgen. Außerdem hatte er sie nicht dazu aufgefordert. Von Wendsheim zuckte die Schultern, da tauchte der Mann wieder auf. Er klimperte mit einem Schlüsselbund. In seiner anderen Hand glomm etwas zwischen Daumen und Zeigefinger.

»Sehen Sie.«

Neubauer nickte und griff nach dem Schlüssel. Aber er zog ihn zurück und nahm einen tiefen Zug von seiner Zigarette. Dabei behielt er sie im Auge, bis er von einem erneuten Hustenanfall geschüttelt wurde. Mit der Hand, die den Schlüssel hielt, wischte er sich die Tränen aus dem Gesicht.

»Wieso bist du eigentlich bei den Bullen?«, fragte er außer Atem.

Sie antwortete nicht, und schließlich hielt er ihr den Schlüssel hin. Neubauer nahm ihn mit spitzen Fingern entgegen. Sie musste sich zusammenreißen, um sich nicht zu schütteln. Ein Blick auf das Namensschild.

»Herr Reinhardt, wir bringen Ihnen den Schlüssel später zurück. Können Sie uns vielleicht noch etwas zu den Wohnungsbesitzern sagen?«

Er schüttelte stumm den Kopf.

»Und warum hat man gerade Ihnen den Schlüssel anvertraut? Ich meine, das lässt doch vermuten, dass Sie sich etwas besser kennen.«

»Nix lässt das vermuten. Ich bin hier der Hausmeister, verstehst du?«

Seine respektlose Art ließ Neubauer zusammenzucken. Aber ihre Wut darüber war größer als ihre Unsicherheit. *Dann ist ja alles klar, du Arschgesicht!*, dachte sie und lächelte kühl.

»Wenn das so ist. Wie gesagt, wir klingeln dann später noch einmal bei Ihnen.«

Mit einem grinsenden von Wendsheim im Schlepptau stieg sie in den dritten Stock. Drei Wohnungen, nirgendwo der Name Winter. Aber nur ein Schild ohne Namen. Der Schlüssel passte.

Neubauer öffnete alle Türen, bis sie das Badezimmer gefunden hatte. Erleichtert stieß sie die Luft aus. Der Seifenspender war gefüllt! Sie wusch sich gründlich die Hände und den Wohnungsschlüssel gleich mit. Kopfschüttelnd zog von Wendsheim sich ein paar hauchdünne Latexhandschuhe an, während Neubauer ihre Hände erst noch trocken wedeln musste. Die restliche Feuchtigkeit trocknete sie an ihrer Jeans ab, bevor sie ebenfalls Handschuhe überstreifte.

»Also, das war jetzt nicht ganz astrein«, meinte von Wendsheim. Neubauer zuckte die Achseln.

Zuerst verschafften sie sich einen oberflächlichen Überblick.

»Ehrlich«, sagte von Wendsheim, »würdest du hier ausziehen, um in diese Bruchbude in der Schanze zu ziehen? Mal abgesehen davon, dass du dafür dann auch noch Miete zahlen müsstest.«

Die Wohnung war ein Altbau im klassischen Stil. Hohe Räume mit Stuck an der Decke, die Türen ebenfalls alt, teilweise mit Glaseinsatz, eine Schiebetür. Frisch renoviert alles, weiß lackiert. Neubauer seufzte. Egal, wie sie ihr Girokonto strapazieren würde, so etwas gab ihr Gehalt nicht annähernd her.

»Niemals«, erwiderte sie.

Die Wohnung hatte fünf Zimmer. Zwei sehr große, und eins wurde durch eine Schiebetür geteilt. Das letzte Zimmer war verhältnismäßig klein. Dann ein Badezimmer, ein Gäste-WC. Ein Balkon klebte an der Küche, Südwestlage. Die großen Zimmer waren vollständig eingerichtet, Antiquitäten und Stilmöbel. In dem kleinen Zimmer lag nur eine Matratze.

»Die KTU muss sich das ansehen«, sagte Neubauer. »Wer weiß, was die hier alles finden.«

»So einfach wird das nicht. Schließlich gibt es keine Verdachtsmomente gegen den Bruder. Ohne seine Einwilligung können wir hier keine Durchsuchung vornehmen. Wir können von Glück sagen, dass er uns überhaupt den Zugang erlaubt hat.«

Sie lächelte flüchtig. »Überrumpelung. Aber du hast recht, das nächste Mal wird er nicht ohne Weiteres zustimmen.« Nachdenklich sah sie zu Boden. »Dieses Zimmer mit der Matratze. Das passt überhaupt nicht ins Bild. Ich sehe mich da noch mal genauer um.«

Ihr Handy klingelte. Adam. Auf dem Weg in das kleine Zimmer nahm sie das Gespräch an.

Dunkelheit lag über der Stadt. Leo, ihre Freundin und die Wagner-Zwillinge saßen bei Pizza und Pasta, während Neubauer in Barmbek eine Visitenkarte zwischen ihren Händen drehte.

Leo fragte gerade: »Kann man überhaupt sicher sein, um wen es sich bei der Leiche handelt?«, als Neubauer zögernd nach ihrem Handy griff. Sie tippte die Nummer von der Karte ein. Dann holte sie tief Luft und drückte auf die Wahltaste. Als sich der Teilnehmer am anderen Ende meldete, hätte sie beinahe aufgelegt.

Leo säbelte ungerührt an ihrer Pizza herum, die die Größe eines Wagenrades hatte. Da sie sich nicht um Kalorien scherte, gab es nichts, was ihren Genuss schmälerte.

Gute Gene, dachte Val neidvoll. Sie sah Leos fragenden Blick und sagte: »Entschuldigung, ma chère, ich habe nicht gehört, was du gesagt hast.«

»Ich frage mich, ob man wirklich wissen kann, wer die Tote ist.«

»Das werden unsere Freunde von der Polizei hoffentlich bald in Erfahrung bringen. Es gibt viele Möglichkeiten, nicht nur Fingerabdrücke oder Gesichtserkennung.« Bei den letzten Worten schluckte sie. Nur nicht darüber nachdenken. Diese Bilder, würde sie die jemals wieder loswerden? Sie zupfte an ihrer Frisur.

Leo kaute. »Natürlich, man hat ja die DNA aus der Wohnung.«

»Wer sollte es auch sonst sein?«, fiel Wagner ein. Er hatte seinen Kopf tief über den Teller gebeugt und schraubte seine Gabel in einen Spaghetti-Berg.

Leo runzelte die Stirn. »Als Argument finde ich das ein bisschen dünn.«

Peters blickte von ihrem Teller auf. »Wir wissen auch immer noch nicht, wer die Frau vom Strand ist.«

»Schlimmer, wir haben nicht einmal eine Ahnung, wer sie sein könnte.«

Ein kleines Restaurant am Mühlenkamp. Zwei Menschen trafen sich vor dem Eingang. Keiner von beiden war unauffällig. Die Frau war dunkelhäutig und schön, der Mann ein Riese. Seine volle Größe konnte man nur erahnen, da er sich auf einen Stock stützte. Sie sahen sich leicht verlegen in die Augen und senkten schnell den Blick.

Er räusperte sich. »Ich freue mich, dass du angerufen hast.«

Sie lächelte. Sein Herz machte einen Sprung. Galant hielt er ihr die Tür auf. Drinnen begrüßte sie der Wirt, der sie beide kannte. Allerdings nicht zusammen. Er führte sie zu einem besonders schönen Platz.

Routinemäßig ließ der Mann seinen Blick durch den Raum gleiten. Plötzlich erstarrte er. Seine Begleitung folgte seinem Blick. Ihre Augen weiteten sich. Die beiden sahen sich an.

»Könnten wir nebenan sitzen?«, fragte der Mann leise. Die Frau nickte zustimmend.

Der Wirt wunderte sich. Dies waren seine besten Plätze. »Nebenan« war eigentlich nur für Durchgangsgäste. Aber wenn die beiden es so wollten.

Neubauer und Angerboda schwiegen. Schließlich sagte sie: »Seltsam.«

Er nickte.

»Weißt du, wer sie ist?«

Angerboda schüttelte den Kopf. In dem eigentlichen Gastraum saß Calabrese zusammen mit einer unbekannten jungen Frau. Im ersten Moment hätte man die beiden einfach für Freundinnen halten können, aber die Art, wie sie miteinander sprachen und sich einander zuwandten, sagte etwas anderes.

»Und gestern habe ich noch gedacht …«, murmelte Angerboda.

»Dass sie in dich verliebt ist«, vollendete Neubauer den Satz.

Er nickte wie betäubt.

»Wollen wir trotzdem etwas essen?«, fragte sie.

Er gab sich einen Ruck. »Umso besser! Natürlich wollen wir etwas essen. Ich sterbe vor Hunger.«

»In dem Zimmer«, sagte Neubauer, »ich könnte schwören, dass Blutspritzer an der Wand waren. Winzig kleine, unverkennbare Blutspritzer.«

Sie hatte Angerboda alles geschildert, was sie über ihren aktuellen Fall wusste, inzwischen war sie in der Altbauwohnung in der Löwenstraße angelangt. Nicht für eine Sekunde hatte sie Bedenken gehabt, die Ermittlungsergebnisse mit ihm zu teilen.

»Zu dumm, dass ihr dafür keinen Durchsuchungsbeschluss bekommen werdet.«

Neubauer spießte nachdenklich eine Garnele auf ihre Gabel.

»Wirklich zu dumm«, bestätigte sie.

»Hoffentlich könnt ihr die Leiche wenigstens sicher identifizieren.«

»Ich denke schon. Anhand der DNA-Spuren müsste es möglich sein. Bleibt aber immer noch diese unbekannte Frau am Strand.« Schlagartig verstummte sie.

»Was ist?«

»Mist!«

Er sah sie fragend an.

»Ich sollte doch dieses Buch weiterlesen. So ein Mist, daran habe ich überhaupt nicht mehr gedacht. Adam wird mir die Hölle heiß machen.“

»Arbeitet ihr schon lange zusammen?«

»Ein gutes Jahr. Er kam vom Polizeirevier 35, aus Volksdorf, ich aus dem schönen Freistaat Bayern. Für den Alten«, sie hüstelte, »ich meine Kriminaloberrat Walther, ist er immer noch der Neue. Aber er ist in Ordnung. Ein paar Machoallüren – damit kann ich leben«, fügte sie hinzu.

»Dann musst du nachher wohl noch mal ran. Einschlaflektüre.«

Sie seufzte. »Ich hasse Krimis.«

»Lass dich nicht ausbeuten. Irgendwann hat jeder Feierabend, auch du.«

Sie schwieg.

Er nutzte die Gelegenheit, sie in Ruhe zu betrachten. Die Zeit schien still zu stehen, während er langsam in seinen Erinnerungen versank. Er war schon einmal in eine dunkelhäutige Schönheit verliebt gewesen. Damals hatte er gelernt, seine Umgebung ganz genau zu beobachten. Seine Adoptiveltern waren bekennende Rechtsradikale, Hardcore Nazis. Hätten sie ihn mit seiner Freundin erwischt, wäre es ihnen beiden schlecht ergangen. Am Ende hatte ihn aber auch seine Vorsicht nicht retten können. Nur das Auftauchen seines leiblichen Vaters. Für Makeda war es zu spät gewesen.

Neubauer musterte ihn mit gehobenen Brauen. »Alles okay?«

Er lächelte sie an. »Es könnte nicht besser sein.«

20

Die Tage vergingen. Meine Depression begann abzuklingen, und langsam nervte mich die Anwesenheit meiner Schwägerin.

Kam Christopher abends später nach Hause, hatte sie sofort eine Entschuldigung parat. Noch bevor ich überhaupt fragen konnte. Es war unnatürlich, sie war ihm geradezu hörig. Er musste sich nicht einmal eine Erklärung einfallen lassen, das besorgte sie schon für ihn. Ich fragte mich, ob sie kein eigenes Leben hatte. Irgendwann machte ich den Fehler, ihr diese Frage zu stellen. Von dem Zeitpunkt an redete sie nicht mehr mit mir. Es war, als wohnte ein stummer Geist in meiner Wohnung. Schweigend, aber immer da. Ein ständiger lautloser Vorwurf. Ich dachte, ich würde wahnsinnig werden.

Eine Weile versuchte ich noch, einen gewissen Schein aufrechtzuerhalten, aber irgendwann war es klar: Ich war eine Gefangene in der Wohnung! Wenn Christopher nach Hause kam, empfing seine Schwester ihn an der Tür. Tagsüber war die Haustür stets verschlossen und sie achtete darauf, dass ich mich nicht am Eingang zu schaffen machte.

Wenn man sich im Nachhinein fragt, wie das möglich sein konnte, bitte ich zu bedenken, wie labil ich zu der Zeit immer noch war. Sie kochte für ihn, und er kaufte alles ein. Ich wäre eigentlich überflüssig gewesen, hätte es nicht diese schrecklichen Abende gegeben, an denen er mich demütigte und vergewaltigte. Es brach stets ohne

Warnung über mich herein. Ich hatte keine Möglichkeit, mich dagegen zu wappnen. An einem Abend vergnügte er sich bei irgendeiner Quizshow vor dem Fernseher, am nächsten fiel er über mich her. Seine Schwester verschwand dann regelmäßig wie ein Gespenst in ihrem Zimmer.

Eine Zeit lang versuchte ich, am nächsten Tag mit ihr darüber zu sprechen, aber nach einer Weile gab ich es auf. Ich nehme an, dass meine Gefügigkeit zum Teil auch daher kam, dass sie mir heimlich Drogen ins Essen oder die Getränke mischten. Die Tage verschwammen in meiner Erinnerung und es gab keine klaren Konturen mehr. Es war das Grauen! Kein fester Wille, keine Gegenwehr.

Mein Leben war komplett fremdbestimmt. Ich hatte keine Kraft mehr, mich aufzubäumen. Aber irgendwann versuchte ich herauszufinden, in welche Nahrungsmittel sie mir die Drogen mischten.

Die Zeit war reif. Ich konnte meine Gefangenschaft keinen Tag länger ertragen. Seine Schwester belauerte mich nach wie vor, doch ich drehte den Spieß jetzt des Öfteren um. War sie es leid, mir dabei zuzusehen, wie ich stumpfsinnig aus dem Fenster starrte, so sprang ich sofort auf, wenn sie das Zimmer verließ, und schlich ihr hinterher. Die Tabletten gegen die Depression nach meiner Fehlgeburt nahm ich nicht mehr. Ich tat nur noch so.

Der Wurm richtete sich auf! Den Satz hatte ich aus einem Thriller mit Jack Nicholson und Michelle Pfeiffer. Der ich übrigens angeblich früher einmal ähnlich gesehen hatte. In einem anderen Leben …

An einem Abend gelang es mir, die Geschwister zu belauschen.

»Ich mache mir Sorgen«, sagte sie. »Irgendetwas stimmt nicht mit ihr. Ich weiß nicht, ob sie ihre Medikamente wirklich nimmt.«

Von ihm kam ein beruhigendes Brummen. Ich wusste, dass seine Lieblingsshow lief. Er ließ sich nur äußerst ungern dabei stören. Ich kauerte hinter der halb geschlossenen Tür und wagte es kaum zu atmen. Im Geiste gratulierte ich mir gerade dazu, wie mutig ich geworden war, seitdem ich die Tabletten nicht mehr nahm, da hörte ich leise Schritte. Jemand schlich auf die Tür zu.

Die Frau im Krankenhaus starrte an die Decke. Verzweifelt durchforstete sie ihr Gedächtnis nach Anhaltspunkten. Vergeblich. Was sollte sie tun? Irgendjemand versuchte offenbar, sie aus dem Weg zu räumen. Aber sie hatte keine Ahnung, wer oder warum. Und wo sollte sie hin, wenn die Ärzte irgendwann der Meinung waren, dass sie entlassen werden konnte? Schmerzmittel und Antibiotika rieselten durch den Tropf in ihre Vene. Eine Weile folgte sie dem langsamen Prozess mit den Augen. Die durchsichtigen Schläuche, die klaren Flüssigkeiten.

Plötzlich schluchzte sie auf und riss sich die Zuleitung aus dem Handrücken. Blut spritzte. Wenig später schrillte ein Alarm.

Es war kalt. Leo saß mit Winterjacke und Schal auf dem Balkon. Trotz der Kälte klirrten Eiswürfel in ihrem Glas, Gin Tonic. So konnte sie perfekt nachdenken. Es war zwei Uhr nachts.

Ihre Gedanken waren bei der namenlosen Frau, ohne zu ahnen, dass diese gerade von der Nachtschwester versorgt werden musste; ihr Verstand hatte bei dem Versuch, in ihre verschütteten Erinnerungen vorzudringen, kapituliert.

Leo konnte die Verzweiflung der Frau, die Angst, blind vor einem bodenlosen Abgrund zu stehen, aus eigener Erfahrung nachempfinden. Bis vor einem Jahr war es ihr selbst ähnlich gegangen. Sie hatte sich an nichts erinnern können, was vor ihrem achten Lebensjahr lag. Nicht einmal daran, dass sie einen Zwillingsbruder hatte. Unvorstellbar!

Sie setzte das Glas an und nahm einen langen Zug. Dass sie Felipe jemals hatte vergessen können! Menschliche Fähigkeiten waren erschreckend zerbrechlich. Erinnerungen, simple Dinge wie Essen oder Fahrradfahren. Die Psyche war stärker als jede Muskelkraft. Angelerntes konnte blitzschnell wieder verschwinden. Hatte eine Schaltzentrale im Gehirn beschlossen, dass die Vergangenheit eine Bedrohung darstellte, tauchte alles in einem undurchdringlichen Nebel unter. Der Verstand war machtlos. Er konnte keinen Kontakt zu seinem eigenen Kontrollzentrum aufnehmen.

Sie leerte das Glas. Es war wirklich verdammt kalt hier draußen. Der Gedanke streifte sie, aber sie blieb sitzen.

Die Balkone ringsum befanden sich noch im Winterschlaf. Es hatte vereinzelt warme Tage gegeben, aber nur wenige Wagemutige hatten ihre Balkonkästen schon bepflanzt. Selbst die Bäume schliefen. Die Zweige, die sich über den Innenhof reckten, waren noch kahl. Sie dachte an die Frau am Strand, an ihren Besuch bei Adam direkt davor, ihre Wut – und wie sie aus seiner Wohnung gestürmt war. Verdammt! Jetzt stand sie doch auf und ging hinein. Sie schloss die Tür.

Leo ging ins Bad und wenig später zu Bett. Ihre Träume waren wirr und zusammenhanglos. Sie erwachte mitten in der Nacht, ohne ersichtlichen Grund, und fühlte sich wie gerädert.

Seufzend klappte Neubauer das Buch zu. Die Stunden verrannen, und sie kam nicht weiter. Sehnsüchtig warf sie einen Blick auf das Buch auf dem Tisch, das sie eigentlich gern gelesen hätte. Eine Biografie.

Zum Trost trank sie einen Schluck Rum aus ihrer Heimat, aus Dzamanzary. Dann rief sie sich zur Ordnung. André Peyriéras, der große Naturschützer von Madagaskar, musste warten.

Recherche war selten spannend. Es spielte keine Rolle, ob sie sich dabei langweilte. Sie gähnte und trank noch einen Schluck. Dabei wanderten ihre Gedanken ziellos umher – und plötzlich, wie aus dem Nichts, tauchte ein Bild in ihrem Kopf auf. Brander. Ein seltsamer Name. Ein ungewöhnlicher Mann. Neubauer griff entschlossen nach dem Buch und schlug es wieder auf.

Van Veen hatte sich in der Wohnung umgesehen. Er ging zurück zu Adam, der im Flur stehen geblieben war.

»Die Einrichtung ist derartig unpersönlich, irgendetwas stimmt hier nicht.«

Adam nickte.

»Ich habe gerade gehört, wie die Wohnung in Eppendorf aussieht, Altbau, Stuck, das volle Programm. Wer lässt das sausen, wenn er nicht mal Miete zahlt, um hier einzuziehen?«

Nachdenklich sah van Veen Adam an. »Sollten wir hinfahren?«

»Ich denke nicht. Es reicht, wenn wir die Einzelheiten in der Frühbesprechung hören.«

»Okay, dann machen wir Schluss für heute.« Van Veen klopfte Adam leicht auf die Schulter. Obwohl die Berührung nur angedeutet war, blieb Adam stehen. Die ungewohnte Vertraulichkeit überraschte ihn.

Van Veen schien nichts zu bemerken. Er sagte: »Hm, ja, wir könnten irgendwo einen Drink nehmen.«

Adam zog eine Braue hoch.

»Ich muss nur leider meinen Babysitter ablösen ...«

Adam zuckte die Schultern.

»Aber warum trinken wir nicht einfach einen Singlemalt bei mir? Als Absacker.«

Da Adam schwieg, fuhr van Veen nach einigen Sekunden fort: »Okay, vielleicht doch keine so gute Idee.«

Endlich hatte Adam seine Verblüffung abgeschüttelt.

»Doch, wirklich. Singlemalt klingt absolut großartig.« Sein Gesicht verzog sich zu einem Grinsen. »Ich musste nur gerade an etwas denken.«

Das letzte Mal hatte Wagner ihn während eines Falls nach Hause eingeladen. An dem Abend waren unzählige Gehirnzellen den Heldentod gestorben. Ertränkt in Strömen von Bier.

Wagner hantierte umständlich mit dem Schlüssel herum, während Val ungeduldig hinter ihm wartete.

»Brüderchen«, raunte sie, »du sollst das Schloss nicht abschrauben. Schließ es einfach auf.«

Endlich hatte er es geschafft und öffnete die Tür. Fast gleichzeitig betraten sie den Flur des kleinen Reihenhauses in Fuhlsbüttel. Val passte in diese Umgebung wie ein Paradiesvogel in einen Hühnerstall. Wagner war sich dessen noch viel mehr bewusst, als sie selbst, und es quälte ihn. Aber das durfte und wollte er sich nicht anmerken lassen.

»Nimm du halt das nächste Mal den Ersatzschlüssel«, knurrte er.

Sie verdrehte die Augen. Die Gegend war ihr schon ein kleiner Dorn im Auge, aber noch siegte die Vernunft. Deshalb war sie zu ihrem Bruder gezogen. So lange, bis sie sich eine eigene Wohnung in einem passenden Stadtteil leisten konnte. Dass das nicht völlig reibungslos funktionieren würde, war beiden von Anfang an klar gewesen. Sie waren immerhin Zwillinge, sogar eineiige.

Das Licht der Welt hatten sie als Brüder erblickt. Relativ früh war dem jüngeren Zwilling klargeworden, dass sie im falschen Körper geboren war. Diese Erkenntnis hatte einen langen Leidensweg nach sich gezogen, aber sie war niemals von ihrer Überzeugung abgerückt. Ihr Glück war, unter anderem, dass ihr älterer Bruder unerschütterlich zu ihr hielt. Es war dem kleinen Valentin nicht leichtgefallen, zu akzeptieren, dass sein Zwillingsbruder lieber seine Zwillingsschwester geworden wäre. Das Umfeld der beiden reagierte befremdet bis ablehnend. Aber der ältere Wagner erkannte, dass ihm das Geschlecht seines Zwillings gleichgültig war. Es spielte überhaupt keine Rolle. Auf die Person kam es an.

Val hatte sich abgeschminkt. Ihre Haare waren gebürstet und ihr Gesicht glänzte. Sie hatte eine dicke Schicht Nachtcreme aufgetragen.

Wagner runzelte die Stirn. »Glaubst du wirklich, das hilft?«

»Tintin, der Glaube versetzt bekanntlich Berge.«

Beide seufzten. Sie sahen sich an und grinsten.

»Okay«, sagte Wagner. »Deine Meinung, kurz und knapp.«

»Bruderherz, morgen wissen wir mehr. Wir müssen auf Johanna warten. Hoffentlich hat sie ein paar Kapitel in dem Buch lesen können. Bis jetzt finde ich das Ganze noch sehr unübersichtlich. Ob die Tote in der Wohnung wirklich diese Emilia Winter war? Haben wir eine Möglichkeit, das herauszufinden?«

Wagner zögerte. Hatten sie? Was war mit dem Bruder des vermeintlichen Opfers? Hatte er irgendeine Verbindung zu der Frau vom Strand? Wenn ja, dann musste sie vielleicht vor ihm geschützt werden. Oder sollten sie eher zusammengeführt werden? Er wusste es nicht.

Langsam schüttelte er den Kopf. »Im Moment ist dieser Winter unser einziger Anhaltspunkt, abgesehen von der Frau am Strand selbst. Könnte sein, dass wir ihn beschatten müssen.«

Einen Augenblick herrschte Stille.

»Enfin«, sagte Val. »Das hört sich endlich nach vernünftiger Detektivarbeit an.«

21

Polizeiwache Mörkenstraße. Morgens, 8.30 Uhr. Neubauer saß in ihrem Büro und tat beschäftigt. Sie wartete auf Adam und die Kollegen. Die Schreibtische von Guenther und von Wendsheim waren verwaist. Blicklos starrte sie auf den Bildschirm, dunkle Ränder unter ihren Augen.

In dem Moment, als von Wendsheim und Guenther ankamen, hatte sie es gerade geschafft, eine Adresse auf Mallorca zu googeln. Von Wendsheim schaute um die Ecke und sagte: »Teambesprechung. Adam wartet im Konferenzraum.«

Seufzend stand sie auf. Ein letzter Blick auf die geöffnete Seite im PC. Sie speicherte im Stehen und folgte von Wendsheims Rücken den Flur entlang. Im Besprechungszimmer waren außer Adam auch van Veen und sein Team anwesend. Calabrese stand am Fenster. Sie sah aus wie aus dem Ei gepellt und musterte die Ankömmlinge mit unbewegtem Gesicht. Neben ihr stand ein unbekannter Mann mit Kurzhaarschnitt und Bodybuilderfigur.

Van Veen und Adam saßen schon am Tisch. Adams Team verteilte sich, und schließlich setzte sich auch Calabrese.

»Ich glaube, ihr kennt euch noch nicht«, begann van Veen. »Sven Gruber, Oberkommissar beim LKA.«

Der durchtrainierte Mann nickte. Dann übernahm Adam und stellte ihm die restlichen Anwesenden vor. An eine weiße Stellwand hinter ihm waren Fotos gepinnt. Die Frau vom Strand, die Wohnung in der Schanze, die verstümmelte Leiche und die befragten Angestellten vom Verlag. Last but not least Christopher Winter.

Guenther saß mit verschränkten Armen zurückgelehnt in seinem Stuhl. Er hatte ein Bein übergeschlagen und gab sich nonchalant. Neubauer musste an seine Reaktion auf die Beschreibung von Gruber denken. Das versprach, interessant zu werden.

Schon ergriff Gruber das Worte, bevor sie auch nur mit der Aufzählung der Fakten begonnen hatten. »Haben wir ein Foto von Winters Ehefrau?«

Guenthers Gesichtsausdruck verfinsterte sich und Adam zog eine Augenbraue hoch. Dann sagte er: »Gute Frage. Leider negativ. Wir haben ihn noch nicht zu Hause befragt, aber das muss natürlich zeitnah folgen.«

Gruber wippte leicht auf seinem Stuhl. »Meiner Meinung nach erste Priorität. Eventuell haben wir dann die Identität vom Strandabfall.«

Neubauer zuckte zusammen. Calabrese kam ihr zuvor: »Ehrlich Sven, deine Ausdrucksweise ist nicht besser geworden.«

Van Veen schaltete sich ein. »Lasst uns bei der Sache bleiben. Zeigt Siegfried bitte, dass wir professionell arbeiten beim LKA.«

Adam musterte ihn amüsiert. »Wie schon gesagt, jemand muss Winter noch mal befragen. Freiwillige?«

Gruber meldete sich und nach kurzem Zögern auch Guenther.

»Okay, ihr fahrt zu Winter und seht zu, dass ihr ein Foto von seiner Frau bekommt. Eins von seiner Schwester bräuchten wir auch. Außerdem ist immer noch ungeklärt, warum seine Schwester ihr Domizil in Eppendorf gegen die Wohnung in der Schanze eingetauscht hat. Seht zu, dass ihr etwas darüber in Erfahrung bringt. Ja, Aminata?«

Neubauer räusperte sich. »Hm, diese Wohnung ist wirklich luxuriös eingerichtet. Aber es gibt ein Zimmer, in dem liegt nur eine Matratze. Und ich könnte schwören, dass dort Blutspritzer sind. An der Wand und auch auf dem Fußboden. Wir müssten eigentlich die KTU hinschicken, aber ohne begründeten Verdacht werden wir keine Erlaubnis bekommen.«

»Fragt Winter, ob wir die Wohnung unter die Lupe nehmen dürfen. Wenn er sich weigert, sagt das auch etwas aus. Gibt es noch mehr?«

»Na ja, ich hatte es schon gesagt. Ich finde es einfach merkwürdig, dass jemand in der Küche billigen Fusel stehen hat, wenn er sich extra einen Weinklimaschrank in den Keller stellt. Leute, die so etwas anschaffen, scheuen in der Regel vor einem Wein zurück, der nicht mindestens zehn Euro kostet, besser noch 20.«

Adam und van Veen warfen sich einen Blick zu.

Nachdenklich sagte Adam: »Das klingt zwar einleuchtend, aber wir haben keinen Anhaltspunkt, warum und wieso. Also werden wir uns zuerst auf Winter und die Unbekannte konzentrieren. Wir brauchen dringend Hinweise auf die Hintergründe. Fotos von seiner Frau und seiner Schwester sind dafür unabdingbar. Die Identität der Unbekannten muss geklärt werden. Inzwischen haben wir einen Mord und einen versuchten Mord am Hals, und der Alte sitzt uns im Nacken. Ach, übrigens, hat jemand die Adresse von Frau Winter auf Mallorca gecheckt?«

Neubauer zögerte einen Moment zu lange, Gruber erwiderte: »Claro, el jefe! Schweineteures Anwesen. Die

Winters scheinen dort bekannt zu sein. Er zumindest. Er ist aber sonst offenbar immer allein unten. Ich rufe da gern noch mal an.« Er lehnte sich gelangweilt im Stuhl zurück.

Selbstgefälliges Arschloch, dachte Guenther. »In fließendem Spanisch natürlich«, murmelte er.

Gruber grinste. »Naturalmente! Aber die Einheimischen sprechen dort Mallorquinisch. Das ist ein katalanischer Dialekt, ähnlich der anderen balearischen …«

Adam trommelte mit den Fingern. »Gut, das wäre geklärt. Gruber untersucht die Mallorca Connection. Und du«, er deutete auf Guenther, »fährst mit zu Winter.«

Die Tür öffnete sich und der Alte schaute herein. Er hatte Adams letzte Anweisungen gehört. »Das hört sich vielversprechend an. Mallorca Connection … Geht es etwa um Drogen?«

Adam hob eine Braue. »Geht es das nicht immer?«

Van Veen räusperte sich. »In diesem Fall allerdings nicht. Zumindest noch nicht. Aber Frau Neubauer hat eine interessante These über Weinkenner aufgestellt.«

Adam blieb der Mund offen stehen. Woher wusste van Veen von Walthers Leidenschaft? Der Leiter des Kommissariats reagierte erwartungsgemäß.

»Dann lassen Sie mal hören. Bei Wein macht mir so leicht keiner etwas vor.«

Adam riss sich zusammen. »Vielleicht könnten Sie das gleich im Anschluss mit Frau Neubauer besprechen. Ich würde nur eben gern die restlichen Aufgaben verteilen.«

Neubauer warf ihm einen wütenden Blick zu. Er erwiderte ihn ungerührt.

»Du siehst dir am besten die Wohnung in der Schanze noch mal an. Stell alles auf den Kopf, die Spurensicherung ist fertig. Kai, du gehst mit. Sowie Nati dem Al…, dem Chef ihre Theorie erklärt hat, legt ihr los.«

»Danke, Sigi«, murmelte sie.

Er runzelte die Stirn. »Wenn ihr durch seid, sprecht ihr euch mit Andreas ab. Falls Winter uns noch mal in seine Wohnung in Eppendorf lässt, sackt ihr Andreas und Sven ein, fahrt hin und nehmt alles gründlich unter die Lupe. Ich organisiere dann die KTU.«

Van Veen fügte hinzu: »Ich füttere Thomas mit den Daten, die wir bis jetzt haben.« Thomas Mühring war sein Computerspezialist. »Wenn es dir recht ist, fahre ich danach mit Claudia ins Krankenhaus. Die Frau dort ohne Gedächtnis, das gefällt mir nicht. Solange wir keine Ahnung haben, wer es auf sie abgesehen hat und warum.«

Adam machte gute Miene zum Spiel. Ob es ihm recht war, musste van Veen gar nicht interessieren. Der war als Hauptkommissar vom LKA automatisch Leiter der Ermittlungen. Dass er sie Adam überließ, war ein Vertrauensbeweis. Adam zuckte die Schultern und nickte. Er verfolgte einen eigenen Plan. Er würde einem Detektivbüro in der Ehrenbergstraße einen kleinen Freundschaftsbesuch abstatten.

Und falls sie nicht alle Hinweise an ihn weitergegeben hatten – dann sollten sie sich besser sehr warm anziehen!

Wagner und seine Schwester kamen um neun Uhr in der Detektei an. Peters war schon da. Aus ihrem Büro war Stimmengemurmel und leises Gelächter zu hören. Wagner bog gleich ab in die Küche, während Val magisch von dem fröhlichen Geplauder angezogen wurde. Sie sah um die halb geöffnete Tür herum. Wie erwartet saß Leo bei ihrer Freundin im Zimmer. Die beiden blickten auf.

»Du bist aber früh aus den Federn«, sagte Val. »Dafür, dass du frei hast.«

»Wer kann bei dem Lärm morgens noch schlafen?« Leo stand auf und umarmte Val.

»Mädels, heute wird es ernst.«

»Ernster als gestern? Wie soll das gehen?«

Val schluckte, bevor sie fortfuhr: »Echte Detektivarbeit. Beschattung!«

Wagner kam mit einem Tablett mit gefüllten Kaffeetassen herein. Auch er hatte sich anscheinend gedacht, dass Leo bei Peters saß. Er lächelte. »Zuerst eine Stärkung. Dann besprechen wir, wie wir vorgehen, ohne dass sich jemand in Gefahr begibt.«

Leo beugte sich vor. »Das halte ich für verdammt optimistisch.«

»Leo!«

Sie hielt Wagners tadelndem Blick stand. »Wie stellst du dir das vor? Du folgst ja niemandem aus Spaß, vermute ich mal. Der Beschattete ist also verdächtig, korrekt?«

Wagner nickte widerstrebend. »Aber das heißt ja nicht …«

»Moment, warte. Wenn jemand verdächtig ist, kann er logischerweise auch schuldig sein. Und wenn er schuldig ist, dann ist derjenige, der ihm auf den Fersen hockt natürlich gefährdet.«

»Meine Lieben«, mischte Val sich ein, »lasst uns doch nicht gleich vom Schlimmsten ausgehen. Eine klitzekleine, harmlose Beschattung muss nicht unbedingt in einem Kugelhagel enden.«

»Zwischen Kugelhagel und ungefährlich liegt noch was. Schon vergessen?« Leo sah Val an. »Die Wohnung von gestern! Alles andere als harmlos, oder?«

»Entschuldige Leo, aber ich war Polizist«, unterbrach Wagner sie. »Du brauchst keine Angst zu haben. Außerdem kennst du mich, ich würde niemals jemanden einer Gefahr aussetzen.«

»Wissentlich nicht, klar. Hauptsache, ihr seid nicht zu blauäugig. Nicht, dass ihr aus Versehen irgendwo reinschliddert.« Leo seufzte.

Ihre Freundin seufzte auch. »Natürlich passen wir auf.«

»Wir halten das Risiko so gering wie möglich«, beeilte Wagner sich zu sagen. Er strahlte. Johanna hatte wir gesagt.

»Und – wie sieht unser weiteres Vorgehen aus?«, fragte Val.

»Auf jeden Fall Winter beschatten. Irgendetwas stimmt da nicht. Würdest du«, Wagner zeigte auf Leo, »noch einmal zu der Frau ins Krankenhaus fahren? Vielleicht erinnert sie sich inzwischen an irgendeine Kleinigkeit. Sie vertraut dir.« Leo nickte langsam.

»Johanna, hattest du Zeit, in dem Buch zu lesen?«

»Ja. Aber ich bin noch nicht sehr weit gekommen.«

»Ist dir etwas aufgefallen? Etwas, das mit den Ereignissen zu tun haben könnte?«

»Ich lese es auch gerade«, sagte Leo. »Auf welcher Seite bist du?«, fragte sie Jo.

»Seite 70. Ich weiß nicht, wie du es siehst, mich haut es nicht gerade um …«

»Stimmt. Ich bin auf Seite 100 oder so. Normalerweise hätte ich schon aufgehört, aber in diesem Fall …« Leo zuckte die Schultern.

Val wollte etwas sagen, aber ein schrilles Klingeln unterbrach sie. Zögernd griff Peters nach dem Hörer neben der Wohnungstür. »Ja bitte, wer ist da?«

Die Antwort wurde so laut in die Sprechanlage der Haustür gebrüllt, dass alle augenblicklich Bescheid wussten.

»Die Kavallerie«, spottete Leo. »Wetten, dass wir ihn auch ohne das Mikro gehört hätten?«

Val grinste ihren Bruder an. Der runzelte die Stirn. Er holte tief Luft und wappnete sich für den Aufprall.

Bevor Adam oben noch einmal klingeln konnte, öffnete Val ihm die Tür. Leo stand direkt hinter ihr. Als Adam hereinkam, drängte sie sich an ihm und Val vorbei.

»Ich bin dann mal weg.« Zu Val sagte sie: »Ich melde mich.« Adam bekam nur einen kurzen Blick. »Man sieht sich.« Er sah ihr irritiert hinterher.

Val strahlte ihn dafür mit hoher Wattzahl an. »Nur herein, mein Hübscher.«

Jetzt wandte er sich ihr vollends zu. »Val«, knurrte er, »wo ist dein missratener Bruder? Ich hoffe, dass wir noch Freunde sind, wenn ich gehe. Und ich hoffe sehr, dass ihr euch nicht in etwas hineingeritten habt.«

»Très calme! Nicht so aufgebracht. Komm mit und trink erst mal einen Kaffee mit uns.«

Adam hob eine Augenbraue. Bevor er etwas erwidern konnte, hatte sie sich umgedreht und ging voraus. Sie warf einen Blick über die Schulter und fragte: »Weißt du eigentlich, was ein Januskopf ist?«

Es war schwer zu ertragen. Dieses Mal blieben sie misstrauisch. Seine Schwester ließ mich keine Minute mehr aus den Augen. Ich hatte gehofft, sie nach einer Weile wieder einlullen zu können. Doch das hatte nicht funktioniert. Am schlimmsten war, dass sie mich immer noch zwangen, die Medikamente zu nehmen. Ich spürte

die unangenehmen Nebenwirkungen: Realitätsverlust, Antriebslosigkeit und ständiger Hunger. Ich wusste, wie wichtig diese Medikamente für kranke Menschen waren, aber in meinem Fall war es eine Qual. Ich sollte ruhiggestellt werden. Dabei schreckten sie nicht vor Psychopharmaka zurück.

Manchmal gelang es mir, wenigstens einige Tabletten nicht zu nehmen. Ständig kämpfte ich mit dem unerträglichen Hungergefühl und versuchte, mich mit heimlicher Gymnastik etwas fit zu halten. Obwohl es ›heimlich‹ eigentlich nicht gab. Mit Sicherheit beobachteten sie auch meine erbärmlichen Versuche des Muskelerhalts.

Vor die Tür kam ich nicht mehr. Die Haustür war verriegelt. Seine Schwester war ständig um mich.

Ich begann, jeden Quadratzentimeter des Hauses zu untersuchen. Zuerst aus schierer Langeweile, doch bald fiel mir etwas ein. Etwas, was ich vor einer scheinbaren Ewigkeit gefunden hatte. Danach war alles zusammengebrochen.

Während ich stetig an Gewicht zunahm und mit erschreckenden Nebenwirkungen zu kämpfen hatte, begab ich mich auf die Suche. Die Suche nach meinem persönlichen Gral.

Christopher ließ mich in Ruhe. Er schlug mich kaum noch. Auch sexuell schien er nicht mehr an mir interessiert zu sein. Wahrscheinlich war ich ihm inzwischen zu fett.

Der Dachboden war über eine kleine Treppe zu erreichen. Wenn ich dort oben herumstöberte, blieb seine Schwester meistens in dem darunterliegenden Zimmer und las. Manchmal flackerte die Eifersucht in mir auf. Warum? Wie konnte das sein, unter diesen Umständen? Ich verstehe es selbst nicht. Aber ich war auf der Suche.

22

Sven Gruber fuhr sich mit einer Hand über seine kurz geschorenen Haare. Er hatte sich weit in dem Stuhl zurückgelehnt. Seine Füße lagen auf dem Schreibtisch. Es war nicht sein Schreibtisch, aber das spielte keine Rolle.

»Bon dia«, sagte er in fast perfektem Mallorquinisch. Das Telefon klemmte zwischen einer hochgezogenen Schulter und seinem markanten Kinn. Als die Tür geöffnet wurde und er automatisch den Kopf drehte, entglitt es ihm. Guenther erwischte ihn, wie er mit hochrotem Kopf auf dem Boden nach seinem Handy angelte. Das lässige Bild war zerstört.

»Ist es wegen des Abhörens?«, fragte Guenther.

Gruber reagierte mit einem teils fragenden, aber hauptsächlich genervten Blick.

»Na, dass du zum Telefonieren auf dem Boden kriechst.«

»Sehr witzig!«

»Wie auch immer. Wir sollen Winter beglücken. Bist du so weit?«

»In fünf Minuten. Ich habe Mallorca in der Leitung und versuche, seine Alte an den Apparat zu bekommen.«

Guenther hob den Daumen und schloss die Tür. Das wollte er sich nicht antun. Gruber, wie er mit seinem Mallorquinisch glänzte.

Drinnen hatte Gruber sein Telefon inzwischen wieder am Ohr. Diesmal hielt er es in der Hand. Er stützte sich mit einem Ellbogen auf dem Schreibtisch ab, seine Füße hatten Bodenkontakt. Nach kurzem Geplänkel mit einem Houseboy, wartete er auf die Verbindung zu Frau Winter. Die Finger seiner freien Hand trommelten auf dem Tisch.

»Hallo«, die Stimme der Frau war so klar, als stünde sie direkt neben ihm.

Gruber räusperte sich.

»Guten Tag, mein Name ist Sven Gruber vom Landeskriminalamt Hamburg.«

»Landeskriminalamt? Du meine Güte, ist etwas passiert? Mit meinem Mann?«

»Nein, nein, keine Sorge, Frau Winter, mit Ihrem Mann ist alles in Ordnung. Es geht im Moment hauptsächlich darum, Ihre Anwesenheit auf Mallorca zu verifizieren. Wann sind Sie angekommen, und haben Sie schon einen Rückflug gebucht?«

Verdammt, dachte er, Winter hatte seine Frau offenbar nicht über den Tod seiner Schwester informiert.

»Entschuldigen Sie mal«, sie schien sich wieder beruhigt zu haben, und plötzlich war ein misstrauischer Klang in ihrer Stimme. »Woher soll ich wissen, dass Sie der sind, für den Sie sich ausgeben? Außerdem haben Sie mir immer noch nicht den Grund Ihres Anrufs genannt.«

»Ich versichere Ihnen, dass meine Angaben korrekt sind«, er hörte, wie sie am anderen Ende der Leitung Luft holte, und fuhr schnell fort: »Aber natürlich haben Sie recht, Frau Winter. Ich gebe Ihnen jetzt die Telefonnummer einer Hamburger Polizeidienststelle. Rufen Sie bitte gleich dort an. Man wird Sie zu mir durchstellen.«

Er wartete einen Moment. Sie schwieg. Schließlich gab er ihr die Nummer durch und sagte: »Ich lege dann jetzt auf. Wir hören uns hoffentlich gleich wieder.«

Während er wartete, trommelte er weiter mit den Fingern auf die Schreibtischplatte. Er behielt das Telefon im Auge.

Nichts geschah. War die Zentrale über seine Anwesenheit unterrichtet? Aber van Veen war der Ermittlungsleiter, er konnte davon ausgehen, dass alle Stellen informiert waren.

Trotzdem blieb das verdammte Ding stumm. Er beherrschte sich noch zwei Minuten, dann wählte er die Nummer auf Mallorca erneut. Besetzt. Entweder sprach sie gerade mit der Zentrale oder sie hatte ihren Mann angerufen.

In seine Überlegungen platzte Guenther.

»Und? Haben wir's jetzt?«

Was soll's, dachte Gruber. Er steckte sein Handy in die Hosentasche und nickte.

Bei dem Anblick von Guenthers zerbeultem Wagen hob er die Augenbrauen. »Nehmen wir meinen?«, sagte er und zeigte auf einen blitzblanken dunkelblauen BMW ein paar Plätze weiter.

Guenther zuckte die Schultern. Im Wagen fragte er: »Was hat die Winter gesagt? Ist sie überhaupt auf Mallorca?«

»Sí. Ich hab mit ihr gesprochen. Sie wurde leider sehr schnell misstrauisch. Wie sie sicher sein könnte, dass ich wirklich vom LKA bin, wollte sie wissen. Ich hab ihr die Nummer von der Zentrale gegeben. Bis jetzt scheint sie nicht zurückgerufen zu haben. Aber ich hab mein Handy ja dabei. Würde mich nicht wundern, wenn sie zuerst ihren werten Gatten angeklingelt hat.« Gruber zog eine Grimasse. »Ist schon komisch, dass der Typ ihr nichts vom Tod seiner Schwester erzählt hat.«

»Vielleicht wollte er ihr den Urlaub nicht versauen?« Guenther starrte vor sich hin. »Vielleicht glaubt er auch noch nicht, dass die Tote seine Schwester ist?« Er musterte Grubers Profil. »Außerdem wissen wir nicht, wie das Verhältnis der Eheleute zueinander ist.«

Von Gruber kam nur ein Grunzen.

Bis zum Süllberg, wo Winter sein Haus hatte, war es ein gutes Stück die Elbchaussee hoch. Um diese Zeit war der Verkehr nicht so dicht. Gruber fluchte über einen Rennradfahrer in grellem Lycra-Trikot, den er ständig überholen musste, weil der konsequent jede rote Ampel überfuhr. Hielten die Autos, schlängelte er sich an allen vorbei und fuhr einfach weiter. Beim nächsten Halt blieb Gruber so dicht wie möglich am Bordstein stehen. Er starrte mit verbissenem Gesicht geradeaus. Guenther beobachtete den herannahenden Radfahrer im Seitenspiegel. Zuerst sah es so aus, als wolle er den BMW links überholen, aber im letzten Moment scherte er wieder ein und quetschte sich rechts vorbei. Klonk machte es, als der Spiegel an die Karosserie knallte. Guenther zuckte zurück.

»Der hat sie wohl nicht mehr alle!«

Gruber hatte schon die Fahrertür aufgerissen und pöbelte hinter dem Radler her. Inzwischen war die Ampel auf grün umgesprungen. Ungeachtet der hupenden Autofahrer hinter ihm, ging Gruber um den Wagen herum. Er hockte sich auf der Beifahrerseite hin, das Gesicht nur Millimeter von der Karosserie entfernt. Vorsichtig strich er über den Lack. Dann stellte er den Spiegel wieder zurück.

Guenther musterte ihn wortlos. Als Gruber sich wieder angeschnallt hatte und losfuhr, konnte Guenther sich eine Bemerkung nicht verkneifen.

»Nächstes Mal nehmen wir meine Karre. Ich hänge nicht so am Blech.«

»Kann ja sein. Auch kein Wunder bei deiner Gurke, aber dieses Sahnestück hat mich einen Haufen Kohle gekostet. Wenn da auch nur ein Kratzer dran gewesen wäre, hätte ich das Arschloch in den Asphalt gewalzt!«

Guenthers Kommentar ging in lautem Hupen unter, denn mittlerweile hatten sie den Radfahrer wieder eingeholt. Der kam vor Schreck aus dem Tritt. Grubers Genugtuung verschwand nach einem Blick in den Rückspiegel. Der Fahrer hatte angehalten und zeigte ihm den Mittelfinger.

Sie erreichten Winters Villa in angespanntem Schweigen. Gruber hielt direkt vor der Einfahrt. Guenther ließ seinen Blick über das Tor und den scheinbar endlosen Zaun wandern. Der Zaun war sehr hoch. Drinnen standen alte Kastanienbäume, hinter denen das Haus beinahe verschwand. Stirnrunzelnd legte Guenther den Kopf in den Nacken und besah sich die Spitzen, in denen der Zaun auslief. Sie schienen messerscharf zu sein. Ob das so genehmigt worden war? Die umliegenden Häuser waren wesentlich kleiner.

Er klingelte. Gruber stand neben ihm und starrte in die Kamera.

»Wer ist da?« Eine blecherne Stimme. Winter?

»Andreas Guenther, Kommissariat 21, und Sven Gruber vom Landeskriminalamt. Lassen Sie uns bitte herein.«

Wie die Vampire, schoss es Guenther durch den Kopf. Eintritt nur nach vorheriger Aufforderung. Kein Problem mit dem Tageslicht zu haben, war ein Vorteil.

Der Türöffner summte und Gruber lehnte sich gegen das Portal. Im Gegensatz zu den Villen links und rechts der Elbchaussee war am Süllberg alles etwas kleiner, und trotzdem sehr gediegen. Aber der Weg zur Haustür war recht kurz.

Winter stand in der Türöffnung. Hemdsärmelig und sehr privat. Er schaffte es, einen Eindruck von Entgegenkommen und Kooperation unter erschwerten Bedingungen zu vermitteln.

Eine Attitüde, die Guenther nicht leiden konnte. Gruber schien kein Problem damit zu haben. Er sah sich unverhohlen um. Der Mercedes SL Roadster vor der Garage veranlasste ihn zu einer Vergleichsanalyse zwischen Benz und BMW.

Guenther räusperte sich.

»Vielleicht können wir uns drinnen weiter begeistern? Wir müssten noch ein paar Dinge klarstellen.«

Winter unterbrach seine Hymne auf Mercedes und trat zur Seite, um die beiden Kommissare eintreten zu lassen.

Im Haus war alles hochmodern und kühl. Viel Granit und Marmor, Edelhölzer und Stahl. Winter ging voraus in einen Salon.

»Bitte«, er zeigte auf das Sofa vor dem Kamin und ließ sich selbst in einen der klobigen Sessel fallen. »Worum geht es?«

»Wir haben heute mit Ihrer Frau gesprochen«, begann Guenther. Winters Gesicht war ausdruckslos. »Sie schien noch nichts vom Tod Ihrer Schwester zu wissen ...«

»Und ...«

»Nun, abgesehen davon, dass wir das verwunderlich finden ...«

Winter erwiderte seinen Blick ohne erkennbare Regung.

»Hm, ja, also laut unserer Information haben Sie die Tote heute Morgen als Ihre Schwester identifiziert.«

Winter nickte ungnädig, seine Hände lagen ruhig auf den Lehnen des Chesterfield Sessels.

»Dann verstehen Sie vielleicht, dass Ihr Besuch mehr als ungelegen ist!«

»Durchaus. Was wir aber nicht verstehen, ist, dass Sie Ihre Ehefrau nicht informiert haben.«

Winter starrte ihn an. Schließlich sagte er: »Ist das alles?« Sein Augenlid zuckte. Seine Hände schlossen sich fester um das narbige Leder.

»Nicht ganz. Wir würden gern etwas mehr über Ihre Schwester erfahren. Wie würden Sie Ihr Verhältnis zueinander beschreiben? Und wie stand Ihre Ehefrau dazu?«

Winter schwieg.

»Das sind doch ganz leichte Fragen«, sagte Gruber. Sein Gesichtsausdruck verriet seine Ungeduld. »Antworten Sie einfach, und wir ziehen unserer Wege.«

»Ich möchte Sie bitten, genau das jetzt zu tun.« Winter stand auf. Er verschränkte die Arme vor der Brust.

Guenther erhob sich mit einem unterdrückten Seufzen. »Herr Winter, ich bin sicher, dass Sie, ebenso wie wir, den Mörder Ihrer Schwester finden wollen. Ich verstehe, dass Ihnen unsere Anwesenheit im Moment nicht passt. Aber wir sind auf Ihre Mithilfe angewiesen.« Er suchte direkten Augenkontakt zu Winter. »Helfen Sie uns!«

Winters Kieferknochen mahlten. »Also gut, was wollen Sie wissen?«

»Zuerst einmal: Wie können Sie sicher sein, dass es sich wirklich um Ihre Schwester handelt?«

»Glauben Sie mir, ich kenne meine Schwester! Und so leid es mir tut und so gerne ich etwas anderes glauben würde – aber sie ist es!«

Guenther senkte den Blick und betrachtete seine Finger. »Wenn Sie es sagen.« Abrupt sah er wieder hoch. »Und wie war nun das Verhältnis zur Ihrer Schwester?«

»Ich würde sagen, intensiv. Wir haben uns nicht oft gesehen, wussten aber immer über den anderen Bescheid. Wir standen uns nahe.«

»Wie erklären Sie sich dann, dass Sie nicht über ihren Umzug informiert waren?«

Winter machte eine wegwerfende Handbewegung. »Wo man wohnt? Kinkerlitzchen. Es gibt wirklich Wichtigeres!«

»Ach ja? Was? Erklären Sie es uns.«

Winter betrachtete sie mit einer Art milder Herablassung. »Lebensphilosophie.«

Guenther nickte langsam. »Und wie stand Ihre Frau zu Ihrer Schwester? Und umgekehrt?«

»Die beiden hatten kaum Berührungspunkte. Wäre es nicht meinetwegen gewesen, hätten sie sich mit Sicherheit nicht näher kennengelernt.«

»Ihre Frau hat also keine Bücher geschrieben?«

»Wie kommen Sie auf so einen Quatsch?«

»Es war nur eine Idee. Dann danken wir Ihnen für die Auskünfte.«

Die Kommissare warfen sich einen Blick zu.

»Eins noch«, sagte Gruber. »Hat Ihre Frau Sie heute angerufen? Ich hätte nämlich gern mit Ihr gesprochen, aber sie hat mich nicht zurückgerufen. Könnten Sie ihr bitte bestätigen, dass wir autorisiert sind, mit ihr zu reden?«

Winter zuckte mit den Schultern. »Natürlich, warum nicht?«

»Ach ja, hätten Sie etwas dagegen, wenn wir Ihre Wohnung in Eppendorf noch einmal untersuchen würden?«

»Das hätte ich allerdings. Hören Sie auf, in meinen Angelegenheiten herumzuschnüffeln!«

»Herr Winter, bitte! Es geht uns nur darum, den Tod Ihrer Schwester aufzuklären.«

Winter sah sie finster an. »Meine Antwort haben Sie. Also?«

»Schade. Aber wie Sie meinen. Sagt Ihnen der Name Katharina Hofmann etwas?«

»Nein. Sollte er?«

»Hannah Wolf?«

»Nein! Verdammt noch mal, was sind das für Spielchen?«

Guenther hob beschwichtigend die Hände. »Keine Spielchen, Herr Winter, versprochen. Wir gehen. Vielen Dank für Ihre Mühe, wir finden selbst hinaus.« Sie zuckten mit den Schultern und verließen den Raum.

Winter murmelte etwas und drehte ihnen den Rücken zu. Er ging zu dem Barschrank am anderen Ende des Raumes und schenkte sich einen großzügigen Whisky ein. Die beiden Kommissare beachtete er nicht mehr.

»Was für ein Arschloch«, knurrte Gruber auf dem Weg zu seinem Wagen. »Einen trauernden Bruder stelle ich mir anders vor.«

Guenther sah zurück zu dem Haus. »Schauen wir mal, was seine Frau so zu sagen hat.«

»Wenn ich die Alte in diesem Leben noch ans Telefon kriege.« Gruber machte ein finsteres Gesicht.

Guenther lehnte sich im Sitz zurück. »In die Wohnung lässt er uns jedenfalls nicht. Fahren wir zurück aufs Revier.«

Kaum hatten sie die dorfähnlichen Straßen am Süllberg hinter sich gelassen und die Elbchaussee erreicht, glitten links und rechts wieder sündhaft teure Villen an ihnen vorbei. Auf der wasserabgewandten Seite streckten sich Parkanlagen, während gegenüber immer wieder die Elbe zwischen den Häusern hindurchschimmerte.

Guenther sah aus dem Fenster. Er hielt Ausschau nach Fahrradfahrern … Fehlanzeige.

23

Adam saß im Besprechungszimmer der Detektei. Val klärte ihn gerade ausführlich über Bedeutung und Geschichte des Januskopfes auf.

»Ehrlich, Val, das ist ja hochinteressant. Aber ich bin nicht wegen Geschichtsunterricht hier.« Sein Blick wanderte zu Wagner, der nervöse Runden durch den Raum drehte.

Wagner blieb stehen und seufzte. »Schon gut, Chef. Frag einfach.«

»Dann schieß mal los. Und bitte von Anfang an: Warum wart ihr in der Wohnung?«

Peters tauchte in der Türöffnung auf. Lautlos nahm sie auf dem freien Stuhl neben Val Platz und sah Wagner gespannt an. Ihre Anwesenheit machte ihn offensichtlich noch nervöser.

Er holte tief Luft und begann umständlich mit seiner Erklärung. Aber bald wurde seine Rede flüssiger, irgendwann gelang es ihm sogar, Adam beim Sprechen in die Augen zu sehen.

»Im Endeffekt geht es uns darum, dieser Frau zu helfen. Wir wissen nicht mal, ob sie uns überhaupt bezahlen kann. Aber das ist unser Risiko. Ehrlich gesagt haben wir im Moment nichts Besseres zu tun. Was spricht also gegen eine Zusammenarbeit? Ihr profitiert auf jeden Fall davon.«

Er war jetzt richtig in Fahrt und Adam hob eine Hand.

»Piano, Valentino. Über eins müssen wir uns im Klaren sein: Jede Information, die in eurer kleinen Einsatzzentrale ankommt, muss sofort an mich weitergeleitet werden. Ihr macht keine Alleingänge mehr! Sind wir uns da einig?«

Wagner zuckte mit den Schultern. Bevor er etwas erwidern konnte, sagte Val: »Adam, bei aller Freundschaft und mit dem angemessenen Respekt, aber was haben *wir* davon?«

Adam hob eine Augenbraue. »Wie meinst du das?«

»Was glaubst du denn?« Sie lächelte zuckersüß. »Ich meine, dass wir keine Handlangerarbeiten für dich machen. Nenne mir einen Grund, warum wir uns auf so einen Kuhhandel einlassen sollten?«

»Kuhhandel nennst du das also, interessant. Aber wie wäre es schlicht und einfach mit folgender Begründung: Weil ihr staatstreue Bürger seid.«

»Mach dich doch nicht lächerlich.«

»Stopp«, mischte Peters sich ein. »Unser Ziel, meine Lieben. Wir wollten der Frau helfen, oder?«

Adam nickte widerwillig.

»Gut. Und manchmal können Privatermittler mehr erreichen als Polizisten.«

»Das glaubst auch nur du. Die Gesetze gelten für alle.«

»Sicher. Aber nur mal rein hypothetisch, stell dir vor, du müsstest jemanden beschatten, bekommst aber keine offizielle Genehmigung. Oder jemand ist verdächtig und du brauchst Beweise, aber dein Chef ist in die Sache verwickelt.«

Adam fuhr sich mit beiden Händen durch die Haare. »Jo, du weißt, dass ich dich sehr schätze. Aber jetzt geht deine Fantasie mit dir durch. Im Augenblick ist van Veen mein Chef – der ist nun wirklich alles andere als korrupt.

Du liest eindeutig zu viele Krimis. Und was die Hinweise angeht – es gibt Ergebnisse, die vor Gericht nicht verwendet werden dürfen, weil sie nicht legal ermittelt wurden. Da beißt man sich dann in den Allerwertesten!«

Val verzog das Gesicht.

Adam warf ihr einen irritierten Blick zu und fuhr fort: »Außerdem möchte ich nicht, dass ihr aus Versehen irgendwo reinstolpert. Ihr könnt das überhaupt nicht abschätzen.« Er wartete einen Moment, um seinen Worten Nachdruck zu verleihen. »Überlegt doch mal, die Tote in der Wohnung. Könnt ihr euch nur ansatzweise vorstellen, wozu der Täter noch fähig ist? Ihr mit euren harmlosen kleinen Detektivspielen!«

Wagner sah ihn vorwurfsvoll an.

Van Veen ging die Stufen hoch und betrat den »Stern«, das LKA-Gebäude in Hamburg. Die Bauweise erinnerte an den FBI-Stern.

Er war auf dem Weg zum Büro von Thomas Mühring, seinem Computerspezialisten. Er war ein Zauberer im Netz und in der Cyberwelt. Im wirklichen Leben war Mühring schüchtern und unauffällig. Er schien mehr in der virtuellen Realität zu Hause zu sein.

Calabrese folgte van Veen auf den Fersen. Wenn Mühring so etwas wie eine Freundin oder Vertraute hatte, dann war sie es. Irgendwie weckte er ihren Beschützerinstinkt. Van Veen klopfte und hielt Calabrese die Tür auf. Sie sah in den kleinen ungelüfteten Raum. Mühring blickte kaum hoch.

Als er sie erkannte, hellte ein kurzes Lächeln seine Züge auf. Er hämmerte jedoch weiter auf die Tastatur seines Computers ein. Sie blickte auf die erbarmungswürdig dürre Gestalt. Mit einem Seufzen sah sie sich nach van Veen um. Der hob die Augenbrauen und schmunzelte. Thomas war eben Thomas.

Er räusperte sich. Mühring unterbrach seine Tätigkeit mit einem leidenden Gesichtsausdruck. Während seine Finger über den Tasten verharrten, wandte er sich ihnen zu. Sein Gesicht war von einer ungesunden Blässe. Schmutzig blonde Haarsträhnen fielen ihm über die Augen.

»Und?«

»Thomas, es geht um Informationen. Die Ergebnisse der Autopsie liegen mir vor. Aber wir brauchen mehr. Was kannst du über die Autorin Katharina Hofmann herausfinden? Und über Emilia Winter, Lektorin und Kontaktperson zu dieser Frau beim Cinque Stelle Verlag? Außerdem Christopher Winter, Emilias Bruder.«

»Und das alles vermutlich bis gestern!«

Van Veen nickte amüsiert.

»Vorgestern …«

»Okay, aber denk über eine Gehaltserhöhung nach!«

Bevor van Veen antworten konnte, war Mühring schon wieder in seinen Bildschirm vertieft.

Mit einer Kopfbewegung bedeutete van Veen Calabrese, ihm zu folgen. Nachdem sie im Auto saßen und einige Minuten gefahren waren, fragte er: »Glaubst du, er findet etwas?«

»Das ist keine ernst gemeinte Frage.« Sie richtete sich im Sitz auf und sah ihn von der Seite an. »Ich meine, du sprichst von Thomas! Nicht von irgendeinem mittelmäßigen Programmierer oder selbstverliebten Hacker. Wenn jemand etwas findet, dann er!«

Sie gingen vom Parkplatz des Krankenhauses in Richtung Empfang. Unterwegs trafen sie auf Leo. Sie war einige Schritte vor ihnen. Calabrese runzelte die Stirn.

»Hallo, Frau Johann, einen Moment bitte!«

Leo drehte sich zögernd um. Auch das noch, dachte sie. Sie verlangsamte ihre Schritte und sah den Polizeibeamten entgegen. Die herannahende dunkelhaarige Frau machte wie immer einen feindseligen Eindruck. Das Gesicht ihres Chefs war nicht zu deuten. Auch das war keine Überraschung. Leo blieb stehen.

Van Veen streckte die Hand aus. »Frau Johann, guten Tag.«

Leo ergriff seine Hand mit unbewegtem Gesicht. Ihr Blick wanderte zu Calabrese. Auch sie hielt ihr eine Hand entgegen.

Leo ignorierte das und sagte: »Sieh da, die Staatsgewalt auf Krankenbesuch. Wie kann ich helfen?«

Calabrese stieß hörbar die Luft aus und zog ihre Hand zurück. »Vielleicht haben wir das gleiche Ziel?«

Leo tat, als würde sie angestrengt nachdenken. »Was kann das wohl sein? Helfen Sie mir, ich komm nicht drauf.«

Van Veen sah sie an. »Schon gut. Kein Grund, das Fell zu sträuben. Ich nehme an, wir sind alle auf dem Weg zu der Dame, die sich Hannah Wolf nennt.«

»Ach …«

Er lächelte immer noch. »Ja. Berichtigen Sie mich, falls ich mich täusche.«

Leo musterte ihn nachdenklich. Schließlich erwiderte sie: »Und wenn es so wäre?«

Er zuckte mit den Schultern. »Dann hätten wir wohl die gleichen Interessen. Wir jedenfalls wollen der Frau helfen, ihre Identität wiederzufinden. Sollten Sie Ähnliches im Sinn haben, was meinen Sie, sollten wir dann nicht zusammenarbeiten?«

Sie hielt seinem Blick stand. Dann begegnete sie Calabreses eisblauer Inspektion.

»Dann schau'n wir am besten, was passiert. Bisher konnte sie sich an rein gar nichts erinnern.« Leo drehte sich um und ging weiter.

Van Veen und Calabrese folgten ihr. Der Wachhabende vor dem Zimmer erhob sich. Die LKA-Beamten zeigten ihre Ausweise, doch der Polizist nickte in Leos Richtung.

»Das ist in Ordnung, sie gehört zu uns«, sagte van Veen.

Der Beamte zögerte, aber Leo hatte die Zimmertür schon geöffnet. Sie holte Luft und trat ein.

Die Frau in dem Raum drehte langsam ihren Kopf. Sie hatte weniger Verbände im Gesicht, dafür traten die Prellungen und blauen Flecken nun deutlicher hervor. Eine Zuleitung war auf ihrem Handrücken festgepflastert, aber sie war nicht mehr an den Tropf angeschlossen. Als sie Leo erkannte, lächelte sie. Dann fiel ihr Blick auf Calabrese und van Veen und ihr Gesicht verschloss sich wieder.

Van Veen unterdrückte ein Seufzen. Mit einer Hand bedeutete er Calabrese zu warten. Währenddessen setzte Leo sich auf die Bettkante. Sie legte ihre Hand sanft auf die unverbundene Hand der Frau und sah ihr in die Augen. Die Frau nickte leicht, dann deutete sie in die Richtung der beiden Polizisten. Leo zuckte mit den Schultern.

»Sie tun nichts, sie wollen nur spielen.«

Van Veen schmunzelte.

Die Frau verzog ihr Gesicht mühsam zu einer Grimasse. »Vielen Dank, dass Sie mich gerettet haben.«

Leo winkte ab.

»Doch, natürlich. Jeder versucht heute, sich aus allem herauszuhalten, will sich in nichts verwickeln lassen.« Die Frau war erregt und atmete heftig. »Alles sehen und kommentieren – aber auf keinen Fall selbst involviert werden! Ich bin Ihnen wirklich sehr dankbar, bitte, akzeptieren Sie es einfach.«

»Ich heiße Leo«, erwiderte Leo nach einer kurzen Pause.

»Und ich heiße Hannah, glaube ich«, die Stimme der Frau wurde leiser.

Calabrese trat näher an das Bett heran. »Katharina? Sagt Ihnen der Name etwas? Oder Marlene?«

Die Frau schloss die Augen. Dann öffnete sie sie wieder.

»Dieses Buch, das Ihre Kollegen mir neulich gezeigt haben, haben Sie das noch? Würden Sie es mir leihen?«

»Aber natürlich, wenn Sie das möchten. Ich könnte mir vorstellen, dass es Erinnerungen in Ihnen freisetzt.« Calabrese war plötzlich ganz eifrig, und so war sie Leo beinahe sympathisch. Sie verschränkte die Arme vor der Brust und wartete ab. Calabrese warf ihr einen Seitenblick zu.

»Ich habe das Buch auch«, sagte Leo. »Ehrlich gesagt, bis jetzt hat es mich nicht vom Hocker gerissen – aber ich bringe es dir gern vorbei. Vielleicht hat sie ja recht«, sie deutete auf Calabrese, »und dir fällt beim Lesen etwas ein.«

»Ich wünschte, es wäre so.« Die Frau seufzte. »Was ist mit meinem Mann? Christopher Wolf? Hat er noch nicht nach mir gefragt?« Sie sah van Veen an. Ihr Blick war flehend, und er enttäuschte sie nur ungern.

»Leider nein. Sie werden informiert, sobald sich jemand meldet.«

Calabrese hatte nachdenklich vor sich hingestarrt. »Was ist mit Emilia Winter? Klingt dieser Name vertraut?«

Für einen Augenblick war es still. Die Frau im Bett schien zu versteinern.

»Emilia«, flüsterte sie. Dann schüttelte sie heftig den Kopf. »Mein Gott! Ich weiß es nicht. Aber irgendetwas ist da, der Name löst etwas aus.« Sie schluchzte. »Ich bekomme es einfach nicht zu fassen!«

Die Polizisten waren gegangen und die Frau starrte an die Decke. Ihre Erinnerungen waren in einem schwarzen Loch verschwunden. Sie schaltete den Fernseher ein. Vor Kurzem hatte sie einen Bericht über diese schwarzen Löcher gesehen. Sie saugten Materie an. In ihrem Falle waren das Erinnerungen. Konnte wirklich alles, was sie je erlebt hatte, einfach so verschwinden? Es musste doch eine Möglichkeit geben, ihre Vergangenheit zurückzugewinnen.

Plötzlich fuhr sie aus ihren Gedanken auf. Sie stellte den Ton lauter. Während ihr vor Aufregung ein Schauer über den Rücken lief, folgte sie dem Beitrag über seriöse Behandlungsformen unter Hypnose.

Van Veen und Calabrese betraten das Besprechungszimmer in der Altonaer Wache. Die Ermittler waren vollzählig. Von Wendsheim und Guenther unterhielten sich leise, sie standen in einer Ecke zusammen. Sven Gruber lehnte an der Wand, und Adam und Neubauer saßen als Einzige am Tisch.

Van Veen zog einen Stuhl zurück und setzte sich neben Adam. Endlich suchten sich auch die anderen einen Platz. Nach kurzem Stühlerücken und Gemurmel wurde es still. Die Blicke wanderten von Adam zu van Veen. Adam hob eine Augenbraue. Seine Kollegen grinsten.

»Andreas hat mich ausführlich über den Tidenkalender und die Strömungsgeschwindigkeit in der Tatnacht aufgeklärt. Die Ergebnisse könnt ihr euch an der Tafel ansehen. Leider werdet ihr feststellen, dass sie uns nicht weiterbringen. Zu viel wenn und vielleicht. In dem infrage kommenden Radius waren keine Schiffe gemeldet. Das muss natürlich nichts heißen, wenn zum Beispiel eine Privatperson nur eben schnell mit dem Motorboot rausfährt. Was bei dem Wetter allerdings extrem unwahrscheinlich gewesen sein dürfte.«

Neubauer sagte: »Jedenfalls nicht ohne guten Grund, wie etwa sich einer anderen Person zu entledigen …«

»Zumindest konnte Andreas seinen mageren Sprachschatz um nautische Fachbegriffe erweitern«, murmelte von Wendsheim nach einem interessierten Blick auf die Tafel.

»Da die Frau, während sie am Ufer lag, weiterhin überspült wurde, können wir nicht mit Sicherheit sagen, wie lange sie vorher schon im Wasser gewesen ist beziehungsweise ob überhaupt. Es kann sein, dass sie von Anfang an dort abgelegt wurde«, fügte Adam auf Neubauers fragenden Blick hinzu.

Er runzelte die Stirn und wandte sich an Guenther: »Wie lief es bei Winter? Was haltet ihr von ihm?«

Guenther und Gruber tauschten einen Blick. Guenther räusperte sich.

»Er floss nicht gerade vor Hilfsbereitschaft über. Seine Frau schreibt nicht, so ein Quatsch, und die Tote in der Wohnung ist definitiv seine Schwester. Ach ja, die Wohnung in Eppendorf können wir vergessen. Dort lässt er uns garantiert nicht noch mal herumschnüffeln.«

Sven Gruber nickte.

»Arrogantes Arschloch.«

»Stimmt«, sagte Guenther.

»Aha. Aminata und Kai, was war bei euch? Habt ihr etwas herausfinden können?«

Von Wendsheim lehnte sich zurück und deutete auf Neubauer. Sie zuckte die Schultern.

»Nichts Neues, leider! Meine Theorie mit dem Wein kennst du ja. Ansonsten ist der Schmutzrand in der Wanne auffällig. Aber auch das ist schon bei der ersten Sichtung aufgefallen. Wir haben keine Ausweise gefunden. Perso und Führerschein hat man ja meistens bei sich, aber es gab keine Handtasche. Auch sonst, nirgendwo ein Reisepass, keine Urkunden, Geburtsurkunde, Abschlusszeugnisse et cetera. Wir müssen Winter fragen, ob seine Schwester irgendwo einen Tresor hatte.« Nach einer Pause setzte sie hinzu: »Es ist seltsam, Schmuck war da. Und keineswegs billiger. Für mich sieht das nicht nach einem gewöhnlichen Raubmord aus. Vor allem, weil sich jemand die Mühe gemacht hat, nach den Papieren zu suchen. Es sei denn, sie waren überhaupt nicht in der Wohnung, sondern liegen irgendwo im Schließfach einer Bank. Das macht die Tat aber nicht weniger rätselhaft.«

Zwei Kollegen vom Revier hatten die Nachbarn in der Schanze befragt. Dabei war leider nichts herausgekommen. Emilia Winter war wie ein Phantom. Kaum einer war ihr im Treppenhaus schon mal begegnet oder hatte sie in ihrer Wohnung gehört.

Adam überlegte. Warum sperrte Winter sich? Wenn Winter überzeugt war, dass es sich bei der Toten um seine Schwester handelte, müsste er die Polizei mit allen Mitteln unterstützen.

24

Val lehnte an einer Hausecke und fühlte sich wie ein Ausrufungszeichen. Weit entfernt von unauffälliger Beschattung. Aber Winter schien sie noch nicht bemerkt zu haben. Noch nicht, denn sicherlich war es nur eine Frage der Zeit. Sie unterdrückte ein Seufzen und schob sich um die Ecke. Dann folgte sie ihm so unauffällig wie möglich.

Sie spähte in Schaufenster und prüfte nervös die Waren in den Ständen davor. Sie wünschte sich, zart und klein und unauffällig zu sein. Aber so war es leider nicht. Irgendwann würde er die seltsame große Frau hinter sich bemerken. Sie knirschte mit den Zähnen. Zur Hölle! Schließlich hatte sie ein aufwendiges Training hinter sich.

Er verschwand in einem Internetcafé. Sie schlenderte an dem Eingang vorbei. Nach einigen Metern drehte sie um. Sie betrat den dunklen Raum nur wenige Minuten nach ihm. Ein rechteckiger Raum, mit Elektronik vollgestopft. An der Längswand vor ihr ein Tresen. Daneben eine Reihe Telefonzellen. Gegenüber unzählige Computer auf winzigen Schreibtischen, vor jedem ein unbequemer Plastikstuhl. Winter war nicht zu sehen.

»Gibt es einen Hinterausgang?«, fragte sie den gelangweilten Halbwüchsigen am Empfang. Er verschob einige Plastikkörbe mit Sonderangeboten. Android Ladekabel, nur 6,99 …

»Und wenn?«, erwiderte er.

»Dann möchte ich das jetzt wissen!«, zischte sie.

Er zuckte mit den Achseln. Dann deutete er mit dem Kopf zu einem Sichtschutz am anderen Ende des Raumes. Sie stürzte hin und riss die Tür dahinter auf. Nichts zu sehen. Kein Winter. Wütend kratzte sie sich am Oberarm. Die neue Tätowierung juckte.

Sie ging nach draußen und stand in einem ungepflegten Garten. Hier befanden sich die Rückseiten der Häuser. Sie folgte einem schmalen Weg zwischen den Gärten hindurch.

Leo stieg aus. Altona. Und nun? Sollte sie nach Hause gehen? Ihre Füße schlugen eine andere Richtung ein. Beinahe überrascht stand sie vor dem Haus. Sie klingelte bei den Detektiven.

Oben im Büro lief sie auf und ab und sagte zu ihrer Freundin: »Es reicht, wir müssen etwas unternehmen.«

»Aber was?«

»So geht es jedenfalls nicht weiter. Die haben immer noch keinen Schimmer, wer die Frau ist.« Leo blieb abrupt stehen. »Irgendjemand hat versucht, sie umzubringen, trotz Polizeischutz. Es hätte sogar fast geklappt!« Sie schüttelte den Kopf. »Versager!«

»Ich nehme an, du bist gerade bei dem Vorfall im Krankenhaus?« Wagner hatte leise die Tür geöffnet und schaute herein.

Leo fuhr herum.

»Klar, und was sagst du dazu, Sherlock?«

»Ich sage: Viva España, und denke, ich werde Winters Frau auf Mallorca interviewen.«

»Auf Mallorca, das ist ja interessant. Und da willst du also ganz alleine hin.«

Wagner wurde rot.

»Woher weißt du eigentlich, dass sie auf Mallorca ist?«

»Ein bisschen Recherche …« Und eine geschickte, scheinbar harmlose Frage, als er Adam zur Tür gebracht hatte.

Wagners Gesichtsfarbe normalisierte sich wieder. Bei der Erinnerung an Adam und wie er ihn ausgetrickst hatte, verzog sein Mund sich ungewollt zu einem Grinsen. Nur ganz leicht, aber Leo und Peters sahen ihn verständnislos an.

Schließlich sagte Leo: »Ich schätze, es wird das Beste sein, wenn ich mitfliege.«

»Äh, habe ich mich verhört? Sagtest du *mitfliegen*?«

»Mit deinen Ohren ist alles in Ordnung.« Leo konnte sich ein Lachen kaum verkneifen. »Ich fahr dann mal nach Hause und hau mich vor den Computer. Wann soll es morgen losgehen?«

Wagner räusperte sich. »*Wenn* du mitkommst, und ich habe noch nicht gesagt, dass ich zustimme, dann erledigen wir das am besten gleich hier.«

»Kein Problem.«

Etwas hilflos sah Wagner zu, wie Leo sich an ihrer Freundin vorbeischob und vor ihrem Computer Platz nahm.

Eine knappe halbe Stunde später war alles erledigt.

»Ich bin dann mal weg, packen! Wir sehen uns morgen um zehn Uhr am Fliegerhorst? Hasta mañana!«

Der Abflug war um 11.25 Uhr. Zurück ging es einen Tag später am Abend.

Sie umarmte ihre Freundin und flüsterte: »Halte mit Val die Stellung. Ich passe auf Wagner auf.«

Wagner streifte Peters mit einem verlegenen Blick.

»Ich brauche noch einige Informationen. Adresse der Winter-Finca, der Weg dorthin et cetera. Wahrscheinlich müssen wir auch einen Wagen mieten.«

Seine Stimme wurde leiser und verlor sich. Er schaffte es einfach nicht. Johanna Peters' Anwesenheit ließ ihn alle mühsam angeeigneten Verhaltensweisen vergessen. Sein Training, seine Kenntnisse, alles umsonst. War sie in der Nähe, wurde er zu einem stammelnden Pudding.

Energisch entgegnete sie: »Nicht nur das, ein Hotel wäre wohl auch nicht schlecht?« Sie hob die Augenbrauen und er nickte.

»Gut, ich kümmere mich darum.« Sie setzte sich an ihren Arbeitsplatz. »Was ist eigentlich mit Val? Hast du etwas von ihr gehört?«

»Absolut nichts, totale Funkstille.« Er hatte versucht, seine Besorgnis zu unterdrücken, aber Peters' Frage ließ sie jetzt frei. Eine so lange Schweigephase sah seiner Schwester nicht ähnlich.

»Mist!« Val stolperte über die unebenen Platten aus Waschbeton. Unkraut wucherte zwischen den Ritzen, und das Gestrüpp am Wegrand ragte weit in den Pfad hinein und zerkratzte ihre Waden. Kurz vor ihr, auf der rechten Seite, stand eine mannshohe Thujahecke. Langsam bewegte sie sich darauf zu. Von Winter war weit und breit nichts zu sehen.

Sie fluchte erneut. Winter musste eigentlich hier entlanggegangen sein, die andere Richtung war von einem Zaun versperrt. Sie erreichte die Hecke und nahm eine Bewegung aus den Augenwinkeln wahr. Fast im gleichen Moment traf etwas ihren Kopf. Es wurde dunkel.

Leo schloss ihre Wohnungstür auf. Morgen also nach Mallorca. Warum nicht? Für eine Nacht brauchte sie nicht viel. Sie kippte ihre Sporttasche aus und packte Schlaf- und Waschzeug ein. Sicherheitshalber auch noch einen Badeanzug. Sie schenkte sich einen Gin Tonic ein und öffnete die Balkontür.

Von hier oben sah sie über die Baumkronen direkt in den Himmel. Dunkle Blautöne verliefen ineinander. Sie nippte an ihrem Drink. Schließlich machte sie die Tür wieder zu und ging ins Wohnzimmer. Dort wählte sie auf dem Festnetztelefon eine spanische Nummer. Beim Klang von Felipes Stimme wurde ihr Herz weit. Ihr Zwillingsbruder. Sie atmete tief ein. Es hörte sich an, als stünde er in der Wohnung nebenan.

»Amor germana!«, begrüßte er sie auf Katalanisch.

Auf Spanisch erwiderte sie: »Querido hermano! Ich fliege nach Mallorca!«

Stille.

»Wann?«

»Morgen.«

»Du weißt schon, dass ich morgen nach Hamburg kommen wollte?«

Leo seufzte. »Diese Frau am Strand, ich hatte dir von ihr erzählt. Jedenfalls untersuchen Wagner und Val die Sache jetzt. Der erste Fall für unsere beiden Detektive! Du wirst mir recht geben, dass wir sie unmöglich damit alleine lassen können. Warum kommst du also nicht nach Mallorca und wir fliegen übermorgen zusammen nach Hamburgo?«

Er schwieg. Sie fuhr fort: »Ich habe da nichts weiter zu tun. Ein bisschen aufpassen auf Wagner, du kennst ihn ja, aber sonst nix.«

Felipe lachte. »Ich bin mir nicht sicher, wer auf wen aufpassen muss.«

»Jetzt werd mal nicht komisch, Brüderlein. Du erinnerst dich an unsere Maßeinheit für Fettnäpfchen? Ein Wagner!«

Sie hielt den Hörer weg vom Ohr, weil Felipe laut hinein prustete.

»Ernsthaft, wenn wir uns morgen auf der Insel treffen wollen, solltest du jetzt keine Zeit verlieren. Last minute ist das Stichwort. Gibt's bestimmt auch von Barcelona aus.«

Sie hörte förmlich, wie die Zahnräder in seinem Kopf ineinandergriffen. Die Spur wechselten. Sie wartete.

»Okay, warum nicht?«

Hatte sie es nicht gewusst? Er war der einzige Mensch auf der Welt, der genauso spontan und verrückt sein konnte wie sie.

Felipe legte sein Handy achtlos auf den Wohnzimmertisch. Er ging in sein Arbeitszimmer und fuhr den Rechner hoch. Von dem Fenster über seinem Schreibtisch konnte er einen Ausschnitt der berühmten Sagrada Família sehen. Der Ático lag in Eixample, einem von zehn Bezirken in Barcelona. Einer begehrten modernen Wohngegend, mit langen graden Straßen und breiten Alleen. Gaudís Meisterwerk, die Basilika, nur einen Steinwurf entfernt. Erbaut wurde der Distrito zwischen dem 19. und frühen 20. Jahrhundert von Ildefons Cerdà, einem visionären Stadtplaner. Seiner Gestaltung verdankte der Bezirk die außergewöhnliche Symmetrie, die ihn von oben betrachtet wie ein gewaltiges Schachbrett wirken ließ.

Seit Felipe hier wohnte, streifte er durch die Straßen mit den alten Häusern. Durch ihre schnurgerade Ausrichtung zum Wasser war es leicht, sich zu orientieren. Er hatte sich vorgenommen, einer weiteren Besonderheit der Stadtplaner auf den Grund zu gehen. Angeblich wurde in diesen Barrios nämlich jedes Gebäude mindestens einmal am Tag von der Sonne beschienen. Seine Spaziergänge führten ihn an zahllosen Cafés und Restaurants vorbei, und er hatte schnell seine Favoriten unter ihnen gefunden.

Das millionenschwere Penthouse, in dem er lebte, war nur ein Teil der Erbschaft, die seine Schwester und ihn im letzten Jahr geradezu überrollt hatte. Bis auf sie beide waren alle Familienmitglieder ums Leben gekommen. Von der Existenz der meisten hatten sie vorher nicht einmal gewusst.

Felipes Finger flogen über die Tasten. Barcelona–Mallorca. Kein Problem. Flugzeit etwa 45 Minuten. Er betätigte den Drucker. Dann drehte er sich um. Die luxuriöse Einrichtung überraschte ihn immer wieder. Es gab noch viel zu tun, bevor er sich hier zu Hause fühlen konnte. Seine Jeans und Hemden hingen verloren im Kleiderschrank im Ankleideraum, der eindeutig für jemanden mit opulenteren Vorstellungen von Garderobe gedacht war.

Unten im Schrank stand die Reisetasche, abgenutzt vom häufigen Gebrauch. Ein Andenken an seine Zeit als Pilot.

Sein Flug ging um 8.40 Uhr. Ankunftszeit in Palma 9.25 Uhr. Leo und Wagner würden erst am frühen Nachmittag eintreffen. Blieb also genügend Zeit, sich um Mietwagen und Hotel zu kümmern.

Nach dem Packen wollte er in das Restaurant um die Ecke gehen. Nur auf ein paar Tapas und vielleicht una caña, ein kleines Bier. Er grinste: Obwohl er morgen flog, durfte er heute Abend Alkohol trinken. Doch beim Verlassen des Treppenhauses wurde er melancholisch. Übermorgen würde er schon weit weg sein. In Hamburgo.

Bei dem Gedanken fröstelte er. Im Moment waren hier zwar auch nur zwölf Grad, ein Grad mehr als dort, aber erfahrungsgemäß fühlten sich die Temperaturen in Hamburg wesentlich kälter an. *Gefühlte Temperatur* oder *Temperatura de sensació* …, der Begriff war mittlerweile nicht nur bei Meteorologen gebräuchlich, er hatte es sogar in die offiziellen Wettervorhersagen geschafft.

Peters hatte Mietwagen und Hotel gebucht. Wagner machte einen bedrückten Eindruck. Er hatte sich zwar abwesend bei ihr bedankt, war aber eindeutig nicht bei der Sache gewesen. Sie glaubte zu wissen, warum. Die Sorge um seine Schwester war nicht zu übersehen, trotzdem war er zur Untätigkeit verdammt. Val war schließlich nicht der Typ, der protokollmäßig von sich hören ließ. Peters druckste noch eine Weile herum, dann verabschiedete sie sich. Im Moment konnte sie nichts für ihn tun, er schien ausnahmsweise sogar erleichtert zu sein, als sie ging. Also fuhr sie nach Hause, in Richtung Walddörfer.

Ihr Mann Sven war vor Kurzem ausgezogen, seitdem lebte sie alleine mit den gemeinsamen Kindern. Eine Übergangslösung, bis die Wogen sich geglättet und sie und ihr Mann sich geeinigt hätten, wie es von nun an weitergehen sollte. Anna, die bald 23 wurde, wollte noch in diesem Jahr mit ihrem Freund zusammenziehen. Ihr Sohn Tim war auch schon fast 18.

Sie öffnete die Haustür und bemerkte sofort die ungewohnte Stille. In der Küche fand sie Anna und Tim über ihren Büchern. Das war an sich schon ungewöhnlich, aber zudem herrschte noch eine außerordentlich harmonische Atmosphäre. Beide sahen bei ihrer Ankunft nur kurz von den Arbeiten hoch. Auf vorsichtige Nachfrage erfuhr sie, dass die Geschwister schon bei Freunden gegessen hatten. Auch gut.

Sie nutzte die Gelegenheit und zog sich mit dem Buch von Katharina Hofmann ins Wohnzimmer zurück.

Wieder einmal saß ich auf dem Dachboden. Meine Hände waren vom Staub geschwärzt, er war bis weit hinten in meinen Rachen vorgedrungen, wo er mich unerträglich kitzelte. Wahrscheinlich waren auch meine Haare von einer Staubschicht bedeckt.

Fett und schmuddelig hockte ich auf einer alten Kiste und hob einen Gegenstand nach dem anderen aus einer anderen heraus. Ich platzierte alles vor mir auf den schmutzigen Bretterdielen und sah es mir sorgfältig an. Es war nichts Interessantes darunter, wie bisher schmiss ich den ganzen Krempel achtlos in die Kiste zurück. Nervtötend, langweilig und zutiefst unbefriedigend. Aber ich hatte ja nichts anderes zu tun. Und irgendwo im Hinterkopf nagte ein halb fertiger Gedanke an mir. Was hatte ich damals gesehen, was war mir aufgefallen? Eine Armee von unbearbeiteten Kisten wartete auf mich.

Von seiner Schwester war nichts zu hören. Er war sowieso noch im Büro.

Verdammt noch mal! Ich wusste genau, dass ich irgendwann über etwas gestolpert war. Aber mein von Beruhigungsmitteln gelähmtes Gehirn verweigerte den Dienst. Also machte ich weiter. Stupide arbeitete ich jede einzelne Kiste durch. Rechnungen aus Restaurants, die es

wahrscheinlich längst nicht mehr gab, unzählige Fotos von unbekannten Personen, Reisebroschüren, Quittungen – nichts regte sich bei deren Anblick in mir. Babykleidung, Zuckerdosen und Obstschalen, es war zum Verzweifeln. Eine uralte Sonnencreme hatte einen Zustand erreicht, bei dem sich Flüssigkeit und Fett getrennt hatten, der gesamte Kisteninhalt war eingeölt, aber ich fand nichts, das eine weitere Suche wert gewesen wäre. Da der Dachstuhl nicht richtig isoliert war, konnte ich meinen Atem in Dampfwolken vor mir sehen. Ich fror. Schließlich kapitulierte ich – für heute. Zähneklappernd stand ich auf und ging zu der Klappe im Boden, unter der die Leiter nach unten in die Wärme führte. Ich hörte laute Stimmen.

Plötzlich erschien sein Kopf in der Öffnung. Erschrocken fuhr ich zurück.

»Hier steckst du also!« Sein Gesicht verzog sich zu einer Fratze.

»Du schnüffelst in meinen Sachen! Oder wühlst du einfach gern im Schmutz? Ah, natürlich, das wird es sein. Du fettes, kleines, schmuddeliges Schwein!«

Ich starrte ihn an. Er brach in ein unechtes Lachen aus.

»Es gefällt dir hier im Dreck, stimmt's? Bleib doch einfach über Nacht.«

Sein Kopf verschwand, und die Klappe fiel zu.

25

Calabrese legte den Hörer auf. Im Büro stand ein Festnetztelefon, altmodisch und wahrscheinlich vom Aussterben bedroht. Nach der Besprechung war van Veen mit Adam und Gruber zurückgeblieben. Sie waren in ein Gespräch über den Ausflug nach Mallorca vertieft gewesen. Calabrese hatte das nicht gestört, im Gegenteil, es war ihr gelegen gekommen. Sie hatte die Situation genutzt und sich in Adams Büro zurückgezogen, um von dort in aller Ruhe mit Thomas sprechen zu können. Er war gleich zur Sache gekommen.

»Katharina Hofmann«, referierte er, kaum dass sie sich gemeldet hatte. »Vor einigen Jahren ganz oben auf der Bestsellerliste. Aber dann ist es still um sie geworden. Bis plötzlich, vor wenigen Wochen, ein neuer Thriller von ihr auf den Markt gekommen ist.«

»Das soll's geben«, hatte sie geantwortet. Aber natürlich war sie gleich darauf von ihm verbal in den Boden gestampft worden.

»Klaro, ich wechsle als Autor mal eben komplett meinen Stil und meine Perspektive, finde ein völlig neues Thema und niemand wundert sich!«

»Passiert das nicht ständig?«

»Nicht in dem Genre.«

»Was willst du mir damit sagen? Hat ein Geist von ihr Besitz ergriffen?«

»Sehr witzig! Was ich sagen will, es ist eine ziemlich lange Zeit sehr still um die Dame gewesen. Außerdem kennt sie niemand. Und ich meine wirklich *niemand*. Das ist an sich schon sehr ungewöhnlich. Dass jemand es schafft, so völlig anonym zu bleiben. Sie hatte eine Kontaktperson in ihrem Verlag, aber ansonsten scheint wirklich niemand ihre Identität zu kennen.«

Für einige Sekunden war es still gewesen. Keiner von beiden hatte etwas gesagt. Calabrese hatte mit den Fingern auf die Schreibtischplatte getrommelt.

»Also.« Warum musste sie jedem, selbst Thomas, alles aus der Nase ziehen?

»Also: Katharina Hofmann – Fehlanzeige!«

Es war heraus. Er hatte sich schwergetan, es auszusprechen. Es war ein persönlicher Angriff, ein Affront. Eine gescheiterte Recherche kam bei ihm eigentlich nicht vor.

Daher sein leidender Tonfall. Aber für sie war es beinahe noch schlimmer. Es war das erste Mal, seit sie zurückdenken konnte, dass Thomas sich an einem Auftrag die Zähne ausbiss.

»Aber Christopher Winter ist ein anderer Fall!«, hatte Mühring schnell hinterhergeschoben. »Er besitzt ein Import-Export-Unternehmen, das enge Handelsbeziehungen zu Argentinien unterhält.« Das war noch keine aufregende Information gewesen. »Seine Schwester und er sind seit ihrer Kindheit Waisen. Die Eltern sind bei einem Feuer ums Leben gekommen.«

Calabrese hatte, für ihn unsichtbar, die Achseln gezuckt. Schrecklich, aber?

»Es scheint Parallelen zu seiner Lebensgeschichte in dem Thriller der Hofmann zu geben. Was dafür spräche, dass die beiden sich kennen. Um da einzusteigen, müsste aber erst mal irgendein bedauernswerter Primat dieses Buch lesen.«

Derartige Lektüre wäre für Mühring die Höchststrafe. Calabrese hatte sich ein Grinsen verbissen.

»Eine Kollegin von Adam hat das Los gezogen. Und mehr hast du nicht für uns?«

Mühring hatte erneut längere Zeit geschwiegen. Als er endlich weitersprach, klang er beleidigt.

»Du hast keine Ahnung, was es heißt, im Internet Daten zu sammeln, oder?«

»Thomas, bitte. Du weißt, wie sehr ich deine Arbeit bewundere – aber erspare mir irgendwelche Vorträge. Hast du jetzt noch etwas für uns oder nicht?«

Nur ihre Freundschaft hinderte ihn in dem Moment daran, einfach aufzulegen. Wäre sie sein Chef gewesen, hätte er diese Skrupel nicht gehabt.

»Ja«, war er schließlich fortgefahren, »ich habe noch etwas! Diese Katharina Hofmann hat nach einigen Bucherfolgen Sendepause. Dann veröffentlicht sie wieder. So weit, so gut, aber der Inhalt ihres Buches scheint irgendwie mit Winter zusammenzuhängen. Kurz darauf verschwindet sie von der Bildfläche und ihr findet die einzige Kontaktperson ermordet auf. Winters Schwester! Winter macht im Übrigen auch auf zugeknöpft in seinem Privatleben. Keine Fotos im Internet, nicht mal von seiner Hochzeit. Dabei ist er Unternehmer, so ein Ereignis ist für ihn doch gratis PR. Auf seiner Geschäftswebsite ist er allerdings gut vertreten, da gibt es auch Fotos von ihm. Aber privat – nada.«

»Und?«

Calabrese hatte innerlich gezählt. Bei zehn war Mühring eingebrochen.

»Okay, ich habe ein Foto gefunden. Es scheint sich um seine Hochzeit zu handeln, ist aber unscharf und verwackelt. Ihr werdet es nicht zur Identifizierung verwenden können.«

»Immerhin. Und ...?«

»Für mich sieht es mit ziemlicher Sicherheit danach aus, als wäre euer Findelkind seine damalige Angetraute.«

Nachdem Calabrese das Gespräch beendet hatte, blieb sie unschlüssig sitzen. Adam und van Veen waren noch mit Gruber im Besprechungsraum. Eigentlich sollte sie jetzt auf dem Weg dorthin sein. Das Foto war ihr von Thomas als Mailanhang geschickt worden. Sie hatte es auf ihrem Smartphone geöffnet und musste ihm recht geben. Es war wirklich sehr unscharf. Aber die Ähnlichkeit zu der Frau, die sich Hannah Wolf nannte, war nicht zu leugnen. Sie stand in einem leichten, hellen Sommerkleid neben einem Mann, der einen Arm um sie gelegt hatte und sie an sich zu ziehen schien. Der Brautstrauß in ihrer Hand, ein verschwommener Farbklecks. Im Hintergrund eine kleine Kirche, ein blauer Sommerhimmel.

Die Aufnahme war stark verwackelt, der Fotograf entweder Amateur oder betrunken. Sein Schatten fiel auf den Mann, wodurch sein Gesicht im Dunkeln lag. Christopher Winter? Es wäre möglich.

Calabrese betrachtete das Bild mit gerunzelter Stirn. Ihre Gedanken waren woanders. Sie hob den Hörer noch einmal und wählte Julia Dietrichs Nummer.

Nach dem Gespräch verließ sie das Büro mit der festen Absicht, sofort in den Besprechungsraum zu gehen. Aber der Duft nach frisch gebrühtem Kaffee lenkte ihre Schritte um.

In der Teeküche trafen Calabrese und Neubauer aufeinander. Neubauer schüttete gerade heißes Wasser in ihren Becher, als Calabrese die Tür öffnete. Sie warf einen Blick in den Raum.

»Ach, hallo«, sagte sie und steuerte die Kaffeemaschine an.

»Moin.«

Aminata beschäftigte sich mit ihrem Teebeutel, was offenbar höchste Konzentration erforderte.

Calabrese betrachtete das Sammelsurium verschiedener Becher auf dem Regal. Schließlich nahm sie irgendeinen heraus und schenkte ihn bis oben hin voll. Sie lehnte sich mit der Hüfte an die Spüle und sagte zu Neubauer: »Der schmeckt in jedem Polizeirevier gleich. Angebrannte Bohne, immer dasselbe. Stundenlang warmgehalten ... Aber dieser ist wenigstens frisch.«

Aminata Neubauer zuckte die Achseln. Als das Schweigen sich hinzog, erwiderte sie: »Weiß ich nicht, ich mache mir nichts aus Kaffee.« Sie musterte Calabrese verstohlen und begegnete ihrem abschätzenden Blick. Calabrese sah ungemein arrogant aus. Neubauer blickte in ihren Teebecher.

Plötzlich hoben Calabreses Mundwinkel sich leicht.

»Hier, schau dir das mal an«, sagte sie. »Thomas ist auf ein hübsches Foto gestoßen.«

Neubauer hatte zwar keine Ahnung, wer Thomas war, beugte sich aber vor, um einen Blick auf das Display von Calabreses Handy zu werfen. Verblüfft stieß sie die Luft aus.

»Ist das etwa ...?«

»Es sieht so aus, oder? Aber wir können es nicht mit absoluter Sicherheit sagen. Beweisen schon gar nicht.«

Calabrese hob die Schultern. »Kommst du mit nach nebenan, in die Testosteronhöhle?«

Aminata warf ihren Teebeutel in den Mülleimer und folgte ihr.

»Das Foto geht sofort an die Technik«, entschied van Veen. »In dieser Qualität kann man viel vermuten, beweisen lässt sich nichts.«

»Wir können Winter trotzdem damit konfrontieren. Mal sehen, wie er reagiert.« Calabrese war nicht gewillt, diese Chance verstreichen zu lassen.

Gruber gab ihr recht. Er brannte darauf, dem arroganten Winter auf den Zahn zu fühlen.

Adam stimmte ihnen nach kurzem Zögern zu. »Wir vereinbaren ein Treffen. Fragen ihn noch mal nach dem Haus auf Mallorca. Wie lange sie es schon haben, ob seine Schwester auch manchmal dort war et cetera. Das Foto zeigen wir ihm ganz beiläufig, ohne etwas zu unterstellen.«

»Besser, wir behaupten einfach, dass wir wüssten, wer drauf ist.« Gruber hatte keine Lust auf Samthandschuhe. »Nämlich er und seine Alte, die zufälligerweise gerade ohne Gedächtnis im Krankenhaus liegt. Ohne, dass er sie zu vermissen scheint.«

Van Veen schüttelte den Kopf. »Das machen wir auf keinen Fall. Wir haben keine Beweise für diese Theorie. Wenn, dann läuft es so, wie Adam gesagt hat.« Er nickte Adam zu. »Da du morgen früh mit Sven in die Sonne fliegst, bin ich dafür, dass Claudia die Sache in die Hand nimmt.«

Ein Schatten flog über Grubers Gesicht, aber er schwieg.

Adam nickte. »Ist okay für mich. Andreas kann wieder dabei sein.«

Wie sich herausstellte, war Winter im Cinque Stelle Verlag.

Als Calabrese davon erfuhr, sagte sie schnell: »Ich fahre hin!« Ihre Stimme klang atemlos, als wäre sie gerade einen Halbmarathon gelaufen, und van Veen musterte sie mit gerunzelter Stirn. Sie wich seinem Blick aus und ging zur Tür. Guenther folgte ihr mit den Augen.

Als er auf Adam aufmerksam wurde, der mit dem Daumen auf sie zeigte, unterbrach er sein Gespräch mit von Wendsheim. Er schlug ihm kurz vielsagend auf die Schulter und schaffte es vor ihr zum Ausgang. Mit einer angedeuteten Verbeugung hielt er ihr die Tür auf. Sie wirkte wenig erfreut über seine Begleitung.

Im Verlag angekommen, fragten sie nach Winter. Er war mit einer Mitarbeiterin des Hauses im Büro seiner Schwester. Der junge Mann im knappen Jackett und hautenger Anzughose bot sich widerstrebend an, sie hinzubringen.

Calabrese verhielt sich ungewöhnlich zurückhaltend, Guenther durfte das Gespräch mit Winter führen. Seine Genugtuung darüber hatte sie mit leichtem Spott zur Kenntnis genommen. Er klemmte sich hinter das trendige Bürschlein, aber plötzlich hatte er das unbestimmte Gefühl, dass hinter ihm niemand mehr ging. Er dreht sich um. Tatsächlich, Calabrese war verschwunden.

Julia Dietrich war in einer Türöffnung erschienen. Calabrese warf einen Blick auf die junge Frau und bemühte sich krampfhaft um Professionalität. Dietrich sah verzweifelt aus. Sie zog Calabrese zu sich ins Zimmer.

Die junge Frau war blass und hatte dunkle Ringe unter den Augen. Bisher hatte Claudia bei ihrem Anblick immer an Feen aus den Märchenbüchern ihrer Kindheit denken müssen, doch jetzt schien diese Fee zu Tode erschöpft.

»Julia, so geht das nicht. Du bringst uns in Teufels Küche!«

»Bitte«, flehte diese. »Ich muss dir etwas gestehen. Du wirst wütend sein.«

Calabrese sah sie halb erwartungsvoll, halb voller böser Vorahnungen an.

»Bitte sag, dass du nichts mit der Sache zu tun hast!« Ihr war plötzlich schwindelig.

»Nein, nein«, wehrte ihr Gegenüber ab. Sie standen so dicht voreinander, dass sie die kleinen dunklen Flecken in Julias grünen Augen erkennen konnte.

»Also, was dann?«

»Na ja, so direkt jedenfalls nicht …«

Calabrese wurde kalt. Heiser sagte sie: »Wie meinst du das?«

Julia Dietrich sah gehetzt zur Tür. Draußen war jetzt Stimmengemurmel zu hören.

»Nicht jetzt, bitte! Komm heute Abend zu mir. Dann erzähle ich dir alles. Wirklich!«

Sie sah Calabreses Blick auf sich. Müde und enttäuscht. Sie schluckte und schwieg. Aber dann hielt sie es nicht mehr aus.

»Ich habe nichts getan, das musst du mir glauben! Bitte! Nur etwas gesehen. Vielleicht …«

Die Verzweiflung in ihren Augen besänftigte Calabrese ein wenig. Aber sie wollte eine Antwort. Eine, die sie davon überzeugen konnte, von dieser Frau nicht nur ausgenutzt worden zu sein.

»Sorry, Schätzchen, du musst mir schon etwas mehr bieten!«

Auch Calabrese warf einen Blick zur Tür. Ihnen blieben nur noch wenige Minuten.

Entschlossen sagte Julia Dietrich: »Ich hatte ein Verhältnis mit Emilia.«

Ihre Augen waren nass und ihre Verzweiflung schien echt zu sein. Calabrese musterte sie mit gerunzelten Brauen. Konnte Julia wirklich so skrupellos sein? Dieses sanfte Wesen? Sie schnaubte. Ihre Erfahrung sagte ihr, dass Menschen alles Mögliche tun konnten, ohne dass es ihnen vorher jemand zugetraut hätte.

Dann erst erreichte Dietrichs Geständnis sie mit voller Wucht. Sie schwankte. Es war tatsächlich ein Albtraum! Nur würde sie leider nicht aufwachen. Für einen Moment hätte sie fast die Beherrschung verloren und die junge Frau vor sich geschüttelt.

»Claudia, bitte glaub mir! Ich habe mit ihrem Verschwinden nichts zu tun! Auch das mit uns hat damit nichts zu tun. Ich habe Emilia bewundert, als ich hierherkam. Ich weiß es nicht, vielleicht hat sie es ausgenutzt. Aber das mit uns ist etwas völlig anderes!«

Calabrese schüttelte die Hand auf ihrem Arm ab.

»Heute Abend«, wisperte Dietrich. »Bitte komm. Ich kann dir alles erklären. Aber nicht hier«, fügte sie hinzu.

Calabrese rieb sich die Stirn. Dahinter wurde ein Kopfschmerz minütlich stärker.

»Wann?«, fragte sie schließlich mit unbewegtem Gesicht.

Julia Dietrich ergriff ihre Hand und küsste sie. »Um halb acht.«

Calabrese entzog ihr die Hand und ging zur Tür.

»Danke!« Es klang wie ein Schluchzen.

Vor der Tür standen Andreas Guenther und Christopher Winter.

Winter beugte sich vor und warf einen Blick hinter die Tür. Er nickte der blassen Dietrich zu und wandte sich an Calabrese.

»Schön, dass wir Sie noch aufgetrieben haben. Dann können wir vielleicht endlich zur Sache kommen? Ich würde nämlich gern irgendwann nach Hause fahren. Zufällig habe ich nebenbei ein Unternehmen zu führen.«

»Wie komfortabel, nebenbei und von zu Hause«, erwiderte sie und ignorierte Guenthers wütenden Blick. Sie ließ Julia Dietrich stehen, ohne sich noch einmal umzudrehen.

Calabrese und Guenther fuhren schweigend zurück. Guenther hielt das Lenkrad fest umklammert. Er schäumte innerlich wegen ihres plötzlichen Verschwindens. Was bildete sie sich ein? Sie hatte keine Erklärung abgegeben. Arrogante Zicke! Aber, was viel wichtiger war, was steckte dahinter? Er räusperte sich.

»Der Typ lässt sich nicht in die Karten schauen.«

Sie nickte zwar, sah aber weiterhin gelangweilt aus dem Fenster. Guenther warf ihr einen genervten Blick zu. Der Wagen machte einen Schlenker. Sie wandte sich ihm zu. Er sah aus dem Augenwinkel, wie die perfekten Bögen ihrer Augenbrauen nach oben wanderten. Er fluchte zwischen zusammengebissenen Zähnen. Verdammt noch mal, wieso machte er sich hier zum Affen? Wenn sie nicht reden wollte, bitte!

Plötzlich lächelte sie und sagte: »Du hast recht. Er hat überhaupt nicht reagiert. Er schien weder überrascht noch neugierig. Wenigstens Letzteres hätte er doch sein müssen, findest du nicht?« Es fiel ihr schwer, ihre Wirkung auf Männer zu ihrem Vorteil auszunutzen. Sie war zu direkt. Aber sie wurde besser.

Guenther knurrte: »Stimmt.« Ihr Lächeln besänftigte ihn. Es fehlte nicht viel, und er hätte geschnurrt. Sein Ärger löste sich auf. Als sie auf dem Revier vorfuhren, hatte er seine Beschwerde schon vergessen.

26

Calabrese lief auf und ab. Es war kurz nach 18 Uhr, die Zeiger schienen am Zifferblatt festzukleben. Sie warf alle fünf Minuten einen Blick auf die Uhr. Die Zeit schritt zäh voran, immer noch eine gute Dreiviertelstunde, bevor sie aufbrechen musste.

Die Besprechung im PK 21 war relativ früh zu Ende gewesen und van Veen hatte das Team nach Hause geschickt. Seitdem sie ihre Wohnung betreten hatte, wanderte sie durch die Zimmer.

Ihre dienstliche Laufbahn, selbst ihr Privatleben, hatte sich bisher innerhalb verlässlicher Grenzen bewegt. Regeln waren dazu da, befolgt zu werden. Nur so konnte sie sich sicher fühlen. Also hatte sie auch noch nie Informationen zurückgehalten. Bis auf dieses eine Mal, am Anfang ihrer Karriere. Und auch da war es aus Liebe passiert. Einer Liebe, die sich am Ende als einseitig und zerstörerisch herausgestellt hatte. Sie war sehr tief gefallen. Ihr damaliger Vorgesetzter war bei einem Einsatz ums Leben gekommen, es war pures Glück gewesen, dass er sie nicht mit in den Abgrund gerissen hatte. Ihre naive Bewunderung war von ihm skrupellos ausgenutzt worden.

Seitdem hatte sie einen Panzer um sich errichtet. Logik und Verstand sollten ihr Leben bestimmen. Und nun war ausgerechnet sie auf schöne Augen und zärtliche Worte hereingefallen. Nach vielen Jahren fühlte sie zum ersten Mal wieder das Verlangen nach einer Zigarette.

Sie kniff die Augen fest zusammen. Ihre guten Vorsätze, Dienstvorschriften, Prinzipien – alles in der Tonne.

Abrupt blieb sie stehen. Und wenn diese Frau, die sie im Grunde genommen überhaupt nicht kannte, tiefer in die Geschichte verstrickt war, als sie zugab? Sie stöhnte. Diese unerwarteten, ja erschreckenden Gefühle. Für eine Frau. In so einer Intensität! Claudia Calabrese schüttelte den Kopf. Aber sie schüttelte ihre Emotionen damit nicht ab.

Endlich war es 19 Uhr. Handeln war ihr schon immer leichter gefallen als Warten.

Sie war schon unterwegs, da kam der Anruf. Als sie das Ziel erreichte, schmerzten ihre Kiefer vor Anspannung. Der unerwartete Einsatz hatte sie genau an den Ort geführt, zu dem sie aufgebrochen war.

Blaulicht erhellte das Stück der Armgartstraße, in dem Julia Dietrich wohnte. Calabreses Kopf war leer. Die Geräusche drangen nur gedämpft zu ihr vor. Wie in Zeitlupe bewegte sie sich zu dem Hauseingang, in dem sie schon einmal verstohlen gestanden hatte. Nachdem sie das erste Mal von Julia nach Hause eingeladen worden war. In der Nacht hatte sie die Wohnung nicht mehr verlassen.

Sie registrierte die Polizisten, die dabei waren, eine Absperrung zu errichten. Als sie sich der Nummer neun näherte, zog sie ihre Marke heraus.

Aus dem Dunkel des Treppenhauses löste sich eine bekannte Gestalt. Aminata Neubauer kam ihr entgegen. Sie sah besorgt aus, aber da war noch etwas anderes. Der Ausdruck auf ihrem Gesicht, war das Mitleid? Calabrese runzelte die Stirn. Schärfer als geplant fuhr sie ihre Kollegin an: »Was ist hier los?«

»Es tut mir leid.« Neubauer sah ihr fest in die Augen. »Du solltest da nicht hineingehen!«

Calabrese blinzelte heftig. In ihrem Innern tobte ein Kampf.

»Julia?«, fragte sie heiser. Neubauer nickte.

Calabrese sackte zusammen und die Kommissarin packte sie an den Schultern und hielt sie aufrecht.

»Du musst da nicht rein«, wiederholte sie leise. »Wir waren drinnen, das reicht.«

Calabrese schüttelte stumm den Kopf und machte sich los. Langsam ging sie in den Treppenaufgang. Van Veen stand vor Julias Wohnungstür. Schweigend ging sie an ihm vorbei. In der Wohnung sah sie sich kurz um. Sie ging dorthin, wo die Kollegen von der KTU arbeiteten.

Ein trockenes Aufschluchzen. Ein Blick aus aufgerissenen Augen. Es wurde schwarz.

Sie saß in Julias Wohnzimmer und hörte van Veen vor sich auf und ablaufen. Am liebsten hätte sie die Augen einfach nicht geöffnet, aber sie wusste natürlich, dass das keine Lösung war. Kaum hatte sie die Augen aufgeschlagen, fuhr van Veen zu ihr herum. Sein Blick schoss Blitze. »Was ist mit dir los? Ich erwarte eine Erklärung.«

Während Calabrese im Chaos ihrer Gefühle nach Resten ihres alten Selbstbewusstseins fischte, musterte er sie ungeduldig.

»Also was ist? Du brichst nicht einfach an einem Tatort zusammen, nicht ohne Grund!«

Die Techniker liefen ständig an der geöffneten Tür vorbei. Sie bemühten sich, unbeteiligt zu wirken und ihre neugierigen Blicke zu verbergen. Ein Zusammenbruch von Calabrese, das war schon etwas. Van Veen schloss die Tür.

»Wir werden hier Fingerabdrücke von dir finden, richtig?«

Calabrese starrte vor sich hin. Was war mit ihr losgewesen? Julias Leiche in diesem Zustand sehen zu müssen ... Der Täter war anscheinend nach dem gleichen Muster vorgegangen wie in Emilia Winters Wohnung. Ihre Arroganz und Überheblichkeit hatten sie an diesen Punkt gebracht. Nie eine Schwäche bei sich selbst oder anderen akzeptieren. Umso tiefer war sie wieder einmal gefallen.

Sie hob die Augen. »Es tut mir leid. Ich hatte eine Affäre mit Julia Dietrich.«

Er stand da wie vom Donner gerührt.

»Wir wollten uns heute Abend treffen. Sie hatte auch eine Beziehung mit Emilia Winter, aber das wusste ich nicht.« Calabreses Stimme war flach und emotionslos, aber den letzten Teil des Satzes stieß sie heftig hinterher.

Sie sah van Veens ungläubiges Kopfschütteln und fuhr fort: »Ihr war etwas aufgefallen, was sie mir erzählen wollte.« Sie atmete aus. Eine einzelne Träne lief langsam über ihre Wange.

Van Veen konnte es nicht fassen. Vor Kurzem Wagner, und jetzt passierte es schon wieder. Aber ausgerechnet Claudia! Was war in seine Leute gefahren, dass sie so unprofessionell handelten? Er räusperte sich angestrengt. Das ließ sich nicht einfach unter den Teppich kehren. Verflucht noch mal, Claudia war eine hervorragende Ermittlerin, er hätte sie bei der Aufklärung gebraucht.

»Du bist ab sofort von dem Fall abgezogen. Nach deiner Aussage nimmst du am besten ein paar Tage Urlaub.« Er sah ihr in die Augen. »Ich verzichte vorerst darauf, dich zu suspendieren. Aber das mit dem Urlaub ist mein voller Ernst. Haben wir uns verstanden?«

Calabrese zog scharf die Luft ein.

»Verdammt, ist dir klar, was du getan hast?«

Van Veen war stinksauer, und sie nickte stumm.

»Dann gibst du jetzt deine Aussage zu Protokoll. Bei Aminata.« Seine Stimme wurde etwas weicher. »Bist du dazu in der Lage?«

»Natürlich«, erwiderte sie heiser.

Er streckte die Hand nach ihrer Dienstwaffe aus.

Gedanken rasten durch ihren Kopf. Sie fühlte sich fiebrig. Der Anblick von Julias blutiger Leiche. Der Nachmittag im Verlag und der Augenblick mit Julia in dem Zimmer. Julias Angst. Winter. Auf keinen Fall würde sie sich abschieben lassen.

Mit eiserner Disziplin riss sie sich zusammen und richtete sich auf. Sie begegnete van Veens forschendem Blick. Mit zusammengebissenen Zähnen überreichte sie ihm ihre Walther P6.

»Danke, Chef!« In ihrer Stimme lag keine Spur von Sarkasmus, van Veen hätte ihr wesentlich mehr Ärger bereiten können.

Sie fand Neubauer und machte ihre Aussage. Es war wichtig, dass ihre Kollegen alle Einzelheiten kannten. Hoffentlich brachte es sie bei der Suche nach dem Täter voran. Wenn sie hier fertig war, musste sie in Ruhe Zeit zum Nachdenken finden.

»Wie bitte?«, sagte Johanna Peters ins Telefon. »Was ist passiert?« Sie presste den Hörer ans Ohr und hörte zu.

»Wo bist du? Ich komme!« Sie sprang auf und ging in den Flur. »Aber es kann eine halbe Stunde dauern. Ich bin ziemlich weit weg. Willst du nicht doch lieber die Polizei …«

Val machte ihr klar, was sie von einer Einmischung der Polizei halten würde. Peters wühlte in ihrer Handtasche nach dem Autoschlüssel.

»Anna, Tim! Ich muss noch mal los!«

Die beiden waren inzwischen oben in ihren Zimmern und riefen irgendetwas Zustimmendes nach unten.

Die Haustür fiel hinter ihr ins Schloss. Sie überlegte, ob sie doch Wagner anrufen sollte. Doch Val hatte sie ausdrücklich darum gebeten, genau das nicht zu tun: »Ich kenne mein besorgtes Brüderlein. Womöglich würde Tintin seinen Flug morgen sausen lassen. Nein, es ist besser, er weiß nichts davon.«

»Aber es könnte die Ermittlungen betreffen. Du musst es ihm sowieso sagen. Du darfst nicht zu lange damit warten.«

»Richtig. Wenn er auf Mallorca angekommen ist, das ist doch ein hübscher Zeitpunkt.«

»Er macht sich übrigens schon Sorgen um dich.«

»Das war klar. Ich rufe ihn gleich an. Ich werde im Büro übernachten. Damit ich ihn heute Abend nicht störe – oder besser damit er mich morgen früh nicht stört, wenn er mitten in der Nacht zum Flughafen fährt. Ende der Diskussion.«

»Aber die Polizei …«

»Schluss!«

Johanna Peters fuhr durch die Nacht bis zu dem kleinen Internetlädchen, in dem Val auf sie wartete. Als Jo die Tür aufriss, erschrak sie. Vals energisches Auftreten am Telefon hatte sie nicht auf ihren Zustand vorbereitet.

Die große Frau saß im Neonlicht des leeren Raums an einem Schreibtisch und presste ein schmuddeliges Handtuch auf ihren Kopf. Sie war blass und ihre Strumpfhose zerrissen. In dem Handtuch steckten offenbar mehrere Eiswürfel, aber vor allem war es an den Rändern verdächtig rosa gefärbt.

Der Teenager mit den Rastalocken fuhr nervös herum.

»Holen Sie sie endlich ab?«, fragte er mit schriller Stimme.

Val hob müde ihre freie Hand und winkte Peters zu.

»Mein kleiner Freund hier sehnt sich nach Erlösung von meiner Person. Kannst du dir das vorstellen? Ich hatte nichts als liebe Worte für ihn. Diese Jugend, undankbar!«

Beim Näherkommen erkannte sie, dass Vals helle Bluse mit roten Sprenkeln übersät war.

»Mensch Val, das geht doch nicht. Wir müssen die Polizei einschalten.« Sie ging vor ihrer streitbaren Freundin in die Hocke. Die Sprenkel waren eindeutig Blutflecken, und auch von ihrer Stirn war Blut herabgelaufen.

Der junge Mann war ihr gefolgt und hatte händeringend hinter ihr gewartet. Jetzt sah er sie mitleidig an.

»Vergessen Sie's. Da waren wir schon. Keine Chance. Sie ...«, er dehnte das Wort, bis es fast durchsichtig wurde. »Also sie hat jedenfalls jede Hilfe abgelehnt. Sie wollte nur mit Ihnen sprechen.«

Peters nickte abwesend, aber er war noch nicht fertig.

»Fuck! Jetzt sind Sie da. Nehmen Sie sie mit, und zwar as soon as fucking possible!«

Ohne auf ihn zu achten, fragte Johanna Peters Val, ob sie aufstehen könne. Val nickte. Die Bewegung war minimal, trotzdem konnte sie ein Stöhnen nicht unterdrücken. Peters sah sie besorgt an.

»Hör mal, bist du dir wirklich sicher, dass wir ohne Hilfe auskommen?«

»Schätzchen, mach mich nur nicht wütend, dann geht es.«

Leo saß im Taxi. Es war noch nicht ganz hell und die Lichter der Stadt glitten wie Leuchtstreifen an ihrem Fenster vorbei. Bald würde sie am Flughafen ankommen. Sie schloss die Augen. Was für ein seltsames neues Leben sie hatte!

Vor fast einem Jahr war alles aus den Fugen geraten. Im Nachhinein hatte das Schicksal es gut mit ihr gemeint. Sie hatte immerhin, wie aus dem Nichts, einen Zwillingsbruder gewonnen. Dafür hatte sie ihre Tante verloren. Bei der Erinnerung daran sammelten sich Tränen hinter ihren Lidern. Es gelang ihr, die unliebsamen Bilder zusammen mit den Tränen wegzuwischen.

Sie atmete tief durch. Dieser Teil ihres Gedächtnisses war tabu. Genau wie das, was sich jetzt zu allem Überfluss vom Bodensatz ihrer Erinnerungen löste. Der Abend bei Adam. Daran wollte sie wirklich nicht denken. Doch schon trieb er aus ihrem Gedächtnis an die Oberfläche und drohte, sich dort wie ein giftiger Ölteppich auszubreiten.

Adam und sie waren verabredet gewesen, bei ihm zu Hause. Sie hatten sich schon ein paar Mal getroffen und wider Erwarten gut verstanden. Dabei war irgendwann eine absurde Idee geboren worden: zusammen zu verreisen! Leo schnaubte. Mit Adam irgendwohin fahren. Der fragende Blick des Taxifahrers holte sie zurück. Für einen Augenblick fühlte sie sich orientierungslos.

Er wiederholte: »Sie wollen wirklich zum Terminal 2?«

»Nicht in 100 Jahren!«

Der Taxifahrer runzelte die Stirn. Leo grinste. Der Satz war ihr mehr als Antwort auf ihre eigenen Gedanken herausgerutscht. Sie sah, wie der Taxifahrer mit den Fingern aufs Lenkrad trommelte. Offensichtlich missfielen ihm die Aussage und ihr scharfer Tonfall.

»Quatsch, nein. Ich muss natürlich zum Terminal 1.«

Schweigend fuhr er weiter. Das Taxi hielt vor der großen Fensterfront des Terminals.

»Das macht dann 42,90!«

Sie bezahlte und war schon ausgestiegen, bevor er ihr die Tür öffnen konnte.

In der großen Halle sah sie Wagner etwas verloren am Geländer neben der Rolltreppe lehnen. Er hatte sie noch nicht bemerkt. Beim Näherkommen sah sie die Papierschnipsel in seinem Gesicht. Offenbar war ihm heute beim Rasieren die Klinge mehr als einmal ausgerutscht.

Wagner hatte sich nur schwer von seiner Schwester beruhigen lassen. Auch dass sie nicht nach Hause kommen wollte, hatte ihm nicht gefallen. Er traute ihr nicht, aber er konnte nichts machen. Irgendwann war er, viel zu spät, eingeschlafen. Als sein Wecker klingelte, hatte er kurz überlegt, alles abzusagen. Schließlich hatte er sich doch ins Bad geschleppt und müde das graue Gesicht im Spiegel rasiert.

Hätte er geahnt, was in der letzten Nacht noch alles passiert war, wäre er wahrscheinlich mit einem Schlag hellwach gewesen.

27

Johanna Peters konnte Val nicht davon überzeugen, wenigstens in die Notaufnahme vom Krankenhaus zu fahren. Sie wollte in die Detektei, Punkt.

Als die beiden Frauen vor der Haustür standen, stieg eine schlanke Gestalt aus einem Sportwagen. Sie löste sich aus dem Schatten und kam mit schnellen Schritten auf sie zu. Peters stützte ihre angeschlagene Chefin und fummelte gerade den Schlüssel ins Schloss.

»Hallo!« Beide fuhren überrascht herum. »Ich bin Claudia. Können wir hineingehen?«

Val musterte sie verständnislos, aber über Peters' Gesicht breitete sich langsam Erkennen aus. Claudia. Einer der Gründe für Wagners Rücktritt aus dem Polizeidienst. Sie hatte sie nie kennengelernt, aber sie hätte sie sich genau so vorgestellt.

Calabrese sah ungeduldig aus. Zwischen ihren Brauen bildete sich eine steile Falte. Mittlerweile hatte auch Val eine Verbindung zu dem Namen hergestellt.

»Ich halte das für keine gute Idee«, sagte sie steif.

Calabrese schien kurz zu überlegen.

»Wir sollten hier nicht länger herumstehen.« Sie warf einen vielsagenden Blick auf die verletzte Val. »Ich habe interessante Neuigkeiten. Außerdem bin ich nicht im Dienst. Wenn mein Chef davon erfährt, gibt es einen Riesenkrach.«

Sie wirkte wie immer arrogant, aber ihre Stimme zitterte ganz leicht.

Johanna Peters zögerte. Widerstrebend öffnete sie die Haustür. Im Flur fiel das harsche Licht direkt auf Calabreses Gesicht. Val, die selbst nicht gerade gesund aussah, erschrak.

»Mon Dieu! Sie sehen ja fürchterlich aus. Gut, gehen wir nach oben. Ich bin scheinbar nicht die Einzige, die heute etwas abbekommen hat!« Ihr weiches Herz war bei Calabreses Anblick zumindest angetaut.

Peters und Calabrese fassten sie unter und hievten sie mühsam in den zweiten Stock. Im Büro ließ Val sich schwer auf die Schlafcouch im Besprechungszimmer fallen. Ihr Gesicht war grau.

»Sollen wir das Bett ausziehen?«

»Unsinn, Schätzchen. Wir haben offensichtlich einiges zu besprechen, und das werde ich nicht im Liegen tun. Ein Glas Wasser, eine Tablette und vielleicht eine klitzekleine Kleinigkeit zu beißen – dann laufe ich zur Höchstform auf.«

Johanna Peters schüttelte den Kopf. Calabrese trat näher an das Sofa. Sie beugte sich über Val und besah sich ihre Verletzung.

»Verbandszeug und Desinfektionsspray wären gut. Vielleicht müsste es sogar genäht werden. Ihr solltet über einen Abstecher ins Krankenhaus nachdenken …«

Val winkte mit einer Hand ab. »Vergiss es.«

Calabrese hob die Augenbrauen. »Hat jemand eine Taschenlampe?«

»Ich glaube schon. Schließlich sind wir eine Detektei. Aber unsere Deckenbeleuchtung ist eigentlich nicht schlecht.«

Calabrese beachtete sie nicht. Sie nahm die Stablampe, die Peters ihr reichte, und leuchtete Val direkt in die Augen.

»He, was soll das? Spinnst du?« Wütend zuckte Val zurück.

»Wenigstens keine Gehirnerschütterung.« Calabrese lächelte zum ersten Mal. »Sonst hätten deine Pupillen sich nicht im Licht zusammengezogen.«

»Danke«, knurrte Val. »Das nächste Mal bitte mit Ansage.«

Sie griff sich an den Kopf und stöhnte. Peters und Calabrese tauschten einen Blick.

»Okay«, sagte Peters schließlich, »unsere Situation ist mehr als seltsam. Bleiben wir beim Du, einverstanden?« Sie nahm das Schweigen als Zustimmung und fuhr fort: »Claudia, was willst du hier? Du kannst dir vielleicht vorstellen, dass wir nicht besonders gut auf dich zu sprechen sind. Vals Bruder hat unter anderem deinetwegen einiges durchgemacht.«

Val, die von Calabrese verarztet wurde, unterbrach sie.

»Aber am Ende hatte es doch auch sein Gutes. Oder glaubst du, dass er sich sonst getraut hätte, seinen Lebenstraum zu verwirklichen?«

Johanna Peters seufzte. »Okay, aber ...«

»Nein, Johanna hat recht.«

Die Frauen musterten Calabrese erstaunt.

»Es war nicht in Ordnung, ihn anzuzeigen«, fuhr sie mit fester Stimme fort. Sie holte tief Luft und fügte leiser hinzu: »Es tut mir leid. Vor allem, weil es offensichtlich nicht einmal wahr ist.«

Val hob die Augenbrauen und sah Johanna an. Die atmete geräuschvoll aus. »Ganz so war es nun auch nicht ...«

Sie hörte, wie Calabrese ungläubig auflachte. »Es war zwar nur ein One-Night-Stand, wie man so schön sagt, aber natürlich war es trotzdem nicht erlaubt.« Calabrese schüttelte den Kopf und sagte belustigt: »Wer hätte das von ihm gedacht? Egal, auf jeden Fall bin ich froh, dass die Geschichte aus der Welt ist. Jetzt können wir uns den anderen Dingen zuwenden. Ich bin überzeugt, dass wir uns gegenseitig helfen können.«

Van Veens verbliebenes Team hatte am Tatort gewartet, bis die Blaulichter verloschen und die Streifenwagen abgefahren waren. Auch der Wagen des Bestattungsunternehmens war auf dem Weg in die Rechtsmedizin. Die Straße lag leer vor ihnen, und nach dem vorangegangenen Trubel wirkte sie doppelt verlassen. Ein leichter Wind rauschte in den Kronen der Linden. Die Straßenlaternen warfen gelbliches Licht auf die Fassaden der alten Häuser, und in dieser unwirklichen Atmosphäre hätte es niemanden gewundert, wenn plötzlich Jack the Ripper aus einer Toreinfahrt herausgesprungen wäre.

Stattdessen war van Veen erschienen und hatte die besondere Stimmung zerstört. Bevor Gruber wusste, wie ihm geschah, hatte der Chef ihn nach Hause geschickt. Er musste morgen früh fit sein und in aller Herrgottsfrühe nach Mallorca fliegen. Adam überließ er die Entscheidung selbst. Dieser zögerte kurz, entschloss sich dann aber zu bleiben.

Neubauer hatte Calabreses Aussage aufgenommen. Sie war immer noch geschockt. Nach dem Abend mit Angerboda hatte sie zwar etwas geahnt, aber dass die harmlose Zeugin durch ihre Beziehung zu der ermordeten Emilia Winter plötzlich in den Kreis der Verdächtigen gerückt war, veränderte die Situation. Was vorher eine nicht ganz saubere Affäre gewesen war, über die man vielleicht verwundert, aber stillschweigend hätte hinwegsehen können, wurde plötzlich zu einem Dienstvergehen. Guenther war ebenfalls schockiert, wenngleich aus anderen Gründen. Für Frauen, die es mit Frauen trieben, hatte er wenig Verständnis. Wo es doch auf der Welt so tolle Kerle wie ihn gab.

»Verdammt«, entfuhr es ihm. »Eine Lesbe. Wer hätte das gedacht.«

Die anderen sahen ihn sprachlos an.

»Mensch, Alter«, sagte von Wendsheim. »In welchem Jahrhundert lebst du, du Arsch?«

Van Veen runzelte die Stirn. »Ich möchte nicht, dass über Teammitglieder hergezogen wird, ist das klar?«

Guenther schwieg beleidigt.

»Adam, tut mir leid, ich habe dir vorgegriffen. Lass mich nur noch kurz weitermachen.« Van Veen wartete Adams Nicken ab, bevor er fortfuhr: »Wenn alle denselben Informationsstand haben, lösen wir unsere Versammlung jetzt auf. Du musst morgen früh zum Flughafen, wir anderen haben auch eine Menge auf dem Zettel. Außerdem fehlt uns jetzt ein Ermittler. Aminata, wir fahren morgen direkt ins Krankenhaus. Auf Wunsch der Patientin wird ein Hypnosefacharzt hinzugezogen. Der wird um 9.30 Uhr erwartet. Ich möchte, dass wir dabei sind. Und ich möchte vorher mit dem Herrn Doktor reden.«

Adam hob eine Augenbraue. Hypnose! Das wurde ja immer besser. Warum wandten sie sich nicht gleich an einen Hellseher?

Es war schon spät, als Aminata Neubauer das Handy zur Seite legte. Sie schwankte zwischen Pflichtgefühl und

Müdigkeit. Auch diesmal siegte Ersteres. Seufzend stand sie auf und holte die Schokolade aus dem Kühlschrank. Um nicht aus Versehen einzuschlafen, setzte sie sich an den kleinen Tisch, an dem sie sonst nur ihre Mahlzeiten einnahm. Sie platzierte das Buch vor sich und schlug es auf. Dabei lächelte sie. Ihre Gedanken waren zurück zu dem Telefonat mit Brander gewandert. Das war nicht gut! So konnte sie sich nicht konzentrieren. Sie seufzte erneut und zwang sich zum Lesen.

Ich versuchte, die Klappe anzuheben, aber das trug mir nur einen abgebrochenen Fingernagel ein. Wie ein Häufchen Elend hockte ich am Boden und schluchzte. Würde er das wirklich tun, mich hier in der Kälte allein lassen? Konnte das sein? Ich kannte die Antwort, wollte sie nur nicht wahrhaben.

Natürlich, und er hätte nicht die geringsten Skrupel dabei.

Nach einer Weile hörte ich mit der Heulerei auf. Meine Augen brannten und mein ganzer Körper fühlte sich wund an. Außerdem war mir so bitterkalt, dass ich nicht aufhören konnte, mit den Zähnen zu klappern.

Ich fühlte mich wie ein Penner, als ich einen Karton auskippte, um mich darin zu verkriechen – in der verzweifelten Hoffnung, dass die Pappe mir wenigstens etwas Schutz vor der Kälte bieten würde. Natürlich war er zu klein. Mühsam riss ich zwei Kartons auseinander und steckte sie zusammen. Um mich herum Chaos. Ich hatte den Inhalt einfach auf dem Boden entleert. Ich nahm alte Zeitungen und deckte mich damit zu. Offenbar war ich völlig erschöpft, denn das Nächste, woran ich mich erinnerte, war der Moment, als ich im Stock-

dunklen aufwachte, frierend und zuerst nicht wissend, wo ich war.

Ich wollte mich nicht bewegen, meine Position auf gar keinen Fall verändern. Ich zog die Zeitungen etwas fester um mich. Das Geräusch zerreißenden Papiers. Wirklich warm war es nicht. Ich konnte nicht anders, ich musste wieder weinen. Doch dann riss ich mich zusammen. Zu lange hatte ich schon stillgehalten.

Ich würde mir etwas einfallen lassen, Christopher würde nicht über mich triumphieren!

Das Licht vor den Dachfenstern begann sich zu verändern. Die Dämmerung kam. Weil ich nichts anderes zu tun hatte, las ich die Schlagzeilen der Zeitungen, die mich notdürftig wärmten. Plötzlich war ich hellwach.

28

Van Veen holte Neubauer ab. Sie hatte noch den Abdruck des Kopfkissens im Gesicht, ihre Zöpfchen glänzten feucht. Er stieß die Beifahrertür von innen auf. Seine Augen erfassten ihren Zustand, aber er ging darüber hinweg.

»Heute Morgen kam ein Anruf aus der Rechtsmedizin. Die Fotos von den Verletzungen der Frau wurden inzwischen genauer analysiert.« Er sah zu ihr hinüber.

»Die Frau ohne Gedächtnis?«

»Richtig, die Frau, zu der wir unterwegs sind. Man hat festgestellt, dass ihre Verletzungen alle in einem Radius liegen, der für sie selbst erreichbar ist. Ausnahmslos. Kein blauer Fleck, den sie sich nicht selbst hätte zufügen können. Diese Tatsache ist ungewöhnlich. Selbstverständlich kommt es vor, dass einige Wunden sich in diesem Bereich befinden, aber alle – das ist mehr als unwahrscheinlich.«

Neubauer versuchte, ihre Gedanken zu sortieren. »Heißt das ... Behauptet die Rechtsmedizin, sie hätte sich selbst verletzt?«

»Freier Interpretationsspielraum.« Er verstummte kurz. »Wir müssen nur alle Möglichkeiten in Betracht ziehen. Das sollten wir bei unserem Gespräch im Hinterkopf behalten.«

Sie sackte auf ihrem Sitz zusammen. Konnte das sein? Hatte die Frau sich die Verletzungen selbst beigebracht? Sie hatte zu lange gelesen, es fiel ihr schwer, einen klaren

Gedanken zu fassen. Es gab da einen Zusammenhang zwischen dem Roman und der Situation der Frau. Da war etwas. Sie konnte nur den Finger nicht darauflegen. Später, wenn sie Zeit hätte weiterzulesen …

Der kleine, weiß getünchte Raum im Krankenhaus zeigte deutliche Gebrauchsspuren. Schwarze Streifen an den Wänden, wo Stühle entlanggerückt worden waren, und schmutzige Fingerabdrücke um Lichtschalter und Türdrücker. Dort, wo irgendwann Plakate oder Poster gehangen hatten, hingen noch Reste von Klebestreifen an der Wand. Der Gesamteindruck war deprimierend.

Van Veen und Neubauer sahen durch das Fenster auf den Platz vor der Notaufnahme. Sie warteten auf den Hypnosefacharzt. Endlich ging die Tür auf.

»Der Hypnotiseur«, sagte sie.

»Hypnosefacharzt.« Professor Dr. Bernhard Neumann warf ihr einen eisigen Blick zu und schloss die Tür.

Neubauer und van Veen starrten ihn fasziniert an. Seine große hagere Gestalt schien nur aus Knochen zu bestehen, die Haut, wie bei einer Trommel, straff darüber gespannt. Mit seiner nächsten Bemerkung verscherzte er sich Neubauers Sympathie endgültig.

»Es handelt sich hierbei nicht um Voodoo-Zauber oder irgendeinen Stammeshokuspokus«, sagte er und sah sie an.

Sie erwiderte den Blick ausdruckslos. Mit scheinbarem Bedauern entgegnete sie: »Also kein Huhn schlachten!«

Sein Blick wurde vernichtend. Van Veen schaltete sich ein.

»Spaß beiseite, wir wären gern bei Ihrer Sitzung mit Frau Wolf anwesend.«

Neumann schüttelte den Kopf. »Pardon, aber das ist absolut ausgeschlossen. Die Patienten-Therapeuten-Ethik würde das in keinem Fall zulassen.«

Mit leichter Herablassung blickte er auf van Veen herunter. Der schloss für einen Moment die Augen.

»Selbstverständlich werden wir Sie nicht stören. Sie können sich darauf verlassen, wir wären einfach nur im selben Raum.«

»Nein! No! Non! Njet! Was davon verstehen Sie?«

Im selben Moment, als van Veen tief Luft holte, öffnete sich die Tür. Zwei Ärzte und eine Krankenschwester traten ein. Nach der Vorstellungsrunde stellte sich heraus, dass weder der Oberarzt noch der diensthabende Stationsarzt von der beabsichtigten Hypnosesitzung begeistert waren. Die Krankenschwester äußerte sich zwar nicht, aber es war ihr anzumerken, dass sie der Thematik weniger ablehnend gegenüberstand.

»Meiner Ansicht nach ist der Zustand der Patientin noch nicht stabil genug, um eine derartig unkonventionelle Methode zuzulassen. Ich hoffe, Sie sind sich über die möglichen Folgen im Klaren. Wir haben keine empirischen Untersuchungen darüber, wie das Gehirn nach einer traumatischen Situation bei dieser speziellen Einflussnahme von außen reagiert. Es sind unzählige Szenarien denkbar, die der Patientin schaden könnten. Im Übrigen gibt es in unserem Hause eigene approbierte Therapeuten, die wir einsetzen würden, sobald uns die Belastung für die Patientin zumutbar erscheint.«

Der Oberarzt runzelte die Stirn bei seinen Worten, und der Stationsarzt stimmte ihm mit eifrigem Nicken zu. Nach Beendigung seiner Rede begann der Oberarzt akribisch, seine Brille zu putzen.

Bevor Professor Dr. Neumann zu einer Erwiderung ansetzen konnte, ergriff der Stationsarzt das Wort.

»Wir haben uns nur aufgrund des ausdrücklichen Wunsches unserer Patientin dazu entschlossen, diesen Versuch zuzulassen. Eine Ablehnung hätte sie unangemessen aufgeregt. Wir haben natürlich Ihre fachliche Kompetenz sorgfältig überprüft. Bei der Risikoabwägung sind wir zu dem Schluss gekommen, Ihnen, unter Berücksichtigung gewisser Vorsichtsmaßnahmen, eine Sitzung in unseren Räumen zu gestatten.«

Neubauer starrte die Ärzte mit glasigen Augen an. Gehörten solche Reden zur Grundausbildung im Medizinstudium? Interessant war, dass sie die Hypnose überhaupt zugelassen hatten.

Die Krankenschwester schaute auf ihre Gesundheitsschuhe. Sie hatte die Hände in den Taschen ihres Kittels versenkt und schien auf ihren Einsatz zu warten. Der kam jetzt.

»Oberschwester Jana ist während der gesamten Zeit anwesend. Das ist unsere Bedingung. Sollte sie den Eindruck gewinnen, dass die Patientin überfordert ist, wird sie die Sitzung sofort abbrechen.«

Die Ärzte nickten der Schwester zu. Sie hob den Blick und nickte zurück.

Neumann war offensichtlich genervt. Er fügte sich zähneknirschend, um seine Untersuchung nicht zu gefährden.

29

Mallorca! Exklusives Reiseziel vergangener Generationen, als Ibiza die Partyhochburg war und Sangría in El Arenal noch nicht in Eimern ausgeschenkt wurde. Inzwischen war die glamouröse Zeit der Stars und Sternchen vorbei. Die Langmut der Einheimischen auch, ihre Insel wurde von Touristen überschwemmt. Was in der Hauptsaison an Besuchern kam, rangierte zwischen Sauftourismus und »gut situierte Familie mietet Finca«. Eine Herausforderung für die Gastfreundschaft der Mallorquiner, die mittlerweile auch zum Ende des Jahres nicht mehr aufatmen konnten. Immer mehr Rentner aus Deutschland, England oder Skandinavien verbrachten die unwirtlichen Wintermonate ihrer nördlichen Heimat lieber auf der Baleareninsel.

Leo und Wagner sahen sich um. Der Flug war ereignislos verlaufen. Leo hatte geschlafen und Wagner sich verstohlen über seine und ihre Bordverpflegung hergemacht. Was er gerade bereute. Die pappigen Käsesandwiches lagen wie Steine in seinem Magen. Außerdem schwitzte er. Und das hatte eindeutig nichts mit einer zu weit aufgedrehten Heizung zu tun. Er wischte sich über die Stirn.

Sie hatten den Bereich der Gepäckausgabe verlassen und standen in der Ankunftshalle. Durch die Scheiben sahen sie einen blauen, wolkenlosen Himmel. Was für ein Anblick!

Leo schien weniger beeindruckt zu sein. Sie kniff die Augen gegen das grelle Licht zusammen und ließ den

Blick konzentriert über ihre Umgebung wandern. Plötzlich glitt ein Lächeln über ihr Gesicht, fast schon ein Strahlen. Es spiegelte sich im Gesicht des hochgewachsenen schlanken Mannes, der mit großen Schritten auf sie zukam. Die Zwillinge umarmten sich. Für einen Augenblick schien die Zeit für sie stillzustehen. Schließlich löste Felipe sich. Er ignorierte Wagners ausgestreckte Hand und zog ihn an sich. Wagner kapitulierte vor der südländischen Herzlichkeit. Mit einem breiten Lächeln klopfte er Leos Bruder auf den Rücken.

»Schön, dich zu sehen.«

Sie saßen im Mietwagen, ein Cinquecento mit Rollverdeck.

»Ich bin davon ausgegangen, dass ihr nicht viel Gepäck habt!«

Anders wäre eine Fahrt zu dritt auch nicht möglich gewesen. Obwohl es sich um eins der neuen Retro-Modelle handelte, musste Wagner sich die Rücksitze trotzdem noch mit seiner Reisetasche teilen.

Eingelullt von der warmen Luft sackte er immer wieder kurz weg. Irgendein Inselsender dudelte abwechselnd Pop und einheimischen Folk. Die Landschaft flog vorbei. Schläfrig nahm Wagner die typischen Windräder wahr. Sie schienen überall in der Landschaft zu stehen. Es hatte eine Weile gedauert, bis sie aus Palma heraus waren, aber jetzt wurde die Umgebung zunehmend ländlich. Felipe fuhr und Leo saß mit einer überdimensionalen Sonnenbrille wie Grace Kelly auf dem Beifahrersitz. Immer noch kein Wölkchen am Himmel.

Wagner seufzte. »Wo wohnen wir eigentlich?« Er müsste sich langsam mal zusammenreißen, schließlich musste er Winters Frau heute noch einen Besuch abstatten.

Felipes Antwort hatte er im Fahrtwind zwar nicht verstanden, aber sie war auch nicht wichtig. Viel wichtiger war die Frage, wie weit es mit dem Auto zur Finka der Winters war. Spätestens zwischen 16 und 17 Uhr sollte er dort ankommen. Inzwischen war es fast halb vier.

Leo drehte sich zu ihm um.

»Relax!« Sie stützte sich mit einem Arm auf der Rücklehne ab. »Hier ist Spanien, zumindest im weiteren Sinne. Also Heimspiel für mi hermano.«

Wagner sah sie über den Rand seiner Sonnenbrille an. »Ja und?«

»Was und? Felipe ist in Barcelona aufgewachsen! Er ist Catalàn, genau wie die Mallorquiner. Darauf sind sie hier alle sehr stolz.« Sie kniff ihren Bruder in den Arm. Der sah kurz zur Seite und grinste. »Felipe war seit seiner Ankunft nicht untätig. Wir haben durch ihn erstens einen Termin bei Frau Winter und zweitens hat er in Erfahrung gebracht, dass ein Polizist aus Allemania um 14 Uhr bei der Dame aufläuft beziehungsweise aufgelaufen sein müsste. Zu einem informellen Gespräch …«

Wagner schob das Wir erst mal beiseite, es gab hier eindeutig Klärungsbedarf, er fragte nur nach der Uhrzeit für ihre Verabredung.

»Felipe hat einen Tisch reserviert. Wir holen die Dame ab. Die Reservierung ist für 21 Uhr, also sind wir um 20.30 Uhr bei ihr. Comprendes?«

Er nickte. Etwas zu viel Wir. Aber im Moment war er nicht in der Position, die Richtung vorzugeben. Also sah er wieder aus dem Fenster. Sie waren auf der Ma-19. Campos hatten sie bereits durchquert, und nun waren sie auf dem Weg nach Santanyí. In der Nähe von Portopetro lag das Haus der Winters. Er hatte sich die Strecke vorher auf der Landkarte angeschaut. Sie selbst wohnten in einem kleinen Hotel in Cala Figuera. Eine Menge fremder Namen. Der Tisch war in einem kleinen Restaurant namens *Gabriel y Sol* bestellt. Sehr klangvoll.

Die Serres de Llevant, das östliche Küstengebirge, glitt vor dem Fenster vorbei. Bewaldete Berghänge, grüne Täler. Eine romantische Landschaft, die gekonnt darüber hinwegtäuschte, dass die Ma-19 auch die Todesstraße genannt wurde. Ursache waren die schlechte Einsehbarkeit und die Verkehrsdichte. Wagner hatte gelesen, dass es auf dieser Strecke viele tödliche Unfälle gab.

Er löste den Blick von der vorbeifliegenden Landschaft und sah stattdessen besorgt zwischen den Vordersitzen hindurch. Schließlich wiederholte er seine Frage von vorhin: »Wo wohnen wir?«

»Ursprünglich war ein Hotel gebucht. So ein Ressort ...« Wie Felipe es aussprach, klang es nach einer ansteckenden Krankheit. »Aber ich habe eine kleine Pension ausfindig gemacht. Wenig Luxus, dafür viel Charme und Gastlichkeit.«

Er suchte Wagners Blick im Rückspiegel. Wagner zuckte mit den Schultern und lehnte sich wieder zurück.

Luxus war noch nie sein vorderstes Ziel gewesen. Er fühlte sich jetzt angenehm schläfrig. Die Luft, die durch das geöffnete Verdeck an ihm vorbeiströmte, war mild. Immer wieder führten schmale, steinige Wege von der Straße ab, und er malte sich die Fincas aus, die an deren Ende stehen mochten.

»Wunderbar. Charme und Gastlichkeit, genau das, was ich mir wünsche.«

Adam passierte die Gepäckausgabe, ohne hinzusehen, und verließ den Ankunftsbereich beinahe im Laufschritt. Sven Gruber rutschte die Reisetasche von der Schulter. Er sah Adam genervt hinterher. Obwohl er seinem Kollegen sportlich um Längen voraus war, musste er in einen leichten Trab fallen und kam ins Schwitzen. Adam zerrte Papiere aus seiner Hosentasche. Kleingefaltet und nahezu unleserlich kam der Vertrag mit einer Mietwagenfirma zum Vorschein. Er blieb unvermittelt stehen und Gruber holte auf.

Während er seine Tasche mit einem Arm umklammerte, scannte er die Umgebung. Mit der freien Hand zeigte er schließlich auf die Schalter der Autovermietungen. Wortlos setzte Adam sich in Bewegung.

Der Pkw war vom LKA für sie gebucht worden. Adam wickelte die Formalitäten ab, dann verließen sie endlich die Halle und atmeten zum ersten Mal die warme mallorquinische Luft. Der Bereich vor der Ankunftshalle lag im Schatten. Gruber kannte sich aus, aber Adam suchte vergeblich nach einem sonnigen Plätzchen. Ein überdachtes Laufband führte sie zum Fuhrpark der Autovermietungen. Um sie herum gleißende Helligkeit.

Endlich kamen sie auf dem Parkplatz an. Adam setzte seine Ray Ban auf und beobachtete stirnrunzelnd einen Polizisten in makellos gebügelter Uniform, der eindeutig auf sie zusteuerte.

»Adam?«, fragte der, als er vor ihnen stand. Sie spiegelten sich gegenseitig in ihren identischen Sonnenbrillen und Adam sah sich nicken.

»Muy bien!« Auf Deutsch fuhr der Polizist fort: »Sie sind von der deutschen Polizeibehörde geschickt worden. Meine Dienststelle wurde informiert und ich bin angehalten, Ihnen behilflich zu sein.«

Adams Augenbraue wanderte hoch.

»Mein Name ist Joan Aquiló«, er hielt Adam seine Hand hin.

Gruber stellte die Reisetasche ab und sah von einem zum anderen. Inzwischen hatte Adam die Hand ergriffen und erwiderte: »Freut mich zu hören. Meinen Namen kennen Sie«, er zeigte auf Gruber, »und Sven Gruber.« Ohne abzuwarten fuhr er fort: »Wie sieht Ihre Hilfe konkret aus?«

»Sie haben einen Wagen gemietet. Ich schlage vor, dass Sie in Ihr Hotel fahren und sich frisch machen. Dort werde ich Sie um 13 Uhr abholen und zu Ihrem Termin bei Frau Winter begleiten. Wenn Sie es wünschen, werden wir Ihren Leihwagen nehmen. Ich bin aber auch befugt, Sie mit einem unserer Zivilfahrzeuge zu fahren.«

Adam legte die Stirn in Falten. Er ging nicht davon aus, ernsthaft eine Wahl zu haben. Um die Begleitung eines einheimischen Polizisten würden sie nicht herumkommen. Blieb die Frage, ob er selbst fahren wollte. Die Antwort hing eindeutig von dem Leihwagen ab. Aber wie er seine Behörde kannte, war nichts Aufregendes zu erwarten.

Seine Vermutung bestätigte sich, leider. Ein langweiliger silberfarbener Lexus wartete auf sie. Sie warfen ihre Reisetaschen in den Kofferraum und Adam setzte sich mit Duldermine auf den Fahrersitz. Immerhin gab es ein Navigationsgerät. Er war einverstanden, Señor Aquiló konnte sie später mit seinem Wagen abholen.

Wagner wurde von dem plötzlichen Ruck geweckt, mit dem der Fiat zum Stehen kam. Er gähnte und versuchte, sich zu orientieren. Sie standen am Ende einer kleinen

Allee aus Steineichen und wilden Olivenbäumen. Straße konnte man es nicht nennen, selbst Weg wäre eine Übertreibung für diese unbefestigte Schotterpiste gewesen. Seine Mitreisenden hatten den Wagen verlassen und schlugen gerade die Türen zu. Er beeilte sich, den Vordersitz umzuklappen und ihnen zu folgen. Leo drehte sich um.

»Dornröschen ist aufgewacht!«

Die Geschwister blieben stehen und warteten auf ihn. Wagner war noch leicht benommen nach seinem Nickerchen. Dazu die Hitze. Am liebsten hätte er sich unter einen Baum in den Schatten gelegt und weitergedöst. Er gähnte wieder. Aber dann rieb er sich die Augen, denn wie eine Fata Morgana tauchte plötzlich ein Gebäude vor ihnen auf. Außer dem Zirpen der Grillen war kein Geräusch zu hören. Nicht der leiseste Lufthauch. Olivenbäume bildeten neben dem Haus einen kleinen verwunschenen Hain, und überall wucherten Gräser und wilde Zwergpalmen. Hinter der malerischen Kulisse glitzerte irgendwo in der Ferne das Meer.

Jetzt hieß es sich zusammenzureißen. Keine kühlen Getränke auf einem Liegestuhl im Halbschatten! Wagner seufzte. Arbeit!

Vor dem Haus lag ein aufgeschütteter Haufen Steine, an dem ein Schild klebte. Es waren die gleichen mallorquinischen Tonziegel, aus denen hier offenbar alles gebaut wurde. Auf das Schild hatte jemand mit krakeliger Handschrift »Bienvenidos« geschrieben. Ein Blick auf Felipe bestätigte Wagner, dass sie an ihrem Ziel angekommen waren. Eine kleine Pension, die »Casa de Amistad«, Haus der Freundschaft, hieß. Bis zu ihrer Verabredung war noch reichlich Zeit. Wagner schlug vor, sich erst einmal auszuruhen.

30

Joan Aquiló fuhr mit einem breiten Grinsen vor dem Hotel der deutschen Kollegen vor. Er wusste, dass dem deutschen Comisario General gleich der Unterkiefer herunterklappen würde.

Tatsächlich hoben Adams Brauen sich bis an seinen Haaransatz, als er feststellte, dass das Winken des Mannes aus dem Oldtimer ihm und seinem Kollegen galt. Aquiló hatte keinen Wagen aus dem offiziellen Fuhrpark genommen. Er war lieber mit seinem 1965 Ford Thunderbird Cabrio erschienen. Rot mit weißem Verdeck. Sein Gesicht hatte vor Stolz fast den gleichen Rotton. Adam strich ehrfürchtig über die Heckflosse. Kurz darauf war er mit Aquiló in ein Gespräch über acht Zylinder im Allgemeinen und Oldtimer im Besonderen vertieft.

Gruber saß gelangweilt auf der Rückbank. Diese alten Karren waren wenig komfortabel. Er hielt sein Gesicht in den warmen Luftstrom und versuchte gar nicht erst, dem Gespräch zu folgen.

»Wie sind die Beschleunigungswerte?«, fragte Adam gerade. Im selben Moment kam der Wagen mit einem Ruck zum Stehen. Joan Aquiló hielt. Sie hatten die Finca der Familie Winter erreicht.

Adam achtete nicht mehr auf Aquilós Antwort. Hatte er es sich so vorgestellt? Es gab eine Zeit, in der Sophia ganz wild auf eine Finca gewesen war. Sie hatten endlos darüber gestritten, aber er war eisern geblieben. Nicht aus der Tasche seiner Schwiegermutter, besten Dank!

Eine schulterhohe Mauer umgab einen Teil des Anwesens. Sie bestand aus groben Steinen und fügte sich harmonisch in die Landschaft. Nach einigen Metern wurde sie von einer ebenso hohen Hecke abgelöst. Aquiló zog die Handbremse, Adam atmete tief ein.

Die Luft war warm und würzig. Die Blätter einer langen Reihe Olivenbäume schimmerten silbrig in der Sonne. Er stieg aus.

Gruber schwang sich von hinten über die geschlossene Tür ins Freie. Adam und Aquiló warfen sich einen Blick zu. Vor dem altertümlichen Torbogen blieb Adam stehen. Eine Tür war nachträglich hineingebaut worden. Er suchte nach der Klingel. Ein Anwesen wie dieses hätte ihm gefallen können. Farben wie verbrannter Ton, das Klima …

Er gab sich einen Ruck und läutete. Ein Mann mit sonnenverbranntem Gesicht öffnete. Sein Alter ließ sich schwer schätzen, die vielen Falten konnten auch der Witterung geschuldet sein.

»Señora Winter erwartet Sie«, sagte er mit starkem Akzent. Adam folgte ihm in einen maurisch anmutenden Innenhof. Ein Säulengang, zusätzlich beschattet von alten Zypressen. In der Mitte ein Springbrunnen. Adam spürte die leichte Kühle und Frische des Wassers in der Luft. Sitzbänke aus Naturstein zogen sich an den Mauern entlang.

Eine blonde Frau kam ihnen entgegen. Sie trug weiße Chinos und eine Leinenbluse mit langen, weiten Ärmeln. Adam fand, dass sie erstaunlich blass war – dafür, dass sie sich, laut Auskunft ihres Mannes, schon seit geraumer Zeit auf Mallorca aufhielt.

Nach der Begrüßung wendete sie sich brüsk ab. Sie ging, ohne sich umzusehen, zu einem klobigen Holztisch und deutete mit einer Handbewegung auf die Sitzgelegenheiten davor. Farbenfrohe Webdecken lagen auf Bank und Stühlen.

»Limonade?« Ohne auf ihre Zustimmung zu warten, schenkte sie ein.

Adam musterte seine Kollegen. Gruber knackte mit den Fingern und der Spanier versteckte sich hinter seiner Sonnenbrille.

»Frau Winter«, begann Adam endlich, »Sie wurden vom Tod Ihrer Schwägerin informiert?«

Die Frau nickte und fuhr sich mit einer Hand über die Augen. Er verstummte irritiert. Er konnte nicht einordnen, ob ihre Geste aufrichtig oder theatralisch war.

Stirnrunzelnd fuhr er fort: »Mein Beileid. Im Zusammenhang mit dem Tod von Emilia Winter haben sich einige Fragen ergeben. Wir hoffen, dass Sie uns weiterhelfen können.«

»Das müssen Sie wohl«, erwiderte sie. »Hoffen, dass ich Ihnen weiterhelfe, meine ich. Nachdem Sie extra die weite Reise hierher gemacht haben.« Sie nahm einen der bunten Keramikbecher in die Hand und vertiefte sich in die Muster.

Adam beobachtete sie einen Moment lang. Der erste Eindruck hatte ihn davon überzeugt, dass diese Immobilie selbst die finanziellen Möglichkeiten seiner Ex-Schwiegermutter überstiegen hätte.

Gruber versuchte seinen Blick einzufangen. Nachdem es ihm gelungen war, wandte er sich mit bedeutungsvollem Blick an Frau Winter: »Verzeihung, ich müsste kurz verschwinden. Wo finde ich die Toilette?«

Sie winkte mit einer Kopfbewegung ihren Hausdiener heran.

»Gabriel wird Ihnen den Weg zeigen.«

Wenn er sich nicht täuschte, hatte Gruber gerade einen Weg gefunden, den Angestellten der Dame ohne ihr Beisein zu befragen.

Adam lehnte sich zurück. Irgendwo in ihrer Nähe summte eine Biene. Ein Schmetterling flatterte um einen Blumentopf, vor den tiefroten Blüten schienen winzig kleine Vögel in der Luft zu stehen, beinahe kitschig.

Adam räusperte sich. »Kannten Sie die Autorin Katharina Hofmann? Ihre Schwägerin hat sie im Verlag vertreten. Darüber hinaus war sie offenbar auch ihre einzige Kontaktperson.«

Marlene Winter schien nachzudenken. Dann schüttelte sie den Kopf. »Tut mir leid. Bei dem Namen klingelt nichts bei mir.« Sie sah Adam in die Augen. »Aber was hat das mit dem Tod meiner Schwägerin zu tun?«

Adam seufzte. »Wir arbeiten noch an den Zusammenhängen."

Irgendetwas war hier faul. Aber was?

Die Dame musterte ihn mit höflichem Unverständnis. Er zog das vermeintliche Hochzeitsfoto heraus.

»Sind Sie das auf dem Foto?«

»Woher haben Sie das?«, entfuhr es ihr, bevor sie es verhindern konnte.

Er sah sie unverwandt an. Darin war er gut. Aber sie hatte sich wieder in der Gewalt.

»Es könnte ein Hochzeitsfoto von uns sein. Aber ich kenne es ehrlich gesagt nicht.«

Auf dem Rückweg schwieg Aquiló. Adam verbuchte es dankbar unter außergewöhnlichem Feingefühl.

»Gut, Gruber«, sagte er, »ich hoffe, du warst nicht nur

in der Porzellanabteilung, während wir mit der Lady Limo getrunken haben.«

Aquiló grinste, und Gruber lächelte in sich hinein. »Na ja …«

»Spuck's aus!«

»Ich bin also hinter dem Mann her und fange an, mit ihm zu quatschen, zum Warmwerden. Natürlich auf Mallorquinisch. Zuerst kommt nichts zurück, total verschlossen, denke ich. Aber dann taut der Typ auf und wird regelrecht gesprächig.«

Gruber machte eine selbstgefällige Pause. Ein Blick auf Adams Gesichtsausdruck ließ ihn schnell fortfahren.

»Gabriel arbeitet noch nicht lange für die Winters. Die Dame des Hauses hat er in der Zeit nur einmal kurz aus der Ferne gesehen. Sie wirkte distanziert, aber ausgesprochen freundlich auf ihn. Und sie war, wie er sagt, irgendwie traurig gewesen. Wenn du mich fragst, hat ihre Melancholie seine romantische spanische Seele ordentlich befeuert, vermutlich hat er sich in sie verschossen. Jedenfalls findet er nun, dass sie sich irgendwie merkwürdig verhält, seitdem sie hier ist.«

»Geht es etwas klarer? Was meint er mit ›irgendwie merkwürdig‹? Hat sie eine neue Frisur oder trinkt sie plötzlich Rosé statt Prosecco?«

Sven Gruber lehnte sich in seinem Sitz nach vorn.

»Sprengstoff! Zuerst hat er nur angedeutet, dass etwas nicht stimmt. Ich musste ganz schön bohren, bis er konkreter wurde. Aber dann rückte er damit heraus: Seiner Meinung nach ist die Dame, die wir heute getroffen haben, nämlich gar nicht Frau Winter. Sie sähe der Señora zwar sehr ähnlich, aber auch die blonden Haare und die helle Haut könnten ihn nicht täuschen. Alle anderen offenbar schon. Dabei hat er sie vorher nur einmal kurz, und wohlgemerkt, aus großem Abstand, gesehen.«

Adam runzelte die Stirn.

»Und weiter? Hat er Fakten, die seine Vermutung untermauern?«

»Nope, nada.« Gruber verzog das Gesicht.

Aquiló warf einen Blick zur Seite. Adam hatte seinen Arm auf den Rahmen der Beifahrertür gelegt und schloss für einen Moment die Augen. Schließlich stieß er die Luft aus.

»Alle anderen getäuscht ... Von wie vielen Personen sprechen wir da?«

»Ich weiß nicht, er ist ja der einzige Bedienstete im Haus. Die Putzfrau kommt irgendwann, hat aber einen eigenen Schlüssel. Mit wem die Winter sonst noch Kontakt hat oder hatte, weiß ich nicht. Vielleicht spinnt er auch einfach. Aber da ist noch etwas: Er sagt, dass sie außer diesem einen Mal nie wieder hier war. Sie hasst angeblich die Insel und diese Finca. Keine Ahnung, wo er das herhat. Die Leute reden ... Aber niemand kennt Marlene Winter.«

Der Wagen machte einen heftigen Ruck zur Seite und Gruber musste sich an Adams Rückenlehne festhalten. Gleich darauf schob sein Gesicht sich wieder zwischen den Sitzen hindurch.

»Sie ist angeblich seit 14 Tagen auf der Insel und damit in der Finca, aber gesehen hat er sie heute Morgen zum ersten Mal. Und zwar kurz, nachdem ein Taxi vom Hof fuhr.«

Die Männer schwiegen. Der Wagen holperte auf den letzten Metern des unbefestigten Zufahrtswegs. Die alten Stoßdämpfer protestierten und Aquiló machte ein gequältes Gesicht. Er schaltete runter. Mittlerweile fuhr er, als hätte er ein rohes Ei auf der Motorhaube.

Die Landschaft war verwildert. Ginster und wilder Wacholder wuchsen zu beiden Seiten, teilweise übermannshoch. Endlich verließen sie die Schotterpiste. Kaum waren sie wieder auf der Straße, löste sich Aquilós Anspannung und er trat das Gaspedal durch. Adam hatte mit dem Spanier mitgefühlt – so eine Strecke mit diesem Prachtstück, kein Vergnügen für den Fahrer. Als sein mallorquinischer Kollege auf der befestigten Strecke wieder Fahrt aufnahm, kehrten Adams Gedanken zu den kryptischen Äußerungen des Hausdieners zurück.

19 Uhr. Wagner und die Zwillinge hatten sich an der Rezeption verabredet. Eine Handvoll Palmen bewegte sich träge im Wind. Zwischen Oleanderbüschen und Ziermauern aus Naturstein standen vereinzelte Tische im Schatten. Auf den schmiedeeisernen Gestellen lagen Platten mit orientalischen Mosaiken. Die Abendsonne ließ flirrende Schatten über die Sitzgruppen und die weißen Kieselsteine am Boden gleiten. Hinter dem Tresen saß ein junger Spanier. Sein blasses Gesicht leuchtete bläulich vor dem Computerbildschirm.

Leo öffnete ihre Zimmertür. Vor knapp zwei Stunden war sie aufs Bett gefallen. Verschwitzt und zerschlagen war sie aufgewacht und hatte sich auf eine kalte Dusche gefreut. Leider war aus der Dusche nur lauwarmes Wasser getröpfelt. Sie steuerte auf den jungen Mann am Tresen zu. Er hatte Glück, denn in diesem Augenblick kam Felipe aus seinem Zimmer.

Wagner schloss die Tür hinter sich. Es war Punkt 19 Uhr. Was für eine Hitze! Er sah, wie Leo und Felipe sich am Empfang begrüßten, und lächelte. Er wartete einen Moment, bevor er sich in Bewegung setzte.

Als er die Zwillinge erreichte, räusperte er sich geräuschvoll.

»Holá!«, sagte Leo. Wagner war immer wieder erstaunt, wie weich sie aussehen konnte. Jedenfalls solange sie Felipe ansah. Gleich darauf wandte sie sich aber an den jungen Mann vom Empfang, und alle Sanftheit war aus ihrem Gesicht verschwunden.

»Meine Dusche hat zwei Einstellungen«, begann sie, und Wagner schwante nichts Gutes. »Caliente und frío. Eigentlich nicht so schwer zu verstehen. Trotzdem habe ich ein Problem.« Ihre Augen bohrten sich in die des Angestellten. »Können Sie sich vorstellen, worum es geht? Nein? Nun, templado ist nicht vorgesehen! Trotzdem ist das erbärmliche Rinnsal, das aus meiner Dusche tropft, weder heiß noch kalt, sondern höchstens lauwarm!«

Während der junge Mann nervös dem Augenkontakt auswich, legte Felipe seiner Schwester eine Hand auf die Schulter.

»Okay, okay, entendí!« Sie seufzte. »Also keine Erfrischung.«

»Ich könnte Sie zu einem erfrischenden Getränk einladen.«

Ein Fremder war unbemerkt neben sie an den Empfang getreten. Leo drehte sich zu ihm um. Der Mann war groß. Sein langes rotblondes Haar war mit einem Band zusammengefasst. Sie musterte ihn stirnrunzelnd. Sein Englisch war auf keinen Fall Oxford – das rollende R gehörte in karge Highlands. Wo Seen »Loch« hießen und kalt und bodenlos waren. Wie seine Augen.

Sie starrte ihn an.

»Sorry, ich spreche nicht mit Fremden.«

Er lachte. »Ian Sinclair.«

»Leo.« Sie schwieg. »Felipe und Valentin«, ergänzte sie dann und zeigte auf ihre Begleiter.

»Pleased to meet you. Señorita Leo Felipe und Valentin.«

Leo hob die Brauen. »Ein Komiker! Wie unterhaltsam.«

Felipe grinste. Der Mitarbeiter des Hotels atmete auf. Vielleicht hatte sie ihre Beschwerde inzwischen vergessen. Er wandte sich dem neuen Gast zu, der seinen Blick noch immer auf Leo gerichtet hatte. Seine Mundwinkel zuckten.

Als er die Bemühungen des Angestellten an der Rezeption bemerkte, drehte er sich langsam zu ihm um.

Wagner war sich nicht sicher, ob er Leo und Felipe mitnehmen oder alleine fahren wollte. Felipe nahm ihm die Entscheidung ab. Mit einem Blick auf die Uhr sagte er: »Amor germana, Valentin, es ist Zeit aufzubrechen.«

Wagner zögerte nur kurz. Er war kein Polizist mehr. Warum sollten sie ihm also nicht bei seinen Ermittlungen helfen? Vier Augen und Ohren mehr konnten nicht schaden, außerdem hatten die Zwillinge einen scharfen Verstand. Also fügte er sich ohne Widerspruch.

Felipe fragte Leo: »Wollen wir?«

Sie zuckte mit den Schultern. »Klar!«

Leo folgte den beiden zum Ausgang, ohne sich noch einmal umzusehen. Aber die Augen des Schotten schienen zwei Löcher in ihren Rücken zu brennen.

Die Artikel handelten von einem Brand. Ein vernichtendes Feuer, das ein einsam gelegenes Anwesen fast vollständig zerstört hatte. Ein Ehepaar war mit seinem Kind ums Leben gekommen. Die Bewohner. Ihr zweites Kind war wie durch ein Wunder den Flammen entkommen. Die Ermittler gingen mittlerweile von Brandstiftung aus.

Ich fragte mich, warum jemand diese Zeitungsausschnitte aufbewahrt hatte. Bis ich die Fotos von den Kindern sah. Mit eiskalten Fingern rieb ich mir über die Augen. Unmöglich, dachte ich.

Die Namen und Geburtsdaten stimmten nicht überein. Nur bei den Fotos konnte eigentlich kein Zweifel bestehen. Es war nicht in diesem Land passiert, aber die beiden Kinder waren eindeutig eine jüngere Ausgabe meines Mannes und seiner Schwester.

Wie sollten sie aus der Schweiz hierhergekommen sein? Sie waren doch noch klein gewesen. Das Mädchen höchstens sieben Jahre alt und ihr Bruder nicht älter als zehn, höchstens elf. Und der Bruder war angeblich in den Flammen gestorben. Ich stöberte weiter in den vergilbten Zeitungen. Wenigstens fror ich nicht mehr.

31

»Wie meinst du denn, dass diese Hilfe aussehen könnte?«

Johanna Peters runzelte die Stirn. Offenbar musste sie die Position des *Advocatus Diaboli* einnehmen. Val schien eingebrochen zu sein. Dabei war sie Wagners Zwilling.

Calabrese öffnete den Mund zu einer Erwiderung, aber Peters unterbrach sie.

»Vor allem interessiert mich das Warum.«

Sie sah Calabrese in die Augen. Die seufzte.

»Okay. Ihr erfahrt es sowieso. Ich bin suspendiert.«

Peters sah schockiert aus, aber Calabrese fuhr fort: »Dann könnt ihr auch gleich alles wissen – ich hatte eine Affäre mit Julia Dietrich, dem letzten Opfer.«

Ihre Zuhörer starrten sich an. Val stieß die Luft aus.

»Wie bitte? Du hattest eine Beziehung mit einer Zeugin? Womöglich eine Verdächtige? Ich höre wohl nicht richtig. Tintin bekommt einen Infarkt, wenn er das erfährt!« Sie schüttelte den Kopf. »Bist du auf einmal lesbisch?«

Calabrese zuckte leicht zusammen. »Ich weiß es nicht.«

»Das ist deine Sache«, sagte Peters, »nur – wie solltest du uns weiterhelfen können?«

Calabrese seufzte.

»Vielleicht weiß ich mehr als ihr?«

»Also ehrlich. Das gefällt mir nicht. Außerdem glaube ich nicht, dass du wirklich etwas weißt. Es kommt mir eher so vor, als wolltest du ein wenig im Trüben fischen.«

Calabrese funkelte Val an. »Vertrauen ist allerdings eine Voraussetzung.«

Professor Dr. Neumann warf Neubauer einen genervten Blick zu.

Van Veen sagte ruhig: »Wie gesagt, wir werden uns vollständig im Hintergrund halten. Von uns aus können Sie jederzeit anfangen.«

Der Hypnosefacharzt machte ein säuerliches Gesicht. »EMDR – haben Sie wenigstens schon mal davon gehört?«

Van Veen schüttelte langsam den Kopf.

»*Eye Movement Desensitization and Reprocessing.* Das erste Ziel ist, eine entspannte Situation mit dem Patienten herzustellen. Erst wenn das erreicht ist, versucht der Therapeut, die Situation vor dem Aussetzen der Erinnerung wiederherzustellen.« Neumann sah hochmütig von van Veen zu Neubauer. »Ein äußerst komplexer und sensibler Vorgang. Aus diesem Grund kann ich nicht den geringsten Störfaktor akzeptieren.«

Die beiden Ärzte warfen sich einen Blick zu. Der Oberarzt räusperte sich.

»Wie gesagt, wir verfügen über eigenes Fachpersonal aus diesem Bereich, respektieren aber den Wunsch der Patientin, Sie hinzuzuziehen. Ein sehr großzügiges Entgegenkommen unsererseits. Sollten Sie also mit den Bedingungen nicht einverstanden sein, ist Ihre Konsultation hiermit beendet.«

Professor Dr. Neumann runzelte die Stirn. Er warf einen ostentativ missmutigen Blick auf die Oberschwester. Der war aber noch gar nichts gegen den, mit dem er daraufhin die Polizisten bedachte.

»Ich denke, ich habe mich klar ausgedrückt!«

Neumann nickte widerstrebend und die Ärzte verabschiedeten sich. Polizisten und Oberschwester folgten Neumann ins Krankenzimmer. Der Hypnosefacharzt sah aus, als hätte er ihnen am liebsten die Tür vor der Nase zugeschlagen.

Van Veen seufzte. »Ich weise Sie nur ungern darauf hin, aber es liegt auch in meiner Befugnis, Ihnen die Therapiestunde zu untersagen.« Er tippte seine Fingerkuppen gegeneinander. »Tun Sie doch bitte so, als wären wir gar nicht da. Und dann fangen Sie einfach an. Sagen Sie uns nur, wo wir uns während der Sitzung aufhalten sollen.«

Professor Dr. Neumann zögerte. Sein Röntgenblick ruhte wieder auf der Oberschwester. Diese fühlte sich darunter zwar eindeutig nicht wohl, hielt aber ihre Stellung.

Inzwischen war die Patientin hellwach. Sie setzte sich in ihrem Bett auf. »Professor Neumann …«

Er stieß die Luft aus. Dann zog er einen Stuhl vor ihr Bett.

Bevor er sich setzte, musterte er die übrigen Anwesenden der Reihe nach. Er beorderte alle an die Wand hinter dem Kopfende der Patientin. Vorsichtig schoben sie das Krankenbett ein Stück vor. Die Patientin klammerte sich an die Matratze und starrte den Professor fragend an. Er nickte ihr zu. Dann schien etwas von ihm abzufallen.

»Vergessen Sie Ihre Umgebung«, sagte er sanft. »Stellen Sie sich vor, wir wären hier ganz allein.« Ihm gelang das offensichtlich hervorragend. Kaum hatte er sich ihr zugewandt, ignorierte er die anderen völlig.

»Wir führen jetzt eine bilaterale Gehirnstimulierung bei Ihnen durch. Dadurch können wir Ihre dissoziative Fugue überwinden. Vereinfacht ausgedrückt, Ihre Amnesie. Setzen Sie sich dazu aufrecht hin. Die Beine bitte hierher, zu mir. Gut. So, dass wir uns gegenübersitzen. Genau so. Konzentrieren Sie sich ganz auf mich.«

Die immer monotoner werdende Stimme des Professors schwebte langsam durch Neubauers Gehörgänge in ihr Gehirn. Ihre Augen fielen beinahe zu. Sie verlagerte leicht ihr Gewicht. Es war schwer, mucksmäuschenstill an der Wand zu stehen, während die Glieder sich wie Blei anfühlten. Sie riss sich zusammen, dieser Voodoo-Vogel würde sie auf keinen Fall in irgendeine Trance versetzen. Sie warf einen Seitenblick auf van Veen und die Krankenschwester. Van Veen schien ebenfalls mit plötzlicher Müdigkeit zu kämpfen, aber Schwester Jana beobachtete Neumann und seine Patientin aufmerksam.

Die beiden saßen sich gegenüber. Neumann schwang die Fingerkuppen einer Hand langsam vor ihr hin und her. Die Frau folgte der Bewegung mit den Augen. Ihr Gesicht hatte einen entrückten Ausdruck angenommen. Der letzte Satz, den Neubauer bewusst gehört hatte, bevor seine Worte in ihrem Kopf zusammengeschmolzen waren, hatte gelautet: »Was ist Ihre letzte Erinnerung an diesen Abend? Fühlen Sie genau da hinein.«

Neubauer zwang sich, den Blick von seinen Fingerkuppen zu lösen. Sie kniff die Augen zusammen und legte den Kopf in den Nacken. Der Typ schien tatsächlich etwas von seinem Handwerk zu verstehen. Sie schob die Schultern zurück. Hoffentlich war es bald vorbei. Sie konnte jedenfalls nicht mehr lange stillstehen. Sie versuchte, sich auf seine Worte zu konzentrieren, die Reaktionen der Frau darauf nicht zu verpassen. Ob er wirklich in der Lage war, ins Unterbewusstsein vorzudringen, Erinnerungen freizusetzen? Sie zweifelte daran, war aber trotzdem gespannt.

Nur das hielt sie davon ab, ihre Beine zu entlasten und sich endlich auf die Fensterbank zu setzen.

Wagner und die Zwillinge standen vor dem Fiat. Plötzlich überkamen Wagner Zweifel, ob ihr Gefährt das geeignete Transportmittel für eine wohlhabende Dame wie Marlene Winter wäre. Er kannte sie zwar nicht, aber wenn sie nur halb so arrogant wäre wie ihr Mann … Im besten Fall würde sie nur die Stirn runzeln, doch wenn es nicht so gut lief, würde sie womöglich nicht einsteigen wollen.

Felipe sah ihn fragend an. Wagner räusperte sich umständlich. »Na ja, das Auto …« Er erklärte Felipe seine Bedenken.

Felipe warf seiner Schwester einen amüsierten Blick zu, sie verdrehte die Augen. Er legte Wagner eine Hand auf die Schulter. »Keine Sorge, el meu amic! Frau Winter weiß, mit welchem Fahrzeug wir sie abholen. Sie fand es sehr charmant.«

Wagner war nicht restlos überzeugt und zögerte. Schließlich stieg Leo ein. Wagner ließ sich mit unglücklichem Gesicht auf den Beifahrersitz fallen.

Felipe drehte den Zündschlüssel im Schloss und lächelte ihm aufmunternd zu. Bevor er losfuhr, ließ er das Verdeck herunter.

Es war schon fast halb acht, aber die Luft war immer noch weich wie Samt und beinahe lau. Während der Fahrtwind ihm einen würzigen Duft in die Nase und seine Haare durcheinander wehte, wurde Wagner von Lampenfieber gepackt. Sein erster Auftritt für die Agentur. Er überdachte zum gefühlt 100. Mal seine Strategie.

Sie hielten vor dem Anwesen. Wagner fuhr sich über die zerzausten Haare. Bevor er in Aktion treten konnte, war Felipe schon aus dem Auto gesprungen und auf dem Weg zum Tor. Resigniert zuckte Wagner die Achseln. Er stieg aus und wartete vor dem Wagen.

»Schön ruhig bleiben«, kam Leos Stimme vom Rücksitz. Er seufzte. Das Tor hatte sich geöffnet und Felipe war aus ihrem Sichtfeld verschwunden.

Die Minuten verstrichen.

Endlich tauchte Felipe wieder auf. An seiner Seite ging eine elegante Erscheinung in einem knöchellangen Satinrock.

Wagner zog die Augenbrauen hoch. Während die beiden sich näherten, beobachtete er sie. Felipe schien etwas zu erzählen und die Dame hörte anscheinend aufmerksam zu. Aber etwas an ihrer Haltung stimmte nicht. Die Art, wie sie neben Felipe herging, wie sie ihr Schultertuch umklammerte und die zarte Spitze dabei zwischen ihren Händen zerdrückte – Marlene Winter wirkte hochgradig nervös.

Seltsam. Er gab sich einen Ruck. Als die beiden das Fahrzeug erreichten, stellte er sich vor.

»Guten Abend, Frau Winter. Mein Name ist Valentin Wagner.«

Keramikteller und knallbunte Bilder, die Tische abwechselnd in creme- und pinkfarbenem Leinen eingedeckt und von einem Mauervorsprung baumelten geflochtene Blumenkörbe, aus denen ein Meer zartrosa Blüten quoll. Obwohl es für die Jahreszeit ungewöhnlich warm war und die Terrasse einen malerischen Blick auf den Hafen bot, hatten sie einen Tisch im Innenraum reserviert. Zumindest Leo und Wagner begannen, die Entscheidung zu bereuen.

Nach der Bestellung lehnten die Zwillinge sich zurück und überließen Wagner die Initiative. Aber Wagner schwieg. Einige Minuten lang sagte niemand etwas.

Wagner schwitzte. Er war auf sich gestellt. Kein Verstecken hinter Vorgesetzten mehr, kein Behördenapparat, der ihn im Hintergrund absicherte. Nur er allein im Rampenlicht.

Nervös wischte er sich die Schweißperlen von der Stirn. Als er aufsah, begegnete er dem abschätzenden Blick von Marlene Winter. Er senkte die Augen wieder. Leo trat ihn unter dem Tisch. Anfangs noch stockend, begann er endlich das Gespräch.

Nach einigen Minuten fühlte er sich sicherer und fing an, kleine Anekdoten in die Unterhaltung zu streuen. Bis Leo ungeduldig schnaubte. Ihr Bruder warf ihr einen Blick zu, doch Wagner war schon verstummt. Er sah verlegen auf seine Hände, der Höhenflug war vorbei.

»Hm, Sie sind also schon länger auf der Insel?«

Marlene Winter nickte. Sie zupfte am Ärmel ihrer weißen Seidenbluse.

»Und seitdem hatten Sie keinen Kontakt zu der Schwester Ihres Mannes?«

»Nein. Emilia und ich standen uns nicht nahe. Aber mein Mann hatte ein sehr enges Verhältnis zu ihr. Wenn sie wirklich tot ist, wird er untröstlich sein.«

Ihre Dessertgabel zeichnete Muster in die Reste der Crema Catalana. *Wenn sie wirklich tot ist …* seltsame Formulierung.

Wagner öffnete den Mund, aber sie unterbrach ihn und sagte: »Wir nehmen doch alle noch einen Espresso? Darf ich Sie danach zu einem Glas Champagner einladen?«

Sie sah fragend in die Runde, hatte aber schon die Hand gehoben, um den Kellner zu rufen. Felipe deutete ein Kopfschütteln an.

Leo runzelte die Stirn. Das Gespräch hatte sich festgefahren. Die Dame äußerte sich nicht zu den relevanten Punkten. Das Herumgeeiere ging Leo auf die Nerven.

»Aber Sie wissen doch wohl, dass Ihre Schwägerin die Schriftstellerin Katharina Hofmann vertreten hat?«

Marlene Winter zuckte zusammen. Während sie dem Kellner mit übertriebener Gestik ihre Bestellung aufgab, begannen sich hellrote Flecken auf ihrem Gesicht abzuzeichnen. Leo fixierte sie ungerührt und wartete auf eine Antwort.

»Wie kommen Sie darauf?« Marlene Winters Stimme klang schrill.

»Na ja, sie ist immerhin die Schwester Ihres Mannes. Die Hofmann zu betreuen, muss für Ihre Schwägerin eine große Sache gewesen sein. Hat sie etwa nicht mit Ihnen darüber gesprochen? Sie wird es doch wohl erwähnt haben.«

»Woher nehmen Sie eigentlich Ihre Vorstellungen, worüber andere Menschen sich unterhalten?«

Der Kellner war gegangen und Marlene Winter zog ihren Spitzenschal fest um den Hals.

»Bei uns war Emilias Beruf jedenfalls kein Gesprächsthema.«

Als Leo zu einer Antwort ansetzte, fiel Wagner ihr ins Wort. »Frau Winter, bitte. Wollen wir nicht in Ruhe austrinken?«

Die Winter hatte sich halb erhoben. Sie schien kurz davor zu sein, einfach aufzubrechen. Wagner sah die Situation kippen und nahm allen Mut zusammen. Er legte ihr vorsichtig eine Hand auf den Arm.

»Wir fahren Sie selbstverständlich nach Hause.«

Widerstrebend ließ sie sich in den Stuhl zurückfallen. Der Kellner erschien und stellte vor jeden Platz ein Keramiktässchen und ein langstieliges Glas. Marlene Winter ignorierte die winzige Tasse und griff nach dem Champagner.

Wagners Lid zuckte. Er beobachtete die Winter und verfluchte seinen nervösen Tic. Viel hatte er nicht in Erfahrung gebracht. Erstens brauchten sie Informationen und zweitens musste er ruhig bleiben. Er glaubte Vals Stimme zu hören: *Cher frère, mach dir bloß nicht ins Hemd bei unserem ersten Fall – schließlich war es deine Idee!*

Marlene Winters Glas war halb leer, der Aufbruch nur noch wenige Sekunden entfernt. Leo und Felipe tauschten einen Blick. Felipe setzte ein gewinnendes Lächeln auf, diese Fähigkeit hatte er seiner Schwester voraus. Marlene Winter musterte ihn über den Rand ihres Glases.

Währenddessen ertränkte Leo ihr Unbehagen im Champagner. Ihr war der hungrige Ausdruck in Marlene Winters Augen nicht entgangen, mit dem sie ihren Zwillingsbruder zu verschlingen schien.

Wagner bemerkte, dass die Atmosphäre irgendwie aufgeladen war. Er sah von Leo zu Felipe. Leo räusperte sich und stand auf.

»Ich verschwinde kurz.« Sie war schon auf dem Weg zu den Waschräumen.

Wagner schüttelte seine leichte Verwirrung ab. Jetzt erhob sich auch Felipe und entschuldigte sich. Er folgte seiner Schwester.

Leo stand vor der Tür zu den Toiletten. Neben ihr an der Wand war ein Fleck aus Schimmel, der wie eine Eisblume über den Putz wuchs. In der Luft hing ein Gemisch aus Urin und Moder. Küchengerüche mischten sich dazwischen. Sie verzog das Gesicht. Endlich öffnete sich die Falttür zu dem Zwischenraum.

»Ich hoffe, du bist nicht bereit, dich für die Detektei zu prostituieren«, begrüßte sie ihren Bruder.

»Leo!« Felipe schüttelte den Kopf.

Seine Belustigung machte sie noch wütender.

»Bitte«, zischte sie, »die Dame köchelt vor sich hin. Du warst gerade dabei, sie zum Überkochen zu bringen. Hältst du mich für bescheuert?«

Er hob beruhigend die Hände. Dann grinste er. »Sie ist nicht unattraktiv.«

»Beleidige nicht meine Intelligenz. Sie passt wirklich nicht in dein Beuteschema.«

»Ach Leo, hör auf, dir meinen Kopf zu zerbrechen.«

Leo stieß die Luft aus. »Felipe, sie ist verdächtig, hochgradig verdächtig. Diese Frau ist nicht nur egozentrisch, sie könnte eine eiskalte Mörderin sein. Außerdem ist sie mindestens zehn Jahre älter als du.«

»Germana! Du bist doch nicht etwa eifersüchtig?«

Sie standen sich in dem halbdunklen Vorraum gegenüber. Rechts von ihnen klebte ein altmodisches Telefon an der Wand und auf der linken Seite fristete ein Zigarettenautomat sein Dasein.

»Mach dir keine Gedanken. Ich stehe nicht plötzlich auf reiche ältere Frauen. Aber ich glaube, dass Marlene Winter etwas weiß. Und ich beabsichtige, das herauszufinden.«

Hätte Leo noch einmal in den Spiegel geschaut, hätte sie Felipes entschlossenen Gesichtsausdruck wiedererkannt. Kommentarlos verschwand sie in der Damentoilette.

»Ich erinnere mich …«, die Frau hatte einen verträumten Gesichtsausdruck. »Mein Name ist Katharina Hofmann.«

Mit einem unmerklichen Nicken forderte der Professor sie zum Weitersprechen auf.

»Ich habe ein Buch geschrieben.« Ein Lächeln glitt über ihr Gesicht. »Ich glaube, ich war sogar erfolgreich.«

Neubauer war schlagartig hellwach. Ihre Gedanken rasten zu ihrer Tasche, in der sowohl Block und Stift als auch ihr Handy steckten. Aber sie blieb reglos stehen, es war aussichtslos, da jetzt heranzukommen. Stattdessen versuchte sie, sich selbst in ein Aufnahmegerät zu verwandeln und nur ja nichts von dem zu verpassen, was gesagt wurde.

Ihre Beine wurden immer schwerer und ihr Rücken tat weh. Die trockene Luft kitzelte sie im Rachen. Sie stöhnte innerlich. Immer, wenn man auf gar keinen Fall ein Geräusch von sich geben wollte, wenn absolute Stille geboten war, wie in der Oper oder bei einer Beerdigung, stellte sich prompt ein unerklärlicher Hustenreiz ein.

Die Frau fuhr zusammen. Neubauer schloss die Augen und hielt den Atem an. Zu spät. Die Frau erwachte aus ihrer Trance. Auch van Veen rührte sich. Er runzelte die Stirn und seufzte.

Der Professor hatte wie Neubauer für Sekundenbruchteile die Augen geschlossen. Als er sie wieder öffnete, sah er sie unter zusammengezogenen Brauen an. Sein Blick lag unter dem Gefrierpunkt.

»Dafür werden Sie sich verantworten«, zischte er.

Neubauer war blass.

Van Veen sagte ruhig: »Kein Grund, sich aufzuregen. Sie wissen …«

Er wurde von der Krankenschwester unterbrochen: »Würden Sie jetzt bitte alle das Zimmer verlassen. Der Patientin geht es offensichtlich nicht gut!«

Ein Blick zum Krankenbett zeigte, dass sie recht hatte. Die Frau hatte beide Hände vors Gesicht geschlagen und schluchzte unkontrolliert. Van Veen öffnete die Tür und ließ Neubauer den Vortritt. Er sah den Professor auffordernd an. Vor der Tür fragte er ihn: »Was für einen Eindruck hat die Dame auf Sie gemacht?«

Neumann schnaubte. Die Kommissarin sah unglücklich von ihm zu van Veen. »Es tut mir leid, dass ich die Sitzung gestört habe.« Sie wirkte, als wäre sie bereit, auf bloßen Knien zum Auto zu rutschen.

Bevor der Professor ihre Schuldgefühle weiter ausnutzen konnte, fuhr van Veen fort: »Ich glaube, wir haben alle gesehen, dass die Dame nicht vollständig auf Ihre Behandlung angesprochen hat.«

Überrascht sah Neubauer hoch. Noch mehr überraschte sie aber die Reaktion des Hypnosearztes. Nach einem resignierten Seufzen sagte er: »Es ist ungewöhnlich, dass jemand sich dermaßen wehrt. Ihre subliminale Angst muss extrem ausgeprägt sein.«

Er ignorierte Neubauer und wandte sich ausschließlich an van Veen. Der kommentierte die Unhöflichkeit mit einem Stirnrunzeln.

»Sie war ziemlich zugeknöpft …«

»Ein traumatisches Erlebnis von der Größenordnung, wie wir es bei ihr vermuten, kann zu Ausweichreaktionen bis hin zu völligem katatonischen Rückzug führen.« Er streifte Neubauer mit einem scheinbar gleichgültigen Blick. »Leider musste die Sitzung ja vorzeitig beendet werden …«

Van Veen räusperte sich. »Sparen wir uns Spekulationen über den Ausgang. Tatsache ist, dass wir nicht viel schlauer sind als vorher.«

»Hm, mit Verlaub«, der Professor wippte auf den Absätzen seiner polierten Halbschuhe, »hatte sie nicht vorher behauptet, dass ihr Name Hannah Wolf sei?«

Van Veen senkte die Stimme, als er sagte: »Ich muss Sie bitten, diese gesamte Therapiestunde sowie alle möglichen daraus resultierenden Ergebnisse vertraulich zu behandeln.«

Neumann verzog das Gesicht.

»Sie verstehen, dass die Frau gefährdet ist? Nichts, was wir hier erfahren haben, darf nach außen dringen.«

Der Stationsarzt drängte sich an ihnen vorbei und verschwand im Krankenzimmer.

»Sagen Sie das besser auch ihm.« Der Professor zeigte unwirsch mit dem Kopf auf die sich schließende Tür.

Van Veen lächelte. »Keine Sorge. Denken Sie einfach nur daran, mit niemandem über die Frau zu sprechen. Und vor allem nicht mit Vertretern der Presse.«

Neumann knurrte etwas Unverständliches.

Neubauer sehnte sich ausnahmsweise danach, weiter in dem Thriller lesen zu können.

Irgendwann musste ich doch eingeschlafen sein. Stimmengemurmel weckte mich. Als ich mich aus meinen Pappkartons herausschälte, sah ich die Köpfe von Christopher und seiner Schwester in der geöffneten Luke. Das Licht war so hell, dass ich blinzeln musste. Geistesgegenwärtig schob ich die Zeitungsausschnitte unter die Pappe. Sie sahen mich schweigend an. Hatten sie etwas bemerkt?

32

»Sie fliegen morgen sehr früh«, sagte Aquiló. »Möchten Sie trotzdem noch etwas von meiner schönen Insel sehen?«

Adam hatte eigentlich genug von Stechginster und Wacholderbüschen. Die Windräder hauten ihn auch nicht um. Aus den Augenwinkeln sah er, wie Gruber herumzappelte. Was soll's, dachte Adam schließlich. Die Aussicht auf das Hotelzimmer war noch weniger verlockend.

»Warum nicht«, erwiderte er. Gruber strahlte wie ein leckes Atomkraftwerk.

Aquiló hatte bei der langen Pause die Stirn gerunzelt, jetzt lächelte er dünn. »Sie müssen nicht …«

»Nein, nein. Schon in Ordnung. Wirklich. Bevor wir in den horizontalen Dauerregen zurückfliegen … “

Aquiló räusperte sich. »Gut, dann hole ich Sie in zwei Stunden ab. Am besten packen Sie schon mal.« Er grinste. »Mit viel Schlaf sollten Sie heute nicht mehr rechnen, und außerdem, wer weiß, in welchem Zustand Sie zurückkommen?«

Gruber verabschiedete sich lautstark auf Mallorquinisch. Adam ging ins Hotel. Gruber folgte ihm eilig und schaffte es gerade noch zwischen die Fahrstuhltüren. Adam sah ungerührt zu, wie die Türen sich mit einem Ping wieder öffneten und seinen Kollegen vor dem Tod durch Zerquetschen bewahrten.

»Das war knapp«, keuchte der. Vorwurfsvoll sah er zu dem Knopf mit den beiden auseinanderstrebenden Pfeilen, den Adam hätte drücken können. Adam hob eine Braue.

Schweigend fuhren sie in den vierten Stock. Der vor ihnen liegende Gang trennte sie. Gruber sah Adam hinterher. Schließlich rief er ihm nach: »Treffen wir uns um acht in der Lobby?«

Adam ging weiter.

Gruber wartete einige Sekunden, dann platzte er: »Wo ist dein verdammtes Problem?«

Langsam drehte Adam sich um. Er musterte Gruber schweigend. Endlich entgegnete er: »Welches Problem?«

»Scheiße!«, der LKA-Kommissar brüllte fast. »Was soll der Scheiß? Kannst du nicht einfach normal mit mir quatschen?«

»Okay, Lobby. Acht Uhr.« Adam setzte seinen Weg fort. Vor Zimmer 408 verharrte er kurz. War er unfair gewesen? Unsinn! Er steckte die Zimmerkarte in den Schlitz. Diesem Überflieger vom LKA konnte ein Dämpfer nicht schaden.

Beim Verlassen des Restaurants unterhielt Felipe sich mit Frau Winter. Leo und Wagner folgten schweigend.

Mittlerweile war es frischer geworden, der Himmel leuchtete königsblau. An der Hauswand saß eine Bettlerin. Leo verlangsamte den Schritt und suchte nach ihrem Portemonnaie. Als sie aufblickte, bemerkte sie gerade noch, wie Marlene Winter zusammenzuckte. Sie war blass geworden. Während Leo so tat, als würde sie weitersuchen, behielt sie sie im Auge. Marlene Winter beschleunigte ihr Tempo und rannte fast um die Ecke. Eine plötzliche Brise ließ ihre Haare und ihren langen Rock auffliegen.

Felipe warf Leo einen Blick zu, bevor er mit großen Schritten hinterherging. Sie sah ihm nach. Was war mit der Winter los? Leo löste die Augen von der Ecke, hinter der ihr Bruder verschwunden war, und drehte sich zu Wagner um. Er hob die Schultern. Offenbar war ihm die Reaktion der Winter ebenfalls aufgefallen. Auch er schien sich gerade zu fragen, was dahintersteckte.

Leos Augen glitten über die Straße, die Palmen hinter der Mauer, die Häuserwände. Nachdenklich blieben sie an der Bettlerin hängen. Sie gab sich einen Ruck und holte endlich ihre Geldbörse heraus. Die Frau am Boden streckte ihr hoffnungsvoll einen Pappbecher entgegen, in dem nur wenige kleine Münzen klimperten. Leo ließ ein paar Eurostücke hineinfallen. Sie sah der Frau ins Gesicht, eine Ahnung nahm langsam Gestalt an, aber sie bekam sie nicht zu fassen.

Die schmutzigen Hände griffen nach ihrem Handgelenk. Sie umschlossen ihre Hand, während die Frau sich in einem Kauderwelsch aus Mallorquinisch, Englisch und Deutsch bedankte. Mit gerunzelten Brauen starrte Leo auf die abgebrochenen Fingernägel. Was versuchte ihr Unterbewusstsein ihr mitzuteilen?

Sie löste sanft die Hände der Frau und richtete sich wieder auf. Wagner hatte auf Leo gewartet. Beim Weggehen legte er unauffällig einen Geldschein in den abgegriffenen Pappbecher.

Als sie Marlene Winter und Felipe eingeholt hatten, starrte Leo die Frau an. Wie blass sie immer noch war. Nur am Rande registrierte Leo deren wachsende Irritation. Sie versuchte sich daran zu erinnern, welcher Gedanke vorhin wie ein Kometenschweif durch ihr Gehirn geschossen war.

Auf Marlene Winters Nasenwurzel erschien eine steile Falte. Endlich wandte Leo den Blick ab. Sie brauchte Zeit zum Nachdenken. Es würde ihr wieder einfallen, davon war sie überzeugt.

Besprechung im Revier. Walther sah stirnrunzelnd auf seine Armbanduhr, 13.15 Uhr. Adam und Gruber sollten seit heute Vormittag zurück sein. Van Veen und Neubauer hatten schon Platz genommen, auch von Wendsheim war seit gut fünf Minuten da. Guenther lehnte an der Wand.

Walther wählte Adams Nummer. Langes Freizeichen, dann sprang die Mailbox an. Walther unterdrückte ein Fluchen und warf einen Blick auf van Veen.

Van Veen zog die Augenbrauen hoch und erhob sich langsam. Dass Siegfried gewohnheitsmäßig aus der Reihe tanzte, war Walthers Baustelle, – aber Sven! Der gehörte in seine Zuständigkeit.

»Ich nehme an, dass unsere Kollegen aus triftigen Gründen verhindert sind«, begann er. »Fangen wir ohne sie an.«

Von Wendsheim und Guenther hatten diesmal nichts zu berichten, daher fasste van Veen die Hypnosesitzung für alle zusammen. Mittendrin öffnete sich die Tür. Adam, gefolgt von Gruber, kam herein. »… glaubt sie inzwischen, die Autorin Katharina Hofmann zu sein«, beendete van Veen seinen Satz.

Adam ließ sich ungerührt auf den freien Stuhl neben Neubauer fallen. Er lehnte sich zurück und schlug ein Bein über. Gruber stellte sich zu Guenther. Van Veen musterte sie mit unbewegtem Gesicht.

»Meine Herren …«

Es blieb still. Walther nickte auffordernd in Adams Richtung. Der bemühte sich, seine Gereiztheit zu unterdrücken. Er war hundemüde, eine schlechte Voraussetzung für diplomatisches Verhalten. Nach der Landung waren sie auf direktem Weg in die Wohnung von Emilia Winter gefahren und gleich darauf zum Cinque Stelle Verlag. Sie hatten sich keine Pause gegönnt.

Er gähnte. Aquiló hatte mit seiner Ankündigung gestern nicht übertrieben, sie waren letzte Nacht nicht zum Schlafen gekommen. *Ich werde alt*, dachte Adam und gähnte erneut.

Walther schien kurz vor einer Explosion zu stehen. Adam rieb sich das Gesicht. Dann fuhr er mit beiden Händen durch seine Haare, räusperte sich und sagte heiser: »Die einheimische Polizei hat ein Treffen mit der Winter vermittelt. Auf ihrer Finca ist es dem geschätzten Kollegen Gruber gelungen, einen Angestellten ohne ihr Beisein zu befragen.«

Der geschätzte Kollege sah ihn misstrauisch an. »Erzähl selbst, was dabei herausgekommen ist!«

Adam konnte kaum die Augen offenhalten. Seine Stimmbänder schienen dringend einige Tropfen Öl zu benötigen. Sobald er Gruber zugenickt hatte, sackte er auf seinem Stuhl zusammen. Verdammter Schlafmangel. Er drückte sich die Fingerknöchel in die Augen. Schlimmer – verdammte Longdrinks!

Grubers Stimme trieb zusammenhanglos an ihm vorbei. Der Waschlappen hatte gestern Nacht beim zwölften Glockenschlag angefangen zu maulen. Es wäre schon spät, sie müssten früh raus, bla bla. Kurz danach hatte er sich ein Taxi zum Hotel genommen. Adam stöhnte. Er hätte wenigstens bei Wein oder Bier bleiben sollen! Das

Zeug, das er mit Aquiló zum Schluss getrunken hatte, kein Absacker, ein Totschläger. Der hinterhältige Mistkerl hatte ihm etwas Typisches andrehen wollen, etwas, was die Einheimischen trinken. *Hierbas*, ein beschissener Kräuterlikör. Anis, Pfefferminz und alles Mögliche – wenn er daran dachte, wurde ihm sofort schlecht. Die Stimme von van Veen schnitt sich in seinen Gehörgang.

»Siegfried, mich interessiert, welche Schlüsse du daraus ziehst.« Der Tonfall, vor allem aber der Gebrauch seines ungeliebten Vornamens rissen Adam aus seinem Dämmerzustand.

»Was soll man schon daraus ziehen?«, entgegnete er mürrisch. »Entweder macht sie ein Geheimnis aus ihrer Anwesenheit – oder sie ist erst am selben Tag wie unsereins eingetroffen.« Er gähnte herzhaft.

Van Veens Kiefermuskeln mahlten. Und Walther platzte: »Hauptkommissar Siegfried Adam. Sie geben ein überaus trauriges Bild ab, jetzt reißen Sie sich gefälligst zusammen! Was macht das für einen Eindruck auf die jüngeren Kollegen? Sie haben eine Vorbildfunktion!«

Adam hob eine Augenbraue. Mit dem Alten ging es mal wieder durch – soweit er erkennen konnte, waren keine jüngeren Kollegen anwesend. Er versuchte, aus dem klebrigen Klumpen seiner Müdigkeit Reste klarer Gedanken zu fischen.

»Hm, was uns interessiert, ist wohl das Warum. Warum sollte sie uns vormachen, dass sie schon längere Zeit auf Mallorca ist? Der wahrscheinlichste Grund für mich lautet, sie will auf keinen Fall mit einem anderen Ort in Verbindung gebracht werden. Ein Alibi also.«

Van Veen sah ihn nachdenklich an. »Danke, Siegfried. Wir haben außerdem Neuigkeiten vom Labor.«

Adam war zwar nicht plötzlich hellwach, aber seine Neugier geweckt. Er riss sich zusammen und hörte aufmerksam zu.

Marlene Winters Mund war zu einem schmalen Strich zusammengepresst. Leo starrte sie an. Was war los mit der Frau? Fest stand, dass sie genervt war. Und bis vor wenigen Sekunden geradezu schockiert. Warum? Leo ließ die letzten Minuten an sich vorbeiziehen. Was war es gewesen, das Marlene Winter in einen beinahe panikartigen Zustand versetzt hatte? Immer wieder landete sie bei der Bettlerin. Sie wurde nicht daraus schlau. Wagner hatte etwas gesagt. Leo sah ihn an und blendete seine Stimme langsam wieder ein. »... kein Problem also, ein Taxi zu nehmen!«

Sie nahm nicht an, dass Wagner der Winter vorgeschlagen hatte, mit dem Taxi zu fahren. Was bedeutete, dass sie und Wagner sich ein Taxi rufen sollten, während ihr Bruder die Dame nach Hause bringen würde. Das gefiel ihr nicht. Ihrer Meinung nach war die Frau gefährlich. Aber Felipe sah das selbstverständlich anders.

Leo biss sich auf die Unterlippe. Natürlich war ihr Bruder genauso störrisch wie sie. Zähneknirschend saß sie mit Wagner im Taxi und sah den Rücklichtern des Cinquecento hinterher. Während Wagner dem Taxifahrer umständlich ihre Hoteladresse mitteilte, schaute sie aus dem Fenster. Plötzlich richtete sie sich auf. Aus einem Oldtimer stiegen drei Männer. Zwei unterhielten sich angeregt, der dritte machte einen missmutigen Eindruck. Die Gesichter wurden für Sekunden vom Scheinwerferlicht erhellt. Kein Zweifel. Der Mann, der gerade lachend und bester Laune aus dem Auto gesprungen war, war –

Adam! Sie rutschte tiefer in den Sitz. Das hatte ihr noch gefehlt. Zum Glück fuhr das Taxi an, bevor Wagner seinen ehemaligen Kollegen bemerkt hatte.

Im Hotel gähnte sie ostentativ. Sie wünschte Wagner eine gute Nacht und zog die Zimmertür hinter sich zu. Aber sie lag noch lange wach. Zwei Gesichter tauchten ungebeten vor ihr auf. So wälzte sie sich genervt von einer Seite auf die andere. Die Ursache für Marlene Winters rätselhaften Stimmungswandel offenbarte sich ihr leider nicht mehr.

Seine Schwester zog mich schweigend ins Schlafzimmer. Sie hatte offenbar schon ein Bad für mich eingelassen und half mir aus der Kleidung. Ich hasste mich selbst für mein demütiges Verhalten, und doch sank ich dankbar in die duftenden, schaumigen Fluten. Jetzt wurde mir erst bewusst, wie sehr ich gefroren hatte. Mein Mann ließ sich nicht mehr blicken. Obwohl der Tag gerade begonnen hatte, wollte ich nichts als schlafen. Nach dem Bad legte ich mich brav ins Bett und genoss die Wärme der Daunen. Ich befand mich in einem wohligen Dämmerzustand, als die Tür des Schlafzimmers aufschwang.

»Da schau«, hörte ich seine höhnische Stimme, »die Schlampe verschläft einfach den Tag!«

Die Tür fiel mit einem Knall ins Schloss. Ich kniff die Augen fest zusammen und hoffte wie ein kleines Kind, unsichtbar zu sein. Gleichzeitig wünschte ich mir nichts mehr, als das jemand zu meiner Rettung auftauchen würde. Natürlich kam niemand. Wer sollte es auch sein? Ein Prinz? Bestimmt! Ein Prinz, der nichts Besseres zu tun hatte, als eine fette, ungepflegte Frau vor ihrem Ehemann zu retten.

»Was hast du auf dem Dachboden zusammengerafft und gelesen? Es geht dich alles nichts an, du Drecksluder! Weißt du das? Weißt du, dass dich das alles nichts angeht? Dass du deine schmutzigen fetten Finger von meinen Sachen lassen sollst?«

Meine Lider zitterten. Ich begann zu schwitzen. Innerlich flehte ich um Hilfe. Ich hörte ein jämmerliches Geräusch und wunderte mich für einen Augenblick, bis mir klar wurde, dass ich selbst es ausgestoßen hatte. Ich blinzelte durch ein Auge. Keine Sekunde zu früh. Seine Faust flog geballt auf mich zu, und ich konnte gerade noch ausweichen. Aber dann folgten die üblichen Faustschläge, gefolgt von Tritten und Verwünschungen. Er arbeitete seinen Frust an mir ab. Mir blieb nichts anderes übrig, als mich zusammenzukauern und mein Gesicht und empfindliche Organe so gut wie möglich zu schützen. Ich spürte, wie eine Rippe brach. Vor Schmerz schrie ich laut auf. Er lachte wie ein Irrer.

Langsam überwältigte mich nackte Angst. Was, wenn er diesmal nicht aufhörte? Wenn er endgültig ausrastete? Wenn er mich einfach zu Brei schlug? Im nächsten Moment schwanden meine Sinne und alle Gedanken kehrten zurück auf Null.

33

Calabrese begegnete Vals Blick und hielt ihm stand. »Wir könnten gemeinsam mehr bewegen«, sagte sie.

Val nickte zögernd.

»Aber du hast absolut recht, Vertrauen ist Voraussetzung. Damit habe ich, ehrlich gesagt, ein Problem. Ich muss immer ...«

Peters unterbrach sie. »Vertrauen, stimmt. Aber ich habe meine Meinung geändert. Calabrese hat Informationen, an die wir ohne sie nicht herankommen. Wir haben keine Wahl, wir müssen das Risiko eingehen.«

Nachdenklich musterte Val die südländische Kommissarin. Calabrese starrte zurück.

»Ich will wissen, wer Julia so zugerichtet hat.« Sie senkte den Blick und sah in ihre Tasse. »Julia wollte sich mit mir treffen, um mir etwas zu sagen.« Ihre Stimme wurde leiser, und Val und Johanna Peters beugten sich unwillkürlich vor.

»Sie hatte auch ein Verhältnis mit Emilia Winter.«

Val stieß ein lautes Schnauben aus. »Da hast du dein Motiv!«

»Aber warum?«

»Ganz einfach, sie wusste zu viel.«

»Verdammt noch mal, was soll sie denn gewusst haben? Spinnen wir jetzt Verschwörungstheorien?«

»Na ja, sie ist tot. Ermordet. Du hast uns darauf gebracht, dass die Art, wie sie getötet wurde, Parallelen zu der Toten in Emilia Winters Wohnung aufweist. Und zwar Ähnlichkeiten, die nicht außer Acht zu lassen sind.« Val sah, wie Calabrese blass wurde und verstummte.

Calabrese rang um Fassung.

»Stimmt«, brachte sie schließlich hervor, »es gibt eindeutige Gemeinsamkeiten. Brutale und widerwärtige Gemeinsamkeiten, über die ich nicht nachdenken möchte. Aber mir ist etwas aufgefallen. Diese Ähnlichkeiten, die waren irgendwie halbherzig. Es wirkte – inszeniert. Die Opfer waren nicht auf die exakt gleiche Art verstümmelt. Es gab gravierende Unterschiede, so als wollte man einen Zusammenhang herstellen, hätte aber keine große Lust mehr an der Ausführung gehabt.«

Die beiden Frauen vom Detektivbüro warteten schweigend. Es war fast unmöglich, Abstand zu wahren, wenn eine nahestehende Person betroffen war.

Calabrese stöhnte.

»Furchtbar, wirklich furchtbar! Aber trotzdem wirkte es auf mich nicht wie ein Verbrechen im Gewaltrausch. Und warum sollte man so etwas sonst tun?« Ihre Stimme zitterte leicht. »Da war zum Beispiel die Sache mit den Haaren. Beim ersten Opfer waren sie außerordentlich gründlich rasiert worden. Keine Stoppeln zu sehen. Diesmal waren sie nur kurz über der Kopfhaut abgeschnitten.« Sie fuhr sich über die Augen und verschmierte dabei die letzten Reste Mascara. Dann zwang sie sich weiterzusprechen. »Die Schläge ins Gesicht. Bei Weitem nicht so zerstörerisch wie beim ersten Opfer. Sie war ganz klar zu identifizieren.«

Jetzt musste sie doch eine Pause machen. Peters legte ihr eine Hand auf die Schulter. Val nahm ihr die Kaffeetasse ab.

»Wenn ich mir vorstelle, ich hätte sie retten können!«

»Papperlapapp.« Val kniff die Augen zusammen. »Du hättest sie niemals retten können. Weil du nicht wissen konntest, was du jetzt weißt. So beschissen läuft das nun mal im Leben, wir wissen nicht, was wir wissen müssten, wenn wir es bräuchten. Immer erst hinterher.«

Sie zog ein Taschentuch aus ihrer Handtasche. Calabrese nahm es und schnäuzte kommentarlos hinein. Dann atmete sie tief durch. »Ich glaube, man will uns verarschen!«

Mit der linken Hand steuerte er, den rechten Arm hatte er auf der Beifahrerlehne abgelegt. Außer dem Fahrtwind war nur das Rauschen des Gebläses zu hören, das ihnen beständig einen Schwall heißer Luft direkt ins Gesicht warf.

Marlene Winter hatte sich ihr Tuch über die Haare gezogen und lehnte mit geschlossenen Augen im Sitz. War sie genervt von dem geöffneten Rollverdeck? Felipe hatte es trotz der abendlichen Frische nicht ganz geschlossen. Er war in Gedanken versunken, versuchte, sich eine Strategie zurechtzulegen. Daher zuckte er zusammen, als seine Beifahrerin plötzlich hervorstieß: »Diese Schmarotzer!«

Felipe warf ihr einen Seitenblick zu. Geballte Fäuste auf der Handtasche, wie zum Angriff bereit, die Lippen nur ein schmaler Strich in ihrem Gesicht. Felipe nahm den Arm von ihrer Rückenlehne und räusperte sich.

»Sie … – du magst wohl keine Bettler?«

Sie reagierte nicht auf seine vertrauliche Anrede, zischte nur: »Hängen überall herum. Versuchen, einem ein schlechtes Gewissen einzureden!« Die Wildlederhandtasche verlor zwischen ihren kräftigen Fingern zunehmend an Form.

»Ist das nicht etwas übertrieben?«

Ihre Antwort bestand aus einem verächtlichen Schnauben.

Felipe schwieg. Marlene Winters Reaktion auf die Bettlerin kam ihm übertrieben vor. Was konnte dahinterstecken? Hatte sie einfach schlechte Erfahrungen mit Obdachlosen gemacht? Dafür war der Ausbruch sehr heftig gewesen. Und die Sache mit dem schlechten Gewissen?

Sie hatten die holprige Piste überstanden und hielten vor der Finca. Felipe sprang aus dem Wagen und öffnete die Beifahrertür. Als Marlene Winter langsam ausstieg und zwischen zusammengepressten Zähnen sagte: »Kommst du noch mit rein?«, spürte er, wie ein Stück Eis seine Wirbelsäule herunterlief. Plötzlich hatte er nicht die geringste Lust mehr auf einsame Undercoveraktionen. Aber er riss sich zusammen und nickte.

Leo reichte es. Sie befreite sich aus den zerwühlten Laken und stand auf. Ein Blick auf die Leuchtziffern ihrer Uhr zeigte, dass es 2.30 Uhr war. Stockdunkel. Sie ging ins Bad und füllte das blinde Zahnputzglas mit lauwarmem Wasser.

Während sie trank, wuchs ihre Besorgnis. Nur in T-Shirt und Shorty öffnete sie die Zimmertür. Sie klopfte bei Felipe.

Nichts geschah. Sie klopfte heftiger. Immer noch vollkommene Stille. Während sie sich an das rissige Holz seiner Tür lehnte, tat sich gegenüber eine Öffnung auf. In dem spärlichen Licht leuchtete rotes Haar wie eine Flamme.

»Why are you making such a ruckus?« Eine heisere Stimme. Spöttische Augen, die sie ungeniert musterten.

»Either you go back to your room and let everybody sleep in peace or …«, er räusperte sich, »you calm down a little, come in and have a drink with me!«

Seine Unverfrorenheit verschlug ihr nur für wenige Sekunden die Sprache. Dann hatte sie sich gefasst. Sie ließ ihre Augen über ihn wandern. Von oben bis unten. Bis sie seine Verunsicherung spürte. »It depends …«

»On what?«

»What kind of drink is in the offer?«

»Whisky of course!«

Sie zögerte noch, dachte dann: Scheiße, was soll's!, löste sich aus dem Dunkel und trat ins Zwielicht. Beide überspielten ihre Verlegenheit mit einem Lachen, während seine Zimmertür sich hinter ihnen schloss.

»Die Tote ist nicht Emilia Winter.«

Adam glaubte, sich verhört zu haben. Er schüttelte den Kopf, aber die Aussage blieb.

»Hätten wir Christopher Winter geglaubt und den Fall nicht weiterverfolgt, wäre es niemandem aufgefallen. Wieso auch? Wenn der Bruder die Leiche eindeutig identifiziert.«

Van Veen musterte sie der Reihe nach.

»Und wer …?« Im Nachhinein konnte niemand mehr sagen, wer diese Frage gestellt hatte.

»Das ist der entscheidende Punkt. Wir haben keine Anhaltspunkte, um wen es sich bei dem Opfer handelt.«

Ratloses Schweigen.

»Bis auf ein paar winzige Details.«

Van Veen lächelte auf die besondere Art, die er nicht unterlassen konnte, wenn er einen kleinen Wissensvorsprung hatte.

»Die Tote ist gesundheitlich, gelinde gesagt, nicht auf der Höhe. Die Leberwerte sind eine Katastrophe. Eindeutig zu viel Alkohol. Außerdem eine vitaminarme Mangelernährung.« Er nickte Neubauer zu. »Im Hinblick darauf könnte deine Beobachtung, billiger Fusel kontra Weinklimaschrank, von entscheidender Bedeutung sein.«

Guenther verzog das Gesicht. Van Veen fuhr fort: »Also erstens: Wer ist das Opfer? Zweitens: Warum hat Winter steif und fest behauptet, es wäre seine Schwester? Drittens: Wo ist seine Schwester? Und schließlich, immer noch: Wer ist die mysteriöse Frau vom Elbufer?«

Adam seufzte. Zeit, Holmes und Watson einen Besuch abzustatten. Er war sich sicher, dass dort einige Antworten auf ihn warteten. Seine Müdigkeit war jedenfalls verflogen.

Aber van Veen war noch nicht fertig. »Warum wurde das Opfer bis zur Unkenntlichkeit verstümmelt? Winter wollte uns weismachen, dass es sich um seine Schwester handelt. Von der er kein Foto hat. Ebenso wenig wie von seiner Frau. Ist er an der Tat beteiligt, vielleicht sogar der Täter selbst?«

Van Veen fluchte. Er war beim Auf- und Abgehen an einer hochstehenden Teppichkante hängengeblieben und gestolpert.

»Schwachsinn«, sagte von Wendsheim. »Kein Foto von der eigenen Frau!«

Van Veen nickte. Sicherheitshalber blieb er stehen. »Da ist noch etwas. Kollegen vom LKA haben versucht, die Lebensläufe von Winter und seiner Schwester zurückzuverfolgen. Dabei haben sie eine interessante Entdeckung gemacht. Zuerst nichts von Bedeutung. Keine privaten Fotos in den sozialen Netzwerken. Die Spur verliert sich Ende der Neunzigerjahre. Aber circa zehn Jahre vorher haben die Geschwister die deutsche Staatsangehörigkeit beantragt. Sie kamen praktisch aus dem Nichts. Das war 1980. Und 1975 tauchten in Konstanz zwei Kinder auf, von denen man annahm, dass sie irgendwie über die Schweizer Grenze aus Kreuzlingen herübergekommen sind. Die beiden waren hochgradig verstört. Der Junge, etwa elf Jahre alt, behauptete, das Mädchen wäre seine Schwester. Sie hießen, nach eigenen Angaben, Christopher und Emilia Winter. Na, klingelt's?«

»Und was war der Hintergrund? Woher kamen die Kinder?«

Guenther hatte die Frage gestellt. Van Veen nickte.

»Kurz zuvor war in der Gemeinde Gottlieben, im Kanton Thurgau, Bezirk Kreuzlingen, in der Schweiz also, ein Bauernhaus niedergebrannt. Drei Menschen sind angeblich in den Flammen umgekommen. Ein siebenjähriges Mädchen hat das Unglück überlebt. Ihre Eltern und ihr Bruder sind verbrannt. Hieß es. Drei Leichen wurden geborgen, in sehr schlechtem Zustand, ihre Identität wurde nie überprüft. Das Mädchen verschwand, kurz nachdem es gerettet wurde. Ihr Name war Erika Widmer, der Name ihres angeblich verbrannten Bruders Conz Widmer. Es gab übrigens einige Gerüchte, die Eltern betreffend. Angeblich war die Mutter praktisch ständig alkoholisiert, der Hof völlig verkommen, und der Vater missbrauchte die Kinder nicht nur selbst, sondern bot sie auch anderen Pädophilen an.«

Mit einem Mal war es still im Raum. Van Veen schwieg einige Sekunden. Mit unbewegtem Gesicht sah er auf seine Unterlagen. Adam wusste, dass van Veen Kinder hatte. Er lehnte sich zurück und stieß die Luft aus. Was war das plötzlich für ein Mist? Kindesmissbrauch, nichts hatte bisher darauf hingedeutet.

»Zumindest haben wir ein Foto von Emilia Winter gefunden, das nicht völlig antiquarisch ist.« Van Veen blickte auf. »Es ist schon bei Europol, warten wir ab, was passiert.«

»Klar ist jedenfalls, dass wir die saubere Familie Winter in die Zange nehmen müssen.«, sagte Guenther aufgebracht.

Sie wachte in einem fremden Zimmer auf. Allein. Eine neue Erfahrung für Leo. Langsam kam die Erinnerung zurück – es war nichts passiert. Das hatte definitiv nicht an ihr gelegen. Noch eine neue Erfahrung. Sie schob die Gedanken an die letzte Nacht beiseite und stand auf. T-Shirt und Shorts lagen ordentlich zusammengefaltet auf einem Stuhl. Das sah ihr nicht ähnlich.

Sie zog die Tür hinter sich zu und klopfte gegenüber bei Felipe. Nichts rührte sich. Aber nach einem erneuten heftigen Klopfen glitt die Tür plötzlich auf. Einen Wimpernschlag lang stand sie wie erstarrt davor. Dann riss sie sich zusammen und öffnete die Tür ganz.

Totenstille empfing sie, als sie über die Schwelle trat. Sie wusste sofort, dass etwas faul war. Das Bett war gemacht, es hatte niemand letzte Nacht darin geschlafen. Plötzlich war die Luft zu trocken, ihre Kehle wie zugeschnürt.

»Leo, was ist los?«, eine Stimme waberte wie durch Schichten von Gelee an ihr Ohr. Sie kam ihr entfernt vertraut vor. Als sie endlich ungeduldig die Papiertüte von ihrem Mund wegzog, hatte sie sich wieder gefasst. Wagners Gesicht schwebte, in besorgte Falten gelegt, dicht vor ihrem.

»Schon gut«, zischte sie.

Er seufzte. Erleichtert, aber immer noch nicht ganz beruhigt. Sie rollte mit den Augen, rappelte sich auf und versuchte, einen gesunden Abstand herzustellen.

»Wo ist Felipe?«

»Ich habe keine Ahnung.«

»Scheiße, Scheiße, Scheiße. Ich hab's gewusst. Wir hätten ihn nicht alleine fahren lassen dürfen.«

Wagner sah sie ratlos an. »Komm schon, er ist ein erwachsener Mann. Er wird demnächst auftauchen, als wäre nichts passiert.« Es war ihm anzumerken, dass ihm diese offensichtlich wahrscheinlichste Lösung dennoch peinlich war.

Leo stieß ein Schnauben aus, das mehr wie ein Schluchzen klang.

34

Felipe erwachte. Seine Gedanken schraubten sich aus der beklemmenden Schwärze heraus. Er sah sich um. Verwundert nahm er wahr, dass um ihn herum immer noch Dunkelheit herrschte. Allmählich wurden seine Gedanken klarer. Wo war er, was war passiert?

Im Moment hing seine Erinnerung fest. Marlene Winter. Hatte sie ihnen nicht einen Drink kommen lassen? Danach bestand sein Rückblick nur noch aus verzerrten Bildern, die irgendjemand übereinander geschoben hatte, bis nichts mehr zu erkennen war. Er massierte seine Schläfen und für einen Moment zogen die unwahrscheinlichsten Erklärungen an ihm vorbei. Schloss er das Unmögliche aus, blieb übrig, was Realität sein musste. Ockhams Rasiermesser. Demzufolge hatte er zu akzeptieren, dass er seinen Zustand Marlene Winter verdankte. Nur warum?

Er stand auf und stellte fest, dass er den rechten Fuß nicht frei bewegen konnte. Er betastete sein Fußgelenk. Er war angekettet wie ein Hund. Er ging einige Schritte, bis er an ein massives Holzgitter stieß. Mit beiden Händen umfasste er die Gitterstäbe. Erst in diesem Moment wurde ihm der Ernst seiner Lage voll bewusst. Langsam rutschte er an dem Gitter herunter.

Leo hatte ihre Sachen zwar gepackt, beabsichtigte aber keinesfalls, ohne ihren Bruder abzureisen. Sie stand mit Wagner am Tresen.

»Ich muss ein paar Tage verlängern. Wie lange, weiß ich nicht. Entiendes?« Unbewusst trommelten ihre Finger auf die Resopalplatte. »Ich hoffe jedenfalls nicht, dass es lange dauern wird.«

Wagner seufzte. Er machte sich Vorwürfe, obwohl er nicht recht wusste, warum.

»Geben Sie mir das Zimmer meines Bruders. Dann können Sie meins wieder vermieten. Ist ja grade großer Andrang hier ...«

Schweigend tippte der junge Mann auf der Computertastatur herum. Sie musterte ihn spöttisch. Unter ihren Augen lagen dunkle Ringe und die Linien in ihrem Gesicht schienen seit gestern schärfer und tiefer geworden zu sein.

Auch das Wetter hatte sich verändert. Wolken waren aufgezogen, und das Licht, das in den Innenhof schien, war grau. Sie fröstelte. Plötzlich richtete sie sich auf. »Das ist doch ...«

Wagner folgte ihrem Blick. Verblüfft erkannte er, dass die Frau, die gerade in einer weiten wehenden Jacke auf sie zueilte, Marlene Winter war. Finster starrte Leo ihr entgegen.

Bevor sie etwas sagen konnte, kam Marlene Winter ihr zuvor: »Wo ist er?«

Leo hob die Augenbrauen.

»Wenn Sie meinen Bruder meinen, das frage ich mich auch!« Sie setzte hinzu: »Und ich glaube, dass Sie mehr darüber wissen als wir!«

»Unsinn«, sagte die Frau. Sie zupfte ihren hellgrauen Poncho zurecht. »Felipe ist letzte Nacht einfach weggefahren. Wir haben noch einen Drink zusammen genommen und dann wollte er plötzlich unbedingt aufbrechen.«

Sie sah zu Boden. »Ich fand es zwar nicht richtig, nach alldem, was wir getrunken hatten – aber er ließ nicht mit sich reden.«

Sie hob den Kopf und suchte Leos Blick. Leo fand den intensiven Augenkontakt unangenehm. Hinter den getuschten Wimpern lag etwas Lauerndes.

»Moment, Sie sagen, Sie wissen nicht, wo er ist? Das heißt, er ist noch gar nicht im Hotel angekommen?« Die Stimme wurde laut und schrill.

Leo konnte nicht anders, sie misstraute der Frau. Die weinte inzwischen fast, aber Leo empfand keine Spur von Mitleid.

Schließlich legte Wagner Marlene Winter einen Arm um die Schulter und führte sie zu einem der Tische. Leo runzelte die Stirn. Ein letzter Blick auf den hilflosen Hotelangestellten, dann folgte sie Wagner.

»Wir müssen die Polizei verständigen.« Wagner nickte ihr zu. »Du hast recht. Irgendetwas stimmt hier nicht.« Er wandte sich der Frau zu. »Wo wollte er hin? Und um wie viel Uhr ist er losgefahren?«

Sie lehnte den Kopf an seine Schulter und schluchzte.

»Bitte, Frau Winter. Sie müssen uns helfen!«

Endlich richtete sie sich auf und kramte in ihrer Handtasche nach einem Taschentuch. Geziert schnäuzte sie hinein.

»Natürlich«, sagte sie. »Ich verstehe es ja selbst nicht. Er ist vor Stunden bei mir losgefahren. Ich wollte mich von ihm verabschieden, weil wir gestern … nun ja, weil wir uns nicht wirklich im Guten getrennt haben.« Sie knetete das Taschentuch in ihren Händen. »Felipe, also, er war plötzlich so ungestüm. Ich wusste nicht, was ich machen sollte. Natürlich hat er mir gefallen!

Sehr sogar. Aber, verstehen Sie, ich bin schließlich verheiratet.«

Leo stieß ungläubig die Luft aus. »Wollen Sie uns etwa weismachen, dass mein Bruder Sie bedrängt hat?«

Marlene Winter machte ein unglückliches Gesicht. »Es hört sich so schlecht an …«

»Allerdings, nach einem schlechten Film! Außerdem ist es unrealistisch und komplett aus der Luft gegriffen. Und das ist noch lange nicht alles …«

»Leo, bitte!«

»Ich glaub das jetzt nicht! Das kann doch nicht wahr sein!« Leo begann auf- und abzulaufen.

»Ich wollte ja nur sagen … Sie müssen das bedenken, wenn Sie die Polizei rufen. Ich kann das nicht verschweigen. Mein Mann, er wäre furchtbar wütend, wenn ich es nicht angebe und er davon erfährt!«

Leo blieb stehen und starrte sie kopfschüttelnd an. »Sie glauben doch nicht im Ernst, dass Ihnen irgendjemand dieses … dieses Märchen abkauft?«

»Ich fürchte, Sie werden es müssen!« Marlene Winter schob einen Ärmel hoch. Blaue Flecken wurden sichtbar. Sie lächelte leicht. »Sehen Sie …« Der junge Mann vom Empfang sah nervös zu ihnen herüber. »Wollen Sie noch mehr sehen?«

»Das war nie und nimmer mein Bruder«, zischte Leo zwischen zusammengepressten Zähnen hervor.

Während sie den Ärmel wieder richtete, seufzte die Frau.

»Ist es nicht immer so? Man will es nicht glauben! Man kann es nicht glauben! Mein Vater, Mann oder Bruder doch nicht!«

Leo ging ganz nah an sie heran. Sie beugte sich zu ihr

hinunter, bis ihre Gesichter nur noch Millimeter voneinander entfernt waren.

»Und deshalb tauchen Sie hier auf? Um sich von Ihrem *Misshandler* zu verabschieden?« Sie lachte und richtete sich wieder auf. »Lassen Sie sich etwas Besseres einfallen!«

Wagner sah auf seine Armbanduhr. Die Zeit wurde knapp. Wenn er nicht bald eine Fahrgelegenheit zum Flughafen fand, verpasste er den Abflug. Aber konnte er unter diesen Umständen überhaupt abreisen? Leo hier zurücklassen? Dass sie hierbleiben würde, daran hegte er nicht den geringsten Zweifel.

Sie kam auf ihn zu. Als hätte sie seine Gedanken erraten, sagte sie: »Wir brauchen einen Wagen. Ich bringe dich zum Flughafen, dann fahre ich die Strecke zu der gottverdammten Finca ab. Jeden beschissenen Meter. Wenn es sein muss, Zentimeter für Zentimeter – das schwöre ich dir. Ich finde ihn!«

Ein Stakkato harter spanischer Sätze flog dem Hotelangestellten um die Ohren. Er griff zum Telefon. Während er sprach, drehte Leo sich zu Wagner um.

»Du musst zurück und von Hamburg aus recherchieren. Ich informiere dich über das, was hier abgeht.«

Der Hotelangestellte sagte etwas zu ihr und sie nickte. Dann flüsterte sie Wagner zu: »Sie hat das inszeniert. Um uns davon abzuhalten, zur Polizei zu gehen. Dieser ganze Auftritt ist eine einzige schmierige Theatervorstellung!« Leos Gesicht verhärtete sich. »Aber ich sage dir, wenn sie ihm etwas angetan hat, dann bring ich sie um!«

Wagner schauderte. »Leo!« Zaghaft hob er die Schultern. »Bitte, sei vernünftig.«

Mit zusammengekniffenen Augen sah sie zu der Frau, die am Tisch sitzen geblieben war und gerade in aller

Ruhe aufstand und ihre Kleidung glättete. Leo nickte grimmig.

»So viel ist sicher!«

Als Val ihm die Tür zur Detektei öffnete, wunderte Adam sich über ihr seltsames Benehmen. Sie wirkte nervös. Na ja, ihre Befindlichkeiten konnten ihm egal sein. Hauptsache, sie versuchten nicht gleich, ihn zu verarschen.

»Ist Valentino da?«, fragte er ihren sich entfernenden Rücken. Sie drehte sich kaum um.

»Mmh...«, machte sie. Das war mal eine erschöpfende Auskunft! Adam schwieg verärgert.

In dem Augenblick, in dem er hinter ihr das Besprechungszimmer betrat, wurde ihm klar, wo der Hase im Pfeffer lag. Zwei Augenpaare starrten ihm entgegen. Valentinos war nicht dabei. Adam hob eine Augenbraue.

»Ist das ein Scherz? Vorsicht Kamera?«

Calabrese senkte ihre unverschämt blauen Augen und murmelte: »Sieht nicht so aus.«

»Käffchen?«, fragte Val.

Adam stöhnte. Manche Dinge änderten sich nie. Gleichgültig, wie groß das Chaos drum herum war. Aber er nickte brav und setzte sich. Mit beiden Händen fuhr er sich durch die Haare.

»Also gut, klärt mich auf. Was wird hier gespielt?«

Val hatte einen Verband am Kopf und Calabrese saß munter zwischen zwei Frauen, von denen eine, die mit der Blessur, bis vor Kurzem noch Gift und Galle gespuckt hatte, wenn Calabrese in einem Gespräch nur zufällig erwähnt worden war.

Frauen! Dass Calabrese, kaum dass sie suspendiert war, jetzt scheinbar mit dem Feind fraternisierte, einem

Feind, den sie selbst erst als Feind bestimmt hatte – die Welt stand Kopf! Er rutschte tiefer in den Sessel.

Sein Kaffee wurde kalt, während er zuhörte. Selbst Wagners Anwesenheit auf Mallorca nahm er beinahe milde zur Kenntnis. Er müsste demnächst ankommen. Nicht am Flughafen. Hier. Ach.

Wie bestellt drehte sich ein Schlüssel im Schloss der Eingangstür. Aha. Wagner erschien und sah in die Runde. Er wirkte erschöpft. Bei Calabreses Anblick zuckte er kaum merklich zusammen, ließ sich aber kommentarlos in einen Sessel fallen und nahm dankbar eine Tasse Kaffee entgegen.

»Chef«, sagte er und sah Adam ernst an, »wir müssen die Sache aufklären. Wenn wir nicht aufpassen, macht Leo noch eine Dummheit. Ich habe das Gefühl, wir müssen uns beeilen!«

»Aha.«

Als Wagner erzählte, fiel Adam fast die Tasse mit dem kalten Kaffee aus der Hand. Das sah nicht gut aus. Und er musste morgen in die Schweiz, gegen halb acht ging sein Flieger. Er hatte das Gefühl, viel dringender auf Mallorca gebraucht zu werden!

Adam bemerkte, dass Wagner ihn fragend ansah.

»Was ist los?«

Und dieser ganze Mist! Was zum Teufel machte Claudia hier?

»Ich sagte, dass ich mitkomme!«

Zuerst dachte Adam, er hätte sich verhört. Als er aber Wagners ungewohnt entschlossenen Gesichtsausdruck sah, schwante ihm Böses.

»Hast du sie nicht mehr alle?«

Wagner erwiderte ernst: »Chef, es geht um Leo. Felipe ist verschwunden, wir müssen uns mit der Recherche beeilen. Sollte ihm«, er schluckte. »Also, wenn ihm irgendetwas passiert ist, dann sind wir besser in der Nähe, wenn sie es erfährt!«

Peters riss die Augen auf. »Das meinst du nicht im Ernst?« Sie beugte sich vor. »Ich meine, dass Felipe etwas zugestoßen sein könnte?«

Wagner sah betreten zu Boden.

Val sah von einem zum anderen.

»Schluss mit der Schwarzmalerei. Das hemmt unsere Entschlusskraft. Und die brauchen wir jetzt. Außerdem müssen wir unsere Ressourcen zusammenschmeißen. Das betrifft vor allem dich, mein Hübscher«, sie warf Adam einen ihrer Blicke zu, »wir anderen haben das nämlich schon begriffen.«

»Ich fliege auch mit«, sagte Calabrese.

Das war der Tropfen, der das Fass zum Überlaufen brachte. Adam schloss die Augen. Fast hatten sie ihn so weit. Gleich würde er sie alle so was von zusammenbrüllen. Er freute sich beinahe darauf.

Natürlich vermasselte Wagner ihm seinen Frustabbau, indem er sagte: »Chef, wir müssen uns wirklich ins Zeug legen. Ich meine, wir können nicht zulassen, dass Felipe reingezogen wird.«

Adam seufzte schwer.

»Okay, okay! Fliegt von mir aus, wohin ihr wollt. Aber kommt mir nicht in die Quere. Vor allem merkt euch eins: Alle Informationen gehen sofort an mich, und zwar ausnahmslos.« Er musterte Calabrese finster. »Keine Spielchen! Kein Zickenkrieg! Ich weiß nicht, wie du die beiden eingewickelt hast, aber denke daran, ich behalte dich im Auge.«

Calabrese zuckte die Achseln. »Wenn du meinst.«

Neubauer starrte seit geschlagenen fünf Minuten auf ihr Handy. Sollte sie oder sollte sie nicht? Auf van Veens Anweisung hin hatte sie diesen Nerd Mühring aufgesucht. Er hatte kaum von seinem Bildschirm aufgeblickt, während er mit ihr gesprochen hatte. Es war um Fotos von Marlene beziehungsweise Emilia Winter gegangen. Seine Stimme war so leise gewesen, dass sie sich ihm fast auf den Schoß setzen und dann trotzdem noch zigmal nachfragen musste. Außerordentlich anstrengend.

Aber der Typ schien gut zu sein. Jedenfalls hatte er herausgefunden, dass von Marlene Winter durchaus Fotos existierten. Und zwar aus der Zeit vor ihrer Heirat mit Christopher Winter. Sie war auf der Uni gewesen und schien ein völlig normales gesellschaftliches Leben geführt zu haben. Nach ihrer Ehe war plötzlich Schluss damit. Emilia Winter hingegen war auf keinem einzigen Foto zu finden. Und die Autorin Katharina Hofmann … nichts!

Aber dann hatte Thomas Mühring das erste Mal von seinem Computer hoch- und sie angesehen. Mit so einem feinen Lächeln, das sich in seinen Augen spiegelte und sein Gesicht zum Leuchten brachte. Er hatte einen Trumpf im Ärmel, und den hatte er in diesem Moment gezogen.

Die Hofmann. Sie hatte in ihrer Laufbahn eine einzige Lesung veranstaltet. Fotografieren strengstens untersagt. Aber natürlich hatte sich jemand nicht daran gehalten. Es gab Bilder im Netz. Die meisten unscharf und nicht zu gebrauchen. Sie hatte vor einer sehr hellen Lichtquelle gesessen. Ein Foto aber hatte Mühring so weit bearbeiten können, dass Katharina Hofmann im Halbprofil einigermaßen zu erkennen war.

Und nun saß sie also zu Hause, starrte auf ihr Handy und während sie noch überlegte, ob es in Ordnung war, sich mit einem Kollegen auszutauschen, der in einer krankheitsbedingten Auszeit steckte, tippten ihre Finger wie von selbst Angerbodas Nummer ein …

Leo war die Strecke zur Finca der Winters dreimal hin- und zurückgefahren. Keine Spur von ihrem Bruder oder dem Mietwagen. Es war kaum möglich, den eingefahrenen Weg zu verlassen, da beide Seiten von hüfthohen Sträuchern und Büschen begrenzt wurden – man hätte auf jeden Fall Spuren in der heimischen Flora hinterlassen. Außerdem war ein Cinquecento nicht wirklich ein Geländewagen.

Jetzt saß sie im Innenhof der *Casa de Amistad* vor ihrem Laptop. Sie schwitzte. Dabei war es nicht besonders warm. Die Wolken waren geblieben und ballten sich grau und bedrohlich am Himmel. Die Sonne ließ sich lieber nicht blicken. Leos Finger flogen über die Tastatur.

An wen konnte sie sich wenden? Sie hatte versucht, die Situation leidenschaftslos zu betrachten, aber Objektivität war schwierig, wenn es den eigenen Zwillingsbruder betraf. Als einzige Hoffnung schien eine junge Kommissarin geblieben zu sein, der sie vor Kurzem zum ersten Mal begegnet war. Aus irgendeinem Grund vertraute sie ihr. Und manchmal musste man sich eben auf seine Gefühle verlassen.

Sie winkte den Hotelangestellten heran und bestellte einen starken Kaffee und ein Wasser. Für Gin oder Whisky war es zu früh. Außerdem brauchte sie einen klaren Kopf.

Neubauer grübelte noch, da traf mit zartem Ping eine E-Mail auf ihrem Handy ein. Absender: Eva Leonora Johann. Wer war das? Sie überlegte, ob sie die Mail gefahrlos öffnen konnte. Dann traf sie die Erkenntnis wie ein Blitz. Sie wusste, wer die Absenderin war.

Kaum hatte sie zu Ende gelesen, drückte sie auf den grünen Hörer. Die eingetippte Nummer erwachte auf dem Display zum Leben.

Ein Treffen wurde vereinbart. Nach dem Telefonat atmete Neubauer tief durch. Dann schlug sie das Buch auf.

Als ich wach wurde, schmerzte jeder einzige Knochen in meinem Körper. Mit zusammengebissenen Zähnen tastete ich nach dem Zeitungsausschnitt, den ich unter das Laken geschoben hatte. Aufstöhnend stellte ich fest, dass mehrere Finger meiner rechten Hand gebrochen zu sein schienen. Ich versuchte, mich so weit zu drehen, dass ich mit der gesunden Hand unter das Laken greifen konnte. Es war ein langwieriger Prozess, aber ich hatte ja Zeit. Erst mal.

Trotzdem musste etwas passieren, dringend, sonst wäre ich über kurz oder lang tot. Dessen war ich mir sicher. Seine Schläge waren so heftig gewesen, er hatte fast vollkommen die Beherrschung verloren, das würde ich nicht lange überleben.

Ich weinte. Ohne es zu wollen, liefen mir die Tränen einfach aus den Augen. Wütend presste ich sie zusammen. Verräter! Was für ein jämmerliches Bild ich abgab. Nicht einmal meine Körperfunktionen hatte ich im Griff!

Endlich bekam ich den Papierschnipsel zu fassen. Vorsichtig zog ich ihn heraus. Ich presste ihn an meine Brust

und seufzte. Nur, was sollte ich damit anfangen? Was konnte er mir nützen? Ich war eine Gefangene. Abgeschnitten von der Außenwelt.

Ich überlegte, was der Inhalt des Artikels bedeutete. Mein Mann und seine Schwester – ging es in dem Bericht um sie? Was war damals in der Schweiz passiert? Was war so schrecklich, dass sie es um jeden Preis geheim halten mussten? Und dabei vielleicht sogar über Leichen gingen ... Genauer gesagt – über meine Leiche! Angeblich hatte doch nur das kleine Mädchen überlebt. Wer war dann der Mann, der sich bester Gesundheit erfreute und seine unbändige Wut an mir ausließ?

35

Adam befreite sich aus seiner Bettdecke. Er fror und schloss das Fenster. Im Bad warf er einen kurzen Blick in den Spiegel. Leider war eine Rasur fällig. Er sollte wohl nicht wie ein Penner oder ein verkappter Yuppie mit Dreitagebart bei den Kollegen in der Schweiz auflaufen. Nach einer schnellen Dusche griff er mit Leidensmiene nach dem Rasierpinsel. Scheißfrüher Flieger, Scheißtag. Scheißschweiz! Er wusch sich die letzten Schaumspuren aus dem Gesicht.

Missmutig saß er auf seinem Fensterplatz und betrachtete die Wolkenbrühe vor der Scheibe. Das Frühstück war ein schlechter Witz gewesen, aber nun hatte endlich die Landung begonnen. Holperig, wenig kompromissbereit – sie passte erstaunlich gut zu seiner Stimmung. Gepäck hatte er nicht, also folgte er den grünen Pfeilen in den Ankunftsbereich.

Vor der Tür stand ein Knabe mit einem Schild, auf dem in krakeliger Schrift »Adam« stand. Adam blieb stehen, und Wagner lief auf ihn auf. »Sorry!«

Adam stöhnte. Calabrese erschien und ergriff Wagner beim Arm. Adam fühlte sich wie in einem Traum. Und zwar in exakt dem Moment, wo man trotz größter Anstrengung nicht mehr von der Stelle kam. Ein Albtraum also.

Die Schweizer Kollegen hatten offenbar beschlossen, ihm in Zürich für den Übergang zur Bahn eine Umsteigehilfe zur Seite zu stellen. Keine schlechte Idee, wenn man bedachte, dass Adams Orientierungssinn schon im Supermarkt versagte.

Er steuerte auf das mickrige Männlein zu. Aus den Augenwinkeln konnte er sehen, dass Wagner und Calabrese stehen geblieben waren. Was zum Teufel hatten die beiden vor? Sie mussten sich unauffällig verhalten und dazu gehörte, dass sie ihm auf keinen Fall auf der Pelle hocken durften. Er bereute, dass er gestern ihrem Plan, wenn auch widerwillig, zugestimmt hatte. Er war müde gewesen, genervt. Und schließlich hatte er sich dazu überreden lassen, sie nicht sofort auf dem Weg nach Zürich zu verhaften. Er war sogar noch viel weitergegangen. Er hatte sich tatsächlich bereit erklärt, sie über seine Ermittlungen in der Schweiz auf dem Laufenden zu halten.

Entschlossen wandte Adam sich an den Schweizer Schildträger. Ein kleiner dünner Mann und, wie sich bei der Begrüßung herausstellte, ohne erkennbaren Dialekt.

Sie folgten den Schildern zum Bahnhof. Auf dem Weg kamen sie an Juwelieren und Schokoladengeschäften vorbei. Der Duft aus einer Bäckerei veranlasste Adam, stehen zu bleiben.

»He!«, rief er dem vorauseilenden mageren Rücken hinterher und zerrte sein Portemonnaie aus der Innentasche seiner Jacke. Eine Rolltreppe führte sie weiter hinab in den Schlund des Molochs Kloten.

Im Gedränge hatte Adam Wagner und Calabrese aus den Augen verloren. Sein Begleiter von der Züricher Kantonspolizei hatte seit ihrer Begrüßung kein Wort gesprochen. Auch gut, musste er wenigstens keine überflüssigen Fragen beantworten. Außerdem war Adam abgelenkt. Er wunderte sich über die Sauberkeit. Fußböden, Wände,

Marmorsäulen – was konnte, blitzte blank poliert. Kein Stäubchen, kein Müll, außer in den vorgeschriebenen Behältnissen. Fast unheimlich.

Adam lehnte sich zurück. Vor dem Fenster verschwand der Schweizer Korporal gerade im Gewühl der Menschenmenge. Bevor Adam später nach Hamburg flog, sollte er auf dessen Züricher Wache anrufen.

Adam biss genussvoll in sein *Bürli.* Krümel platzten von der knusprigen Kruste und verteilten sich auf seiner Jacke. In dem Moment begann das Handy in seiner Jackentasche zu vibrieren. Bevor er es herauszog, säuberte er seine fettigen Finger an einer Serviette. Dann wischte er verärgert über den grünen Hörer.

»Adam!«

»Chef«, Wagners Stimme, »wir sind zwei Abteile hinter dir. Wann können wir uns treffen?«

Adam klopfte die Krümel von seiner Jacke. »Hm …«

»Im Ernst. Wir müssen uns besprechen.«

»Im Moment schlecht.« Adam runzelte die Stirn. Abwesend betrachtete er die Brotkrümel zu seinen Füßen.

»Siegfried!«, donnerte Calabrese dazwischen.

In diesem Moment hörte er das Anklopfen eines einkommenden Gesprächs. Adam warf einen Blick auf das Display. Ohne zu zögern, drückte er Calabrese weg. »Hallo, Kleines! Schön, dass du anrufst!«

Während er mit einer Schuhspitze Krümel in den Bodenbelag massierte, breitete sich ein Lächeln auf seinem Gesicht aus.

»Bist du schon zu Hause?« Er räusperte sich und schaute auf die Uhr. Heute, um diese Uhrzeit – was hatte Louisa da normalerweise? Irgendeine Musikstunde oder

Sport? Er konnte sich beim besten Willen nicht erinnern. Oder war sie noch in der Schule? Wahrscheinlich. Während er ihr zuhörte, wechselte sein Gesichtsausdruck von verblüfft zu ungläubig. Als er seiner Tochter schließlich antwortete, klang seine Stimme gepresst.

»Du sagst, Felix hat Mama geschlagen?« Er wurde lauter und musste eine Pause machen. »Also – stimmt das?«

Ein Schwall Kleinmädchengezwitscher war zu hören.

»Nein, auch wenn man sich streitet – das ist absolut tabu. Hörst du?«

Von wegen nur eine kleine Ohrfeige, dachte Adam wütend.

»Kleines, es ist gut, dass du mich angerufen hast. Ich bin aber leider gerade weit weg. Nicht mal in Deutschland, in der Schweiz. Bist du in der Schule?«

Nach und nach kam heraus, dass Sophias Neuer ihr wohl schon mehrmals eine geknallt hatte. Anscheinend gab es zwischen den beiden in letzter Zeit oft Streit. Louisa hatte er aber nicht angerührt. Gut für ihn!

»Ich komme, sobald ich wieder in Hamburg bin, versprochen. Und du gehst zurück in deine Klasse und machst dir keine Gedanken mehr, okay? Was hast du jetzt für Unterricht? Ach so, ja klar. Entschuldige, natürlich. Aber denk daran, das ist etwas ganz anderes!«

Im Hintergrund wurde die Stimme einer Frau lauter, wahrscheinlich die der Deutschlehrerin, und plötzlich war das Gespräch unterbrochen. Adam ballte die Fäuste.

Seine Tochter war aus dem Klassenzimmer spaziert, um vor der Tür in Tränen auszubrechen, weil die Lehrerin im Deutschunterricht mit den Kindern über häusliche

Gewalt gesprochen hatte. Zur Veranschaulichung las sie ihnen aus dem Buch »Tagebuch eines Schülers« vor.

Adam dachte an Felix Kleber und knirschte mit den Zähnen. Dieses aalglatte Arschloch! Durch die Scheibe der Abteiltür sah er das grimmige Gesicht von Calabrese. Wagner folgte ihr ins Abteil.

»Ich habe doch gesagt, jetzt nicht!«

»Sorry, Chef.« Wagner ließ sich in den Sitz vor Adam fallen und schaute über die Kopfstütze zurück. Calabrese blieb neben Adam im Gang stehen.

An den Fenstern zog eine bewaldete Landschaft mit vereinzelten Schneeinseln vorbei, wie in einem Miniaturwunderland. Sie mussten kurz vor Winterthur sein. Die eben noch weit verstreuten Häuser und Bauernhöfe schlossen sich zu Wohngebieten zusammen. Jetzt waren sie im Stadtbereich. Straßen und Häuserblöcke. Der Zug ratterte über die Gleise und Calabrese verlor für einen Moment das Gleichgewicht. Sie hielt sich an Adams Rückenlehne fest und begegnete seinem verärgerten Blick.

Entschlossen richtete sie sich auf. »Wir haben eine Vereinbarung!«

Adam hob eine Augenbraue.

»Chef«, Wagner nickte, »du kannst allein nicht halb so viel ausrichten wie wir zusammen. Außerdem sind wir unauffälliger. Es gibt genug Menschen, die nicht mit der Polizei reden wollen. Dafür hast du die geballte Staatsmacht hinter dir. Das haben wir doch alles schon besprochen.«

Im lauten Pfeifen des Zuges ging Adams Antwort unter. Die Bremsen kreischten und sie fuhren in den Bahnhof von Winterthur ein.

Adam unterbrach sich verärgert. Als die Zuggeräusche endlich verstummten, sah er Calabrese an und knurrte: »Du hältst dich mal gepflegt zurück. Wenn in Hamburg rauskommt, dass du hier Nachforschungen anstellst, in unserem Fall – Prost Mahlzeit! So warm kannst du dich gar nicht anziehen!« Er zuckte die Achseln. »Aber letztendlich ist das deine Sache.«

Ein Strom Reisender drängte durch den Gang. Calabrese quetschte sich in seine Sitzreihe, und schließlich nahm Adam widerstrebend die Beine zur Seite. Sie arbeitete sich mühsam an ihm vorbei, während er ihr grimmig dabei zusah.

»Bis auf ein winziges Detail – du würdest mich mit hineinziehen.«

Statt zu antworten, schob sie sich zum Fensterplatz durch. Sie schloss die Augen und ließ sich in den Sitz fallen. Etwas außer Atem erwiderte sie: »Den Ruf deiner Herrlichkeit gefährden, ja?«

Wagner räusperte sich laut, aber sie achtete nicht darauf.

»Vielleicht kommst du mal wieder auf den Teppich! Es geht ausnahmsweise nicht um dich. Mir ist ehrlich gesagt völlig gleichgültig, wer von uns zuerst Erfolg hat. Hauptsache, wir schnappen den bastardo, der Julia das angetan hat.«

Adam runzelte die Stirn und sah auf seine Hände. Endlich drehte er den Kopf in ihre Richtung.

»Ich weiß nicht, welche Fakten oder bizarren Zusammenhänge wir finden werden – aber irgendetwas hat genau hier seinen Ursprung. Das sagt mir mein Instinkt.«

Mit einem Ruck setzte der Zug seine Fahrt fort. Calabrese seufzte. Sie sah aus dem Fenster. Für einen Augenblick drohten ihre Gefühle sie zu überwältigen. Der Bahnhof verschwand. Häuserschluchten, unterbrochen von Straßenkreuzungen, Spielplätzen und Baustellen. Vereinzelte Hinterhöfe. Sie atmete tief ein und wandte sich Adam zu.

»Dann lass uns das Kriegsbeil begraben und zusammenarbeiten.«

»Endlich«, sagte Wagner von vorn. Er strahlte sie über die Lehne an.

Adam hob eine Braue.

»Vorausgesetzt, ihr haltet euch an meine Anweisungen!«

»Porca Madonna«, zischte Calabrese zwischen zusammengebissenen Zähnen hervor. Aber sie riss sich zusammen, sah Adam in die Augen und erwiderte: »Sì chiaro. Du bist im Moment der Boss.«

Bis zur nächsten Haltestelle waren sie sich halbwegs einig geworden. Wagner und Calabrese ließen Adam allein. Nicht aufzufallen, stand auf der Agenda weit oben. Dazu gehörte auch, dass sie nicht zusammen gesehen wurden.

Adam starrte aus dem Fenster. Seine Gedanken kehrten zu seiner Tochter zurück. Am liebsten wäre er sofort umgekehrt. Der feine Herr Kleber konnte sich auf etwas gefasst machen.

Für einen Augenblick überlegte Adam ernsthaft, an der nächsten Station auszusteigen. Er rang mit sich. Schließlich wusste er, wie schnell häusliche Gewalt eskalieren konnte. Wenn jemand die Hemmschwelle des Zuschlagens einmal überwunden hatte, waren auch die Kinder nicht mehr sicher. Er knirschte mit den Zähnen. Warum war Sophia nicht zu ihm gekommen? Er hatte sie nie für den Typ Frau gehalten, der sich ungestraft verprügeln ließ. Und ausgerechnet jetzt musste er weit weg von zu Hause sein, in der sauberen, beschaulichen Schweiz, wo der Blick aus dem Fenster ein verträumtes Lummerland zeigte. Er schloss die Augen. Seine Fahrt in dem Zug, diese Landschaft, alles kam ihm unwirklich vor. Modelleisenbahnidylle.

Adam massierte seine Schläfen. Vor mehr als 30 Jahren musste hier etwas seinen Anfang genommen haben. Etwas, dass nicht in dieses verklärte Bild passte. Mit beiden Händen fuhr er sich durch die Haare. Und plötzlich sah er die Bilder der verstümmelten Leichen vor sich. Konnte Felipe tatsächlich etwas zugestoßen sein? Und Leo – war sie in Gefahr? Leo … Er sah vor sich, wie sie aus seiner Wohnung stürmte.

… Er war wütend gewesen und ihr, ohne nachzudenken, gefolgt. Erst als die Haustür hinter ihm ins Schloss gefallen war, war ihm aufgefallen, dass er erstens nur dicke Haussocken trug, zweitens keine Jacke übergezogen hatte und drittens, und das war das Schlimmste, der Schlüssel von innen steckte. Er war aus dem Treppenhaus geschossen. Vor ihm war Leo gerade um die Ecke verschwunden. Adam hatte geflucht. Dann hatte er sich in seinem kurzärmeligen T-Shirt durch blattloses Gestrüpp gequetscht. Die Kratzer hatten ihn schon nicht mehr gestört. Seine Wollsocken sogen den eisigen Matsch vom Boden auf. Adam, der nur noch zurück in seine warme Wohnung wollte, hatte sie ausgezogen, zu zwei triefenden Kugeln zusammengeknüllt und voller Wut auf die Terrasse geworfen. Dort war ein Ersatzschlüssel deponiert.

Der Zug fuhr durch einen kurzen Tunnel und Adams Gesicht spiegelte sich in der Scheibe. Er blinzelte und kam wieder in der Gegenwart an. Aber wie Teile eines Puzzles blieben Erinnerungsfetzen in seinem Bewusstsein kleben. Hartnäckig. Lästig. An das, was danach gekommen war.

Er presste die Stirn gegen das Glas. Er konnte nicht umkehren. Noch nicht. Er konnte nur versuchen, so viel wie möglich herauszufinden. Bis zu seinem Rückflug heute Abend.

Die Abteiltür öffnete sich mit einem Zischen. An der letzten Station vor Kreuzlingen waren Reisende zugestiegen. Um Adam herum füllten sich die Sitze.

Angerboda legte das Handy zur Seite. Einen Moment lang starrte er aus dem Fenster. Dann stand er auf und ging in die Wohnküche. Dort stand der Laptop immer noch auf dem Tresen. Sein Humpeln war kaum wahrnehmbar. Es konnte nicht lange dauern, bis es klingeln würde. Sie war auf dem Weg. Als es läutete, hatte er schon Flugverbindungen herausgesucht, der Mietwagen war nur noch einen Klick entfernt.

Statt die Wohnungstür mit der Fernbedienung zu öffnen, empfing er sie lieber persönlich. Auf Zehenspitzen erwiderte sie seine Umarmung. Danach wich sie zurück und sagte etwas atemlos: »Danke, dass du so kurzfristig Zeit hast.«

Angerboda lächelte. »Für dich immer.« Er hatte Käse und eine Schale Oliven auf den Couchtisch gestellt. »Möchtest du einen Drink?«

»Ein Wasser, gern.«

Das dröhnende Lachen erinnerte an sein früheres Selbst.

»Wasser? Wirklich?« Sie runzelte die Stirn, und er fuhr schnell fort: »Gut, wie du meinst.«

»Ich denke, wir brauchen einen klaren Kopf.«

»Mit oder ohne Sprudel?«

Sie schmunzelte. »Einen klaren Kopf bitte, mit Sprudel.«

Angerboda und Neubauer saßen sich gegenüber. Neubauer zog den Ausdruck von Leos E-Mail aus ihrer Handtasche. Nachdem er ihn gelesen hatte, fragte er: »Hast du schon mit Leo gesprochen? Gibt es etwas Neues?«

Sie schüttelte den Kopf. »Gesprochen ja – aber nichts Neues.«

»Gut«, erwiderte er, »dann ist es beschlossen. Ich fliege nach Mallorca und helfe Leo bei der Suche nach Felipe.«

»Ich weiß nicht, ob das so eine gute Idee ist …« Neubauer sah ihn über den Rand des Wasserglases zweifelnd an. Er war noch krankgeschrieben. Niemand würde etwas dagegen haben, wenn er zur Genesung in wärmere Gefilde flog – aber heimlich an einem aktuellen Fall mitarbeiten?

»Unsinn!« Angerboda holte eine dickbauchige Flasche aus dem Kühler. »Und darauf stoßen wir jetzt an!«

»Auf den Unsinn?«

»Auf den Unsinn!«

Nach einem Glas Champagner musste sie kichern und hielt eine Hand über ihr Glas.

»Danke, ich habe genug. Ich muss jetzt los.« Sie sah ihm in die Augen. »Du solltest auch bald schlafen, wenn du wirklich morgen früh fliegen willst.«

Nachdem er sie verabschiedet hatte, schloss er die Buchungen ab und ging ins Bad. Eine schlaflose Stunde im Bett später stand er wieder auf und holte sich die halbvolle Flasche.

36

Val legte den Hörer des altmodischen Bakelittelefons auf die Gabel. Sie erwiderte Peters' Blick mit einem Kopfschütteln.

»Keine Neuigkeiten. Es sieht nicht gut aus.«

Johanna Peters hatte den Atem angehalten und stöhnte.

»Das gibt es doch nicht. Er kann doch nicht verschwunden sein!«

Val schüttelte immer noch den Kopf.

»Was hat sie noch gesagt? Hat sie irgendeine Vermutung?«

Peters war in der Teeküche gewesen und erst ins Zimmer gekommen, als Val schon mit Leo gesprochen hatte. Leo hatte die Detektei angerufen. Sie hatte gehetzt und erschöpft geklungen und das Gespräch nach wenigen Minuten abgebrochen.

»Ich weiß nicht recht … Sie hat etwas Seltsames gesagt.«

»Was? Was hat sie gesagt?«

»Hm, irgendwas mit Obdachlosen. Sie war so durcheinander. Merkwürdig – wir sollten uns nach Obdachlosen erkundigen.«

Vals Gesicht lag in nachdenklichen Falten. Peters beugte sich vor.

»Val, erinnere dich! Was ist mit den Obdachlosen? Wurde Felipe von einem Obdachlosen entführt?«

»Nein. Das war es nicht. Eher ... ja, wir sollten nachforschen, ob Obdachlose vermisst werden.« Val nickte.

»Ja, das war es. Ich bin ganz sicher. Nur warum?«

Die beiden Frauen sahen sich an.

»Ich rufe Tintin an«, sagte Val schließlich. »Er muss auf dem neuesten Stand sein, wenn sie in Helvetia etwas ausrichten wollen.« Sie hob den Hörer, legte ihn aber gleich darauf zurück und holte stattdessen ihr Handy aus der Handtasche.

Nach dem Gespräch lehnte sie sich zurück und starrte an die Decke. Leos Freundin war aufgestanden und lief vor dem Schreibtisch auf und ab.

Val folgte ihr mit Blicken. Endlich sagte sie: »Ma chère, bitte, setz dich, bevor mir schwindelig wird. Diese Rennerei macht mich wahnsinnig. Außerdem läufst du Furchen in die teuren Dielen.«

Sie wartete, bis Peters wieder in den Stuhl gefallen war.

»Tintin sagt, es hat einen Vorfall mit einer Obdachlosen gegeben. Die Winter hat sich dabei sehr merkwürdig verhalten. Er meint, es könnte irgendeine Verbindung geben.« Nach einer kurzen Pause fuhr sie fort: »Wahrscheinlich wäre es nicht die schlechteste Idee herauszufinden, ob in der Schanze jemand vermisst wird.«

Peters nickte langsam. »In der Nähe von Emilia Winters Wohnung. Jemand, den normalerweise niemand vermisst ...«

Leo saß in dem kleinen himmelblauen Twingo. Die Haare klebten ihr am Kopf und das T-Shirt am Rücken. Das lag weniger an der Hitze, als an ihrer abgrundtiefen Verzweiflung. Sie würde ihren Beobachtungsposten vor der Finca nicht freiwillig verlassen. Nachdem sie die Strecke von ihrem Hotel bis zur Finca und in das Restaurant, wo sie gestern zum Schluss gewesen waren, unzählige Male abgefahren war, hatte sie beschlossen, hier zu warten. So lange, bis eine Spur von ihrem Bruder auftauchen würde. Bei ihrem letzten Stopp im Hotel hatte sie sich mit Wasser und Sandwiches eingedeckt. Sie bekam allerdings keinen Bissen herunter. Die Brote wurden langsam matschig.

Leo stützte die Ellenbogen auf dem Lenkrad ab und vergrub den Kopf in den Händen. Aber nach wenigen Sekunden fuhr sie wieder hoch und starrte weiter auf die Finca.

Ihr Handy klingelte. Sie reagierte nur langsam, es war nicht Felipes Klingelton. Eine Nummer aus Deutschland.

»Hallo?«, ihre Stimme klang müde.

»Hallo, Leo«, dröhnte es aus der Leitung, »Brander hier!«

»Brander«, sie dehnte das Wort in ungeahnte Längen. Dann sagte sie: »Was willst du? Habt ihr etwas herausgefunden?«

Ein Schmetterling landete auf der Windschutzscheibe und klappte prüfend seine Flügel auf und zu. Sie beobachtete ihn teilnahmslos.

»Woher hast du meine Nummer?«

»Du hast eine Mail an Aminata geschrieben.«

»Bist du nicht immer noch krank?« Sie runzelte die Stirn. »Woher kennst du Aminata?«

»Leo«, ein Seufzen, »du musst mich abholen. Ich lande in dreieinhalb Stunden auf Mallorca.«

»Wie bitte?«

»Bitte sei da. Zusammen finden wir Felipe.«

»Ich kann hier nicht weg!«

»Wo bist du denn?«

»Vor der Finca der Winters.«

»Komm schon! Wenn du ihn bisher nicht gesehen hast, wer weiß, wann sich etwas rührt. Wir treffen uns am Flughafen, dann machen wir einen vernünftigen Plan.«

Sie verfolgte den Abflug des Schmetterlings. Blau und schwarz auf zartgelbem Grund. Zwei rote Punkte.

»Leo! Mein Flug geht gleich. Kann ich auf dich zählen?«

»Also gut.« Sie atmete laut aus. »Deine Flugnummer?«

Angerboda sah sich prüfend um. Leo tauchte in seinem Blickfeld auf. Er lächelte erleichtert und ging auf sie zu. Sie registrierte sein leichtes Humpeln. Letztes Jahr war er, wie man so schön sagt, dem Teufel von der Schippe gesprungen. Vielleicht befähigte ihn das, auch andere aus ausweglosen Situationen zu retten? Sie schauderte. Zögernd streckte sie die rechte Hand aus, aber Angerboda zog sie in eine bärenhafte Umarmung. Seufzend ergab sie sich. Es fühlte sich beinahe gut an, die Kontrolle loszulassen! Nur für einen Moment …

Sie wusste, dass sie Brander vertrauen konnte. Dem Mann, der beinahe gestorben war, um sie zu retten! Vor einem Jahr hatte er sie, zsuammen mit Adam, aus der Gewalt eines Psychopathen befreit. Sein Humpeln war der Preis dafür.

»Du meinst nicht, dass dieser Engländer etwas damit zu tun haben könnte?«

Branders Frage kam im richtigen Moment, Leos Kopf füllte sich gerade unkontrolliert mit einer Flut von Erinnerungen. Sie zwang ihre Gedanken in die Gegenwart.

»Schotte! Nein. Aber wissen kann ich es natürlich nicht.«

»Warum warst du nicht bei der Polizei?«

»Ich hab es dir doch erzählt, die Winter behauptet, Felipe hätte sie belästigt.« Leo schnaubte. »Das ist natürlich lächerlich – aber es könnte trotzdem unangenehm für ihn werden.«

»Schon, aber gemessen an der Tatsache, dass er verschwunden ist.«

Sie seufzte. »Ich kenne ihn. Er tut so tough, aber das ist nur Fassade. Es stört ihn nicht, wenn Leute Dreck über ihn verbreiten? Von wegen. Mein Brüderlein stört das sehr wohl. Er hätte ein ernsthaftes Problem damit, wenn die Polizei die Aussage der Winter ernst nähme. Und du weißt, wie es im Moment ist, es hagelt Anschuldigungen. Keiner weiß mehr, was richtig ist und was falsch.« Leo presste die Fäuste gegen ihre Schläfen. »Das ist ein perfider Trick. Bei diesen Winters ist etwas faul, alles stinkt zum Himmel!«

Angerboda nickte langsam. »Wir müssen zur Autovermietung. Auf jeden Fall musst du euren Mietwagen als gestohlen melden. Ich hoffe, du bist als Fahrer eingetragen?«

Auf ihren fragenden Blick erwiderte er: »Damit du das ohne Felipe überhaupt durchziehen kannst.«

Wie sich herausstellte, hätten sie sich die Gedanken gar nicht zu machen brauchen. Kaum hatte Leo bei der Autovermietung das Kennzeichen des Wagens genannt, erhob sich der Angestellte und bat sie, einen Moment zu warten. Er verschwand in einem Büro und kam mit seinem Vorgesetzten zurück.

Der Schichtleiter der Mietwagenfiliale begann zu sprechen, und die Farbe wich aus Leos Gesicht. Als er verstummte, war sie kreidebleich. Sie konnte nur mechanisch nicken und den Kopf schütteln. Angerboda stand wie ein Fels in der Brandung neben ihr. Er hatte eine Hand auf ihre Schulter gelegt und drückte sie fest. Das hielt Leo in der Realität.

Der Cinquecento war gefunden worden. Er war von der Straße abgekommen und aus 100 Metern Höhe in die Tiefe gestürzt. Was er auf dieser Strecke zu suchen gehabt hatte, wusste keiner. Das Gelände war jedenfalls so unwegsam, dass mit den Bergungsarbeiten zwar begonnen worden war, man aber zu den Insassen noch nichts sagen konnte.

Angerboda brachte sie aus dem Raum. Morgen sollte sie eine Aussage auf dem Polizeirevier machen. Da sie den Wagen als gestohlen melden wollte, würde auch Felipe erscheinen müssen. Es sei denn, sie sagte die Wahrheit und meldete ihn ebenfalls als vermisst. Im schlimmsten Fall, und Angerboda hoffte inständig, dass das nicht zutreffen würde, hätte man ihn bis dahin als Insassen identifiziert.

Ankunft Kreuzlingen. Adam stieg aus und sah sich um. Er entdeckte einen untersetzten Mann mit gerötetem Gesicht, der ein Schild mit der Aufschrift »Adam« in der Hand hielt. Für wenige Sekunden verirrte sich ein einzelner Sonnenstrahl auf den Bahnhof. Adam nickte dem Mann zu, kniff die Augen zusammen und setzte seine Ray Ban auf. Der Mann ließ die Tafel sinken. Im gleichen Moment war ein schrilles Pfeifen zu hören. Es folgte eine Ansage auf Schweizerdeutsch. Als Adam den Mann erreicht hatte, donnerte auf dem Mittelbahnsteig ein Zug an ihnen vorbei. Der Mann zuckte mit den Schultern und lächelte entschuldigend. Er bedeutete Adam, ihm zu folgen. Als sie den Bahnsteig verlassen hatten, streckte er die Hand aus.

»Hoi, guete Morge! Mi Name isch Bruno Wildhaber. I bin Feldweibel mbA.«

Adam zog eine Augenbraue hoch. Er musterte den Mann über den Rand seiner Sonnenbrille.

»Vielleicht sollten wir es auf Englisch versuchen?«

Das konnte ja heiter werden. Und was zum Teufel bedeutete mbA? Das Gesicht des Feldweibels verzog sich zu einem Grinsen, es war mindestens so breit, wie sein Dialekt. Er klopfte Adam auf die Schulter, nuschelte etwas von »Polizeiposchte« und ging kopfschüttelnd voraus zu seinem Wagen.

Das weiße Reviergebäude lag an der Hauptstraße, direkt an der Grenze zu Konstanz. »Bezirksgebäude« stand auf dem Vorbau.

Drinnen begrüßte der zuständige Oberleutnant Adam auf Hochdeutsch. Er war mittelgroß und verbarg sein Gesicht hinter einem beeindruckenden rotblonden Vollbart. Nachdem er sich als Urs Schneuwly vorgestellt hatte, schlug er vor, sich zu duzen.

»Kein Problem.« Das war gelogen, Adam hasste seinen Vornamen. Aber immer noch besser, mit Siegfried angesprochen zu werden, als sich bei dem Nachnamen des Schweizer Kollegen die Zunge abzubrechen. Der *Polizeiposchte* unterschied sich nicht wesentlich von anderen Polizeistationen, die Adam im Laufe der Zeit in Europa kennengelernt hatte. Der Kaffee war allerdings gut.

Endlich saßen sie in Urs' Büro. Vor ihm auf dem Schreibtisch stand das Foto einer molligen Frau mit einem Baby, an der Wand hinter ihm hing das Wappen des Schweizer Kantons Thurgau.

Der Schweizer Polizeibeamte lehnte sich in seinem Stuhl zurück und sah Adam erwartungsvoll an. Ein faustgroßes hamsterartiges Plüschtier saß vor ihm auf dem Schreibtisch, direkt neben dem Bilderrahmen. Adam starrte es entgeistert an. Es hatte eine Kappe mit einem Edelweiß auf und trug eine Lederhose. Schneuwly grinste.

Er beugte sich vor und drückte auf den Bauch des Nagers. Adam zuckte zusammen. Verdammt, wo war er hier gelandet? Er räusperte sich in das ohrenbetäubende Gejodel.

»Urs, hm, meine Zeit ist begrenzt. Ich muss noch weiter nach Gottlieben. Du weißt, worum es geht. Was wisst ihr also über diesen Brand vor 30 Jahren bei der Familie Widmer?« Er hatte die Stimme heben müssen, bis das Vieh endlich verstummt war.

Urs Schneuwly seufzte.

»Ich war noch nicht im Dienst, damals. Zu jung. Aber ich habe einiges von meinem Vater gehört. Der war zu der Zeit bei der Feuerwehr.« Nachdenklich rückte er das Pelztier vor dem Foto zurecht. Er sah Adam an. »Keine schöne Geschichte.«

Adam hatte schon befürchtet, sein Gegenüber würde noch einmal auf den Startknopf drücken. Er hatte sich unbewusst im Stuhl aufgerichtet. Erleichtert ließ er sich wieder zurücksinken und erwiderte: »Ich bin nicht hergekommen, weil ich Märchen zum Einschlafen sammle.«

»Also gut. Die Feuerwehr in Gottlieben hatte einen Notruf hergeschickt. Der Brand in ihrem Dorf war zu groß, sie bekamen ihn nicht in den Griff. Die Löschzüge rückten aus, fanden aber nur noch brennende Trümmer vor. In den Trümmern die Leichen von drei Personen. Völlig verkohlt. Nicht identifizierbar. Ein kleines Mädchen irrte rußverschmiert am Brandort herum. Als die

Sanitäter sie versorgen wollten, war sie verschwunden. Man nahm an, dass es sich um Erika Widmer, die Tochter der Familie, handelte. Es war wie verhext, sie war unauffindbar. Es gab alle möglichen Gerüchte.«

Schneuwly trank einen Schluck Kaffee. Widerstrebend fuhr er fort: »Mein Vater war damals völlig verstört. Man suchte drei Tage und drei Nächte nach dem kleinen Mädchen. Ständig war er unterwegs, kam nur kurz nach Hause, um etwas zu essen, ein paar Stunden zu schlafen. Aber es war vergeblich. Die Männer der Suchtrupps waren wie getrieben, die Gerüchte taten ihr Übriges.«

»Welche Gerüchte?«, fragte Adam.

»In dem Ort erzählte man sich hinter vorgehaltener Hand, dass der alte Widmer bekommen hat, was er verdiente. Es wurde gemunkelt, er hätte seine Kinder missbraucht. Natürlich wurde das nicht laut gesagt, dann hätte man ja etwas unternehmen müssen. Aber es hieß weiter, dass er seine Kinder auch an zahlende Kunden verschachert hat.« Der Schweizer schüttelte den Kopf. »Das eiserne Schweigen von Dorfgemeinschaften. Vielleicht kennt ihr das auch daheim. Es ist einfach krank!«

Wütend stellte er seinen Becher auf den Schreibtisch. »Wie auch immer, das Mädchen blieb verschwunden und die Leichen gingen als Vater, Mutter und Sohn Widmer zum Bestatter. Sie wurden eingeäschert.« Er schüttelte sich. »Pietätlos, wenn du mich fragst. Das weiß ich übrigens auch nur, weil ich in die Akte geschaut habe. Damals bestanden keine Zweifel an ihrer Identität. Wer hätte es sonst sein sollen?« Er lachte kurz auf. »Das reichte zur verbindlichen Identifikation.«

»Von welchen Gerüchten hast du vorhin noch gesprochen?«

»Na ja, es gab ja offenbar Freier, die den Alten bezahlt haben. Man erzählte sich, dass sich einer von diesen gottesfürchtigen Burschen das Mädchen geschnappt haben könnte.«

Die Männer schwiegen.

»Was macht ihr daraus?«, fragte Schneuwly endlich. »Und warum ausgerechnet jetzt, nach so vielen Jahren?« Er sah auf seine Hände. »Wenn die Kleine tatsächlich überlebt hat …, ich weiß nicht mal, ob man ihr das wünschen sollte. Aber wie seid ihr auf den Fall gekommen?«

»Hattet ihr eine Spur von den Freiern? Namen? Konntet ihr jemanden festnehmen?«

Schneuwly schüttelte stumm den Kopf.

Adam erwähnte die beiden Kinder, die in Konstanz aufgetaucht waren. Doch vor rund 30 Jahren war die grenzüberschreitende Zusammenarbeit der Polizei nicht so umfassend gewesen wie heute. Außerdem war man davon ausgegangen, dass Conz Widmer zusammen mit seinen Eltern verbrannt war.

»Also wäre es, zumindest theoretisch, möglich, dass der Junge den Brand damals überlebt hat?«

Schneuwly nickte langsam. Der Vollbart machte es unmöglich, seinen Gesichtsausdruck zu deuten.

Adam fuhr sich durch die Haare. Er musste an den Ort des Geschehens. Er sah auf seine Uhr. Wann ging der Zug noch mal?

Die türkisblauen Augen seines Gegenübers ruhten nachdenklich auf ihm.

»Gottlieben«, sagte Adam, »da hat es angefangen. Kannst du herausfinden, wie ich am schnellsten hinkomme?«

Und dann, endlich, zurück nach Hamburg!

Kaum saß Adam in der Bahn, klingelte sein Handy. Neubauer.

»Was gibt's?«

»Ich freue mich auch, dich zu hören.«

»Sei nicht albern, was willst du?«

Neubauer seufzte. »Leo hat mir eine E-Mail geschickt.«

»Dir?«

»Right!«

»Ja und? Was? Lass dir nicht alles aus der Nase ziehen!«

»Wir sollen uns nach Obdachlosen erkundigen. Vor allem in der Schanze. Ob da jemand vermisst wird.«

»Gut, macht das. Sonst noch was?«

»Einfach so, Boss? Weil Frau Leo Johann das sagt?«

»Nati, ich finde, das hat Hand und Fuß. Halte mich aber vor allem auf dem Laufenden. So gern ich weiter plaudern würde, ich hab keine Zeit.«

»Alles klar, Sigi. Und, äh …« Sie druckste herum, aber Adam achtete nicht darauf. Bevor er auflegen konnte, platzte sie heraus: »Brander will Leo bei der Suche nach ihrem Bruder helfen!«

»Was?« Das Gespräch war unterbrochen. Adam schüttelte den Kopf. Er sah auf seine Uhr. Nur noch eine Viertelstunde bis Gottlieben. Er lehnte sich zurück und atmete tief aus. Dann verbannte er Brander aus seinen Gedanken.

Obdachlose. Interessant.

Wagner und Calabrese stiegen aus dem Taxi. Gottlieben.

Wagner musterte die Kommissarin verstohlen. Im Traum wäre ihm nicht eingefallen, dass er jemals mit ihr zusammenarbeiten würde. Und jetzt? Claudia in der Grauzone der Legalität, eigentlich undenkbar. Er hätte es nie für möglich gehalten, aber sie tat ihm leid. Vielleicht, weil der Gegensatz zu ihrem früheren Selbst so krass war.

Während er sie nachdenklich betrachtete, tippte sie auf ihrem Handy herum. Sie sah hoch und erwiderte seinen Blick, irritiert.

»Da vorn ist ein Taxistand. Wir nehmen von hier aus ein neues Taxi.«

»Hätten wir nicht einfach mit diesem Taxi weiterfahren können?«

»Zu auffällig. Schon vergessen? Wir ermitteln undercover.«

Wagner seufzte. »Alles klar. Aber ich glaube nicht …«

Was er glaubte oder nicht, hörte sie nicht mehr, denn sie war schon auf dem Weg zu der kleinen Stichstraße, an der die Taxen hielten. Der Taxifahrer schüttelte den Kopf, als sie ihm die Adresse nannte. Seine Antwort übersetzte Wagner ungefähr in: »Was wollt ihr da, da ist doch nix!«

Achselzuckend startete der Fahrer seinen Taxameter. Die Landschaft glitt an ihnen vorbei. Wagner war in Gedanken versunken, sonst hätte er es bestimmt idyllisch gefunden. Calabreses Finger trommelten einen nervösen Rhythmus auf den Türrahmen. Sie war leichenblass und hatte blauschwarze Ringe unter den Augen.

Der Wagen hielt.

»Warten Sie hier«, sagte Calabrese.

Das Städtchen Gottlieben lag am Untersee, dem westlichen Bodensee. Die skurrilen Vulkanformationen des Hegaus bildeten eine effektvolle Kulisse. Auch die Alpenkette war nicht fern. »Schweiz halt«, hatte Wagner gedacht. Jetzt waren sie ein Stück weiter ins Landesinnere vorgedrungen.

Das Taxi hielt an einem schlammigen Feldweg. Am Rande wucherten Brennnesseln und wilde Brombeeren. »Warten«, sagte Wagner noch einmal nachdrücklich zu dem Taxifahrer, bevor er Calabrese in das Unterholz folgte.

Nach einigen Metern lichtete sich der Pfad. Vor ihnen lagen Ruinen, umgeben von Wiesen und überwuchert von dichtem Gestrüpp. An einer Seite reichten die Mauerreste bis an einen lichten Buchenwald heran. Durch die Blätterkronen stahlen sich vereinzelte Sonnenstrahlen. Sie zeichneten flirrende Muster auf den Boden.

»He!« Wagners Ruf verhallte ungehört. Calabrese war schon auf dem Weg zu den geschwärzten Fassaden. Ihre Silhouette verschwand im Wechselspiel aus Licht und Schatten. Er stapfte hinter ihr her. Endlich hatte er sie eingeholt. Er sah sich um.

»Claudia, hier ist nichts mehr.«

Ihre Blicke trafen sich. Er erschrak vor der Verzweiflung in ihren Augen.

»Claudia, wirklich. Das sind nur noch Ruinen. Für Hinweise kommen wir ein paar Jahrzehnte zu spät.«

Die heiseren Schreie von Krähen durchschnitten die Luft. Calabrese beobachtete den Flug der Vögel. Sie wich einer Antwort aus.

Wagner nahm sie behutsam beim Arm und führte sie in die Richtung des wartenden Taxis.

»Ich frage mich, warum hier nicht inzwischen gebaut wurde?«

»Aberglaube? Es war ja keine schöne Geschichte, damals. Wer die kennt, möchte hier bestimmt nicht mit seiner Familie herziehen.«

Adams Taxi hielt in der Kirchstraße 11. Hier in der Gemeindeverwaltung sollte er seinen nächsten Kontakt treffen. Alte Fachwerkhäuser säumten die Straße. Eine Frau verließ das Haus und kam auf das Taxi zu. Adam stieg aus. Er beugte sich zum Fahrerfenster herunter und musterte die Frau dabei aus den Augenwinkeln. Der asiatisch aussehende Fahrer sagte etwas in perfektem Schweizerdeutsch – für Adam nur unverständliches Kauderwelsch. Schließlich winkte der Fahrer ab, fuhr die Scheibe hoch und legte den Gang ein.

Die Frau hatte Adam inzwischen erreicht. »Hallo, ich bin Eva Lorenz.« Sie streckte ihm ihre Hand entgegen.

Adam richtete sich auf und wandte sich ihr zu. »Adam.«

Erleichtert stellte er fest, dass sie verständliches Deutsch sprach. Sie war etwa Mitte 30 und stämmig. Ein rundes Gesicht unter einem blonden Bob. Mit einer Kopfbewegung wies sie auf das sich entfernende Taxi.

»Er hat von der Kantonspolizei einen Voucher für ihre Beförderung bekommen.«

»Aha. Man sagte mir, ich würde hier jemanden treffen, der sich an die Geschichte der Familie Widmer erinnert. Das können wohl kaum Sie sein.«

Die Frau lächelte. »Das stimmt. Aber mein Vater weiß alles darüber, was es zu wissen gibt. Und zu dem bringe ich Sie jetzt. Er freut sich schon auf Ihren Besuch.«

Sie nickte ihm zu und setzte sich in Bewegung. Er folgte ihr, und während sie nebeneinander hergingen, erklärte sie, dass sie ihren eigenen Wagen nehmen würden, er stand nur etwas die Straße hoch, kurz vor der Zollstraße.

Adam sah sich um. Sie passierten gerade links die Brückenstraße. Wieder fiel ihm diese verstörende Sauberkeit auf. Ein Hund kam ihnen entgegen. Einer von diesen hellbeigen langhaarigen Familienhunden. Auch der Hund machte einen gepflegten Eindruck.

Eva Lorenz holte Adam aus seinen Gedanken. Sie zeigte auf ihren Wagen, der wenige Meter vor ihnen am Fahrbahnrand stand. Kurz davor lag auf der linken Seite ein Bistro, vor dem sich zwei Raucher an einem Stehtisch unterhielten und einer aufgeregten Spatzenschar Brotkrümel zuwarfen. Als Adam und Lorenz vorbeigingen, flogen die Vögel mit entrüstetem Gezwitscher auseinander. Die Sonne blitzte ab und zu zwischen schweren Wolken hervor, hinter ihnen landeten die Vögel wieder.

Lorenz' Wagen war ein alter Kombi mit einem Gitter zwischen Rücksitzen und Kofferraum. Es stank unerträglich nach Hund. Adam verzog das Gesicht.

»Oh, riechen Sie etwas? Wir haben nämlich einen Hund«, sagte sie.

Ach tatsächlich, dachte Adam, da fuhr sie schon fort: »Aber man bemerkt es gar nicht, oder? Ich finde ja, dass es furchtbar ist, wenn so ein großes Tier stinkt.«

Als sie bei dem Altenheim ankamen, in dem der Vater von Eva Lorenz lebte, hatte sich der Geruch selbst auf Adams Zunge gelegt. Er schmeckte Hund. Mit angewidertem Gesicht schnallte er sich ab. Und jetzt ein Altenheim, großartig.

Eva Lorenz sah ihn prüfend an. Der Schluss, den sie aus seinem Gesichtsausdruck zog, war wenig vorteilhaft.

»Mein Vater sabbert nicht, und er hat auch noch alle seine Murmeln beisammen.«

Mit Duldermiene folgte Adam ihr in die Gründerzeitvilla, in der alte Schweizer ihre letzten Tage zählten.

37

Adam ging nicht in das Café – er stürmte es. Drinnen saßen Wagner und Calabrese.

Als die Tür aufflog, blickten der Detektiv und die Polizistin hoch. Adam ließ sich kommentarlos neben Wagner auf einen Stuhl fallen. Er zog seine Jacke aus, aber bevor er sie über die Stuhllehne hängte, schnupperte er misstrauisch daran. Wagner und Calabrese warfen sich einen Blick zu. Adam seufzte und sah auf seine Armbanduhr. Noch früher Nachmittag. Egal.

»Ich brauche jetzt etwas Hochprozentiges.«

Wagner hob die Augenbrauen und wollte etwas sagen.

»Vergiss es!« Adam hob mahnend seinen Zeigefinger. Er warf einen Blick auf Calabrese. »Du hältst besser auch die Klappe.«

Calabrese hob nur die Schultern und starrte weiter in ihre heiße Schokolade. Die war so dick und cremig, dass der Löffel darin stand. Sie trank einen Schluck.

»Mich würde interessieren, was der Herr herausgefunden hat«, murmelte sie in die Tasse.

Adam bestellte ein Kirschwasser und einen Cappuccino. In den Auslagen am Eingang hatte er Schokolade gesehen. Schweizer Schokolade, nicht lila, sondern aus der caféeigenen Privatmanufaktur. Ein hervorragendes Mitbringsel für seine Tochter. Das hatte seine Laune vorübergehend etwas gehoben.

Er räusperte sich. Dann begann er zu erzählen. Im Grunde genommen wussten sie schon fast alles. Die

Geschwister Widmer. Missbraucht. Drei Tote. Nur, wer war der Dritte? Dass es sich bei Emilia und Christopher Winter um Conz und Erika Widmer handelte, davon konnten sie mit ziemlicher Sicherheit ausgehen. War der Dritte ein Freier? Eva Lorenz' Vater hatte sich erinnert, dass etwa zu dieser Zeit ein Mann verschwand. Man nahm damals an, dass er in Verbindung mit der Missbrauchsgeschichte abgetaucht war. Jedenfalls hörte man nie wieder etwas von ihm.

Calabrese rieb sich das Gesicht. Dann schüttelte sie den Kopf.

»Diese Dorfbewohner. Verlogen! Sie haben alles gewusst und trotzdem geschwiegen. Keiner hat etwas unternommen.«

Adam musterte sie stirnrunzelnd. Ihre Stimme hatte minimal gezittert. Er trank sein Kirschwasser. Wer hätte das gedacht? Wurde Claudia sentimental? Wie auch immer.

»Es gibt einige Baustellen, die wir abarbeiten müssen.« Dabei fiel ihm Felix Kleber ein, und er ballte die Fäuste. »Zuerst mal zurück nach Hamburg«, sagte er grimmig.

Wagner räusperte sich und selbst Calabrese grinste flüchtig. Adam stöhnte. Hatte er tatsächlich »wir« gesagt? Er rollte mit den Augen.

»Also, Hamburg. Winter muss auf den Zahn gefühlt werden. Aber da haltet ihr die Füße still, das erledige ich. Und zwar ohne Valentino und seine Paradiesvögel.«

»Chef«, Wagner lächelte milde. »Kein Problem. Aber was ist mit Leo und Felipe?«

»Was soll mit den beiden sein?«

»Du weißt, was ich meine. Leo ...«

Adam fuhr sich mit beiden Händen durch die Haare. Er wollte gar nicht daran denken, zu was Leo fähig wäre, wenn ihrem Bruder etwas zugestoßen war. Außerdem mochte er Felipe.

»Falls es dich beruhigt – Brander mischt inzwischen auch mit.«

Calabrese zuckte zusammen. »Brander?«

»Korrekt. Er ist entweder schon auf Mallorca oder zumindest auf dem Weg dorthin. Langsam wird es unübersichtlich. Wer sich mit wem zusammentut und so weiter.«

Calabrese sah ihn spöttisch an und Adam murmelte: »Mir reicht es jedenfalls. Nati knöpfe ich mir morgen vor. Brander mit reinzuziehen. Der Mann ist noch beurlaubt.«

Neubauer klappte das Buch zu. Langsam begann sich eine Idee in ihrem Kopf zu formen. Sie sah aus dem Fenster. Hoffentlich hörte sie bald etwas von Brander. Bisher hatte sie van Veen nicht eingeweiht. Der Alleingang von Brander war noch ihr Geheimnis. Nur Adam wusste davon.

Das Revier lag nicht an einer Hauptverkehrsader. Trotz beginnender Feierabendzeit fuhren Pkws und Fahrräder zügig am Fenster vorbei. Ein Löschzug der Feuerwehr schob sich durch das Bild, zum Glück ohne Sirenen. Gleich nebenan war die Feuerwache. Die Freunde und Helfer arbeiteten hier Seite an Seite, manchmal rückten sie auch gemeinsam aus. Neubauer straffte die Schultern und stand auf. Von Wendsheim streckte sich.

»Action?«, fragte er.

»Wir werden sehen«, murmelte sie und klopfte an Walthers Tür. Ihr Chef und van Veen blickten ihr entgegen. Wenig später saß sie mit von Wendsheim im Auto.

Mit ausdrucksloser Miene hörte Neubauer Claire Marciniak aus dem Cinque Stelle Verlag zu.

»Ich verstehe nicht ganz, warum Sie uns das nicht vorher schon mitgeteilt haben?«

Marciniak druckste herum. Neubauer seufzte.

»Dass diese Information wichtig sein könnte – das muss Ihnen doch klar gewesen sein!«

Sie tauschte einen Blick mit von Wendsheim. Der schüttelte den Kopf. Agenten, Autoren – Künstler!

Zurück im Revier übernahm ausnahmsweise Neubauer das Wort.

»Mir ist plötzlich etwas klargeworden«, begann sie.

Van Veen lehnte sich zurück. »Du hast meine ungeteilte Aufmerksamkeit.«

Neubauer zögerte. Sie stand nicht gern im Vordergrund. »Wenn wir davon ausgehen, dass in diesem Buch wirklich einiges auf Tatsachen beruht, dann hätte die Protagonistin es gar nicht verlegen lassen können. Wenn wir nämlich weiter annehmen, dass sie aus eigener Erfahrung schreibt, wie hätte sie seine Schwester bei der Veröffentlichung umgehen sollen?«

Van Veen schwieg und Neubauer wurde klar, dass er nicht verstehen konnte, wovon sie sprach. Er hatte das Buch nicht gelesen.

»Ihr Mann hätte das mit Sicherheit nicht geduldet. Jedenfalls ist die erste Auflage tatsächlich von der Autorin selbst gedruckt worden. Es handelte sich um eine kleine Auflage von 250 Exemplaren.«

Van Veen hob die Brauen. »Und das haben sie uns bisher freundlicherweise bei dem Verlag verschwiegen?«

Neubauer zuckte mit den Schultern.

Von Wendsheim grätschte ein: »Der Verlag war darüber *not amused.* Verständlicherweise. Immerhin hatte die Hofmann einen Autorenvertrag bei Cinque Stelle. Und nach dreijähriger Schreibpause veröffentlicht sie plötzlich einen Thriller im Alleingang. Auch die Kontaktperson zur Autorin, Emilia Winter, hatte keine Ahnung, was ihr Schützling damit beabsichtigte. Auf jeden Fall waren die Exemplare rasend schnell verkauft und der Verlag hat die nächste Auflage übernommen und mit einer neuen ISBN-Nummer herausgebracht. Bemerkenswert ist, dass Emilia Winter offenbar über den Inhalt des Buches nicht informiert war.«

»Und kurz darauf verschwindet sie«, fügte er hinzu. »Und unsere Unbekannte wird am Strand angeschwemmt.«

»Ach ja, und Adam bittet uns, zu überprüfen, wer im Umkreis der Schanze vermisst wird. Er sagte ausdrücklich, wir sollen uns auf Obdachlose konzentrieren.«

Von Wendsheim sah Neubauer verblüfft an. Sie schaffte es, seinem Blick auszuweichen und mit unbewegtem Gesicht auf ihre Füße zu schauen.

Van Veen nickte langsam. »Hm, das könnte tatsächlich einen Sinn ergeben.«

»Könnte mir mal jemand …«

»Schsch«, die Tür hatte sich leise geöffnet. Guenther stand schon seit einigen Minuten im Türrahmen. »Wir wollen dein hochwohlgeborenes Gehirn nicht überlasten. Gib dem degenerierten Zellklumpen etwas Zeit. Du wirst es sicher irgendwann verstehen.«

Er wandte sich irritiert um, als er hinter sich ein lautes »Moin!« hörte.

»Moin«, erwiderte er automatisch. Dann erkannte er den Streifenbeamten Harald Dörfler. Der uniformierte

Kollege warf im Vorbeigehen einen Blick in den Raum. Guenther sah ihm hinterher.

»Äh, Harry, fahr doch schon mal den Wagen vor.« Er ignorierte Haralds ausgestreckten Mittelfinger und drehte sich mit breitem Grinsen zurück.

»Mal wieder einen Clown gefrühstückt?« Von Wendsheim verdrehte die Augen. »Aber mal im Ernst, Alter, berichtige mich, falls ich falsch liege – Adam unterstützt die Fusel-Theorie?«

Guenther klatschte. »Alle Achtung.«

»Bleib auf dem Teppich – bisher hast du unsere Quotenfrau nicht ernst genommen.«

Neubauer runzelte die Stirn. Quotenfrau! Immer wieder reizend, die Kollegen. Sie hatte zwar auch ein heimliches Pseudonym für die beiden, sprach es aber wenigstens nicht laut aus. *Dumm und Dümmer* ... Wenngleich sie wusste, dass sie ihren Kollegen damit Unrecht tat, denn dumm waren sie nicht. Von Wendsheim war sogar ausgesprochen gebildet. Aber wie sie sich manchmal aufführten ...

Van Veen räusperte sich. »Und, gibt es schon Ergebnisse?«

»Deshalb bin ich hier.« Guenther schloss die Tür hinter sich. »Nicht, dass mich jemand eingeweiht hätte, aber mein Oberstübchen ist zum Glück emsige Arbeiterklasse. Also bin ich von ganz alleine darauf gekommen.«

Er wedelte mit einem Computerausdruck. Fünf Namen standen darauf. Alles Menschen ohne festen Wohnsitz. Drei davon Frauen. Alle hatten eines gemeinsam – niemand vermisste sie, und doch waren sie verschwunden. Und alle im Bereich Schanze und St. Pauli.

»Wir können uns wohl getrost auf die drei weiblichen Namen konzentrieren.«

»So einfach ist es nun auch wieder nicht. Manchmal geben Frauen Männernamen an und kleiden sich auch wie Kerle, damit sie sicherer sind.«

»Aber die Namen sind doch wohl durch den Computer vom Sozialamt gelaufen?«

»Noch nicht. Der Antrag läuft.«

»Macht ruhig etwas Dampf. Rückt ihnen notfalls persönlich auf die Pelle.«

»Alles klar.« Die Antwort der Männer kam beinahe zeitgleich.

Neubauer musterte ihre Kollegen. Jetzt taten sie, als hätten sie von Anfang an alles gewusst. Wenigstens kam endlich Bewegung in die Sache. Trotzdem nagte etwas in ihrem Unterbewusstsein. Eine dunkle Vorahnung. Wie zur Bestätigung schob sich in diesem Moment eine Wolke vor die Sonne und das Licht im Raum verdunkelte sich. Neubauer schauderte.

»Wenn es so ist …«, sie verstummte. Versuchte, ihre vage Befürchtung in eine konkrete Formulierung umzuwandeln.

»Wir müssen auf unsere Unbekannte aufpassen.« Van Veen bewies sein Gespür für Zwischentöne.

Sie nickte erleichtert. »Genau.«

»Aminata, wir beide fahren ins Krankenhaus. Kai und Andreas, ihr kümmert euch um die Obdachlosen.« Van Veen stand auf.

»Heute, im Laufe des Abends, kommt Adam zurück. Morgen früh wissen wir hoffentlich mehr über Marlene Winter.«

Er wandte sich den männlichen Kommissaren zu.

»Der Schmutzrand in der Badewanne, die Tatsache, dass Hände und Kopfhaar entfernt wurden … Unser Fallanalytiker hat schon das *Schweigen der Lämmer* nachgestellt.« Van Veen grinste flüchtig. »Ehrlich gesagt, fand ich das gleich überzogen. Schlagwörter wie Psychopath, Fetisch – womöglich noch Serienmörder! Da bleibe ich gern realistisch. Wir sind doch nicht im Kino.«

Guenther warf von Wendsheim einen Blick zu. Van Veen sprach unbeirrt weiter: »Jetzt haben wir endlich eine konkrete Spur.« Er schlug mit der Faust in seine Handfläche. »Aminata hatte recht, auch der billige Fusel passt. Genau wie das zerschmetterte Gesicht der Leiche.«

Nach diesem für ihn hochemotionalen Ausbruch ging er zur Tür. Mit einer Handbewegung winkte er Neubauer, ihm zu folgen.

38

Landung in Fuhlsbüttel. Unter ihm die Langenhorner Chaussee, ein Möbeldiscounter, ein Baumarkt, ein Gartencenter und dann die Luftwerft. Winzige Bauklötze, die langsam größer wurden. Willkommen in Hamburg. Adam war froh, dass er seinen Mustang am Flughafen geparkt hatte.

Da er nicht auf Gepäck warten musste, stürmte er sofort aus der Ankunftshalle. Er nickte den beiden Zollbeamten automatisch zu und erinnerte sich an seinen ersten Auftritt am Flughafen vor gut einem Jahr. Damals hatte er Wagner kennengelernt.

Die Automatiktür glitt vor ihm auseinander und gleich darauf passierte er die Schwingtür hinter dem Ankunftsbereich. Gewohnheitsmäßig wandte er sich nach rechts, wo der Blumenladen war. Er zögerte einige Sekunden. Dann hatte er sich orientiert und betrat die Drehtür nach draußen. Zwei junge Frauen in Uniform folgten ihm in den gläsernen Kreisel. Er stand zu dicht an der Tür und brachte das Karussell zum Stehen. Die Frauen sahen ihn vorwurfsvoll an. Er reagierte nicht. Trugen sie die Uniform von Leos Fluggesellschaft?

Unwichtig. Es gab nur einen wichtigen Gedanken in seinem Kopf. Einen Namen. *Felix Kleber*. Er fischte den Parkschein aus seiner Brieftasche und bezahlte. Dann ging die Sucherei los. Wenigstens hatte er die Koordinaten seines Parkplatzes auf dem Schein notiert. Unter niedrigen Parkhausdecks, zwischen Säulen und Treppenaufgängen, suchte er nach der korrekten Buchstaben-Zahlen-Kombination. Zum Glück war es nicht voll und nach einigem Herumirren konnte er den schmutzig-weißen Shelby am Ende einer Reihe langweiliger Pkws ausmachen.

Aufatmend ließ er sich auf den Sitz fallen. Er drehte den Zündschlüssel. Das satte Blubbern des Motors erfüllte ihn mit Zuversicht. *Highway to Hell* dröhnte aus den Lautsprechern, als Adam den Weg nach Volksdorf einschlug.

Auf halber Strecke fiel ihm ein, dass er Louisa vielleicht anrufen sollte. Oder besser Sophia. Bevor er es sich anders überlegen konnte, suchte er die Nummer und drückte auf »Wählen«. Während es klingelte, wurde ihm mulmig. Am liebsten hätte er das Ganze abgebrochen.

Zu spät.

»Kleber«, kam Sophias Stimme über den Lautsprecher.

Adam räusperte sich.

»Hallo?«, sagte sie, während er sich noch sammelte. Aber bevor sie auflegen konnte, hatte er sich gefasst.

»Ich bin's«. Schweigen. »Sophia, wir müssen reden.«

»Ach was.«

»Lass den Scheiß. Du weißt, worum es geht. Was du mit deinem Leben machst, ist deine Sache – aber hier geht es um das Wohl meiner Tochter.«

Er hatte es sich geschworen: Nicht provozieren lassen, absolut objektiv bleiben. Er würde nichts gewinnen, wenn Sophia sich in die Enge getrieben fühlte. Bis eben hatte sie wahrscheinlich noch nicht einmal etwas von seinem Gespräch mit Louisa gewusst. Sie schwiegen beide.

Ohne dass er es verhindern konnte, sah er sie plötzlich vor sich. Sophia. Er wollte nicht an sie denken. Vor allem nicht daran, wie verrückt er nach ihr gewesen war. Nach dieser Frau, die so weit außerhalb seiner Reichweite gewesen zu sein schien. Er hatte sie bei einer Ermittlung kennengelernt. Wo auch sonst! Ihre Mutter war ebenfalls involviert gewesen. Sie hatte sofort gemerkt, wie es um ihn stand. Daraufhin hatte sie Himmel und Hölle in Bewegung gesetzt, um jeglichen privaten Kontakt zwischen ihm und ihrer Tochter zu unterbinden. Vergeblich. Dieses eine Mal hatte Sophia sich ihrer Mutter gegenüber behauptet.

Adam wusste inzwischen, dass Louisa nicht seine leibliche Tochter war. Eine schockierende Erkenntnis. Vor allem, da Sophia ihm und der Affäre, die er gehabt hatte, die Schuld an ihrer Trennung gab. Während sie ihn betrogen hatte und sein Kind nicht sein Kind war. Wenn es jedoch etwas in seinem Leben gab, für das Adam dankbar war, dann war es die Tatsache, dass Sophia seine Vaterschaft nie angezweifelt hatte.

Etwas ruhiger fuhr er fort: »Treffe ich Herrn Kleber zu Hause an?«

Sie antwortete nicht. Adam presste die Kiefer zusammen und die Hände ums Lenkrad.

»Also …«, quetschte er hervor. Seine Ruhe verpuffte bereits wieder. Der Gedanke an diesen Wurm Felix Kleber reichte. Der Kerl war so klebrig wie sein Name, aber vor allem hatte er Sophia geschlagen. Vor den Augen seiner Tochter!

»Er müsste bald nach Hause kommen. So in den nächsten ein bis zwei Stunden«, murmelte seine Exfrau.

Grimmig umfasste Adam das Lenkrad noch etwas fester. Seine Kieferknochen mahlten.

»Wie schön. Dann können wir uns ja unterhalten.«

»Siegfried, ich weiß nicht, was du dir ausmalst. Deine gestörte Fantasie ist wahrscheinlich eine Berufskrankheit – aber glaube mir, so ist es nicht.«

Adam hob eine Augenbraue und schwieg.

»Lass es uns gemeinsam erklären«, sagte sie in bittendem Tonfall.

»Ihr könnt mir erklären, was ihr wollt«, erwiderte Adam, »mich interessiert nur Louisa. Wenn ich auch nur den Abdruck eines Fingers an ihr finden sollte – du kannst dir gar nicht vorstellen, was dann passiert.«

»Siegfried, bitte! Willst du sie wirklich einer Untersuchung aussetzen? Ich schwöre dir, dass er ihr nichts getan hat. Wofür hältst du mich denn? Glaubst du, ich hätte so etwas zugelassen?«

»Man wundert sich. Ich hätte auch nie gedacht, dass du auf Prügel stehst. Hätte vielleicht einiges vereinfacht, wenn ich das früher gewusst hätte …«

»Arschloch!«

»Danke.«

Adam beendete das Gespräch. Er starrte durch die Windschutzscheibe und versuchte, seine Aufmerksamkeit wieder auf die Straße zu richten. Dieser selbstgefällige Scheißkerl – hatte er Louisa etwas angetan? Abgesehen von der Tatsache, dass er vor ihren Augen ihre Mutter geohrfeigt hatte? Was machte das mit einem kleinen Mädchen, wenn es Zeuge einer aggressiven Handlung wurde? Ihre Mutter wurde geschlagen, und der Täter fühlte sich hinterher auch noch im Recht. Adam schlug gegen das Lenkrad. Verdammt!

Unzählige Sozialpädagogen hatten bei unzähligen Ermittlungen Schreckensszenarien heruntergebetet. Er knirschte mit den Zähnen.

Draußen wurde es dunkler. Der Baumbestand nahm zu und die mehrstöckigen Häuser im gleichen Maße ab.

Da war schon die Einfahrt. Kies spritzte unter den Reifen auf. Adam stieg aus und schmiss die Tür ins Schloss. Mit langen Schritten ging er auf das Haus zu. Das Tageslicht verschwand nun schneller. Eine getigerte Katze schlich über den Rasen, sattes Grün war zu grau verblasst, nur der Kies leuchtete noch weiß. Die Katze blieb stehen und streckte sich, tat so, als würde sie ihn nicht beachten. Für den Bruchteil einer Sekunde fragte er sich, ob sein Horrorszenario vielleicht übertrieben war.

An der Tür baumelte ein Strohkranz in Herzform. Ein selbstgebackenes Tonschild teilte ihm ungefragt mit, dass hier Sophia, Louisa, Felix und Chica Kleber lebten, wohnten und spielten. Während der Westminsterklang der Türglocke im Hintergrund verhallte, dachte er: Vielleicht verpassten sie sich auch gelegentlich einen Satz heiße Ohren!

Warmes Licht strömte ihm entgegen und aufgeregtes Kläffen ertönte, als Louisa die Tür aufriss. Sie hatte den Wettlauf mit dem Hund zwar gewonnen, aber nur um wenige Meter. Chica, der winzige Norfolk-Terrier, sprang wie ein Mini-Derwisch um Adam herum. Adam ging in die Hocke und zog Louisa an sich. Dabei versuchte er, Chica gleichzeitig abzuwehren und zu kraulen. Er hatte keine Lust auf Hundeküsse. Die Katze hinter ihm mauzte einmal verächtlich, bevor sie verschwand. Als er sich aufrichtete, begegnete er Sophias Blick.

»Hallo.«

»Hi!«

Sie verschränkte die Arme und zog ihre Strickjacke fester um sich. Kaschmir, natürlich. Abgesehen von fast unmerklich geröteten Augen war sie elegant wie immer. Perlen am Hals und in den Ohrläppchen. Sie war kaum geschminkt, doch der matte Glanz der Perlen unterstrich ihre Schönheit.

Adam räusperte sich.

»Gehen wir in die Küche«, sagte er mit rauer Stimme. In der Küche setzten sie sich wie selbstverständlich auf ihre alten Plätze an dem großen Esstisch.

»Möchtest du einen Kaffee?«, fragte Sophia.

Louisa wollte auf seinen Schoß.

»Schatz, gehst du schon mal in dein Zimmer? Papi kommt gleich. Dann lese ich dir eine Gutenachtgeschichte vor. Du darfst sie auch aussuchen.«

Adam versuchte ein aufmunterndes Gesicht.

»Das ist noch viel zu früh«, maulte seine Tochter.

»Louisa«, mahnte ihre Mutter.

Erst als Adam versprach, sich später ihre Bilder und die neuen Schulsachen anzusehen, zog sie sich widerstrebend in ihr Zimmer zurück. Er war mit seiner Exfrau allein.

»Keinen Kaffee«, sagte er.

Plötzlich fühlte die Situation sich unwirklich an. Mitten in den Ermittlungen saß er in seiner ehemaligen Küche, zusammen mit seiner geschiedenen Frau. Die vielleicht das Opfer häuslicher Gewalt war. Er schloss für einen Moment die Augen.

Sophia stellte wortlos ein Glas Rotwein vor ihn. Der Hund war auf den Stuhl neben ihn gesprungen.

»Er hat dich geschlagen?« Adam stellte die Frage mit geschlossenen Augen. Daher konnte er ihren Gesichtsausdruck nicht sehen. Er hatte auch nicht gesehen, wie sie die Flasche geholt und Wein in zwei Gläser geschenkt hatte.

Nach einer Weile öffnete er die Augen. Sophia saß ihm gegenüber. Leicht zurückgelehnt hielt sie ihr Weinglas zwischen den Händen. Er rutschte auf seinem Stuhl nach vorn, beugte sich zur Seite, kraulte den Hund. Tat alles, um ihrem Blick nicht begegnen zu müssen. Sie sah ihn unverwandt an. Das Geräusch eines Schlüssels im Schloss der Haustür ließ beide zusammenfahren.

Langsam erholte ich mich. Ich gab aber vor, mich immer noch nicht frei bewegen zu können. Jeden Morgen kam seine Schwester mit meiner Medikamentenration. Schluckte ich die Tabletten brav, war sie beinahe freundlich. Aber ich schluckte die Pillen schon lange nicht mehr. Bis sie das Zimmer verließ, sammelte ich sie unter meiner Zunge und hoffte, dass die Schutzhülle halten würde, bis sie endlich ging. Bis dahin war mein Mund von einem unerträglichen, bitter metallischen Geschmack erfüllt. Kaum war sie weg, drehte ich mich zur Wand und spuckte die Tabletten in meine Hand. Ich war sehr vorsichtig, denn mittlerweile musste ich davon ausgehen, dass sie irgendwo eine Kamera versteckt hatten. Das war mir klargeworden, nachdem sie eines Morgens in das Zimmer gestürmt kam und den Zeitungsausschnitt unter dem Bettlaken hervorgezogen hatte.

Es gab Brötchen und Marmelade zum Frühstück, sogar Kaffee. Aufgrund der Tabletten ging ich davon aus, dass sie das Essen nicht vergiften würden. Die Medikamente dürften dafür wohl ausreichen. Aber es wurde Zeit, etwas zu unternehmen. Wer weiß, wie schnell die Tabletten wirken sollten. Vielleicht war ich schon überfällig …

Ich durchsuchte das Zimmer nach dem Versteck der Kamera. Das war mühsam, weil ich ja nicht aufstehen

und mich nicht zu auffällig umsehen durfte. Endlich glaubte ich, etwas entdeckt zu haben. Ja, ich war mir sicher! Dort musste es sein. Der Fernseher, den sie mir aufgestellt hatten, hatte mit Sicherheit auch eine Kamerafunktion. Die Kontrolllampe leuchtete im ausgeschalteten Zustand weiter. War es möglich, dass sie mich nur beobachten konnten, wenn der Apparat ausgeschaltet war?

Ich beschloss, meine Vermutung zu überprüfen.

39

Val legte ihrer Angestellten eine Hand auf die Schulter.

»Ich habe eine Idee, wer etwas wissen könnte …«

Peters bewegte zweifelnd den Kopf.

»Entschuldige, aber deine Ideen waren in letzter Zeit nicht ganz ungefährlich.«

Val lachte laut auf.

»Keine Angst, ich kann auf mich aufpassen. Immerhin verdanken wir meiner Malaise die Zusammenarbeit mit Claudia.«

Peters runzelte die Stirn. »Was dabei herauskommt, muss sich erst noch zeigen. Lass mich einfach mitkommen. Wenn es wirklich so ungefährlich ist, wo ist dann das Problem?«

Aber Val schüttelte nur nachdrücklich den Kopf. »Non, ma chère. Du hast Telefondienst.«

»In den Zeiten des Internets und der drahtlosen Kommunikation! Du bist wirklich ein Spaßvogel.« Sie musste wider Willen lachen.

»Also ist es beschlossen. Immerhin bin ich deine Chefin. Ich melde mich, sobald ich etwas herausgefunden habe. Es könnte sein, dass ich zwischendurch eine Zeit lang nicht zu erreichen bin. Mach dir darüber keine Gedanken. Wenn du mir etwas mitteilen musst, sprich mir auf die Box und versuch es später noch mal. Gerate auf keinen Fall in Panik, nur weil du ein paar Stunden nichts von mir hörst!« Sie hob Peters' Kinn und sah ihr in die Augen.

Peters seufzte. »Du bist einfach unverbesserlich. Diese Aktion gefällt mir überhaupt nicht. Und du weißt ganz genau, dass du bei deinem Bruder niemals damit durchgekommen wärst.«

Mit einem breiten Grinsen schloss Val die Haustür hinter sich. Sie stieg in ihren Wagen. Das Cabrio stand wie immer direkt vor der Tür. Einige Minuten blieb sie angeschnallt sitzen. Schließlich fuhr sie los, bevor sie es sich anders überlegen konnte. Sie war sich ihrer Mission keineswegs so sicher, wie sie Peters gegenüber behauptet hatte. Es galt, eine neue Quelle anzuzapfen. Das war zwar aufregend, aber was dabei herauskam, war unmöglich vorherzusehen. Lag sie falsch, war diese Quelle bestenfalls ein Irrtum. Sie konnte aber genauso gut gefährlich sein. Unter ihrem Pflaster ziepte es. Das erinnerte sie an ihre letzte Fehleinschätzung.

»Merde«, zischte sie mit zusammengebissenen Zähnen.

Inzwischen war sie in der Nebenstraße der Reeperbahn angekommen und fuhr achtlos in eine Parklücke. Einen Parkplatz in dieser Gegend zu finden, war in etwa so wahrscheinlich wie ein Sechser im Lotto. Aber Val hatte noch nie einen freien Platz suchen müssen. Sie stieg die wenigen abgewetzten Stufen hinunter und öffnete die Tür. Die Glöckchen klingelten, als sie den Vorhang zur Seite schob. Unbewusst hatte sie darauf gewartet, trotzdem zuckte sie bei dem heiseren Knurren zusammen. Der Höllenhund!

Peters langweilte sich im Büro. Sie ging die Aufzeichnungen durch, die sie bisher gemacht hatte, und versuchte, die Informationen in einen Kontext zu bringen. Das reinste Flickwerk. Es passte vorne und hinten nicht zusammen, überall Lücken. Plötzlich klingelte es.

»Detektei Wagner«, flüsterte sie in den Hörer der Gegensprechanlage. Sie war sich nicht sicher, warum, aber ihr war nicht wohl in ihrer Haut.

Eine männliche Stimme nannte kaum verständlich einen Namen. Ihr Finger schwebte über dem Summer.

»Entschuldigung, ich habe Sie nicht verstanden.«

Keine Antwort. Widerstrebend drückte sie auf den Knopf. Schwere Schritte kamen die Treppen hoch. Schnell vergewisserte sie sich im Spiegel, dass ihre blonde Perücke richtig saß. Ein großer Mann vor der Tür. Nicht unattraktiv, vielleicht eine Spur zu verlebt. Sie bat ihn, im Konferenzzimmer Platz zu nehmen.

»Möchten Sie einen Kaffee?«

Er schüttelte den Kopf.

»Es tut mir leid, aber meine Chefs sind zurzeit beide nicht im Haus.«

Ihre Gedanken klebten irgendwie zusammen. Das war doch Winter, oder? Sie traute sich nicht nachzufragen, er hatte seinen Namen ja schon genannt.

»Wie kann ich Ihnen weiterhelfen? Herr, äh, Winter?«

Er antwortete nicht sofort. Stattdessen sah er sich in aller Ruhe um.

»Meine Frau hat mich angerufen.«

Sie sah ihn an. Wartete auf eine Fortsetzung und wollte nicht unhöflich sein. Sein Blick wanderte von den Schwarzweißfotos aus Agatha Christie-Verfilmungen zu dem Porträt von Sherlock Holmes. Schließlich blieb er spöttisch an ihr hängen. Er beugte sich vor. Seine Züge verzerrten sich zu einer wütenden Grimasse. Es war, als würde eine Maske von seinem Gesicht gezogen.

»Jemand aus ihrem Möchtegern-Detektivbüro hat sie belästigt.«

Sein Gesicht war nur zentimeterweit von ihrem entfernt. Sie wich zurück.

»Ich wiederhole mich ungern. Sollte das noch einmal vorkommen ...«

Peters starrte ihn an. Ruhig bleiben, dachte sie.

»Soll das eine Drohung sein?«

»Wie möchten Sie es nennen? Es ist mir eigentlich egal. Fest steht: Sollte eine von Ihren Kanaillen meiner Frau noch ein einziges Mal zu nahe kommen, werden Sie es bereuen.« Er nickte dem Sherlock an der Wand erneut spöttisch zu. »Beten Sie, dass es nicht dazu kommt.«

Er stand brüsk auf. Sie erhob sich ebenfalls und folgte ihm zur Tür. Kaum war er im Treppenhaus verschwunden, raste sie ins Bad. Mit zitternden Fingern riss sie sich den Blondschopf herunter. Arschloch!

Sie stützte sich auf den Waschbeckenrand. Aus dem Spiegel sah ihr ein blasses Gesicht entgegen. Es galt, keine Zeit zu verlieren! Sie holte eine dunkle Lockenperücke aus ihrer Tasche. Es war beinahe ihre Naturfarbe, aber das Braun ließ ihr Gesicht herber erscheinen. Sie zog eine Jacke über, schloss die Tür ab und folgte Winter mit schnellen Schritten.

Der Plastiktisch wackelte. Er bückte sich, faltete dabei einen Bierdeckel zusammen und schob ihn unter das Tischbein. Ein Automatismus. Leo hatte seine Aktion desinteressiert verfolgt, sie hob nur kurz die Ellenbogen vom Tisch.

Angerboda war mit Leo in eine Café-Bar gegangen. Sie war ihm fast willenlos gefolgt, das hatte ihn schon beunruhigt, und nun saß sie ihm bleich wie ein Gespenst gegenüber. Seine Sorge um sie wurde immer größer. Sie war nur ein Schatten ihres früheren Selbst.

Er hatte nicht damit gerechnet, dass sie so abdriften würde. Während er versuchte, ihren Blick einzufangen, erschien die schwarzgelockte Kellnerin zum wiederholten Mal an ihrem Tisch. Irgendwie schien sie sich die ganze Zeit in ihrer Nähe aufzuhalten. Nach einem glutäugigen Blick auf Angerboda fragte sie, ob sie ihnen nicht doch noch etwas bringen könnte.

Er seufzte. »Wirklich, wir hätten einfach gern etwas Privatsphäre!« Es fiel ihm schwer, richtig unhöflich zu werden. »Gut, zwei Café Solo noch. Und dann die Rechnung, bitte.«

Er wandte sich wieder Leo zu.

»Leo, hallo! Rede mit mir! Wir fahren gleich in dein Hotel. Es wäre schön, wenn du mir vorher noch etwas erzählen könntest. Zum Beispiel, was sich unmittelbar vor und nach Felipes Verschwinden abgespielt hat.«

Leo sah in ihre leere Tasse.

»Leo!«

Wieder die Kellnerin. Sie brachte die Kaffees. Angerboda wühlte nach seinem Portemonnaie. Er zahlte und versuchte, den schmachtenden Blick der jungen Frau zu ignorieren.

Leo war so apathisch. Plötzlich war er sich nicht sicher, ob er die Situation im Griff hatte.

»Bitte, Leo, magst du nicht deinen Kaffee trinken?«

»Marlene Winter.« Leo schien aus einer Trance aufzuwachen. Mit heiserer Stimme fuhr sie fort: »Sie hat Felipe etwas angetan! Ihre Geschichte, dass er sie bedrängt hat, das stinkt doch zum Himmel. Warum also behauptet sie das? Ich verstehe es einfach nicht. Aber ich bin mir sicher, dass er in Gefahr ist.« Sie sah auf einmal sehr entschlossen aus. »Wir werden nicht in mein Hotel zurückfahren, wir dürfen keine Zeit verlieren!« Endlich war Farbe in ihr Gesicht zurückgekehrt.

Angerboda griff nach ihrer Hand. Während er sie zwischen seine Pranken quetschte, sagte er: »Verflucht, Leo! Du glaubst nicht, wie froh ich bin, dass du wieder da bist. Wir können jetzt gleich zu Winters Finca fahren. Und wenn du recht hast, werden wir dort auch etwas finden. Aber auf dem Weg will ich endlich die ganze Geschichte hören.«

Er war so erleichtert darüber, dass Leo aus ihrer Teilnahmslosigkeit erwacht war, dass er es kaum erwarten konnte aufzubrechen. Ruhig Blut, dachte er und ignorierte das nervöse Zucken seines Knies.

Vor der Tür atmete er tief ein. Die Luft war nicht mehr lau, eine leichte Kühle hatte sich hineingeschlichen. Bald würde es dunkel sein.

Angerboda sah Leo an und streckte auffordernd die Hand aus. Zögernd legte sie den Autoschlüssel hinein. Beim Einsteigen in den Twingo fluchte er. Definitiv kein Fahrzeug seiner Wahl.

Leo lehnte den Kopf an die Nackenstütze und schloss die Augen. Angerboda musterte sie von der Seite. Während die Hauptstraße zwischen den Vorderrädern verschwand, wurden die Schatten draußen länger und die Konturen grau. Bevor der Feldweg zur Finca vor ihnen auftauchte, begann Leo endlich zu reden. Marlene Winter, Wagner, Felipe und der Mann aus Schottland. Welche Rolle der mysteriöse Fremde bei den Ereignissen spielte, war für Angerboda allerdings ein Rätsel.

Das Ende der Schotterpiste lag direkt vor ihnen. Angerboda hatte den Kleinwagen während Leos Erzählung durch tiefe Furchen lenken müssen. Auf beiden Seiten säumte Buschwerk den Weg, er musste die Spur halten, um nicht zu weit in das Gestrüpp hineinzugeraten. Jeder weitere Meter würde sie jetzt aus der Deckung der Sträucher herausführen. Er stellte den Motor ab. Ein Schweißfilm glänzte auf seiner Stirn, die Anstrengungen der letzten Stunden machten sich bemerkbar.

Leo holte tief Luft. »Ich habe hier schon einige Zeit verbracht.« Sie wandte den Kopf und sah ihn an. Ihre hellgrünen Augen bohrten sich in seine. Keine Chance, diesem Blick auszuweichen. »Daher kann ich dir sagen – hier herumzustehen, bringt nichts!«

Angerboda seufzte. Gewaltsam löste er den Blickkontakt und sah aus dem Fenster. Um sie herum stahl sich das Licht endgültig davon. Jeder Strauch und jeder Busch verwandelte sich in etwas Unbekanntes, Mystisches, möglicherweise Gefährliches.

»Was schlägst du vor?«

Er musste sich zwingen, nicht daran zu denken, dass Leos Bruder in diesem Augenblick womöglich zerschmettert am Grunde eines Abhangs lag. Energisch drehte er sich zurück.

Leo schien seine Gedanken zu erraten. Eine Wolke zog über ihr Gesicht. »Wir dürfen ihn nicht aufgeben. Ich würde es spüren, wenn …«

»Wir erkunden das Gelände.« Angerboda versuchte, zuversichtlich zu klingen.

Sie nickte und biss die Zähne zusammen, um ihre Angst nicht herauszuschreien. Sie wusste nicht, ob sie sonst jemals wieder aufhören könnte zu schreien.

Peters zögerte. Was sollte sie tun, wenn Winter, was wahrscheinlich war, demnächst in seinen Wagen steigen würde? Sie folgte ihm die Straße entlang und fragte sich, wo er geparkt haben könnte. In dem Moment, als die Lichter eines Mercedes' am Fahrbahnrand eingeschaltet wurden, tauchte wie durch ein Wunder ein Taxi mit beleuchtetem Schild neben ihr auf. Sie hielt es an, ohne nachzudenken. »Folgen Sie dem Mercedes«, sagte sie.

»Das ist nicht ihr Ernst!« Der Taxifahrer wandte sich zu ihr um.

»Doch«, sagte sie mit fester Stimme. »Geben Sie zu, darauf haben Sie schon eine Ewigkeit gewartet.«

»Ich habe keine Lust, in eine Geschichte von betrogenen Eheleuten hineingezogen zu werden.«

»Keine Angst. Ich bin Privatdetektivin.« Die Lüge kam ihr erstaunlich leicht über die Lippen. Auf jeden Fall setzte das Taxi sich endlich in Bewegung und folgte Winters Wagen. Der Fahrer schüttelte den Kopf. Es gelang ihr, das Absurde der Situation und ihre eigene Unsicherheit auszublenden.

Leicht vorgebeugt saß sie auf dem Rücksitz und starrte auf die roten Lichter von Winters Mercedes. Der Ehrgeiz des Taxifahrers war nun anscheinend geweckt worden. Er fuhr jetzt sehr konzentriert, hielt ständig einen unauffälligen Abstand zu dem Verfolgten, achtete aber darauf, sich nicht abhängen zu lassen. Er schien Spaß an der Sache gefunden zu haben.

Peters stemmte sich mit beiden Händen gegen den Vordersitz. Die Ehrenbergstraße flog vorbei. An der Kreuzung vor der Reeperbahn fiel ihr siedend heiß etwas ein. Sie fischte in ihrer Handtasche nach dem Portemonnaie. Hatte sie genügend Bares dabei? Sie zog die Geldbörse ein Stück aus der Handtasche und sah hinein. Während sie hektisch Zehneuroscheine zählte, kam das Taxi mit einem Ruck zum Stehen. Einige Münzen flogen aus ihrem Kleingeldfach.

Die schokoladenbraunen Augen des Taxifahrers musterten sie im Rückspiegel. »Ihr Mercedes scheint hier halten zu wollen.« Sie sah nach vorn durch die Windschutzscheibe. Tatsächlich, Winter hielt ein gutes Stück vor ihnen am Fahrbahnrand. Was nun? Der Taxifahrer wartete jedenfalls auf seine Entlohnung.

»Soll ich hier auf Sie warten?«, fragte er nach einer kurzen Pause. Peters zögerte. In einem Taxi hinter einem Wagen herzufahren war eine Sache – aber jemanden ernsthaft zu verfolgen? Im besten Fall bemerkte Winter sie nicht oder hängte sie ab. Im schlimmsten Fall war er gefährlich – und dazwischen lagen Hunderte von Möglichkeiten.

Das Taxi mit laufendem Taxameter für unbestimmte Zeit hier festzusetzen, überstieg auf jeden Fall ihre Finanzen.

Die Innenbeleuchtung des Mercedes' war schon seit geraumer Zeit erloschen. Winter war nur schemenhaft zu erkennen, aber es sah so aus, als würde er ein äußerst emotionales Telefongespräch führen.

Als die Fahrertür des Mercedes aufschwang, fasste Peters einen Entschluss.

»Danke für das Angebot, aber ich weiß nicht, wie lange es dauert. Was schulde ich Ihnen?«

Der Taxifahrer zuckte mit den Schultern.

»13,60 Euro«, erwiderte er.

Im selben Moment, als sie »16« sagte, lachte er. »Ach was, sagen wir zehn – das war mir der Spaß wert!«

Sie stand neben dem Taxi, zog die Schultern hoch und sah Winters verschwindendem Rücken hinterher. Ihr Hals war wie zugeschnürt. Schließlich kratzte sie ihren Mut zusammen und folgte ihm. Aus den Augenwinkeln nahm sie wahr, dass das Taxi immer noch hinter ihr stand. Erst nachdem sie sich mehrere Meter entfernt hatte, setzte es den Blinker und fuhr los.

Mit einem Mal fühlte sie sich grenzenlos allein. Niemand wusste, wo sie gerade war und dass sie Winter verfolgte. Der Taxifahrer wäre zwar ein Zeuge, aber bis man ihn ausfindig gemacht hätte – in der Zwischenzeit konnte viel passieren. Als der cremefarbene Wagen an ihr vorbeifuhr, blinkte der Fahrer kurz auf. So viel zur Unauffälligkeit, dachte sie. Aber der Mann in dem beigen Trench schien es nicht bemerkt zu haben.

Es war das gleiche skurrile Szenario. Déjà-vu – der knurrende Hund, der heiser krächzende Husten irgendwo aus dem Halbdunkel am anderen Ende des Raumes. Sie holte tief Luft. Die Luft war abgestanden und trocken. Es roch nach altem Schweiß und etwas Metallischem. Das Klingeln der Glöckchen verhallte hinter ihr an der Eingangstür. Sie umklammerte ihre Handtasche ein wenig fester und schob sich weiter in den Raum. *Vielleicht* war zwar nicht viel, aber besser als nichts. Bei dem Gedanken glitt ein Schatten über ihr Gesicht. Sie hatten keine Alternative. Dieses *Vielleicht* war zurzeit ihre beste Chance.

Die klapperdürre Gestalt in dem Sessel hatte sie schon beim ersten Zusammentreffen fasziniert. Dieses Mal war sie wenigstens vorbereitet. Trotzdem, der Anblick blieb bizarr. Sie fragte sich, warum der Gedanke sich so hartnäckig in ihr festgesetzt hatte, dass sie ausgerechnet hier etwas erfahren könnte. Aber sie schluckte auch diese Zweifel hinunter, um der zweifellos spöttischen Begrüßung zuvorzukommen. Sie schaffte es nicht ganz.

»Sehnsucht?«, fragte die Stimme. Der Rest wurde von einem Hustenanfall erstickt.

Val räusperte sich. Die Laute wollten nicht kommen. Ihre Stimmbänder waren schon vom Zuhören belegt. »Eher eine vage Hoffnung«, brachte sie schließlich hervor.

Der Hustenanfall hatte sich gelegt.

»Auf Erleuchtung?«

»Auf Informationen.«

»Informationen worüber? Tätowierung im Wandel der Zeit?« In die Stimme hatte sich ein wachsamer Ton geschlichen.

»Wohl kaum.«

»Also was dann?«

Schon auf dem Weg hierher hatte Val nach der passenden Antwort auf diese Frage gesucht. Zögernd brachte sie ihr Anliegen vor. In der darauffolgenden Stille war für einen Moment nur der hechelnde Atem des Hundes zu hören.

»Unter einer Bedingung.« Seltsam körperlos schwebte die Stimme auf sie zu. Vielleicht erschien es ihr auch nur so, weil der Stimme diesmal das übliche Röcheln fehlte. Aber die Worte waren eindeutig, ihr Inhalt unmissverständlich.

Val wurde blass. »Das ist nicht dein Ernst?«

Die hageren Schultern zuckten, danach folgte unweigerlich ein Hustenanfall. Vals Blicke wanderten von der Gestalt zu dem Hund. Die Stille war unerbittlich. Minuten verstrichen. Dann schien plötzlich eine fremde Macht Vals Kopf wie in Zeitlupe auf und ab zu bewegen. Das konnte nicht sie selbst sein, die zu seiner unerhörten Forderung nickte.

Wohin wollte Winter? Sie überquerten eine alte Steinbrücke und ließen die Wallanlagen und Planten un Blomen hinter sich. Plötzlich wurde Winter schneller, der Abstand zwischen ihnen vergrößerte sich. Peters musste die Schritte beschleunigen. Ihre Augen fest auf Winters Rücken gerichtet, eilte sie am Sievekingplatz mit dem Justizforum vorbei. Als rechts die Glasfassaden der Messehallen ins Bild kamen, begann sie zu schwitzen. Bei dem Tempo, das Winter vorlegte, wurde ihr sehr warm unter der Perücke. Schweißperlen krochen heraus und liefen ihre Schläfen herunter. Sie kratzte sich am Haaransatz, sah dabei kurz zur Seite.

Gerade hatten sie den Platz mit der Russischen Orthodoxen Kirche passiert. Ein Zipfel vom Heiligengeistfeld war noch zu sehen. Wo zum Teufel wollte er hin? Die Straße machte einen Knick. Er ging weiter, vorbei an den Fassaden alter Mehrfamilienhäuser, vorbei an den Schaufenstern kleiner ökologischer Ladengeschäfte und Cafés.

Peters wäre beinahe frustriert stehen geblieben. Es gab unzählige Möglichkeiten, hier unterzutauchen. Hinter Toreinfahrten versteckten sich nicht nur verwunschene Hinterhöfe, von einigen führten auch Schleichwege zu Ausgängen in anderen Straßen. Verschwand er einmal in diesem Gewirr, konnte sie sich gleich ein Taxi nach Hause rufen. Mittlerweile hatten sie die Karolinenstraße erreicht. Er folgte weiter dem Straßenverlauf und sah sich kein einziges Mal um.

Sie verfluchte ihre bescheuerte Idee, ihn auf eigene Faust zu verfolgen. Warum war er überhaupt so früh ausgestiegen? Er hätte bequem mit dem Wagen weiterfahren können. Sie wühlte im Gehen in ihrer Handtasche, wich dabei einem Touristenpärchen aus, das plötzlich stehenblieb und einen Selfiestick hochreckte. Endlich bekam sie ein Taschentuch zu fassen und wischte sich damit über die Stirn.

Winter bog links in die Lagerstraße ab, sie folgte ihm im Laufschritt um die Ecke. Dann blieb sie stehen und riss die Augen auf. Winter war nicht mehr zu sehen! So angestrengt sie auch in alle Richtungen schaute, er blieb verschwunden.

Zögernd ging sie weiter. Im zunehmenden Dämmerlicht verlor ihre Umgebung die Konturen. Sie sah sich immer wieder um. Keine Spur von Winter. Auch sonst befand sich hier niemand außer ihr. Die Luft war kühl und sie begann zu frösteln. Diese Gegend war wirklich nichts für Fußgänger. Lagerhallen und Verladerampen, Industriegebiet. Sie wusste, dass es wenige Hundert Meter weiter ein Steakhaus gab. Erst langsam, dann immer schneller lief sie darauf zu. Wie eine Fata Morgana tauchte der Parkplatz des Restaurants auf. Vor dem Eingang die Konturen eines Mannes, nur ein Schattenriss. Sie erkannte ihn trotzdem – Winter!

Er ging vor dem Eingang auf und ab und hielt ein Handy ans Ohr. Ihre Freude darüber, ihn so unverhofft wiedergefunden zu haben, trübte sich genauso schnell, wie sie aufgetaucht war.

Was war jetzt zu tun? Sollte sie einfach abwarten, möglichst unauffällig? Traf »unauffällig« überhaupt noch zu? Konnte sie sicher sein, dass er sie nicht längst bemerkt hatte? Hatte er sich gerade einen Spaß daraus gemacht, sie abzuhängen? Sie wich unwillkürlich einen Schritt zurück.

Währenddessen beendete Winter sein Telefonat und verschwand durch die automatischen Glastüren. Peters war schon in dem Restaurant gewesen. Eine ehemalige Schlachthalle. Die Treppe führte in den ersten Stock, viel Glas und Lagerhallen-Ambiente mit alten Ziegeln. Im Restaurant selbst weiß eingedeckte Tische und eine Bar aus dunklem Holz. Man wurde in Empfang genommen und zu einem der Tische geführt. Was, unter normalen Umständen, stilvoll war, wurde jetzt zum Problem. Wie sollte sie erklären, dass sie einen Platz brauchte, von dem aus sie einen bestimmten Gast im Auge behalten konnte, ohne dass er es bemerkte? Außerdem hatte sie weder Appetit auf ein üppiges Fleischgericht noch das Budget dafür.

Während sie überlegte, öffneten sich die Glastüren und Winter erschien. Sie erschrak – er kam geradewegs auf sie zu.

Peters wurde blass. Winter näherte sich mit großen Schritten, war schnell so nahe, dass sie seinen wütenden Gesichtsausdruck deutlich erkennen konnte. Ohne abzubremsen, schlug er kurz vor ihr einen kleinen Bogen, ging aber dennoch so dicht an ihr vorbei, dass er beinahe ihren Arm gestreift hätte. Sie spürte den Luftzug, als er vorbeistürmte. Unbewusst hatte sie den Atem angehalten, stand noch einen Augenblick lang wie versteinert, bevor sie ausatmen und sich nach ihm umdrehen konnte.

Ein Taxi war langsam auf den Parkplatz gerollt und direkt vor Winter zum Stehen gekommen. Winter stieg ein. Sekunden später war das Taxi mit ihm verschwunden. Verblüfft starrte sie den Rücklichtern hinterher.

Beim Einsteigen hatte er sich umgedreht und sie direkt angesehen. Oder hatte sie sich das nur eingebildet? Sein höhnisches Grinsen auch? Jedenfalls stand sie jetzt wie bestellt und nicht abgeholt auf diesem menschenleeren Parkplatz. In der Dunkelheit.

Endlich erwachte sie aus ihrer Erstarrung. Sie kramte in der Handtasche nach ihrem Handy. Während sie noch suchte, erwachte es plötzlich zum Leben. Unter rhythmischem Blinken erschien ein Name auf dem Display.

»Hi, Val«, flüsterte sie in den Hörer.

»Hallo, ma chère.«

Sie bemerkte Vals angespannten Tonfall. Gleichzeitig fiel ihr ein, dass sie Val noch über ihre eigenmächtige Verfolgungsaktion unterrichten musste. Sie setzte zu einer Erklärung an, wurde aber von Val unterbrochen, die mit seltsamer Stimme sagte: »Ich denke, ich konnte heute Abend etwas für uns in Erfahrung bringen, aber es hat mich auch einiges gekostet.« Bevor Peters nachfassen konnte, fuhr sie fort: »Frag mich nicht! Noch nicht ... Wo bist du?«

»In der Lagerstraße.«

»Was machst du denn da? Warst du essen?« Kurz darauf: »Bist du allein?«

»Äh, ja, also jetzt. Vorher eigentlich auch, aber ...«

Beide schwiegen für einige Sekunden. Peters mühte sich noch mit der Antwort ab, aber Val redete schon weiter.

»Na egal, ich bin ganz in der Nähe. Bleib einfach, wo du bist, ich hole dich ab. In zehn Minuten bin ich bei dir.«

Peters' Erleichterung darüber, die Kulisse ihres Scheiterns schneller als gedacht verlassen zu können, war nur von kurzer Dauer. Grund dafür war die Frage, die seit geraumer Zeit in ihrem Kopf kreiste und sich jetzt energisch in den Vordergrund schob: Wie würde Val auf ihren Alleingang reagieren?

Bis das Cabrio in Sicht kam, war sie ziemlich nervös.

40

Wagner und Calabrese hatten einen späteren Flug als Adam gebucht. Sie standen an einer Bar in der Abflughalle und schwiegen sich an. Ihre Flugnummer war gerade erst auf der Tafel erschienen. Das Gate stand noch nicht fest, es verblieben noch fast zwei Stunden bis zum Abflug.

»Wir sollten uns aufteilen«, kam es endlich von Calabrese. Auf Wagners verständnislosen Blick hin fuhr sie fort: »Na ja, einer nach Mallorca, einer nach Hamburgo. Das sind doch im Moment die Brennpunkte.«

Sie griff nach dem Cynar. Nachdenklich bewegte sie das Glas in ihrer Hand, der Eiswürfel zog Kreise in der dunklen Flüssigkeit. Sie trank einen Schluck und fixierte Wagner über den Glasrand hinweg.

Wagner nickte. »Wie sollen wir deiner Meinung nach vorgehen? Wir haben zwei Tickets in der Tasche, nach Hamburg. Nicht umbuchbar. Du weißt, dass unsere Mittel begrenzt sind.«

Wagner versuchte, ihrem Blick standzuhalten. Calabrese zuckte die Schultern.

»Ein Ticket müssten wir wegschmeißen.« Sie sah seinen Gesichtsausdruck und fügte ein »leider« hinzu. *Dio mio*, dachte sie im gleichen Moment, *du wirst dir wegen zwei lächerlichen Tickets nicht ins Hemd machen!*

Angerboda und Leo verließen die Deckung des Feldwegs und bewegten sich vorsichtig auf das Haus zu. Am Ende der Mauer konnten sie durch eine Hecke erkennen, dass die Fensterläden geschlossen waren. Kein Lichtschimmer drang heraus. Auch das Tor war zu. Auf ihr Klingeln hin rührte sich nichts.

Leo maß die Höhe der Mauer mit einem Blick. Angerboda schüttelte leicht den Kopf.

»Nicht hier«, flüsterte er. Er zog sie zur Seite, unter die Zweige einer alten Steineiche. Von dort wies er auf das Kameraauge über der Tür. »Die zeichnet wahrscheinlich auf.«

»Bitte recht freundlich«, Leo verzog das Gesicht. »Was machen wir jetzt? Wenn keiner da ist, umso besser. Stört uns auch keiner.«

»Wobei?«

»Woran hattest du denn gedacht?«

»Wir gehen zu der Hecke und folgen ihr, bis wir eine Schwachstelle finden. Dort versuchen wir, aufs Gelände zu kommen«.

»Klingt nach einem Plan!«

»Wir gehen kein Risiko ein. Verstehen wir uns?«

Leo nickte ungeduldig. »Dann lass uns mal. Wir haben schon genug Zeit verloren. Ich gehe nach links, du nach rechts?«

Angerboda zögerte. Er wusste nicht, ob es gut war, Leo allein suchen zu lassen. In der Sorge um ihren Bruder war sie noch unberechenbarer als sonst. Aber natürlich sparte es Zeit, wenn sie sich aufteilten. Er stimmte zu.

Mit zusammengekniffenen Augen betrachtete er das Eingangstor. Wo war die Bewohnerin? Und vor allem, hielt sie Felipe hier tatsächlich irgendwo gefangen? Wachhunde schien es zum Glück keine zu geben.

Sie waren einmal um das Grundstück herum gegangen, trafen sich schon fast in der Mitte wieder, als Angerboda etwas entdeckte. Dort, wo er stand, schien ganz unten, direkt über dem Boden, ein Durchschlupf zu sein. Bevor er Leo rief, kniete er sich hin und spähte durch die Zweige. Tatsächlich war das Dickicht hier lichter. Sie erwischte ihn, als er dabei war, seinen massigen Oberkörper durch das Gestrüpp zu zwängen. Das konnte nicht gut gehen, er war viel zu groß und zu breit. Kopf und eine Schulter passten hindurch, dann blieb er stecken. Bei dem Anblick musste sie lachen.

»Wer den Schaden hat …«, knurrte es aus dem Unterholz. Sie half ihm, sich zu befreien. Grimmig klopfte er Erdbrocken und kleine Zweige von seinem T-Shirt. Trockene Blätter hingen ihm in den Haaren.

»Und?«, fragte sie.

»Ich konnte nichts erkennen. Es ist zu dunkel. Aber das Gelände scheint groß zu sein.« Er zögerte kurz. »Du müsstest problemlos hindurchpassen.«

Sie war schon auf allen vieren, bevor er die letzten Blätter aus seinen Haaren gezogen hatte. Er wollte ihr noch etwas sagen, als sie bereits wie eine Schlange durch die Öffnung in der Hecke glitt. Seine Worte richtete er nur noch an ihre Beine.

Auf der anderen Seite richtete Leo sich vorsichtig auf. Sie blieb einen Moment in halb gebückter Haltung stehen und orientierte sich. Es war wirklich dunkel. Wolken hatten sich vor den Mond geschoben. Etwa 50 Meter von ihr entfernt zeichnete sich ein Olivenhain vor dem Nachthimmel ab. Es sah aus, als wären die Bäume auf den blauschwarzen Hintergrund getuscht worden. Grillen zirpten. Wäre nicht der leichte Windhauch auf ihrem Gesicht gewesen, hätte sie erwartet, jede Minute aufzuwachen. Schließlich löste sie sich aus dem Schutz der Hecke und ging auf die endlos wirkende Baumreihe zu. Der Duft von wildem Jasmin begleitete sie, er hatte etwas Betäubendes. Sie drehte sich noch einmal um.

Angerboda hatte sein T-Shirt ausgezogen und auf ihre Seite hindurchgeschoben. Sie atmete tief durch und straffte die Schultern. Dann setzte sie ihren Weg fort.

Verflucht, dachte sie, *wie soll ich hier etwas finden? Wo soll ich überhaupt suchen?* Sie hätte eine Taschenlampe gebraucht. Ob das Licht sie verraten würde, war ihr inzwischen fast egal. Als die Wolken den Mond endlich freigaben, leuchtete Angerbodas T-Shirt schneeweiß.

Vor dem Betreten des Olivenhains zögerte Leo. Die Größe der Bäume war unglaublich, sie mussten uralt sein. Als sie zwischen den ersten Stämmen hindurchging, schien die Zeit stillzustehen. Das Zirpen der Grillen war verstummt, ein leises Rauschen in den Baumkronen das einzige Geräusch. Die Atmosphäre hatte etwas Mystisches. Selbst die Dunkelheit veränderte sich. Das Mondlicht verwandelte die Zweige dicht über ihr in ein silbrig schimmerndes Gewölbe. Sie musste tiefer hängende Äste beiseiteschieben. Die Blätter streiften sie sanft. Der Teppich aus trockenem Gras raschelte unter ihren Füßen.

Es schien, als wollte dieser Hain kein Ende nehmen. Aber irgendwann kamen doch die letzten Baumreihen in Sicht. Sie kniff die Augen zusammen. Dahinter war etwas. Ein flaches Gebäude? Sie schüttelte ihre Beklommenheit ab und lief darauf zu.

Am Ende sagte Wagner doch Ja. Sie setzten sich an einen Tisch und Calabrese klappte ihren Laptop auf. Obwohl sie damit ein großes Risiko einging, hatte sie beschlossen, selbst nach Mallorca zu fliegen. Wagner sollte sich in

Hamburg um alles kümmern. Calabrese buchte ihren Flug online, checkte sich ein und erklärte, noch ein paar Sachen erledigen zu müssen. Ihr Flug von Zürich nach Palma de Mallorca ging eine halbe Stunde vor seinem Rückflug nach Hamburg.

Wagner blieb sitzen, während sie sich auf den Weg zu den Geschäften machte. Er starrte auf die Ringe, die zahllose Gläser auf der Tischplatte hinterlassen hatten. Als ein Kellner im Vorbeigehen anhielt und über den Tisch wischte, erwachte Wagner aus seinen Gedanken.

Er sah sich um. »Ich bin ein Privatdetektiv!«, sagte er halblaut zu sich selbst. Der Kellner warf ihm einen Blick zu. Wagner wurde rot. Er war froh, dass Calabrese in diesem Moment wieder am Tisch auftauchte.

»Ich muss jetzt zum Gate, und du solltest dich auch langsam auf die Socken machen.«

Wagner erhob sich abwesend. Eben hatte er sich einfach Mut zusprechen wollen. Dummerweise war er aber danach mit den Gedanken im Finanzsumpf der Detektei gelandet. Da sah alles rabenschwarz aus, da half keine Beschönigung. Oder rot, wenn man vom Kontostand ausging. Er seufzte. Schließlich war er es gewesen, der diesen Fall unbedingt übernehmen wollte. Aber was sie jetzt im Begriff waren zu tun – das war nicht nur mit Ausgaben verbunden, es könnte ihn sogar die Lizenz kosten!

Calabrese stand am Flughafen von Palma. Zum wiederholten Mal versuchte sie, Angerboda zu erreichen.

»Der von Ihnen gewünschte Teilnehmer ist zurzeit nicht erreichbar«, es folgte die Ansage auf Mallorquinisch. Trotz ihrer späten Ankunftszeit war die Halle voll.

Sie lehnte an der Wand gegenüber den Autovermietungen. Den endlos vorbeiziehenden Strom an Touristen und Flughafenmitarbeitern beachtete sie nicht. Vor den Glastüren des Terminals war es Nacht. Als ein Mann sie ansprach, ob sie fremd wäre und Hilfe benötigte, warf sie ihm einen Blick zu, der ihn augenblicklich das Weite suchen ließ.

Calabrese sah auf ihre Armbanduhr. Bald 23 Uhr, was nun? Sie hatte die Handynummern aller beteiligten Ermittler aus Altona gespeichert. Aber zuerst versuchte sie es in der Detektei. Der Anrufbeantworter. Vals Mobilnummer. Handy ausgeschaltet. Johanna Peters' Telefonnummer hatte sie nicht. Noch mal Brander. Die blecherne Ansage war unverändert. Merda! So konnte man nicht ermitteln!

Widerstrebend versuchte sie es bei Adam. Mailbox. Stronzo! Schließlich atmete sie tief durch und wählte die letzte Nummer auf ihrer Liste.

»Neubauer.«

Wer hätte gedacht, dass sie sich jemals so über Aminatas Stimme freuen würde. Sie hielt sich nicht lange mit einer Begrüßung auf. Bevor Neubauer ihre Verwunderung über Calabreses Anruf aussprechen konnte, hatte deren Wortschwall sie zum Schweigen gebracht.

»Noch Fragen?« Nach einer minimalen Pause fuhr sie fort: »Falls nicht, wäre es schön, wenn wir uns beeilen könnten. Ich brauche Branders Hotel. Ich hoffe, es hat nichts zu bedeuten, aber ich erreiche ihn nicht.«

Neubauer gab ihr den Namen seiner Unterkunft. Die Betroffenheit in ihrer Stimme war nicht zu überhören.

Calabrese räusperte sich. »Es wird schon alles in Ordnung sein! Aber bei mir ist ein Ortswechsel fällig. Die

Ragazzi, die sich hier herumtreiben, werden immer komischer. Und mit *komisch* meine ich nicht *zum Lachen.*«

Sie sah sich um. Überall schienen Halbwüchsige herumzulungern. Sie versprach, sich spätestens dann zu melden, wenn es Neuigkeiten gäbe.

Auf dem Weg zur Autovermietung schüttelte sie den Kopf über sich. Hatte sie gerade versucht, die besorgte Kommissarin zu beruhigen? Seit wann nahm sie Rücksicht auf die Gefühle ihrer Mitmenschen?

Es war weit nach Mitternacht, als sie auf den Parkplatz der *Casa de Amistad* fuhr. Sie ging über den knirschenden Kies zur Eingangstür. Alles war still, alles war dunkel. Der Vorstellung, im Auto übernachten zu müssen, fehlte jede Anziehungskraft. Sie lehnte sich an die Klingel, und obwohl sie von außen nichts hörte, ging kurz darauf drinnen das Licht an.

Ein junger Mann mit verwuschelten Haaren erschien am Tresen. Gähnend fragte er nach ihren Wünschen. Sie schluckte herunter, was ihr als Erstes in den Sinn kam, nämlich was sie von Leuten hielt, die im Dienst schliefen. Auch die Frage, was er glauben würde, was sie um diese Zeit an der Rezeption seines Hotels wünschen könnte, verkniff sie sich.

»Ich suche Leonora und Felipe Johann. Und Brander Angerboda. Die drei müssten bei Ihnen eingecheckt haben. Wo finde ich sie?«

Der junge Mann starrte sie an wie eine Erscheinung.

Sie trommelte mit den Fingern auf den Tresen.

»Dio mio! Ist das so schwer? Oder haben Sie mich akustisch nicht verstanden?« Ihre Geduld löste sich langsam auf.

Der junge Mann schluckte.

»Ich habe Sie gehört! Klar und deutlich!«

»Und?«

»Wir nehmen den Datenschutz unserer Gäste sehr ernst.«

»Kommen Sie mir nicht damit. Ich bin müde, ich bin genervt – glauben Sie mir, Sie wollen sich nicht mit mir streiten.«

Sein Gesicht nahm einen entschlossenen Zug an. In dem Moment erkannte sie, dass sie so nicht weiterkommen würde. Sie beschloss, taktischer vorzugehen.

»Ich muss die drei unbedingt sprechen.« Sie beugte sich vor und senkte die Stimme. »Es geht buchstäblich um Leben und Tod. Ich bin Polizistin, verstehen Sie? Das ist ein Undercover-Einsatz …«

Ihre Stimme war nur noch ein Flüstern und er musste sich anstrengen, um etwas zu verstehen. Was er hörte, ließ ihn blass werden.

»Haben Sie denn … Ich meine, haben Sie, kann ich Ihren Ausweis sehen?«

Sie näherte sich seinem Gesicht, bis es nur noch Zentimeter von ihrem entfernt war.

»Ich sagte doch: Undercover! Glauben Sie, wir rennen dann mit unseren Ausweisen herum? Viel zu gefährlich!«

»Na ja, wenn das so ist …«

»Ist doch gar nicht so schwer, Sie müssen wirklich nicht viel sagen – haben diese drei Personen hier eingecheckt, und wo finde ich sie?«

Er zögerte. Aber schließlich hob er den Hörer von der antiquarischen Telefonanlage. Dreimal wählte er, dreimal legte er wortlos wieder auf.

»In den Zimmern ist niemand zu erreichen.«

»Okay, haben Sie eine Idee, wohin die Kollegen wollten? Haben sie etwas zu Ihnen gesagt? Oder haben Sie eine Vermutung?«

»Ho sento! Ich weiß es wirklich nicht. Nur, na ja Señor Johann ist ja verschwunden. Sie werden ihn wohl suchen, nehme ich an. Der neue Gast hat noch gar nicht eingecheckt.« Er zögerte und fuhr dann fort: »Am Schlüsselbund ist auch der Schlüssel für die Eingangstür. Sie hätten also kommen und gehen können, ohne von mir bemerkt zu werden.«

»Das ist nicht gut.« Calabrese musterte ihn finster. Endlich seufzte sie. »Okay, ich brauche erst mal ein Zimmer.«

»Kein Problem.« Der junge Mann wirkte erleichtert, dass er endlich etwas tun konnte. Er versuchte, unauffällig seine Haare zu glätten, und zauberte ein Formular hervor. »Wir haben zum Glück ein paar Absagen. Ich kann Ihnen das Zimmer neben Señorita Johann geben.«

Seine betonte Professionalität amüsierte sie. »Hatten Sie keine Angst, dass Señor Johann sein Zimmer nicht bezahlt?«

»Ich habe ja seine Daten. Und die von seiner Schwester«, erwiderte er.

Während Calabrese die Anmeldung ausfüllte, lehnte er auf der anderen Seite des Tresens. »Da war noch etwas«, begann er zögernd.

Sie blickte auf. »Und?«

»Es war vor der Abreise von Señor Wagner. Er und Señorita Johann waren da. Ich glaube, sie redeten über das Verschwinden von Señorita Johanns Bruder.«

Calabrese unterdrückte ein Gähnen. Sie nickte ihm auffordernd zu. »Weiter …«

»Ja, also – da kam plötzlich Señora Winter. Die beiden Damen haben sich ziemlich lautstark gestritten.«

Jetzt hatte er ihre ungeteilte Aufmerksamkeit. Aber viel mehr gab es nicht zu erzählen. Abgesehen von der Anschuldigung, die Frau Winter gegenüber Felipe erhoben hatte. Die beiden Damen waren schrecklich laut geworden. Vor allem Señorita Johann. Er hatte nicht verhindern können, einiges mitzuhören. Wie die Dame Leo bei Marlene Winters Behauptung hochgegangen war, konnte Calabrese sich lebhaft vorstellen. Aber was bezweckte sie mit dieser Unterstellung? Ein anderes Wort dafür fiel ihr nicht ein, denn sie konnte nicht glauben, dass Leos Bruder jemanden belästigen würde. Seltsam. Aber zumindest hatte sie jetzt eine Ahnung, wo sie mit der Suche beginnen musste.

41

Das weiße Cabriolet schimmerte in der Dunkelheit, es hielt genau neben Peters. Bevor sie sich zum Türgriff beugen konnte, wurde die Tür von innen aufgestoßen. Peters ließ sich auf den Beifahrersitz fallen.

»Nun erzähl mal, was du angestellt hast«, sagte Val zur Begrüßung, »du glaubst hoffentlich nicht, ma chère, dass ich von gestern bin.«

»Darf ich?« Statt einer Antwort zog Peters sich die Perücke vom Kopf. Sie seufzte erleichtert und rubbelte mit beiden Händen über ihre juckende Kopfhaut. Endlich sagte sie: »Ich gebe zu, es war vielleicht eine dumme Idee. Aber es hätte auch funktionieren können.«

Val hob die Brauen. Sie musste den Straßenverkehr im Auge behalten und warf nur einen raschen Blick zur Seite. Trotzdem fühlte Peters sich wie ein Schmetterling, auf den die Nadel des Präparators herabstößt.

»Zuerst lief alles gut. Bis er mich abgehängt und zum Schluss fast umgelaufen hat. Ehrlich, als er so direkt auf mich zukam, ist mir fast das Herz stehen geblieben. Dann ist er in einem Taxi verschwunden.«

»Hört sich an wie aus einem Thriller, Liebes. Mit Bruce Willis oder Liam Neeson.« Val schüttelte leicht den Kopf. »Wenn wir Pech haben, weiß er jetzt leider, dass wir ihn beschatten.« Sie machte ein trauriges Gesicht und murmelte: »Ich weiß gar nicht, wen ich lieber treffen würde – Bruce oder Liam? Oder doch Russell Crowe?« Sie räusperte sich. »Wie auch immer, wir können es nicht mehr ändern. Wir müssen uns nur etwas einfallen lassen.«

Peters sah aus dem Fenster. Sie hatten das Industriegebiet hinter sich gelassen und das Straßenbild war wieder belebter geworden.

»Wahrscheinlich wusste er das sowieso«, fuhr Val nach einem weiteren Seitenblick auf Peters tröstend fort. »Mich hat er schließlich auch schon ausgeschaltet.«

Und dann berichtete sie Leos Freundin von den Informationen, die sie auf St. Pauli gesammelt hatte. Dabei rieb sie sich mehrmals unbewusst über den rechten Oberarm. Johanna Peters wurde klar, dass sie ungeheures Glück gehabt hatte.

Adam und Sophia sahen gleichzeitig hoch. Sophias Ehemann erschien in der Türöffnung. Sofort richtete Adam sich in seinem Stuhl auf. Louisa kam hinter Felix Kleber ins Bild.

»Hallo, Louisa«, sagte Kleber und strich ihr flüchtig übers Haar, »geh wieder in dein Zimmer. Die Großen müssen sich unterhalten.«

Ihr fragender Blick schnitt Adam ins Herz. Er nickte ihr unmerklich zu. Als Kleber sie berührt hatte, war er zusammengezuckt. Jetzt wollte er sie nur noch in Sicherheit wissen, weit weg von den Erwachsenen mit ihren Problemen.

Louisa schien die angespannte Stimmung zu spüren. Einen Moment lang stand sie wortlos im Flur. Plötzlich drehte sie sich abrupt um und rannte in ihr Zimmer. Adam atmete auf.

Während sie aus seinem Blickfeld verschwand, veränderte sich sein Gesichtsausdruck. Er wartete, bis er ihre

Zimmertür zufallen hörte, dann sagte er mit zusammengepressten Zähnen: »Hallo, Felix. Ist wohl überfällig, dass wir uns mal unterhalten.«

Kleber reagierte mit eisigem Schweigen. Die Männer sahen sich an. In die Stille ertönte Adams Handy. Er schaltete es aus, ohne einen Blick darauf zu werfen. Sophia erhob sich halb. Unschlüssig sah sie von ihrem Exmann zu ihrem Mann, der sich gerade von der Überraschung über Adams Anwesenheit zu erholen schien.

»Erklär du mir erst mal, was du hier zu suchen hast, bei meiner Frau, wenn ich nicht zu Hause bin.« Sein Gesicht war vor Wut gerötet.

»Vorher war sie ja wohl meine Frau.« Hoppla, das hatte er eigentlich nicht sagen wollen. Er wich Sophias Blick aus und räusperte sich. Aus Verlegenheit zog er sein Handy heraus und warf einen Blick auf das Display. Der Anruf war von Claudia gewesen. Verdammt.

Felix Kleber kam näher und baute sich dicht vor ihm auf.

»Na, wieder eins von deinen Verhältnissen? Waren dir doch immer schon wichtiger als deine Familie.«

Adam steckte das Telefon weg. Sehr langsam hob er den Blick.

Kleber lachte. Sophia sagte noch: »Bitte, Siegfried«, da hatte Adam schon die Faust geballt und sie mitten in Klebers Grinsen platziert. Sophias Ehemann ging zu Boden.

Erstaunlicherweise grinste er immer noch, durch eine aufgeplatzte Lippe, aber unverkennbar höhnisch.

»Das wird dir leid tun. Und zwar bald!«

Adam seufzte. Kleber hatte wahrscheinlich recht. Er trat einen Schritt an ihn heran.

»Wenn du Sophia noch einmal anrührst, wird es *dir* leidtun. Und was Louisa angeht – denk nicht mal daran. Am besten packst du jetzt deine Koffer. Verschwinde aus dem Leben meiner Tochter!«

Auf dem Weg ins Revier drehte Adam die Anlage auf. ACDC dröhnten aus den Lautsprechern und betäubten seine Zweifel. Er hätte unmöglich anders reagieren können! Punktum.

Dass Sophia sich mit einem Aufschrei vor Kleber gekniet und ihm einen kalten Waschlappen auf die Lippe gedrückt hatte, während Chica mit einem Höllenspektakel um sie herumgesprungen war, dass Louisa mit verstörtem Gesicht aus ihrem Zimmer gekommen war – all das ging in den hämmernden Bässen unter.

»Christopher Winter«, begann Val, »ist auf dem Kiez kein Unbekannter. Laut meiner Quelle treibt er sich gern in Etablissements mit sehr jungen Knaben herum. Es hat ein paar Skandale gegeben, die aber nur unter vorgehaltener Hand im Umlauf sind. Er ist dafür bekannt, brutal gegen Verbreiter von Gerüchten vorzugehen. Angeblich hat er schon einige Plaudertaschen krankenhausreif geschlagen.« Sie verstummte. Abwesend rieb sie über ihren Oberarm.

Peters beobachtete es und wunderte sich. Ein früher Mückenbiss? Sie runzelte die Stirn, beschloss aber, nicht darauf einzugehen.

»Er ist verheiratet«, sagte sie.

»Hm«, brummte Val, »aber das heißt doch nichts! Wenn du wüsstest, ma chère, was es da draußen für Abgründe gibt.«

»Wahrscheinlich bin ich ziemlich naiv«, murmelte die junge Frau.

Val lachte kurz auf. »Und ich bete, dass dir deine Naivität erhalten bleibt! ›Wenn du lange in einen Abgrund blickst, blickt der Abgrund auch in dich hinein‹, das hat schon Nietzsche gesagt.« Ihre Hände schlossen sich fester ums Lenkrad.

»Was ist eigentlich mit deinem Arm?«, platzte Peters heraus.

Val warf ihr einen Seitenblick zu.

»Der Preis der Wahrheit …«

Sie schwiegen.

Nach einem erneuten Seitenblick fuhr Val fort: »Ich musste ein Opfer bringen. Lass uns später darüber reden.«

»Wie du möchtest. Wohin fahren wir eigentlich?«

»Wir fahren in die Detektei. Dort wartet Arbeit auf uns.«

Sie waren schon auf der Max-Brauer-Allee und Val setzte den Blinker, um rechts in die Ehrenbergstraße abzubiegen. Bevor Peters ausstieg, setzte sie ihre Perücke auf.

»Christopher Winter, Marlene Winter, Emilia Winter – es gibt viel zu tun.«

Val wühlte in ihrer voluminösen Handtasche. Ihre Begleiterin wartete geduldig, bis sie ihren Schlüssel gefunden hatte.

Im Büro angekommen, ging Peters schnurstracks in die Teeküche. »Ich mache uns einen starken Kaffee.«

»Gut, aber das wird nicht reichen«, erwiderte Val. Sie hatte bereits Jacke, Handtasche und Halstuch auf einen Stuhl geworfen und war auf dem Weg in ihr Büro.

Peters nutzte die Wartezeit vor der Cappuccino-Maschine zum Nachdenken. Mechanisch schob sie die Tassen unter den Espressostrahl.

Als sie in Vals Zimmer kam, standen schon zwei mit einer klaren Flüssigkeit gefüllte Gläser auf dem Schreibtisch. Val hatte großzügig eingeschenkt. Diesen Gin musste man, wie sie immer vehement betonte, ohne Tonic trinken.

Johanna Peters nippte an ihrem Glas.

»Was fangen wir mit den Informationen an? Wie passen sie in das Puzzle, an dem wir gerade arbeiten?«

»Das, ma chère, gilt es herauszufinden. Wir haben nicht viel Zeit. Felipe ist verschwunden und Tintin jetzt auf dem Weg zu uns. Claudia ist nach Mallorca geflogen. Du siehst, es tut sich was.« Val trank einen kräftigen Schluck Gin. »Mmh …« Ein verzückter Ausdruck glitt über ihr Gesicht.

»Claudia ist auf Mallorca? Was ist mit Adam?«

Val schüttelte den Kopf. »Später. Also, du wartest hier! Und diesmal möchte ich dich bitten, auch wirklich das Büro zu hüten, bis Tintin da ist. Wir brauchen jemanden am Telefon. Ich will es nicht beschreien, aber vielleicht muss irgendwann die Polizei eingeschaltet werden. Aber das wollen wir nicht hoffen. Wenn mein Bruderherz angekommen ist, bringst du ihn jedenfalls auf den letzten Stand. Compris? Die Fäden laufen hier bei dir zusammen, du bist unsere Einsatzzentrale.«

»Und du?«

»Ich werde einige der Etablissements aufsuchen, von denen mir meine Quelle berichtet hat.«

»Das ist nicht ungefährlich, oder?«

Val zuckte mit den Schultern. »Das ganze Leben ist ein Quell der Gefahr. Glaube mir, ich weiß, wovon ich rede.

Aber natürlich werde ich vorsichtig sein. Sollte es brenzlig werden, verschwinde ich. Promis!« Sie nickte Peters aufmunternd zu.

Die sah nicht überzeugt aus. Zögernd erwiderte sie: »Aber dann keine Alleingänge mehr. Ich will wissen, wo du hinfährst.«

»Das willst du nicht wissen, ma chère, glaube mir.«

Peters runzelte die Stirn. Seufzend griff Val nach einem Notizblock auf ihrem Schreibtisch. Sie notierte drei Namen, riss die Seite ab und schob sie in Johanna Peters' Richtung. Die warf einen Blick darauf.

»Und wie erreicht man dich dort? Die stehen bestimmt nicht im Telefonbuch.«

»Ich habe ein Handy, Liebes.«

Peters nickte langsam. »Wie willst du hinkommen? Nicht mit dem Auto, hoffe ich. Nach dem kleinen Drink ...«

Val schüttelte den Kopf. »Ich werde ausnahmsweise die Dienste eines besonderen Taxiunternehmens in Anspruch nehmen. Es wurde mir empfohlen. Verschwiegenheit und Anonymität stehen auf den Geschäftsbedingungen ganz oben.«

»Deine Kontakte beginnen mich zu erschrecken.«

»Nicht nur dich, ma chère, nicht nur dich.«

42

Leo hatte das Ende des Olivenhains erreicht. Bevor sie den Schutz der Bäume verließ, blieb sie stehen und sah sich um.

Im Mondlicht war die Umgebung gut zu erkennen. Der Mond war fast voll. Die silbrigen Blätter hinter ihr raschelten leise. Vor ihr lag ein halb verfallenes Gemäuer. Wände aus Feldsteinen, teilweise eingestürzt. Langsam ging sie darauf zu. Die schwere Holztür war aus den Angeln gefallen und lag am Boden. Der Eingang ein gähnendes schwarzes Loch. Sie bückte sich und trat zögernd hindurch.

Es war still. Blasse Mondstrahlen fielen von draußen herein. In dem gespenstischen Licht verwandelte sich vertrautes in unbekanntes Terrain. Der Raum war klein, die Wände unverputzt. In den Ecken wehten gewaltige Spinnenweben. An einer Längsseite stand eine Art Walze aus Metall und daneben, an der Schmalseite, ein Trichter aus verwittertem Holz auf einem Bottich. Ihr Blick glitt darüber. Eine alte Ölmühle, dachte sie. Trotz des diffusen Lichts konnte sie erkennen, dass der Boden erstaunlich sauber war. Sie ging in die Hocke. Massive Holzbohlen, grob zusammengezimmert. Und dort, direkt vor ihr? Ein symmetrisches Muster, hineingeschnitten in die Balken. Sie begann, den Boden abzutasten. Plötzlich hörte sie ein Geräusch wie ein gedämpftes Stöhnen.

»Felipe!«, schrie sie. Hatte sie sich das Geräusch eingebildet? Nein, unmöglich! »Donde estas, wo bist du?«

Verzweifelt wischten ihre Hände über die Dielen. Schließlich ertastete sie die Fuge, die zu dem rechteckigen Muster gehörte. Ihre Finger folgten dem Verlauf und fanden Halt in einer Aussparung. Im gleichen Moment hörte sie das entfernte Stöhnen erneut. Mit aller Kraft zerrte sie an der Holzplatte. Sie hob sie einen Spaltbreit, dann brachen ihre Fingernägel. Die Öffnung schlug zu.

Leo schluchzte auf. Sie wischte sich über das Gesicht und zwang sich zur Ruhe. Schließlich fand sie zwei Metallteile, die den gewünschten Hebel lieferten, und öffnete die Falltür. Mit lautem Knall schlug sie auf dem Boden auf. Leo schloss die Augen. Staub und Holzspäne rieselten durch die Luft.

Als Leo die Augen wieder öffnete, sah sie einen bodenlosen Abgrund. Er führte hinunter in schwärzeste Nacht. Sie hielt sich am Rand fest und schwang vorsichtig ein Bein ins Nichts. Ihr Fuß tastete ins Leere. Dann fiel sie. Aber nicht tief. Der Boden war weniger als zwei Meter unter ihr. Sie rappelte sich auf, konnte gerade noch aufrecht stehen.

Bei dem Sturz war ihr das Handy aus der Hosentasche gefallen. Mit beiden Händen ertastete sie es auf dem Boden. Jetzt wäre vielleicht ein geeigneter Zeitpunkt, Angerboda zu informieren. Außerdem gab es die Taschenlampenfunktion.

Ihre Finger schlossen sich um das Telefon. Sie schaltete es ein. Kein Empfang! Das Flashlight funktionierte auch nicht. Leo fluchte.

Sie stand in einem schmalen Gang, wenn sie die Arme ausbreitete, konnte sie links und rechts die Wände berühren. Die Decke war kurz über ihrem Kopf. Sie entschied sich für eine Seite und tastete sich voran.

Die Wand war offenbar direkt aus dem Felsen geschlagen worden, der Boden bestand aus fester Erde. Nach einigen Schritten stand sie vor einer Gittertür aus Holz. Die Tür musste neu sein, auf jeden Fall war sie stabil. Sie rüttelte daran. Winzige Holzsplitter blieben in ihren Handflächen stecken.

Ein neuerliches Stöhnen aus der Dunkelheit, lauter jetzt, sehr nahe. Es musste von jenseits der Tür kommen.

»Felipe?« Sie lauschte. Schweißperlen sammelten sich auf ihrer Stirn. Die Luft war schwül, sie schien fast flüssig zu sein. Vergiftet von einem Geruch nach Moder und Verwesung. Wie in einem Grab.

Plötzlich schwebte ein blasses Gesicht in der Schwärze zwischen den Gitterstäben.

»Leo?«

Sie atmete tief ein, ließ die Stirn gegen das raue Holz sinken.

»Danke«, murmelte sie. Dann hatte sie sich gefasst und sagte laut: »Brüderchen, was machst du hier? Es wird Zeit, dass wir verschwinden.«

Ein heiseres Lachen.

»Du hast dir wirklich Zeit gelassen.«

Er hustete.

»Man kann dich nicht alleine lassen.«

»Estimat, die Zellentür ist ziemlich massiv, ich konnte sie leider nicht aufpusten. Außerdem …«, Felipe bückte sich nach der Kette. Er rasselte damit wie ein Gespenst.

Leo runzelte die Stirn. Ihr Bruder lag buchstäblich an der Kette, zudem standen sie immer noch auf verschiedenen Seiten des Käfigs. Sie begann, die Holzlatten und das Türschloss zu untersuchen. Die Latten waren massiv, das Schloss war im Dunkeln nicht zu knacken.

»Verdammter Mist.«

»Du sagst es.«

»Was machen wir jetzt?«

Er schob eine Hand zwischen den Streben hindurch. Sie ergriff sie mit beiden Händen und hielt sie fest.

»Felipe«, flüsterte sie, »ich dachte …«

»Schsch«, sein Gesicht war ganz nah hinter dem Gitter.

Sie schloss die Augen. Dann holte sie tief Luft. »Draußen steht Brander! Der mobile Elektroschrott hat zwar keinen Empfang, aber wenn Brander nicht bald etwas von mir hört … Er wird hier einfallen und uns raushauen.«

Ein leises Lachen war die Antwort. »Super, das freut mich. Aber bis dahin – sieh bitte zu, dass du so schnell wie möglich verschwindest.«

»Manchmal hast du komische Ideen.«

»Im Ernst, Leo, die Winter ist gefährlich. Wenn sie dich erwischt …«

»Darauf freue ich mich schon!«

»Ich muss dir leider sagen, dass du im Moment den Kürzeren ziehen würdest. Sie ist nämlich bewaffnet. Und dagegen kann selbst meine Leo nichts ausrichten.«

»Verdammt!« Wütend hieb Leo gegen den Türrahmen. »Soll ich die Holzstäbe mit dem Taschenmesser durchsäbeln? Bis ich fertig bin, haben wir beide einen Bart.«

»Richtig, vor allem du – also …«

»Du hast nur eins vergessen – ich komme hier ohne fremde Hilfe nicht raus.«

Felipe schwieg betroffen. Sie kam natürlich nicht alleine durch die Luke. Er fluchte leise. Aber selbst wenn die Tür offen stand, frei wäre er damit noch lange nicht.

»Wir müssen einen Weg finden, um diese verdammte Tür zu öffnen. Danach lassen wir dich von der Kette, und dann kannst du mich nach oben schieben und ich kann dich hochziehen – oder umgekehrt.«

Wenn es nur nicht so finster wäre, dachte Leo. Sie schob die Klinge ihres Schweizer Messers in das Schloss. Zum Glück brauchte man für das, was sie vorhatte, kein Licht, nur Gefühl. Vorsichtig bewegte sie das schmale Stahlstück in dem Zylinder. Immer wieder glitt es von den Zapfen ab. Sie fluchte und passte für einen Sekundenbruchteil nicht auf. Schon hatte sie sich an der scharfen Messerklinge geschnitten. Vor Schmerz hätte sie beinahe das Messer fallen lassen.

Sie schob die Klinge zurück ins Schloss und versuchte es erneut. Felipe gab keinen Laut von sich. Es war unheimlich still, nur das Kratzen des Messers auf Metall war zu hören. Die klebrige Schwüle drohte sie zu ersticken. Leos Gesicht glänzte, Schweißtropfen rannen ihren Rücken herunter. Sie wischte sich über die Stirn, der Schweiß brannte in ihren Augen. Plötzlich erstarrte sie.

Über ihnen waren Schritte zu hören. Mit zusammengepressten Lippen drehte sie die schmale Klinge weiter im Schloss, stieß sie tiefer hinein und zog sie vorsichtig ein Stück zurück. Dabei hallte das Echo eines Satzes in ihrem Kopf: *Sie ist nämlich bewaffnet.*

43

Val ließ sich in sicherer Entfernung von ihrem ersten Ziel absetzen. Der Taxifahrer schien den Parkplatz zu kennen, und das zeigte ihr, dass sie mit ihrer Vermutung richtig lag. Sie zahlte den exorbitanten Betrag, ohne mit der Wimper zu zucken. Diskretion hatte ihren Preis.

Die herannahende Nacht färbte die Dämmerung schwarz und verschmolz alle Konturen. Beunruhigt stellte Val fest, dass dieser Platz nicht einsehbar war. Die Sträucher, die neben dem Asphalt wucherten, bildeten einen perfekten Sichtschutz gegen neugierige Blicke von außen. Hinter dem Gebüsch ragten auf einer Seite Hochhäuser empor. Ein Weg führte direkt dorthin. Durch die Öffnung im Gestrüpp konnte sie vor den Hochhaustürmen mehrere langgestreckte flache Gebäude ausmachen. Sie wusste, dass diese zu einem stillgelegten Werksgelände gehörten. Dort befand sich ihr Ziel.

Sie straffte die Schultern und setzte sich in Bewegung. Als sie zwischen den Sträuchern hindurchging, wurde es noch finsterer und eine Spur kälter. Das Zwielicht reichte gerade, um zu erkennen, wie viel Müll auf der Erde lag. Papiertaschentücher, benutzte Kondome, Pappbecher und zerknüllte Plastiktüten. Ein überquellender Mülleimer hing schief in der Verankerung. Es stank nach Verwesung.

Val zögerte. Dann beschleunigte sie ihren Gang, das kurze Stück durch die Büsche legte sie fast im Laufschritt zurück. Auf der anderen Seite blieb sie stehen und wischte sich den Schweiß von der Stirn. Mit sinkendem Mut betrachtete sie, was jetzt vor ihr lag. Fünf bis sechs niedrige Schuppen standen wie willkürlich verteilt auf einem Gelände, das von einem rostigen Metallzaun umgeben war. Beim Näherkommen sah sie, dass das Tor sich fast ganz aus den Angeln gelöst hatte. Dabei war auf der einen Seite ein Durchschlupf entstanden, durch den sie ohne große Mühe auf die Anlage gelangen konnte. Jetzt gab es kein Zurück mehr.

Sie seufzte leise und vergewisserte sich, dass ihr Handy lautlos gestellt war. Dann schob sie sich durch die Öffnung. Der Weg führte weiter zu dem ersten Flachbau. Ursprünglich war er ab hier befestigt gewesen, aber jetzt waren die Pflastersteine verwittert und uneben, einige Steine fehlten ganz. In den Ritzen wucherte Gras. Bei jedem Schritt lief sie Gefahr, umzuknicken oder zu stolpern. Vorsichtig näherte Val sich dem Gebäude. Die Tür war zerbrochen, dahinter gähnte ein schwarzes Loch.

Sie ging an dem Eingang vorbei bis zum Ende der Hauswand. Als sie um die Ecke spähte, sah sie, dass dort ein Hof lag, begrenzt von den Mauern einiger Schuppen. Wie ein Trugbild erschienen die parkenden Pkws, die eindeutig neueren Datums waren und nicht in die morbide Kulisse passten. Sie schlich weiter. Auf der Rückseite holte sie tief Luft.

Aus den Fenstern des gegenüberliegenden Schuppens drang gedämpftes Licht. Val schloss die Augen und versuchte ihren Atem zu beruhigen. *Okay*, dachte sie, *reiß dich jetzt zusammen!*

Das war leichter gedacht als getan, denn unliebsame Bilder tauchten vor ihrem geistigen Auge auf. Sie versuchte, die Erinnerung an das, was der Tätowierer ihr erzählt hatte, zu verdrängen. Wenn es nur halb so schlimm war, wie er ihr gegenüber behauptet hatte – dann wusste sie nicht, wie sie damit klarkommen würde. Aber erst mal musste sie einfach nur ihren Weg fortsetzen.

Als sie vor der ramponierten Eingangstür stand, ging sie beherzt hindurch. Eine baufällige Holztreppe führte in den ersten Stock. Die Stufen knarrten, aber die Tür am oberen Ende schien alles, was dahinter lag, hermetisch von der Außenwelt abzuschließen. Schwer atmend stand sie endlich davor.

Auf ihr Klopfen hin öffnete sich langsam die Tür. So, als würde ihr noch ein letztes Mal die Gelegenheit zur Umkehr gegeben.

Zu spät, dachte sie bedauernd.

In dem Moment, als es endlich Klick machte und sich das Schloss öffnete, erschien Marlene Winter.

»Was für eine Überraschung!«

Leo zuckte zusammen. Im Lichtkegel einer Taschenlampe ließ sie langsam die Hände sinken. Ein Blick auf die Frau bestätigte ihre Befürchtung – in ihrer Hand lag eine Schusswaffe. Sie hielt sie locker auf den Boden gerichtet, aber die Bedrohung war unmissverständlich.

»Mit einem Vögelchen hatte ich gerechnet – und siehe da, plötzlich sind es zwei. «

Die Waffe hob sich.

»Du wolltest ihn befreien?« Der höhnische Tonfall klang aufgesetzt. »Deinen Bruder! Glaub mir, damit kenne ich mich aus.« Ihre Stimme war beinahe hysterisch. »Lass das Messer fallen! Außerhalb des Gitters, genau vor deine Füße.«

Zähneknirschend ließ Leo das Messer los.

»Und jetzt mit dem Fuß zu mir schieben.«

Felipe umfasste die Gitterstäbe mit beiden Händen. Er könnte die Tür aufdrücken, aber einen von ihnen träfe die Kugel auf jeden Fall. Der Überlebende hätte wahrscheinlich auch keine Chance. Überdies würde er Leo niemals einer Gefahr aussetzen. Und mit der Kette am Fuß konnte er sie nicht beschützen. Auch Felipe knirschte mit den Zähnen.

Marlene Winter murmelte halblaut vor sich hin. »Was mache ich mit euch beiden? Ich kann euch nicht brauchen, weder tot noch lebendig.« Sie schien angestrengt nachzudenken. »Oder?« Plötzlich hellten ihre Gesichtszüge sich auf. »Natürlich! Ein Mann und eine Frau, derselbe geistesgestörte Killer … Bis zur Unkenntlichkeit zerstörte Leichen! Ihr seid das Ticket in die Freiheit, für meinen Bruder und mich.«

Leo wurde eiskalt. Sie räusperte sich. »DNS, schon mal davon gehört? So einfach geht das nicht.«

»Es gibt Möglichkeiten …«

Im Licht ihrer Taschenlampe nahm Marlene Winter Leo genauer in Augenschein. »Du musst wirklich seine Schwester sein.« Sie lachte leise. »Ihr macht jetzt die Käfigtür auf. Langsam. Und dann will ich dich«, sie zeigte auf Leo, »auf derselben Seite wie deinen Bruder sehen.«

Offenbar ging es ihr nicht schnell genug oder sie war nervös, jedenfalls löste sich plötzlich mit einem ohrenbetäubenden Knall ein Schuss aus ihrer Waffe. Die Kugel traf auf der Felswand auf und prallte an der gegenüberliegenden Seite ab. Danach schlug sie im Boden ein. Der Schein der Taschenlampe geisterte über die Wände. Alle drei hatten sich instinktiv geduckt. Leo war bereit zum Sprung, bemerkte aber, dass die Winter ihre Waffe wieder auf sie gerichtet hatte. Die Gittertür war inzwischen auf, Felipe jedoch viel zu schwach, um etwas ausrichten zu können. Sobald Leo hinter der Tür angekommen war, stand die Winter davor und schloss ab. Danach bückte sie sich und sammelte Leos Messer ein. Sie richtete ihre Taschenlampe auf die Geschwister. Beide schlossen geblendet die Augen.

Calabrese war in ihren Mietwagen gesprungen. Sie hatte sich einen Überblick verschafft und danach sofort das Navi angeworfen und mit den Koordinaten gefüttert. Jetzt war sie fast am Ziel. Sie bremste und fuhr langsam an das Grundstück der Winters heran. Während sie überlegte, ob sie parken sollte, und dabei im Schneckentempo weiterrollte, bemerkte sie den Twingo. Abrupt drückte sie das Bremspedal durch. Das konnte kein Zufall sein.

Sie hielt an und sprang aus dem Wagen. Ein Blick durch die Scheiben des Renaults brachte sie nicht weiter. Aber eins war klar – freiwillig würde Angerboda sich niemals in ein so kleines Auto setzen. Sie ging zu ihrem Mietwagen zurück und nahm den Rucksack heraus. Nur aus einem Grund hatte sie im letzten Moment zwei Gepäckstücke aufgegeben – sie besaß die Berechtigung für eine zusätzliche Handfeuerwaffe. Nachdem sie ihre Dienstwaffe hatte abgeben müssen, war diese Lizenz von unschätzbarem Wert. Waffe und Munition konnten getrennt als Gepäck verschickt werden. Calabrese lud die Remington .22 und sicherte sie sorgfältig. Dann steckte sie sie hinten in den Hosenbund. Mit eingeschalteter Taschenlampe machte sie sich auf den Weg.

Sie musste nicht weit gehen, bevor die Sträucher sich lichteten und den Blick auf das Anwesen der Winters freigaben. Still und unnahbar lag es vor ihr. Sie ging bis zum Eingang und zögerte. Statt zu klingeln, ging sie weiter an der Hecke entlang. Grillen zirpten und die Luft war immer noch beinahe lau. Claudia spürte nur einen Hauch von Kühle, zu wenig, um zu frieren. Sie wusste nicht genau, warum sie nicht geklingelt hatte.

Ein Stück vor ihr wuchs eine Gestalt aus der Nacht. Sie kniff die Augen zusammen. Konnte das sein? Die Umrisse nahmen eine feste Form an. Kein Zweifel, entweder war Herkules zum Leben erwacht oder sie hatte Brander gefunden. Er näherte sich mit einem leichten Humpeln. Sie grinste ihm entgegen. Dann stutzte sie. So warm war es nun auch nicht. Angerboda kam ihr mit nacktem Oberkörper entgegen.

»Exhibitionist!«, begrüßte sie ihn.

Er versuchte, eine Antwort zu flüstern, wie immer misslang es.

»*Corleone*«, dröhnte er, »du hättest dir keinen passenderen Zeitpunkt für dein Erscheinen aussuchen können.«

Sie sah sich rasch um. »Bist du alleine hier? Haben dir die spanischen Señoritas die Kleider vom Leib gerissen?«

Statt einer Antwort nahm er sie in den Arm. Dann hielt er sie ein Stück von sich weg und fragte: »Was machst du hier? Ich will mich nicht beschweren – aber du siehst mich zutiefst erstaunt.« Er fügte hinzu: » ... und erleichtert!«

Nachdem er ihrer Erklärung gelauscht hatte, berichtete er von den Vorfällen auf Mallorca. Sie nickte. Ein paar Fakten kannte sie schon, deshalb war sie schließlich hier. Es gab also leider keine erfreulicheren Neuigkeiten.

Endlich gingen sie bis zu der Stelle in der Hecke, an der er sein T-Shirt durchgeschoben hatte. Kopfschüttelnd betrachtete sie die kleine Lücke im Geäst. »Da wolltest du durch? Ich muss schon sagen …«

Sie bückte sich tiefer hinunter. Das Loch war dicht über dem Boden. Sie würde kriechen müssen. Auf der anderen Seite leuchtete Branders T-Shirt.

»Wie lange ist es her, dass Leo da durch ist?«, fragte sie.

Angerboda zuckte mit den mächtigen Schultern. »Etwas mehr als eine Stunde.«

Calabrese seufzte. Das sah nicht gut aus. Sie zog eine Grimasse und ging in die Knie. Dann kroch sie durch die Öffnung und verschwand.

Brander hatte gesagt, dass Leo nicht an ihr Handy ging. Während Calabrese sich auf der anderen Seite aufrichtete, dachte sie darüber nach. Eigentlich ließ das nur einen Schluss zu – jemand hinderte sie daran. Calabrese vergewisserte sich, dass ihre Waffe sicher im Hosenbund steckte. Dann drehte sie sich langsam um sich selbst. Ein leichter Wind strich ihr über das Gesicht. Er ließ die Blätter des Olivenhains vor ihr geheimnisvoll flüstern.

Sie lenkte ihre Schritte in die Richtung. Olivenbäume waren ihr von frühester Kindheit an vertraut. Nicht die armseligen überteuerten Exemplare, die man in Norddeutschland in Terrakottatöpfen vor italienische Restaurants zerrte – nein, die alten knorrigen Bäume, in deren silbrigem Schatten schon griechische Philosophen gewandelt waren. Sie hielt ihre Taschenlampe bereit, als sie den Hain betrat, aber noch brauchte sie sie nicht. Der Mond schien hell genug, ihre Augen hatten sich an das fahle Licht gewöhnt.

Nach wenigen Schritten blieb sie stehen. Die Zeit schien ebenfalls stehen geblieben zu sein, die Bäume wirkten wie verzaubert ... Diese Stimmung war nicht gut für ihre Wachsamkeit. Sie warf den Kopf in den Nacken und zog eine Grimasse. Schluss damit. Sie schaltete die Handytaschenlampe ein und schritt energisch voran.

Als die Bäume sich lichteten, sah sie das verfallene Gemäuer. Sie wusste nicht warum, aber der Anblick beunruhigte sie. Nun mal nicht durchdrehen! Sie schlich näher. Am Eingang zögerte sie erneut. Sie lauschte in die Dunkelheit. Die kleinen Härchen in ihrem Nacken richteten sich auf. Als sie vorsichtig über die zerbrochene Tür kletterte, bemerkte sie im Inneren einen schwachen Lichtschimmer, der aus einer Luke am Boden glomm. Sehr leise war Stimmengemurmel zu hören. Sie schlich zu der Falltür. Kaum stand sie unmittelbar davor, zuckte sie zurück. Ein ohrenbetäubender Knall brachte den Boden unter ihr zum Vibrieren. Kein Zweifel, das war ein Schuss gewesen! Sie griff nach ihrer Waffe. Mit einem leisen Fluch ging sie vor dem Zugang in die Hocke. Abwarten oder eingreifen, das war die Frage! Maledetto, es gab zu viele Unbekannte bei dieser Entscheidung.

Sie fluchte erneut, steckte die Waffe wieder in den Gürtel und ließ sich langsam über den Rand in die Tiefe gleiten. Dabei hatte sie das Gefühl, gerade einen großen Fehler zu begehen. Sie löste den Griff ihrer Hände und sprang. Es war nicht tief, sie landete auf beiden Füßen. Calabrese lauschte. Die Stimmen waren verstummt. Sie versuchte, in dem schwachen Licht vor sich etwas zu erkennen. Die Luft war schwül und klebrig, innerhalb von Sekunden war sie schweißgebadet. Sie kniff die Augen zusammen. Der Schweiß lief ihr über Rücken und Gesicht. Er brannte in ihren Augen. Mit dem Handrücken wischte sie sich über die Stirn. Vor ihr, schemenhaft, eine oder mehrere Gestalten. Da wurde es plötzlich stockdunkel.

Nur Sekunden später fiel erneut ein Schuss. Während die Kugel irgendwo hinter ihr ein schlug, hallte in ihren Ohren ein unangenehmes Singen nach. Der Schuss war eindeutig in ihre Richtung gefeuert worden. Sie widerstand dem Impuls, das Feuer zu erwidern, und drückte sich stattdessen eng an die Wand. Wieder ein mörderischer Knall. Erde spritzte auf, wo sie eben noch gestanden hatte. Ihre Instinkte schrien nach Flucht. Sie atmete durch und wechselte leise die Position. Keine Sekunde zu früh, wieder ein Knall, diesmal Gesteinsbröckchen, die aus der Felswand flogen. Sie zog sich weiter zurück. Über ihr gähnte die geöffnete Luke. Kaum wahrnehmbar, aber dennoch ein schwacher Lichteinfall. Sie schlich bis zur Wand am Ende des Ganges. Undeutlich nahm sie die Leiter wahr, die dort am Boden lag.

»Wer ist da?«, eine überschnappende Stimme, die sie nicht kannte.

»Vorsicht!«, das war Leo. Ein dumpfer Schlag und ein Stöhnen folgten. Dann ein Fluch von Felipe.

Calabrese presste die Lippen zusammen.

»Komm raus, sonst erschieße ich die beiden!«

»Sie blufft«, schrie Leo dazwischen.

»Willst du es darauf ankommen lassen?« Gefolgt von einem erneuten Schlag und Leos Stöhnen. »Die beiden nerven mich sowieso. Wenn du mir einen Grund gibst, ehrlich, du würdest mir einen Gefallen tun!«

Die Stimme überschlug sich und hallte unheimlich verzerrt von den Felswänden zurück. Das klang nicht gut, die Frau konnte jeden Moment zusammenbrechen. In diesem Zustand war sie unberechenbar. Calabrese bückte sich unendlich langsam. Schweiß rann ihr in Strömen den Körper herunter.

Vorsichtig tastete sie über den Boden. Endlich! Der Stein, über den sie beinahe gestolpert wäre. Ihre Finger schlossen sich darum. Während sie mit der anderen Hand ihre Remington umklammerte, warf sie den Stein ein Stück vor sich an die Wand. Sofort blitzte Mündungsfeuer auf, ein ohrenbetäubender Knall folgte.

Darauf hatte sie gewartet. Sie stand schon mit ausgestreckten Armen, zielte und schoss, ohne zu zögern. Die Gestalt, die nur sekundenlang schemenhaft im Lichtblitz sichtbar geworden war, brach zusammen.

Mehr und mehr Licht drang durch den sich verbreiternden Türschlitz. Plötzlich stoppte die Tür. In der Öffnung tauchte der rasierte Schädel eines riesigen Mannes auf. Leicht vorquellende Augen musterten sie von oben bis unten.

»Was willst du?«

»Na was wohl!« Sie zwang sich zu einem frivolen Ton. Dabei läuteten sämtliche Alarmglocken bei ihr. Der Blick aus den kalten Fischaugen ließ sie erzittern. Innerlich, äußerlich aber blieb sie cool.

Endlich war er mit seiner Inspektion fertig und grunzte: »Dann spuck mal das Passwort aus.«

»Hyakinthos.«

Ohne ein weiteres Wort öffnete er die Tür. Aber sein Blick folgte ihr misstrauisch. Sie atmete lautlos tief durch – und trat ein in eine andere Welt.

Eine Lagerhalle, in unwirkliches Licht getaucht von Strobolampen und Discokugeln. Technomusik hämmerte aus den Lautsprechern. Ältere Männer saßen mit sehr viel jüngeren Knaben auf plüschigen Sofas, standen an den Wänden oder wiegten sich lasziv auf der Tanzfläche. Die staccatoartig durch den Raum geisternden Lichtfinger enthüllten schonungslos ihre Gier und die toten Augen ihrer jugendlichen Liebhaber. Eine indirekt beleuchtete Bar am Ende des Raumes. Viel Glas und verrostetes Metall, eine perfekte Ergänzung zum restlichen Lagerhallenambiente.

Zwei junge Männer lösten sich vom Tresen, als sie den Raum betrat. Sie warfen sich einen Blick zu und kamen hüftenschwingend auf sie zu. *Okay*, dachte Val, *ein Puff! Das hatte ich erwartet. Aber die Jungs hier sind volljährig. Die meisten zumindest. Auf keinen Fall sehr viel jünger.*

Wenn jemand noch knapp unter 18 war, war das furchtbar, sogar inakzeptabel. Aber sie hatte mit ganz anderem Grauen gerechnet.

Sie wandte sich den herannahenden Adonissen zu. Auch diese allerhöchstens gerade mal volljährig. Einer mit halblangen blonden Haaren, der andere mit schwarzen Locken. Beide gut gebräunt, die muskulösen Körper eingeölt. Sie schienen als Duo aufzutreten. Für Sekundenbruchteile fragte Val sich, ob die Knaben erotische Gefühle bei ihr auslösten. Aber sie hatte käuflichem Sex bisher noch nichts abgewinnen können, außerdem zog sie richtige Männer vor.

Als die beiden vor ihr standen, erschrak sie doch, wie jung sie aussahen. Die Musik dröhnte und das Discolicht glitt geradezu obszön über die nackten Gestalten. Der Anblick, gepaart mit einem in der Luft hängenden, ölig schweren Moschusgeruch, verursachte ihr Übelkeit. Sie zwang ihr Gesicht zu einem Lächeln. Die beiden nahmen sie in die Mitte.

»Sorry, Männer. Ihr seid mir etwas zu alt!« Sie schob beinahe noch Kinderhände beiseite und verschränkte die Arme vor der Brust.

»Wir haben Erfahrung. Komm mit uns – du wirst es nicht bereuen.« Der Blonde sagte das, mit einer Stimme wie Honig.

»Wir wissen, was dir guttut. Vier Hände können mehr als zwei«, fiel der Dunkle schmeichelnd ein.

»Habe ich mich nicht klar ausgedrückt? Ich hatte etwas anderes erwartet für mein Geld. Eromenos, das sollte mir hier die entsprechende Tür öffnen …«

Bei der Erwähnung des zweiten Passworts zuckten die jungen Männer zusammen. Val konnte sie verstehen, sie verabscheute sich selbst für das, was jetzt auf sie zukommen würde. Alleine so zu tun, als hätte sie Interesse, widerte sie an.

Die Jünglinge fassten sich unbewusst bei der Hand. Eine rührende Geste. Die nackten Schultern wurden hochgezogen. Sie konnte nur hoffen, dass sie keine Details kannten – vor allem nicht aus eigener Erfahrung.

»Das ist nicht hier«, der Dunkle. »Geh da hinten die Treppe hoch«, ergänzte der Blonde. Dann drehten sie sich eilig um und gingen zurück an die Bar.

Der Moment der Wahrheit! Wenn sie jetzt die Treppe hochging und vorfand, was sie fürchtete zu entdecken, was konnte sie bewirken? Sollte Winter dort oben sein, würde sie ihn überhaupt finden? Und dann? Polizeiruf 110? Könnte sie irgendjemandem helfen? Und sie, käme sie heil aus der Sache heraus? Sie wurde sich der Blicke des Quadratschädels vom Eingang bewusst. Er beobachtete sie.

Langsam ging sie auf die Treppe zu, mit weichen Knien, ihre Eingeweide vibrierend im Takt der Musik.

Die hämmernden Stöße des Technobeats begleiteten sie bis nach oben. Dort erwartete sie eine unliebsame Überraschung. Ein weiterer Gorilla.

»Passwort!«, sagte er heiser.

»Eromenos.«

Der Typ nickte unbeeindruckt. »Handy.«

Merde! Das war gar nicht gut. Sie wühlte nach dem Telefon. Aber bevor sie fündig wurde, streckte der Riese die Hand nach ihrer Tasche aus. »Die bleibt bei mir.«

Sie zögerte. In diesem Moment gelang es einem der unten kreiselnden Scheinwerfer, Licht auf das Gesicht des Mannes zu werfen. Der Anblick ließ sie erschauern.

»Keine Taschen. Außerdem Personenkontrolle. Beine spreizen, Arme hoch.« Er grinste anzüglich. Der Lichtstrahl zuckte über die Wand, sein Gesicht lag wieder im Schatten.

Val gab sich einen Ruck. Zeit, die Hierarchien klarzustellen. Plötzlich war sie froh über ihre Größe. Sie schob ihr Gesicht dicht vor seine furchterregende Visage. »Pass auf, Hornochse. Ich zahle eine Menge Geld. Du willst dich bestimmt nicht mit deinen Auftraggebern anlegen.«

Kurze Zeit später trat sie durch eine Stahltür in einen halbdunklen Raum. Ohne Handy und ohne Handtasche. Die Decke hing tief über ihr und die Luft war drückend und roch nach einem süßlichen Parfum. Plötzlich materialisierte sich wie aus dem Nichts eine Gestalt im Dämmerlicht. Eine Frau. Nun, was hatte sie erwartet? Es ging um großes Geld. Stimmte der Betrag, wurde die Moral verhandelbar.

Val setzte einen undurchdringlichen Gesichtsausdruck auf. Die Frau sah sie lange an.

»Interessant«, sagte sie schließlich mit sanfter Stimme. Der Abscheu machte es Val leicht, in ihre Rolle zurückzufinden.

»Ich wüsste nicht, was es hier Interessantes zu sehen gibt. Aber vielleicht könnten wir langsam zur Sache kommen.«

»Ihre Kreditkarte.«

»Hat Ihr Gorilla mir mit der Handtasche abgenommen.«

»Pardon. Es ist ungewöhnlich, dass wir jemanden empfangen, der, nun ja, eine Handtasche bei sich trägt.«

Ein abschätzender Blick aus mit Kajal umrahmten Augen traf sie.

»Wenn Sie das Passwort noch einmal für mich wiederholen würden ... nur zur Sicherheit, für alle Beteiligten.«

Für alle Beteiligten wohl kaum, dachte Val. »Eromenos, zum dritten Mal.«

»Selbstverständlich. Vielen Dank, und nehmen Sie es mir nicht übel. Wir müssen die Vorsichtsmaßnahmen einhalten, das ist sicher auch in Ihrem Interesse.«

Val nickte gnädig. Dann wurde sie gebeten, in der Mitte des Raumes auf einem Sofa Platz zu nehmen.

»Was darf es sein? Champagner, Whisky, Cognac oder ein Aperol Spritz?« Die Frau lächelte eine Spur anzüglich.

»Champagner.«

Die Frau senkte den Kopf und verschwand. Einen Augenblick später brachte sie Val ein Glas auf einem Silbertablett. Dann stellte sie sich neben das Sofa und reichte Val dezent einen Prospekt. Der bestand nur aus vier Seiten.

Val wurde übel. Auf jeder Seite das Foto eines Kindes. In zwei Zügen leerte sie ihr Glas. Die Frau wartete schweigend. Val räusperte sich. »Kann ich alle sehen?«

»Bis auf Seite drei, die ist zurzeit nicht verfügbar.«

Die Frau wies mit einem Kopfnicken auf eine Tür am anderen Ende des Raumes. Erst jetzt vernahm Val das gedämpfte Schreien aus der angegebenen Richtung. Für einige Sekunden verschwand ihr Sichtfeld hinter einem Flammenmeer. Mühsam beherrscht fuhr sie fort: »Dann die anderen bitte, jetzt, sofort.«

Was dann kam, sollte noch lange in ihrer Erinnerung kleben. Man bot ihr Kinder an. Und die ganze Zeit war ihr bewusst, dass hinter der Tür, am anderen Ende des Raumes, Winter gerade dabei war, eines dieser Kinder zu quälen.

Sie hatte die drei verbliebenen Kinder gebucht und saß mit ihnen in einem 15 Quadratmeter großen Raum. Zwei der kleinen Jungen weinten. Der dritte schaute apathisch vor sich hin. Kein Kind war älter als zehn Jahre. Zwei kamen aus Osteuropa, eines wahrscheinlich aus Indien oder Pakistan.

Val rang um Fassung. Sie erzählte Geschichten, summte Kinderlieder, versuchte die Kleinen zu beruhigen. Eigentlich mehr zu trösten. Sie wusste nicht einmal, ob sie verstanden wurde. Sie versuchte ihnen klarzumachen, dass sie wiederkommen würde. Dass sie die Hoffnung nicht aufgeben dürften. Dass das Leben auch unerwartete Wendungen nehmen konnte.

Als sie verstummte war ihr Gesicht nass. *Ich krieg dich, du Schwein!* Gleichzeitig aber wusste sie, dass es da draußen einen ganzen Stall voller Schweine gab, denen sie unmöglich allen das Handwerk legen konnte. Wenn man einmal in diese Abgründe geblickt, diese Hilflosigkeit verspürt hatte, dann erkannte man, wie machtlos man letztendlich war. Oder nicht?

Sie riss sich zusammen und wischte sich über die Augen. Die Kinder waren wenige Millimeter näher gerückt. Offenbar merkten sie gerade, dass von ihr keine unmittelbare Gefahr ausging. Umso schwerer, jetzt zu gehen. Sie verfluchte die Tatsache, dass sie kein Handy dabei hatte. Die Jungen schienen von ihrem Aussehen verwirrt zu sein. Warum war sie hier, eine Frau? Dass diese Aussage nur zum Teil stimmte, konnten sie noch nicht wissen, vielleicht ahnten sie es.

Val erhob sich seufzend. Der Kleine, der am dichtesten bei ihr saß, hielt sie sehr vorsichtig am Rocksaum fest. Er sah sie nicht an. Als Val stand und auf das Bett herunterblickte, sah sie die Handschellen am Kopfende. Sie schluckte. Ihr Mund war ganz trocken. Auf einem niedrigen Holztisch lag ein zusammengefaltetes Handtuch. Unter dem Tisch eine Kiste mit Gerätschaften, über deren Gebrauch sie nicht nachdenken wollte. Der zarte dunkelhäutige Knabe lutschte am Daumen. Eine Woge von Zärtlichkeit stieg in ihr auf. Aber als sie die Arme ausbreitete, wichen die Kinder erschrocken zurück.

»Ich muss gehen. Aber ich vergesse euch nicht, das verspreche ich. Ich hole euch hier raus, und wenn es das Letzte ist, was ich tue.«

Die Tür flog auf. In der Öffnung stand ein großer Mann. Lange rotblonde Haare, zusammengefasst in einem Pferdeschwanz. Er starrte Val einen Moment lang an, dann legte er einen Finger auf den Mund. Sie starrte zurück. Hinter ihm öffnete sich langsam eine Tür. Winter kam heraus. Val zuckte zusammen. Aber Winter konnte sie nicht sehen, der Hüne verdeckte ihm die Sicht.

»Flat on the ground! Take care of the boys!«, befahl er leise. »At once!«

Während er sich langsam umdrehte, schnappte sie sich die Kinder und zog sie mit sich auf den Boden. Sie strampelten und traten um sich, aber sie warf sich über sie und hielt sie fest. Ihre Gegenwehr erstarb schnell.

Leichte Kampfgeräusche waren hier nicht ungewöhnlich, und Winter reagierte nicht darauf. Der Fremde machte einen großen Schritt und stand plötzlich dicht vor ihm.

Er brüllte: »Hands up! Don't give me a reason to shoot you!«

Winters Blick flog gehetzt in Richtung Treppe. Auch Val wunderte sich, wo die Gorillas blieben. Sie hob den Kopf ein wenig und spähte über ihre Schulter nach hinten. Die Jungen lagen jetzt ganz still unter ihr. *Hoffentlich habe ich sie nicht zerquetscht*, dachte sie besorgt. Sie stemmte die Unterarme auf den Boden und verlagerte ihr Gewicht darauf. Leises Schluchzen drang unter ihr hervor. Ein Schluckauf.

Als Nächstes flog die Stahltür zur Treppe aus den Angeln, zwei Männer in schwarzer Einsatzkleidung stürmten hindurch. Drei weitere folgten. Val atmete tief ein. Das mussten die Guten sein! Es sah nicht nach einem Bandenkrieg aus. Vor Erleichterung wurde ihr schwindelig, und sie war froh, dass sie schon lag.

Winter wurde abgeführt. Ein großes Kommen und Gehen setzte ein. Sanitäter, eine Ärztin, die Spurensicherung. Langsam rappelte Val sich auf. Eine Hand streckte sich ihr entgegen. Sie ergriff sie und ließ sich auf die Beine helfen. Aus den Augenwinkeln sah sie, dass Sanitäter eine Trage mit einem kleinen Bündel aus dem Raum trugen, in dem Winter gewesen war. Sie sahen erschüttert aus.

Val schloss die Augen. Die Kinder hockten hinter ihr am Boden und zitterten. Der Fremde, der ihr hochgeholfen hatte, rief etwas durch die Tür. Kurz darauf erschienen zwei weibliche Polizeibeamte. Offenbar war sie mitten in eine Polizeiaktion geraten. Eine der Polizistinnen sprach in ihr Funkgerät, und wenige Minuten später trafen zwei Frauen in Zivil ein. Die Dolmetscherinnen. Man war vorbereitet gewesen, stellte Val fest. Der Mann beobachtete sie mit schiefgelegtem Kopf. Sie fühlte sich wie ein Insekt. Als die Kinder an ihr vorbeigeführt wurden, drehten zwei sich scheu nach ihr um. Der Mann sah ihnen hinterher.

»Aye, das wäre beinahe schiefgegangen«, sagte er endlich. Er sprach mit starkem Akzent. »Was haben Sie hier gewollt? Sie hatten Glück, wir haben Ihr Gespräch mit den Kindern abgehört, sonst …« Er zuckte mit den Schultern. Milder fügte er hinzu: »Aber danke, dass Sie die Boys geschützt haben, bei unserem, wie sagt man, Zugriff!«

Vals Wangen röteten sich leicht. Dieser Akzent war wirklich sexy. Schottisch, vermutete sie.

»Ich bin Privatdetektivin.«

Seine Brauen hoben sich, und sie verstummte irritiert.

»Äh, also wie gesagt … Jedenfalls habe ich Christopher Winter verfolgt.« Sie wischte sich mit dem Ärmel über die Stirn. »Von meiner Quelle wusste ich, ich meine, ich war eigentlich vorbereitet, also darauf, was mich hier erwarten würde … Aber, ehrlich, etwas hören oder es mit eigenen Augen sehen, nicht nur Welten, ganze Universen liegen dazwischen! Was ist mit …« Sie schluckte und traute sich nicht, es auszusprechen. »Also mit dem Kind, bei dem Winter …«

Er schüttelte den Kopf, ließ sie dabei nicht aus den Augen.

»Cochon«, stieß sie hervor und kämpfte einen Augenblick mit Tränen.

»Aye. Sie werden mit meinen Kollegen auf die Wache müssen.«

Müde sah sie hoch – und wäre fast zur Salzsäule erstarrt. Hinter dem Schotten tauchte Adam auf. Er hob eine Augenbraue.

»Guten Abend, Val. Was für eine gelungene Überraschung!«

»Was ...?«

»Winter«, erwiderte er lakonisch. Dann wurden seine Augen zu schmalen Schlitzen. »Aber jetzt zu dir. Was zum Teufel hast du hier zu suchen?«

Sie kratzte einen Rest Würde zusammen und entgegnete mit fester Stimme: »Ich wollte ihm auf die Schliche kommen. Wir wussten, dass etwas nicht stimmt.«

»Die eine Beule hat dir also nicht gelangt? Du wolltest mehr?« Adam schüttelte den Kopf. »Ich fass es nicht. Bist du suizidal oder einfach nur schwachsinnig?«

Sie sah, dass Adams britischer Kollege ein Grinsen unterdrückte. Er räusperte sich und beugte sich zu ihr: »Sie nannten ihn *Cochon*, aber dieser Bastard ist kein Schwein! ›I like pigs. Dogs look up to us, cats look down on us. Pigs treat us as equals!‹, Churchill! *Scumbags* wie Winter verdienen keinen Vergleich aus dem *Animal Kingdom!*«

Wider Willen musste sie schmunzeln. Adam runzelte die Stirn. Mit unbewegtem Gesicht zitierte er Groucho Marx: »›Outside of a dog, a book is a man's best friend. Inside of a dog, it's too dark to read.‹«

Sein Kollege prustete los, und Adam gestattete sich ein schmales Lächeln.

»Val, du fährst mit aufs Revier.«

Der Schotte hielt ihm zum Abschied die Pranke hin. »Ein Vergnügen, mit Ihnen zusammenzuarbeiten. Ian Sinclair from Europol. *Departement Child Pornography and Prostitution.*«

Ohne große Begeisterung schlug Adam ein. Schließlich sagte er: »Hocherfreut. Siegfried Adam, Hauptkommissar für Gemischtes aus Altona, Freie und Hansestadt Hamburg.«

44

Felipe rüttelte an den Holzlatten seiner Gefängnistür. Im Dunkeln war nichts zu erkennen. Die Kette an seinem Knöchel hinderte ihn daran, an der Tür entlangzugehen. Die Winter war zusammengebrochen, aber er traute ihr nicht. Leo saß stöhnend an der Felswand. Sie sah wahrscheinlich immer noch Sterne, die Winter hatte ihr zweimal einen kräftigen Schlag mit der Waffe verpasst. Und wer war der Ritter, der zu ihrer Rettung erschienen war?

Frustriert schlug er mit der Handfläche gegen das Holz. Was hätte er jetzt für eine Taschenlampe gegeben! Schließlich beugte er sich zu seiner Schwester hinunter.

»Estimada, alles okay?«

Leos Kopf dröhnte, von den Schüssen und den Schlägen.

»Witzbold! Vor meinen Augen tanzt die gesamte Galaxis und vor unserer Käfigtür spielen zwei Verrückte *High Noon* im Dunkeln!«

Sie hob den Kopf aus den Händen und sah in die Richtung, aus der seine Stimme gekommen war. Bis eben hatten sie sich noch flach auf den Boden gepresst und kaum zu atmen gewagt. Jetzt war es schon seit geraumer Zeit still. Die Winter schien getroffen worden zu sein. Aber auch Leo traute dem Frieden nicht.

»Kannst du dir vorstellen, wer da draußen noch rumballert?«, flüsterte sie. »Freund oder Feind?«

»Keine Ahnung«, kam es gedämpft zurück. »Glaubst du, dass es die Winter erwischt hat?«, fügte er hinzu.

»Hoffentlich!« Leo knirschte mit den Zähnen. Nicht nur ihre Zähne knirschten, es war auch eine Menge Sand dabei. Sie fuhr sich über den Mund und wischte die schweißnassen Hände an ihrer Jeans ab. Alles klebte. Sie richtete sich auf.

»Felipe?« Gebückt tastete sie sich an der Felswand entlang.

»Mmh.«

Ihre Hand berührte seinen Arm. »Was nun?«

»Bo! Jetzt beißen wir uns durch die Gitter!« Seine Stimme verriet ihr, dass er lächelte. Er legte eine Hand auf ihre.

Plötzlich wurde die Stille unterbrochen.

»Hallo? Leo? Felipe?«

»Wer … Nein, das glaub ich nicht! Claudia?«

»Sì, wer sonst!« Calabrese lachte.

»Vorsicht, pass auf! Vielleicht markiert sie nur!«

Leo starrte in die Dunkelheit, bis ihre Augen brannten. Sie hörte Calabrese näher kommen. Raschelte es auf dem Boden vor der Tür? Verdammt, bewegte die Winter sich? Plötzlich geisterte ein Lichtstrahl über die zerklüfteten Wände. Calabreses Handylampe. Sekundenlang war Leo geblendet. Sie blinzelte in die Helligkeit, fluchte erneut. Vor ihren tränenden Augen verschwamm die Umgebung.

»Siehst du etwas? Bewegt sie sich?«

»Res, nichts.«

Die dunkle Form am Boden war nur undeutlich zu erkennen. Inzwischen war Calabrese schon fast bei der Frau angekommen. Da endlich hatten Leos Pupillen sich eingestellt. Im gleichen Moment sah sie es.

»Scheiße, Claudia! Ihre Hand!«

»Es ist ganz erstaunlich«, hatte der junge Assistenzarzt ihnen über die Schulter zugeworfen, während er mit wehendem Kittel zu dem Zimmer vorausgeeilt war. »Wir hätten Sie spätestens nach der Morgenvisite angerufen.«

Im Krankenzimmer wartete der Oberarzt auf sie. »Diese spontane Form retrogader Amnesia wird manchmal durch einen Schock getriggert.« Er wandte sich zu ihnen um. »Auch scheinbar banale äußere Einflüsse können Auslöser sein. Entscheidend für den Grad der auslösenden Assoziation ist die emotionale Tiefe, mit der der Betroffene die Erinnerung an ein bestimmtes Ereignis abgespeichert hat.«

Neubauers Augen wurden glasig.

»Die Patientin hat darauf bestanden, Sie zu sehen. Ich persönlich halte es noch für verfrüht – aber die Dame ist nicht bereit, auf mich zu hören.« Er schüttelte den Kopf. Ein vorwurfsvoller Blick traf die Frau, die angezogen war und nicht mehr in ihrem Bett lag. »Sie befinden sich in einem extrem labilen Gemütszustand! Denken Sie daran, und Sie«, er wies mit dem Zeigefinger auf van Veen, »nehmen bitte Rücksicht darauf! Wenn das Erinnerungsvermögen zurückkommt und ihren Neocortex flutet ... Stellen Sie sich vor, ein Damm bricht. Wenn man nicht aufpasst, wird alles von den Wassermassen begraben.«

Die Frau hatte angestrengt zugehört. Sie winkte ab, und der Oberarzt holte Luft. Er ignorierte sie und sagte zu van Veen: »Gehen Sie also äußerst sensibel vor, sonst tragen Sie die Konsequenzen. Wir behalten uns vor, Patienten, die in der Rekonvaleszenz sind und sich fortgesetzt über unsere Anweisungen hinwegsetzen, im schlimmsten Fall zu entlassen.«

Van Veen nickte. »Wir werden Ihre Patientin nicht bedrängen. Aber dieses Gespräch ist außerordentlich wichtig.«

Die Frau sah ungeduldig von van Veen zu dem Arzt.

»Ich erinnere mich!« Der Oberarzt war gegangen, und die Frau starrte aus dem Fenster. Sie saß an dem wackeligen Krankentisch in ihrem Zimmer, das Buch von Katharina Hofmann aufgeschlagen vor sich.

Van Veen räusperte sich. »Das freut mich zu hören.«

Neubauer rollte mit den Augen. Die Untertreibung des Jahrhunderts!

Er fuhr fort: »Sie wissen also, wer Sie sind?«

Die Frau seufzte. »Wer weiß das schon. Ich kenne meinen Namen. Auf jeden Fall gibt es einiges, das ich lieber nicht wissen würde. Genauer gesagt einiges, das ich am liebsten für immer vergessen hätte.« Ihr Blick fiel auf Neubauer. Seufzend fuhr sie fort: »Ich werde es Ihnen erzählen. Obwohl ich mich nicht daran erinnern möchte. Ich bin absolut nicht stolz auf meine Rolle in der Geschichte.«

Sie hatte die Polizisten gebeten, mir ihr spazieren zu gehen. In einem nahe gelegenen Park. In der Bewegung, so sagte sie, fiele es ihr leichter, unbequeme Wahrheiten auszusprechen. Van Veen hatte widerstrebend zugestimmt.

Grün beruhigt das Auge, dachte Neubauer beim Gehen. Sie musterte die Frau, die mit unbewegtem Gesicht neben ihr herlief. Was mochten das für Ereignisse sein, die ihre Erinnerung plötzlich hochgespült hatte? Offenbar schämte sie sich dafür. Ob das Buch der Auslöser gewesen war? Hatte ihr Verstand die Vergangenheit beim Lesen Stück für Stück wieder zusammengesetzt? Sie drehte sich um.

Van Veen ging einen halben Meter hinter ihnen. Der Lärm der vielbefahrenen Straße begleitete sie. Neubauer seufzte, ihre Geduld wurde auf eine harte Probe gestellt. Zwei Ampelphasen, und die Frau schwieg immer noch.

Als ein Fahrrad direkt auf sie zusteuerte, stand van Veen mit einem Mal schützend vor der Frau. Aber der Fahrer wich aus. Er klingelte und drehte sich fluchend nach ihnen um. Neubauer zuckte zusammen, sie war in Gedanken versunken auf dem Fahrradweg gelandet.

Endlich hatten sie die grüne Oase erreicht. Die Frau sah erleichtert aus. Erde löste den Asphalt ab. Sie ging noch einige Schritte, bevor sie begann.

»Was ich erlebt habe, stimmt natürlich nicht eins zu eins mit dem Buch überein.« Ihr Blick glitt über die Gesichter ihrer Zuhörer. »Ich bin zwar die Schriftstellerin Katharina Hofmann, aber mein richtiger Name ist Marlene Winter.« Sie sah einem Eichhörnchen hinterher, das sich einen Baumstamm emporschraubte.

Van Veen öffnete den Mund, aber Neubauer räusperte sich. Er schwieg. Marlene Winter schien mit sich zu ringen.

Endlich sagte sie: »Mein Mann und seine Schwester haben ein Geheimnis. Als ich es durch einen Zufall herausfand, habe ich es gnadenlos ausgeschlachtet. Anders als im Buch hat mein Mann mich aber vor der Veröffentlichung nicht angerührt. Er war bis dahin sogar äußerst zuvorkommend gewesen. Mir schien sein Benehmen nur seit geraumer Zeit seltsam zu sein. Aber wie gesagt, angerührt hat er mich nicht!« Sie machte eine Pause.

»Ich meine das wörtlich. Wir führten keine normale Ehe. Wenn Sie verstehen, was ich meine ... Aber ich schweife ab. Ich hatte also schon lange keinen Bestseller mehr geschrieben. Keine Ideen, meine Fantasie scheinbar verdorrt. Dabei hatte die Kasse vorher reichlich geklingelt, ich war Erfolg gewöhnt. Umso schwerer ist es, mit dieser geistigen Dürre fertigzuwerden. Dazu kam die emotionale Wüste. Ich hätte alles für eine explosive, ach was, für irgendeine Idee gegeben! Aber das soll keine Entschuldigung sein.«

Als sie die Augen hob, begegnete sie den auffordernden Blicken der Polizisten. Sie wich ihnen aus, verfolgte wieder das Eichhörnchen, das sich jetzt behände zum nächsten Baum schwang. Die dünnen Zweige schwankten.

»Jedenfalls wurde ich bestraft, glauben Sie mir.« Wieder kam sie ins Stocken, wieder sorgte ein Blick auf ihre Zuhörer dafür, dass sie fortfuhr. »Ich hätte mit dieser Information zur Polizei gehen müssen. Mein Mann hatte als Kind seine Eltern verbrannt. Man stelle sich das vor, als Kind! Kaum elf Jahre alt. Ein Fremder war wohl auch dabei gewesen und ebenfalls gestorben. Mein Mann hat es danach geschafft, sich mit seiner Schwester aus der Schweiz nach Deutschland durchzuschlagen. Unglaublich! Das waren Kinder! Und ich habe einen Thriller aus ihrem Schicksal gemacht! Seine Schwester war die einzige Kontaktperson zu meinem Verlag. Das war seine Bedingung gewesen, als ich nach der Hochzeit mit dem Schreiben anfing: Niemand sollte wissen, wer hinter dem Pseudonym Katharina Hofmann stand. Er war ein angesehener Geschäftsmann und wollte nicht davon behelligt werden, dass seine Frau seichte Unterhaltungslektüre veröffentlichte. Mit dem Verpacken seiner Lebensgeschichte in einen meiner Romane wäre er natürlich niemals einverstanden gewesen. Trotz des Pseudonyms. Es hätte mir klar sein müssen, dass er diesen Affront nicht hinnehmen konnte. Immerhin schilderte ich ein reales Verbrechen, an das sich vielleicht irgendjemand erinnern würde.«

Sie seufzte. »Und Mord verjährt nie, oder? Jedenfalls sperrten sie mich ein und setzten mich unter Medikamente, Drogen, alles Mögliche eben, was den Verstand benebelt. Ähnlich wie in meinem Buch kam ich ihnen aber auf die Schliche. Was ich nicht vorhergesehen hatte, war ihr überstürzter Versuch, mich endgültig zum Schweigen zu bringen.«

Sie sah erschöpft aus. Neubauers Frage, ob sie eine Pause bräuchte, wehrte sie entschieden ab. »Es ist Zeit, reinen Tisch zu machen. Bis zum Ende der Geschichte fehlt nicht mehr viel. Wo war ich? Drogen und Medikamente … Mir war aufgefallen, dass Emilia plötzlich ab und zu nach Feierabend Besuch mitbrachte. In ihre Wohnung, in der ich übrigens zum Schluss festgehalten wurde. Das war mehr als ungewöhnlich, sie pflegte überhaupt keine sozialen Kontakte. Außer ihrem Bruder gab es niemanden, für den sie auch nur das geringste Interesse aufbrachte. Mein Mann kam jedes Mal vorher in ihre Wohnung und brachte mich in den Keller. Einmal begegneten wir auf der Treppe seiner Schwester und ihrem ›Besuch‹. Ich stand völlig unter Drogen. Aber was ich sah, war so seltsam, dass es meinen benebelten Verstand durchdrang. Emilia war in Begleitung einer Obdachlosen. Einer bemitleidenswerten Existenz, stinkend und verwahrlost in zerlumpter Kleidung. Die Frau kannte offenbar den Weg, deshalb ging ich davon aus, dass sie nicht zum ersten Mal bei Emilia war. Einige Tage darauf schossen sie mich mit Medikamenten und Drogen derartig ab, dass ich mich danach erst wieder an die Kälte im Wasser erinnern kann. Aber die Zeit davor habe ich deutlich vor Augen, da hat mein Mann seine Wut an mir ausgelassen. Er kam regelmäßig in Rage, sobald er mich sah. Kein Wunder, er war außer sich über meine Veröffentlichung. Etwa zu dieser Zeit hat Emilia die Wohnung im Schanzenviertel angemietet.«

Sie schwieg für einige Sekunden, bevor sie hervorstieß: »Früher oder später hätten seine Prügel mich umgebracht! Aber so lange wollten sie wohl nicht warten – oder er hatte die Lust am Schlagen verloren.«

Aminata war bei der Schilderung der verwahrlosten Frau auf der Treppe hellhörig geworden. Die Obdachlose, dachte sie und verspürte zugleich einen Stich. Die Frau war einfach Mittel zum Zweck gewesen.

»Eines sollten Sie noch wissen: Emilia hat die Schrecken ihrer frühen Kindheit nie überwunden. Im Gegensatz zu ihrem Bruder ist sie dadurch verschroben und menschenscheu geworden. Ich habe keine Ahnung, wie es den Kindern später bei ihren Adoptiveltern ergangen ist, nur, dass mein Mann sich eine neue Identität zusammengebastelt hat, die ich alleine mit dem Wissen um seine Vergangenheit zum Einsturz gebracht habe. Das hat ihm den Boden unter den Füßen weggezogen. Deshalb ist er außerordentlich gefährlich. Und wenn seine Schwester mit ihm zusammen ist oder seine Pläne ausführt, kann sie sich für eine gewisse Zeit sehr gut verstellen. Sie wirkt dann wie ein völlig anderer Mensch.«

»Und Ihre, äh, Schwangerschaft?«

»Dichterische Freiheit«, sie sah die Ermittler beinahe entschuldigend an. »Es war gut für die Dramaturgie der Geschichte ... Im Endeffekt war es wohl weniger Biografie als *self fulfilling prophecy.*«

Sie seufzte. »Sie müssen verstehen, für meinen Plot habe ich Fiktion mit Realität vermischt. Einiges hat mich erst nach der Veröffentlichung eingeholt. Und Emilia – ihr Charakter kommt in meiner Geschichte nicht gut weg. Dabei hat sie unglaublich unter ihrem Bruder gelitten. Sie war nur nie stark genug, sich ihm gegenüber zur Wehr zu setzen. Er war ihr ein und alles. Er konnte von ihr verlangen, was immer er wollte. Einmal hat sie nicht aufgepasst, und da habe ich ihre Brandwunden gesehen. Sie wäre damals fast mitverbrannt. Ihr Bruder hätte das billigend in Kauf genommen. Im letzten Moment plagte ihn wohl sein Gewissen und er half ihr, aus dem brennenden Haus zu entkommen.« Sie sah zu Boden. »Mein Mann hatte übrigens eine grandiose Idee: Er misshandelte mich nur an Stellen, die ich auch selbst erreichen könnte. Damit wollte er sicherstellen, dass sich mein Zustand notfalls mit meiner labilen psychischen Verfassung erklären ließe.«

Neubauer nickte langsam. Winter und seine Schwester waren in ihrer Kindheit zweifellos verletzt worden. Sie mochte es sich gar nicht vorstellen. Das gab ihnen aber nicht das Recht, andere Menschen beliebig wie Schachfiguren auf ihrem persönlichen Schlachtfeld zu opfern. Beim Gedanken an das blutige Szenario in Emilia Winters Schlafzimmer überlief es sie kalt.

Auf der Suche nach der Identität des ersten Opfers waren von Wendsheim und Guenther in Hamburgs unbequemste Ecken vorgedrungen. Pik As, Sozialamt, Befragung einiger Hinz&Kunzt-Verkäufer. Am Ende schälte sich das Bild eines Menschen heraus, der auf Platte als Mann unterwegs, aber, wie das Sozialamt wusste, in Wirklichkeit eine Frau gewesen war.

45

Ein Knall. Ein Schrei. Pulverdampf und Stille. Leo nahm die Hände von den Ohren. Das Echo des Knalls schwang noch in ihren Trommelfellen, aber sie konnte wenigstens wieder denken. Ihre Umgebung war erneut in Dunkelheit getaucht.

»Felipe? Claudia?«

Keine Antwort. Mit einem Mal eine sanfte Berührung an ihrer Schulter.

»Felipe?«

Sekunden später hörte sie ein geflüstertes »Sí!«. Erleichtert stieß sie die Luft aus.

Aber sie saßen immer noch hinter den Holzlatten fest. Und Claudia? Was war mit Claudia passiert? Nachdem sie wieder klar sehen konnte, hatte Leo sofort einen Warnschrei ausgestoßen. Langsam, scheinbar wie von selbst, hatte sich eine Hand aus Winters regloser Form gehoben. Ob darin eine Waffe lag, war nicht zu erkennen gewesen. Wer also hatte geschossen?

Ein leises Stöhnen. Leo lauschte angestrengt.

»Wer ist getroffen?«, raunte ihr Bruder.

»Sch, warte! Ich glaube, ich höre etwas …«

»Waffe fallen lassen!«, ertönte es in dem Moment laut, gleichzeitig ging das Licht an. Claudia!

Felipe lachte. »Ich höre es auch.«

Vor ihnen rappelte die Winter sich vom Boden auf. Mit der linken Hand hielt sie ihren rechten Arm fest. Sie schluchzte leise. Hinter dem Handylicht war Calabrese zu erkennen.

»Waffe zu mir, hübsch langsam. Und die Schlüssel auch.«

Die Winter ließ ihren verletzten Arm los und hob langsam die Hand mit der Waffe. In einem letzten verzweifelten Versuch krümmte sich ihr Zeigefinger um den Abzugshahn.

»Fallen lassen!«, schrie Calabrese mit überschlagender Stimme. Die Zeit schien stillzustehen.

Ein Schuss fiel, und die Winter sackte zeitlupenartig zusammen. Dann ein vielstimmiger Schrei.

Plötzlich fühlte sie sich ganz leicht. Es war, als würde sie schweben. Sie lächelte. Um sich herum sah sie ihre geliebten Berge. Wie hatte sie diesen Anblick vermisst! Über sich ein Himmel, so blau, dass man es nicht mit Worten beschreiben konnte. Die dunkle Höhle war weit hinter ihr zurückgeblieben. Sie wusste schon nicht mehr, was sie dort gewollt hatte. Aus einer Hütte traten Arm in Arm ein Mann und eine Frau heraus. Sie näherten sich lächelnd. Ihre Eltern. Doch halt – ein Lächeln? Unmöglich! Dabei wäre es so schön gewesen. Genau das hatte sie sich immer gewünscht.

Hinter ihren Eltern undeutlich, schemenhaft, die Umrisse unzähliger gesichtsloser Männer. Nein! Nicht diese Erinnerungen! Sie hörte sich innerlich aufschreien. Die Menschen begannen sich aufzulösen, wie Nebelschleier im Morgentau. Jetzt war es gut. Erleichtert sank sie zurück. Jetzt konnte sie loslassen. Endlich.

»Merda, Merda, Merda!« Das war Calabrese. Sie ging zu der Frau am Boden und kickte mit einem Fuß die Waffe weg. Dann bückte sie sich und fühlte nach dem Puls.

»Scheiße«, leiser jetzt, beinahe ein Schluchzen. Für einen Moment blieb sie bewegungslos bei der Frau hocken. Dann riss sie sich zusammen und suchte in der Kleidung der Toten nach dem Schlüssel.

»Danke.« Ein Stoßseufzer von Felipe, nachdem Calabrese das Schloss der Gefängnistür geöffnet hatte. Er umarmte sie. Sie ließ es wie betäubt geschehen, zuckte nur unmerklich zurück. Leo ging um die beiden herum. Sie machte einen großen Bogen um die Tote am Boden.

»Lasst uns sehen, dass wir hier rauskommen!« Sie schauderte, als sie den Körper mit einem Blick streifte.

Im nächsten Moment brannte der Schein einer starken Taschenlampe die Konturen auf ihre Netzhaut. Sie löste den Blick von der Leiche. Das Licht kam von oben. Und mit einem Mal war auch der Klang mehrerer Stimmen zu hören. Sie sah sich nach Felipe und Calabrese um. Felipe war stehen geblieben und rüttelte an der Kette, die ihn nach wie vor in dem Raum festhielt. Dann rief jemand ihren Namen.

Angerboda hatte gewartet und gewartet. Er hatte leise Debatten mit sich selbst geführt. Alarm schlagen? Einfach wie ein wilder Stier durch die Hecke brechen? Schließlich hatte er auf das Versteckspiel gepfiffen und das Handy eingeschaltet. Nur um festzustellen, dass er weder Leo noch Claudia erreichen konnte. Natürlich hatten sie ihr Telefon zunächst ausgeschaltet, aber langsam hätten sie wieder auf Empfang sein müssen. Er hatte sich beherrscht, um das Handy nicht in die Hecke zu werfen. Noch fünf Versuche, hatte er sich gesagt. Nach dem fünften vergeblichen Versuch hatte er schweren Herzens die Nummer der Polizei gewählt.

Comisario Principal Joan Aquiló von der mallorquinischen Abteilung der Policía Nacional sah ungeduldig aus dem Fenster seines schwarzen Dienstfahrzeugs. Er ignorierte die Konversationsversuche seines Inspektors. Wenn er nicht selbst am Steuer saß, war er ungenießbar. Außerdem war er nicht ganz mit der Motorpflege seines Oldtimers fertiggeworden. Nur noch wenige Handgriffe, er hatte die Belohnung in Form einer Karaffe kalten Weins im Garten schon vor Augen gehabt, da hatte sich unangebrachterweise sein Einsatzhandy gemeldet. Widerwillig hatte er es unter ölverschmierten Lappen herausgezogen.

Dann war schon der Wagen mit Inspektor Manuel Reyes am Steuer vorgefahren. Aquiló hatte sich die Hände an der Arbeitshose abgewischt. Er hätte immer noch behaupten können, bereits Wein getrunken zu haben. Und nun? Der Wagen hielt. Vor seinen Augen tauchten kurz die Bilder seiner neuen Freundin in ihrem geblümten Sommerkleidsfähnchen auf. Er unterdrückte einen Fluch und stieg aus.

Statt häuslicher Idylle schon wieder ein deutscher Comisario in Schwierigkeiten. Reichte nicht die Schwemme der Touristen? Mussten auch noch ausländische Gesetzeshüter auf seiner Insel einfallen? Obwohl dieser Adam gar nicht so übel gewesen war. Mit einem anerkennenden Grinsen erinnerte er sich an dessen Trinkfestigkeit. Dann hätte er sich beinahe die Augen gerieben. Wer kam dort auf sie zu? Herkules? Ein hinkender Riese, wild mit den Armen fuchtelnd.

»Halt! Sofort stehen bleiben!«

Aquiló runzelte die Stirn. Er warf dem Inspektor Alumno, dem Anwärter, der dem Fremden mit schriller

Stimme den Befehl entgegengeworfen hatte, einen strafenden Blick zu.

»Wann merkst du dir das endlich? Wenn hier jemand schreit, bin ich es.«

Er schob den jungen Kollegen aus dem Weg und ging auf den großen Mann zu.

Erleichtert sah Angerboda den spanischen Polizisten entgegen. Ein großer hagerer Mann schien das Kommando zu haben, jedenfalls hatte er den jungen Heißsporn gerade zur Ordnung gerufen. Angerboda brannte darauf, etwas zu tun. Weder Leo noch Calabrese meldeten sich. Von ihm aus hätten sie sich einfach durch den Zaun bomben können. Aber vielleicht gab es ja noch einen anderen Weg auf das Grundstück. Die Spanier würden es hoffentlich wissen.

»Joan Aquiló, Policía Nacional, Sie haben uns gerufen?«

Brander zwang sich, den Blick von dem Streifen Schmiere, der quer über Aquilós Gesicht verlief, zu lösen. Er streckte ihm seine Hand entgegen.

»Brander Angerboda. Kommissar, LKA Hamburg. Richtig, ich habe Sie angerufen. Ich glaube, dass hier Gefahr im Verzug ist!«

Angerboda war froh, dass sein Gegenüber so ein fantastisches Deutsch sprach. Er fasste die Situation für ihn zusammen.

»Wir müssen handeln. Die beiden Frauen sind schon viel zu lange verschwunden.«

»Wir haben auf dem Weg versucht, Señora Winter zu erreichen. Vergeblich. Einige meiner Männer sind in diesem Moment am Haupteingang. Wenn niemand öffnet, werden sie sich Zugang verschaffen.« Leiser fuhr er fort:

»Sie wissen aber, dass die deutsche Policía hier keine Kompetenzen hat? Die beiden Damen haben das Grundstück unerlaubt betreten. Im schlimmsten Fall könnte ihnen das als Einbruch ausgelegt werden.«

Angerboda schluckte seine Antwort herunter und sagte: »Verlieren wir keine Zeit. Ich fürchte, es geht um Leben und Tod.«

Aquilós Mannschaft hatte in Windeseile eine Schneise in die Hecke geschlagen. Angerboda sah, wie der spanische Kommissar ihn nachdenklich musterte.

Glaube nicht, dass mich etwas auf dieser Seite festhalten könnte! Angerboda streckte sich zu seiner vollen Größe. Aquiló nickte nur stumm und ging voraus.

Calabrese ließ sich aus der Luke herausziehen. Als sie Angerboda sah, brach sie fast zusammen. Er nahm sie in den Arm.

»Was ist mit Leo und Felipe?«, flüsterte er.

»Sind beide noch unten. Sie leben, aber er ist angekettet. Leo weigert sich, ohne ihn rauszukommen.« Sie verzog das Gesicht zu einem schmalen Lächeln.

»Angekettet, okay. Und die Winter?«

Calabrese holte tief Luft.

»Schon gut. Lass uns später darüber reden.« Angerboda war wie immer die Einfühlsamkeit in Person. Sie stieß die Luft aus, drückte dankbar seinen Arm.

Inzwischen hatten unter ihnen die Bergungsmaßnahmen begonnen. Aquiló hatte Verstärkung und die Spurensicherung angefordert. Wenig später rückten sie an. Die alte Ölmühle wurde vom grellen Licht der Scheinwerfer erhellt.

Aquiló fuhr mit den beiden deutschen Polizisten und den Zwillingen aufs Revier. Er saß selbst am Steuer und war dementsprechend entspannt. Reyes hatte er zur Tatortüberwachung zurückgelassen. Das war natürlich nur ein Vorwand, aber trotzdem zielführend. Er grinste in sich hinein.

Im Rückspiegel betrachtete er die beiden Frauen. Sie sahen mitgenommen aus. Trotzdem schienen beide ziemlich tough zu sein. Die Heiterkeit verschwand aus seinem Gesicht. Die Dunkle war sicherlich traumatisiert. Polizistin, keine Deutsche. Er musterte sie genauer. Vielleicht Italienerin. Auf jeden Fall war die Welt nach einem Todesschuss nicht mehr dieselbe. Er fing ihren Blick im Spiegel ein. Es würde einiges auf sie zukommen …

Aquiló seufzte. In so einem Fall gab es wahrscheinlich keinen großen Unterschied zwischen den Behörden auf Mallorca und denen in Deutschland. Ein Polizist musste sich verantworten, wenn er einen Menschen getötet hatte. Im Prinzip war das natürlich richtig und wichtig. Aber es konnte einen Menschen auch zerbrechen. Er hoffte, dass die südländisch aussehende Polizistin stark genug war, dem Druck standzuhalten.

In der ersten Reihe saß Calabrese am Fenster und Angerboda in der Mitte. Dahinter Leo am Fenster und Felipe am Gang. Der Platz zwischen ihnen war frei. Sie hatten Glück gehabt. Am Gang neben Angerboda saß ein feister Immobilienmakler. Er referierte ungefragt über seine Sichtweise zu deutscher und mallorquinischer Politik. Calabrese presste durch verkrampfte Kiefer: »Lass mich raus, sonst bringe ich ihn um.«

Angerboda hob die Augenbrauen. »Du willst mich hier allein lassen? Weißt du, was alles passieren kann? Mein Ellenbogen könnte aus Versehen seinen Kehlkopf eindrücken – dann hättest du Schuld. Unterlassung – dazu steht mit Sicherheit etwas im Strafgesetzbuch.«

Sie stöhnte nur und stand auf. Viel Platz hatte sie nicht. Sie stützte sich mit einer Hand auf Angerbodas Kopfstütze ab. Der korpulente Mann am Gang erhob sich schwerfällig, um sie vorbeizulassen. Er sah irritiert aus, ihr Aufbruch hatte ihn mitten im Satz unterbrochen.

Calabrese verschwand auf dem Bord-WC und sank auf den Toilettendeckel. Mehr von dem selbstgefälligen Gequatsche würde sie nicht ertragen. Wenn sie die Augen schloss, sah sie Marlene Winters reglosen Körper. Ein plötzlicher Schluckauf hob sie fast vom Sitz. Verzweifelt dachte sie an die eineinhalb Stunden, die noch vor ihr lagen. Ich schaffe das, dachte sie und hatte keine Ahnung, wie. Sie erinnerte sich an die qualvolle Ewigkeit vor dem Abflug. Auf dem Revier.

Der mallorquinische Hauptkommissar war unerwartet rücksichtsvoll gewesen. Er hätte sie alle für unbestimmte Zeit festhalten können. Stattdessen hatte er nur ihre Aussagen aufgenommen und sie dann zum Flughafen bringen lassen – mit dem Versprechen, ihm für zukünftige Fragen zur Verfügung zu stehen. Und Adam sollten sie von ihm grüßen. Ausgerechnet!

Weitaus schlimmer waren die Telefonate mit van Veen gewesen. Als jemand von draußen klopfte, betätigte Calabrese die Spülung. Sie spritzte sich kaltes Wasser ins Gesicht und entriegelte die Tür.

46

Val saß Adam gegenüber. Sie saß keine Sekunde still, sondern fummelte ununterbrochen an irgendetwas herum. Mal wühlte sie in ihrer Handtasche, die die Polizei für sie sichergestellt hatte, mal zupfte sie an ihrer Bluse oder drehte an ihrem Lippenstift. Adam beobachtete sie müde. Nach einer Weile schlug er auf den Tisch. Val zuckte zusammen.

»Könntest du bitte mal fünf Minuten stillsitzen?«

Sie machte ein beleidigtes Gesicht. »Kein Grund, mich so zu erschrecken.«

»Ach nein?« Adam schob die Papiere vor sich zusammen. »Wir erwischen dich mitten in einer Polizeiaktion in einem Club für minderjährige Prostituierte. Was soll ich davon halten?«

Val richtete sich empört auf. »Du willst hoffentlich nicht andeuten, dass ich auch nur im Entferntesten etwas damit zu tun haben könnte?«

Adam seufzte.

»Nein«, sagte er endlich widerwillig, »aber ich wüsste schon gern, was du dort zu suchen hattest. Vor allem, ohne uns vorher zu informieren. Offenbar hattest du Kenntnis von ungesetzlichen Aktivitäten.«

Val starrte ihn an. Adam erwiderte den Blick. So starrten sie sich eine Weile gegenseitig in Grund und Boden.

»Verdammt Val, so läuft das nicht! Die Zeiten von Robin Hood sind vorbei. Du und Wagner, ihr habt euch in eine äußerst gefährliche Situation gebracht – und mich mit hineingezogen. Kapierst du das nicht?«

Sie senkte die Augen und schwieg.

»Also – liegt dir etwas an dem Schicksal der Kinder? Oder geht es hier nur ums Detektivspielen?«

»Was für eine Frage! Ich fass es nicht, dass du daran zweifelst.«

»Tue ich nicht. Aber wenn wir etwas ausrichten wollen, müssen wir verdammt noch mal an einem Strick ziehen.«

»Strang«, verbesserte sie automatisch. Bei seinem Blick wich sie ein Stück zurück.

»Val, das ist eine Nummer zu groß für euch. Winter und diese Typen spielen in einer ganz anderen Liga.«

Val seufzte.

»Ob du es glaubst oder nicht, das habe ich heute Abend auch gemerkt.«

Ihr Gesichtsausdruck besänftigte Adam etwas. Er lehnte sich zurück und musterte sie einen Moment lang schweigend.

»Sehr gut«, sagte er endlich und fuhr sich mit beiden Händen durch die Haare. »Dann wirst du mir jetzt also mitteilen, woher du von diesem Etablissement wusstest. Und was dich auf die irrwitzige Idee gebracht hat, dort einfach aufzutauchen und den Freier zu spielen.«

Er wurde schon wieder wütend. »WAS HAST DU DIR BLOSS DABEI GEDACHT?«

Sein Gegenüber war blass geworden. Sie schien nach Worten zu suchen. Schließlich erwiderte sie: »Du musst mir vertrauen, es spielt keine Rolle, von wem ich es weiß, ehrlich. Ich würde es dir sonst sofort sagen.« Sie sah ihn beinahe flehend an. »Wenn es nur den winzigsten Grund für die Annahme gäbe, dass diese Person etwas damit zu tun haben könnte.«

»Und du bist nach wie vor nicht bereit, diese Einschätzung mir zu überlassen?«

»Siegfried, äh, Adam, du weißt es doch selbst ... Was wird passieren, wenn ihr den Namen habt? Ihr kreuzt dort auf. Die Bullen! Verzeihung, aber jeder riecht drei Meilen gegen den Wind, wer ihr seid. Und dann? Meine Quelle wäre absolut geliefert. Könnte nur noch die Sachen packen und verschwinden.«

Adam fiel auf, dass sie während der ganzen Zeit, in der sie beide hier saßen, nicht ein einziges Mal einen französischen Ausdruck benutzt hatte. Er seufzte. Wahrscheinlich ein Zeichen für ihre Anspannung.

»Dann unterschreib deine Aussage und sieh zu, dass du nach Hause kommst. Ich werde dir ein Taxi rufen.« Adam zog eine Augenbraue hoch. »Ach, und natürlich meldest du dich, wenn dir noch etwas einfallen sollte – mon chère«, fügte er boshaft hinzu.

Sie zuckte zusammen. Jetzt sah sie ihn auch noch mit so einem verletzten Blick an. Er seufzte. Schließlich konnte sie nicht wissen, ob er den Unterschied zwischen *ma* und *mon* kannte. Er räusperte sich. Auch er war müde.

»Also, ab ins Bett, meine Liebe. Und keine Angst, wir sind noch lange nicht fertig miteinander.«

Val murmelte etwas von »Polizeistaat« und »Amtsmissbrauch«.

Bevor die Tür hinter ihr zufiel, hörte er ein halblautes: »Crétin«. Adam musste grinsen.

Leo war zu Tode erschöpft. Der erste Schock und die grenzenlose Erleichterung, ihren Bruder gefunden zu haben, waren langsam gewichen. Jetzt verpuffte der letzte Rest ihrer Energie. Sie starrte aus dem Fenster. Die Insellandtschaft unter ihr hatte einer dichten Wolkendecke Platz gemacht. Sie lehnte die Stirn an die Scheibe. Adam fiel ihr ein, ihr Streit am Abend, als sie aus seiner Wohnung bis an den Strand gestürmt war. Es schien eine Ewigkeit her zu sein. Die Scheibe kühlte ihre Stirn. Sie schloss die Augen. Hätte sie es nicht besser wissen müssen? Und doch, bevor sie zu Adam gegangen war, hatte sie seit sehr langer Zeit zum ersten Mal überlegt, was sie anziehen sollte.

Sie war auf dem Weg zu Adam gewesen und trug sich mit dem Gedanken, dieses Mal die ganze Nacht zu bleiben. Der Anfang war vielversprechend gewesen. Er hatte vernünftige Gin Tonics gemischt und sie sich, in dem Bewusstsein, notfalls jederzeit zu Fuß nach Hause gehen zu können, nicht zurückgehalten. Aber die Reise hatte alles gekillt. Er Berge, sie Meer. Skifahren, mit seinem Wagen! Insgeheim war ihr vor allem nicht wohl bei dem Gedanken an das Fahren auf zwei schmalen Brettern. Sie hatte es bisher nur ein einziges Mal ausprobiert, und das hatte in einem ziemlichen Fiasko geendet. Adam war mit der Kostenfrage gekommen.

»Komm schon«, hatte sie gesagt, »Skifahren ist nun nicht gerade für Schnäppchenpreise bekannt!« Dann weiter: »Außerdem, mit deinem Wagen? Hast du überhaupt Schneeketten für die Karre?«

Er hatte sie böse angefunkelt. »Du willst also wirklich mal eben um die halbe Welt an irgendeinen Strand fliegen? Entschuldige bitte, ich bin nur ein kleiner Kriminalkommissar. Ich weiß nicht, was du für Vorstellungen von meinem Gehalt hast!«

Sie hatte geschwiegen.

»Aber klar, wenn man plötzlich von Beruf Erbin ist, und ein paar satte Milliönchen im Rücken hat …«

»Was weißt du von meinen ›satten‹ Milliönchen?«

»Ha! Ich habe mir erlaubt, einen Blick auf den Nachlass der vornehmen Familie Schröder zu werfen, und …«

»Moment mal! Du hast was?« Da hatte sie ihn unterbrochen. »Sag, dass das nicht wahr ist!«

»Was regst du dich so auf? Du hast doch ausgesorgt, für dieses Leben und noch ein paar mehr. Vielleicht solltest du besser mit jemandem verreisen, der auf deinem finanziellen Niveau ist.«

Leo öffnete die Augen wieder. Idiot, dachte sie müde.

Vor ihren Augen erstreckte sich eine Traumlandschaft aus schneeweißen Wolken. Mit einem Mal wurde ihr die Schönheit dieses Anblicks bewusst. Konnten das wirklich Wassertropfen sein? Abermilliarden Tröpfchen, zusammengeballt zu diesen erstaunlichen Gebilden? Man schien darauf tanzen zu können! Sie lächelte.

Felipe beobachtete seine Schwester von der Seite. Sie wirkte so abwesend, ganz anders als sonst. Am liebsten hätte er sie einfach in den Arm genommen, aber er spürte, dass es ihr im Moment nicht recht wäre.

»Ach Leo«, murmelte er.

Sie schien sich krampfhaft an den Seitenlehnen ihres Sitzes festzuhalten. Plötzlich lächelte sie. Er lehnte sich zu ihr hinüber und legte seine Hand vorsichtig auf ihre. Sie hatten einiges hinter sich. Von dem Aufenthalt im Keller ganz abgesehen … Danach war eine Aussage bei der Polizei auf sie zugekommen. Wie immer in solchen Fällen war die Zeit vorangeschlichen, quälend langsam. Trotzdem hatte es alle überrascht, wie spät es plötzlich gewesen war. Um acht Uhr hatte Comisario Aquiló mit einem Vertreter der Mietwagenfirma gesprochen. Der Cinquecento war geborgen worden. Leer. Müde und erschöpft, aber vor allem erleichtert hatten sie sich angesehen. Keine unschuldigen Opfer! Die Anzeige wegen des Autodiebstahls hatte Aquiló mehr oder weniger für sie ausgefüllt. Sie mussten nur noch ihre Unterschrift daruntersetzen. Nur einmal wäre es fast zu einem Eklat gekommen: als Leo sich weigerte, ihre Kopfverletzung im Krankenhaus untersuchen zu lassen. Der Comisario hatte schließlich stirnrunzelnd nachgegeben.

Auch ansonsten hatte er sich sehr entgegenkommend verhalten. Es gipfelte in der Tatsache, dass er selbst Claudia, die immerhin bewaffnet auf einem fremden Grundstück eingedrungen war, nach einem Verhör zumindest vorerst ziehen ließ. Das Gespräch, das er mit ihr geführt hatte, musste allerdings intensiver gewesen sein. Um einiges intensiver, in Anbetracht der Tatsache, dass es eine Tote gab – deren Identität nicht 100-prozentig geklärt war. Claudia durfte erst abreisen, nachdem sie ihn von ihrer bedingungslosen Kooperation überzeugt hatte. Und nach dem Führen unzähliger Telefonate.

Den anderen teilte sie später nur Bruchstücke dieses Verhörs mit. Wenigstens nahm Felipe an, dass sie ihnen nicht alles erzählte. In einem Punkt waren sich alle einig gewesen, sie wollten sich auf keinen Fall erst schlafen legen, sondern die Angelegenheit so schnell wie möglich hinter sich bringen, um dann so früh wie möglich nach Hause fliegen zu können. Dementsprechend fertig waren sie jetzt.

Auch spürte Felipe die Auswirkungen seiner Gefangenschaft. Aber trotz der schier endlosen, strapaziösen Befragungen, war er Comisario Aquiló dankbar. Nicht nur dass er ihr Gepäck hatte holen lassen, während sie ihre Aussagen machten, er hatte ihnen auch erlaubt, auf der Wache zu duschen. Warmes Wasser war dort zwar nicht unbegrenzt vorhanden, aber es blieb das Gefühl, zusammen mit dem Schmutz wenigstens auch einen Teil der Angst und des Entsetzens der letzten Stunden abgewaschen zu haben.

Felipe sah in die Sitzreihe vor sich, wo Calabrese inzwischen wieder am Fenster Platz genommen hatte. Er beneidete sie nicht, ihr stand einiges bevor. Das war ihm spätestens klar, seitdem er unfreiwillig Zeuge eines ihrer Telefonate mit van Veen geworden war.

Sein Blick wanderte auf den Mittelplatz vor sich. Brander würde sicherlich auch nicht ungeschoren davonkommen. Felipe seufzte. Diese Ermittlungen hatten ihnen viel abverlangt, einige von ihnen mussten dafür einen höheren Preis zahlen.

Leo und er konnten sich relativ sicher fühlen, außer mahnend erhobenen Zeigefingern drohten ihnen keine Repressalien. Er überlegte stirnrunzelnd, ob sie unwissend Gesetze gebrochen haben könnten. So schlimm würde es schon nicht sein. Aber Claudia und Brander …

Die Anschnallzeichen leuchteten auf. Felipe sah an Leo vorbei aus dem Fenster. Sie hatten mit dem Anflug auf Hamburg begonnen. Er lehnte sich zurück und schloss die Augen. Ein regloser Körper flimmerte über die Rückseite seiner Lider wie über eine Leinwand.

Adam lag endlich in seinem Bett. Aber dann wälzte er sich nur von einer Seite auf die andere. Er war so müde, warum konnte er nicht schlafen? Er schlug das Deckenknäuel zurück und ging in die Küche.

Der Einsatz war ein einziger Albtraum gewesen. Während er den Kühlschrank öffnete, wünschte er sich, die

Details aus seiner Erinnerung verdrängen zu können. Er spähte in die beleuchteten Fächer. Viel gab es nicht zu sehen. Ein paar Oliven, ein Stück Käse. Er schlug die Tür zu. Wenig später öffnete er sie erneut. Mit einem Glas voll Eis, viel Gin und etwas Tonic ging er zurück ins Bett.

Vor dem Bett lagen verstreut seine Unterlagen. Er griff danach und rückte das Kopfkissen hinter sich zurecht. Die billige Klemmleuchte vom Baumarkt warf funzeliges Licht auf seine Notizen. Er begann zu lesen und brummte dabei leise vor sich hin. Hin und wieder nahm er einen Zug aus dem vor Kälte beschlagenen Glas. »Hm…«

Alles in allem war der Fall von der Frau an der Elbe wohl gelöst. Nicht zuletzt durch ihr wiederhergestelltes Gedächtnis. Aber auch die anderen Fakten passten zusammen. Winters Wut über den Bestseller, der fast seine Biografie war, die verschwundene und ermordete Obdachlose und natürlich das Einsperren und Misshandeln seiner Frau. So weit wäre alles zur Zufriedenheit geklärt. Dennoch …

Adam ließ die Papiere sinken und starrte an die Wand. Es widerstrebte ihm, den Gedanken zuzulassen. Aber auch Winter und seine Schwester waren Opfer gewesen. Sie hatten als Kinder Unaussprechliches erlebt! Aber war es in Ordnung, sich darauf zu berufen? Musste nicht jeder irgendwann die Verantwortung für sich und sein Handeln tragen? Unabhängig von seiner Vorgeschichte? Was war mit den Unschuldigen, die sie auf dem Gewissen hatten? Was hatten sie mit deren Ermordung ausgelöst? Sollte es wie in einer Endlosschleife ewig so weitergehen? Adam warf die Papiere vors Bett und schüttelte den Kopf. Auf keinen Fall. Außerdem wartete morgen van Veen auf ihn, nicht Shakespeare.

Er klopfte sich das Kissen in Form und löschte das Licht. Dieser Fall war größer geworden, als sie vorher hätten ahnen können, um einiges größer.

Winter war in Untersuchungshaft. Freiheitsberaubung und versuchter Mord an seiner Ehefrau, dazu die Ermordung der Obdachlosen. Außerdem hatten die Schweizer Behörden schon bei ihnen angeklopft – von deren Seite gab es eine Menge offener Fragen. Obwohl er noch ein Kind gewesen war, als seine Eltern in dem brennenden Haus ihr Leben gelassen hatten. Als wäre das alles noch nicht genug, mussten sie jetzt auch noch seine Verbindung zu dem Pädophilenring klären. Keine schöne Bilanz im Leben des erfolgreichen Unternehmers.

Bevor Adam einschlief, zogen Bilder von Sophia und Louisa an ihm vorbei. Leo mischte sich ungewollt dazwischen, und dann tauchte auch noch das Konterfei eines rotblonden Schotten auf. Als Letztes erschien leider das Bild eines am Boden liegenden, grinsenden Felix Kleber. Das Gesicht rückte näher heran, das Grinsen wurde breiter, und schließlich brach es in ein höhnisches Gelächter aus. Adam stöhnte. Das Geräusch wurde immer lauter, schrillte in seinen Ohren. Er zog sich das Kissen über den Kopf. Warum konnte man sich seine Träume nicht aussuchen?

Verschlafen richtete er sich auf. Hatte er das gerade bewusst gedacht? Im Traum? Außerdem klang das Schrillen sehr nach seiner Türglocke.

Er befreite sich aus seiner Decke und ging zur Haustür. Dachte nicht einmal an den Spion, sondern riss sie einfach auf. Und schnappte nach Luft. Sophia stand dort.

»Du?«

»Entschuldige! Wenn du willst, gehe ich sofort wieder.«

»Wo ist Louisa?«

»Sie übernachtet bei einer Freundin. Bitte, sei ehrlich, störe ich?«

Als er bemerkte, dass er sie anstarrte, knurrte er etwas Unverständliches und winkte sie herein. Er wich ein Stück zur Seite, um sie vorbeizulassen. Ihm fiel ein, dass sie noch nicht in seiner Wohnung gewesen war.

»Nach rechts«, sagte er und folgte ihr ins Wohnzimmer.

Er hatte das Gefühl, immer noch zu träumen. Selbst sein Spiegelbild über dem Schuhschrank schien sich über ihn lustig zu machen. Es zeigte ihm einen verschlafenen Kerl in Boxershorts, dessen Haare in alle Richtungen standen. Er zeigte stumm auf das neue Sofa.

»Setz dich.«

Sein T-Shirt lag noch auf dem Fußboden. Während er es anzog, fragte er: »Was führt dich zu mir? Willst du den Kerl anzeigen? Oder mich?«

»Sei nicht albern. Natürlich werde ich dich nicht anzeigen. Schon gar nicht in deiner eigenen Wohnung. Aber ich fürchte, du bist diesmal zu weit gegangen. Damit hast du Felix eine große Freude gemacht. Er hat nämlich vor, morgen auf deiner Wache zu erscheinen. Und rate mal, was er da will.«

Adam seufzte. Ehrlich gesagt war es ihm scheißegal. Um diese Uhrzeit sowieso.

»Möchtest du etwas trinken?«

»Nein. Ja. Ach, ich weiß nicht …«

»Hm. Beides geht nicht. Also: Ja oder nein?«

»Was hast du denn da? Nicht nur starkes Zeug, oder?«

»Nope. Es sei denn, Rosé fällt bei dir schon unter strong stuff … Aber Wasser hätte ich sonst auch.«

Er grinste. Sie hatten immer gern Gin Tonic zusammen getrunken – er wusste, dass sie einiges vertragen konnte. Mehr jedenfalls, als man bei ihrer zarten Statur vermuten würde.

»Vielleicht, ein klitzekleiner Gin Tonic? Einen könnte ich mir wohl erlauben.«

Plötzlich wurde ihm warm. Wortlos ging er in die Küche und holte zwei Gläser. Ihm wurde klar, dass es jetzt an ihm war, aufzupassen, dass sie nicht zu viel trank. Sonst würde sie nicht mehr fahren dürfen. Das Problem war nur, dass er gerade selbst nicht wusste, was er eigentlich wollte. Vor allem hatte er absolut keine Idee, was sie von ihm wollte.

47

Adams Wecker klingelte. Stöhnend erhob er sich so weit, dass er ihn mit einem Schlag erwischen konnte. Aber kurz darauf begann die Weckfunktion seines Handys zu plärren. Er fluchte und sah auf die Uhr. Kurz nach halb acht. Als er sich in die Federn zurücksinken ließ, erstarrte er. Er war nicht allein.

Er schloss für einige Sekunden die Augen, dann schoss er blitzschnell aus dem Bett. Nach einer langen und sehr heißen Dusche ging er in die Küche, um kurz darauf mit zwei dampfenden Kaffeebechern ins Schlafzimmer zurückzukehren.

»Guten Morgen.«

Er stellte einen Becher auf dem Nachttisch ab. Der blonde Schopf zwischen den Kissen regte sich kaum. Er pustete etwas Kaffeeduft in ihre Richtung, und daraufhin zeigte sich kurz ein verschlafenes Gesicht.

»Ich muss jetzt los. Schlaf ruhig weiter. Wenn du nachher gehst, zieh einfach die Tür hinter dir zu.«

Er wartete ein paar Sekunden, als sich dann immer noch nichts rührte, nahm er seinen Kaffee und ging. Er nahm an, dass ihr die Situation genauso peinlich war wie ihm, daher verließ er leise seine Wohnung, ohne sich noch einmal zu verabschieden.

Auf dem Weg zur Garage musste er an Leo denken. Das fehlte ihm gerade noch! Er beschleunigte seine Schritte.

Auch während der Fahrt ging sie ihm nicht aus dem Kopf. Er versuchte, sich abzulenken, zählte im Geist die

Unannehmlichkeiten auf, die ihm heute noch bevorstanden. Van Veen würde ihn in die Mangel nehmen, klarer Fall. Zu Aminatas Alleingang, Branders wundersamem Auftauchen am Ort des Geschehens – ganz zu schweigen von Claudias Einmischung. Und natürlich würde er sich zu seiner eigenen Rolle in diesem ganzen verdammten Sumpf äußern müssen. Warum er es nicht nur zugelassen hatte, dass eine gewisse Detektei bei der Aufklärung mitwirkte, sondern er ganz offensichtlich sogar mit ihr zusammengearbeitet hatte.

Adam verzog das Gesicht. Das Verhör mit Winter erschien ihm dagegen beinahe wie ein Kinderspiel. Aber wenigstens waren die Gedanken an Leo darüber in den Hintergrund gerutscht.

Er trat das Gaspedal weiter durch. Sollte er tatsächlich noch einen Verstoß wegen zu schnellen Fahrens riskieren? Kurz musste er grinsen, darauf kam es wirklich nicht mehr an.

Auf der Wache war er gerade mal zwei Sekunden in seinem Büro, bevor ihm mitgeteilt wurde, dass er sich sofort beim Alten einzufinden hätte. Er sah unwillkürlich auf die Uhr, kurz nach halb neun – wenn der Alte jetzt schon im Revier herumlungerte, verhieß das wahrlich nichts Gutes.

Wagner und seine Schwester verbrachten die Nacht in der Detektei. Beide hatten viel zu berichten. Vernunftmäßig war beiden klar, dass es viel zu spät war, dem anderen ins Gewissen zu reden, trotzdem machten sie sich noch ewig gegenseitig Vorwürfe. Wie konnte er/sie so unvorsichtig sein? Was hätte alles passieren können? So ging es die halbe Nacht. Schließlich schliefen sie erschöpft auf den Besuchersofas ein.

Entgegen ihrer sonstigen Gepflogenheit wachte Val als Erste auf. Sie blieb noch einen Moment liegen und lauschte den regelmäßigen Atemzügen ihres Bruders. Schließlich stand sie leise auf. Im Bad warf sie nur einen kurzen Blick in den Spiegel. Seufzend spritzte sie sich kaltes Wasser ins Gesicht und machte sich dann auf die Suche nach ihrer Handtasche. Sie schlich die Treppe herunter. Vor der Tür atmete sie auf. Ihr Auto stand nur wenige Meter entfernt.

Den Besuch, den sie jetzt machen wollte, konnte sie allerdings genauso gut zu Fuß erledigen. Sie wusste, dass Adam in der Nähe wohnte. Energisch machte sie sich auf den Weg. Als auf ihr Klingeln an seiner Tür nichts geschah, lehnte sie sich auf den Knopf und läutete Sturm. Der Summer ertönte.

Sie betrat den Hausflur. Zu ihrer Verwunderung sah sie eine unbekannte Frau in Adams geöffneter Wohnungstür stehen. Die Frau sah verschlafen aus. Sie schien eins von Adams T-Shirts zu tragen. Mehr jedenfalls nicht.

»Guten Morgen«, sagte die Fremde.

Val betrachtete sie genauer. Trotz ihres derangierten Äußeren besaß sie eine Art selbstverständlicher Eleganz. Val schluckte. In ihrem Kopf überschlugen sich die Gedanken.

»Bonjour. Ist Adam da?«, brachte sie schließlich hervor.

Die Frau hob die Augenbrauen.

»Wer sind Sie denn?«

»Ich bin eine, äh, Kollegin – und Sie?« Die Frage war heraus, noch bevor sie sich auf die Zunge beißen konnte.

»Dann sollten Sie ins Büro gehen. Siegfried ist jedenfalls schon auf dem Weg.«

Damit wurde die Wohnungstür langsam, aber bestimmt ins Schloss gezogen. Val ertappte sich dabei, der geschlossenen Tür zuzunicken. Sie zog eine Grimasse. Eine Antwort auf ihre Frage würde sie wohl nicht bekommen.

In Gedanken versunken ging sie zurück zur Detektei. Was war mit Adam los? Sie hatte gedacht ... Kopfschüttelnd blieb sie vor dem Schaufenster einer Bäckerei stehen. Tja, offensichtlich hatte sie sich geirrt. Männer! Aber was mochte das für Leo bedeuten? Sie seufzte.

Neubauer beendete ihren Bericht. Sorgfältig faltete sie ihn zusammen und legte ihn in ihre Handtasche. Sie war heute extra um halb sechs aufgestanden. Es sollte alles fertig sein, bevor sie zur Arbeit ging. Angerboda hatte gestern noch angerufen, sie wusste also, was passiert war. Außerdem wusste sie, was ihr bevorstand, wenn van Veen herausfand, dass sie gemeinsame Sache mit ihm gemacht hatte. Sie atmete tief durch. Noch 30 Minuten. Das reichte für eine Entspannungsmeditation. Die hatte sie dringend nötig.

Sie saßen alle in Walthers Büro. Van Veen ließ es sich nicht nehmen, die letzten losen Fäden zu verknüpfen. In diesem Fall waren es die Personalien von Winters Pflegeeltern, die Thomas Mühring in Erfahrung gebracht hatte. Die beiden waren schon seit mehreren Jahren tot. Es stand fest, dass sie ohne Fremdeinwirkung gestorben waren. Das hatten sie also geklärt.

Schwieriger war es mit dem Pädophilenring. In diesem Fall konnten sie zwar auch einen Erfolg verbuchen, das Ausheben der Lagerhalle musste für die Kinderhändler ein empfindlicher Schlag gewesen sein, aber gleichzeitig waren die Ermittler sich einig, dass es sich dabei nur um einen von mehreren Orten gehandelt haben konnte. Sie hatten also gerade mal die Spitze des Eisbergs gesehen.

Die Einsatzkräfte hatten fast alle Kunden in Gewahrsam nehmen können. Ebenso die Türsteher und Barkeeper. Die Frau, die der Detektivin angeblich die Kinder angeboten hatte, war verschwunden. Bislang hatte sich noch niemand zu seiner Rolle in der Geschichte geäußert, aber die ersten Beschwerden wurden schon laut. Wer sich ausschließlich in den unteren Räumlichkeiten aufgehalten hatte, bestand darauf, sexuelle Handlungen lediglich mit jüngeren, aber doch schon erwachsenen Partnern ausgeübt zu haben. In gegenseitigem Einverständnis. Tatsächlich war etwa die Hälfte der eingesammelten jungen Männer volljährig.

Aber eben nur die Hälfte. Und bei den meisten konnte man sich nicht wirklich sicher sein, da sie über keine oder nur unzureichende Ausweispapiere verfügten. Natürlich gab keiner der Kunden zu, etwas von den Kindern in der oberen Etage gewusst zu haben. Geschweige denn selbst jemals dort gewesen zu sein. Und natürlich wollte auch niemand die eigentlichen Drahtzieher kennen.

Ian Sinclair von Europol war schon lange hinter diesem Pädophilenring her. In Zusammenhang damit hatte er Winter seit geraumer Zeit beobachtet. Das hatte ihn nach Mallorca geführt.

Van Veen und Adam saßen mit Winter zusammen im Vernehmungszimmer. Sinclair nahm im Nebenraum teil, vor dem venezianischen Spiegel. Durch die Scheibe konnte er sie beobachten, ein Lautsprecher übertrug ihr Gespräch.

Winter war leichenblass, seine Miene ausdruckslos. Er zuckte mit keiner Wimper, als sie ihre Anschuldigungen vorbrachten. Adam vermeinte lediglich eine Spur von Spott in Winters Gesichtszügen zu erkennen. Das brachte ihn zwar innerlich auf die Palme, aber er schaffte es, sich zu beherrschen.

Van Veen fragte Winter nach den Hintermännern. Winter sah ihn regungslos an. Schwieg. Sie waren jetzt schon eine Dreiviertelstunde zusammen in diesem Raum. Und immer noch kein Ende in Sicht. Van Veen nickte Adam zu.

»Wir machen eine kurze Pause.« Er wandte sich an den Gefangenen. »In spätestens zehn Minuten sind wir wieder bei Ihnen. Nutzen Sie die Zeit. Überlegen Sie sich, ob es nicht doch vorteilhafter wäre, mit uns zu kooperieren.«

Winter sah scheinbar gelangweilt durch ihn hindurch. Aber bevor die Tür sich hinter van Veen und Adam schloss, rief er ihnen hinterher: »Ich habe es mir schon überlegt. Ich sage nichts mehr ohne meinen Anwalt.«

»Als wenn das etwas ändern würde«, knurrte Adam.

Als sie im Gang standen, fügte er hinzu: »Wir müssen es ihm sagen. Lange können wir es nicht mehr zurückhalten.«

Van Veen seufzte. »Ich weiß. Leider fürchte ich, dass unsere Anstrengungen damit völlig zunichte gemacht werden.«

Adam hob eine Augenbraue. »Ganz ehrlich? Die haben bis jetzt nichts gebracht. Vielleicht reißt ihn die Nachricht endlich aus seiner Komfortzone.«

»Ich arbeite nicht gern mit Schockmethoden.«

Sinclair sah um die halb geöffnete Tür in den Gang. Er musterte sie fragend. Van Veen nickte ihm zu. Zu Adam gewandt sagte er: »Ich teile es ihm mit, du beobachtest seine Reaktion.« Damit öffnete er die Tür.

»Wir haben leider eine schlechte Nachricht für Sie.«

Adam hätte es nicht für möglich gehalten, aber Winter wurde noch blasser. Eine körperliche Reaktion, außerhalb bewusster Kontrolle. Das Schweigen dehnte sich zu Minuten.

»Seit wann wissen Sie das schon?«, fragte Winter endlich mit heiserer Stimme.

»Wir haben es gerade erst erfahren.«

Winter richtete sich halb im Stuhl auf. »Das war nicht meine Frage.« Er war lauter geworden. »Haben Sie mich hier etwa hingehalten? Während Sie die ganze Zeit über gewusst haben, dass meine Schwester tot ist?«

Jetzt schwiegen die Polizisten. Bis Winter plötzlich einen Laut ausstieß wie ein verletztes Tier. Mit wutverzerrtem Gesicht sprang er auf und versuchte, seinen Stuhl aus der Verankerung zu reißen. Die Tür flog auf, mehrere Beamte drängten in den Raum. Winter wurde überwältigt.

Van Veen schloss kurz die Augen. »Das reicht erst mal. Bringt ihn in seine Zelle. Wir machen später weiter.«

Winter hatte sich inzwischen beruhigt. Geradezu apathisch ließ er sich aus dem Raum führen.

Adam sah ihm hinterher. Van Veen seufzte. »Ich fürchte, das war keine Glanzleistung von uns.«

»Vergessen wir nicht, um wen es sich handelt und vor allem, was er getan hat.« Adam legte van Veen eine Hand auf die Schulter. »Ehrlich, ich war in dem Gebäude. Ich hab gesehen, was da passiert ist. Absolut in Ordnung, wenn der Kerl mal für einige Zeit in seinem Saft schmort.«

Van Veen sah nicht überzeugt aus. »Ich habe ein schlechtes Gefühl.«

In dem Moment kam Sinclair aus dem anderen Zimmer zu ihnen. Adam machte ein nachdenkliches Gesicht. Van Veen hatte Gefühle ... Soweit er den LKA-Hauptkommissar kannte, sollte man die nicht unterschätzen.

Sinclair berichtete ihnen von seinen Kollegen und ihrem weiteren Vorgehen. Adam hörte nur mit einem halben Ohr hin. Van Veens Äußerung ließ ihm keine Ruhe. Er registrierte abwesend, dass Sinclair ihn beobachtete. Mit einem knappen Nicken ließ er die beiden überraschten Männer stehen. Bei den Aufsehern fragte er nach Winter.

»Der hat sich beruhigt. Wollte noch ein Wasser und einen Kaffee haben.«

Der zweite uniformierte Kollege nickte ihm zu. »Jetzt is allet friedlich. KbV, keene besonderen Vorkommnisse.«

Adam fühlte, wie ihn eine seltsame Ruhe überkam. »Ich möchte ihn sehen. Bringen Sie mich in seine Zelle.«

Etwas war unwiderruflich verloren, spürte er.

Er folgte dem breiten Rücken des Justizvollzugsbeamten mit dem Berliner Dialekt. Die Luft um ihn schien sich mit jedem Schritt zu verfestigen. Bis er irgendwann das Gefühl hatte, sich durch Gelee vorzuarbeiten. Endlich standen sie vor der Tür. Als sie aufschwang, wussten beide im selben Moment Bescheid. Das Glas lag zerbrochen auf dem Boden.

Die Personen

Siegfried Adam: Hauptkommissar in Altona, lebt in Ottensen. Geschieden, eine achtjährige Tochter. Ist weniger Macho, als er vorgibt.

Brander Amund Angerboda: Wohnung an der Alster. Leibliche Eltern sind Norweger. Viel Masse und viel Humor. Ist Kommissar beim LKA und wurde vor Kurzem schwer verletzt.

Claudia Calabrese: Lebt in Eimsbüttel. Zur Hälfte Sizilianerin, sehr temperamentvoll, wenig diplomatisch. Arbeitet als Kommissarin beim LKA.

Sven Gruber: Wohnt in Bramfeld. Mitarbeiter von van Veen. Großartige Ausbildung. Mit seiner Macho-Art stößt er nicht nur bei Adam an seine Grenzen.

Eva Leonora Johann (Leo): Lebt in Altona. Unabhängig und geradeheraus. Liebt ihre Eigenständigkeit. Selbstbewusst und unangepasst.

Felipe Johann: Leos Zwillingsbruder. Lebt in Barcelona.

Thomas Mühring: Lebt in einer Vierer-Wohngemeinschaft in Hoheluft. Kommissar im LKA-Team von Robert van Veen. Computerspezialist.

Aminata-Marie Neubauer: Wohnt in Barmbek. Ist vor 20 Jahren mit ihrer Mutter aus Madagaskar nach Deutschland gekommen. Bis vor Kurzem hat sie noch in Bayern gelebt. Arbeitet in Adams Team.

Johanna Peters: Hieß vor ihrer Scheidung »Johanna Valentin«. Wohnt in den Walddörfern. Beste Freundin von Leo. Während ihrer Chemotherapie arbeitet sie für die Detektei Wagner & Wagner.

Robert van Veen: Lebt in Alsterdorf. Verwitwet, zwei kleine Kinder. Kriminalhauptkommissar beim LKA. Hat sein Team im Griff. Schätzt die Zusammenarbeit mit Adam.

Valentin Wagner: Wohnt in Fuhlsbüttel. War Kommissar am Hamburger Flughafen, dann verwirklichte er seinen Traum vom eigenen Detektivbüro. Wird von seiner Schwester »Tintin« genannt.

Val: Wohnt zurzeit bei ihrem Zwillingsbruder Valentin Wagner in Fuhlsbüttel. Wurde als Ludwig Wagner geboren. Hat lange in Berlin gelebt. Leitet jetzt mit ihrem Bruder die Detektei Wagner & Wagner.

Karl Walther: Lebt in Nienstedten. Leiter des Kommissariats Altona und Chef von Siegfried Adam. Wird »der Alte« genannt.

Kai von Wendsheim und Andreas Guenther: Sie gehören zu Adams Team. Von Wendsheim lebt in Blankenese und Guenther in Wilhelmsburg.

Kriminalistische Abkürzungen

FBI: Federal Bureau of Investigation
KDD: Kriminaldauerdienst
KTU: Kriminaltechnische Untersuchung
LKA: Landeskriminalamt

Dank

Es gibt viele Menschen, denen ich danken möchte. Es ist unmöglich, sie alle hier aufzuführen, aber wenigstens einige seien genannt.

Herr Sönke Bong, zu der Zeit am Universitätsklinikum Hamburg-Eppendorf, hat mir Einblicke in den Ablauf seriöser Hypnosetechniken gegeben. Vielen Dank. Sollte ich etwas falsch dargestellt haben, liegt der Fehler ausschließlich bei mir.

Dirk Schoeniger war wieder bei allen Problemen mit meinem Netbook zur Stelle. Vielen Dank.

Britta Arens, Britta Gillmann und Yvonne Danso, Krankengymnastin, Heilpraktikerin und Osteopathin, ohne die drei könnte ich mich inzwischen wahrscheinlich gar nicht mehr bewegen … Vielen Dank.

Meine Testleser: Angela Fenudi, Katrin Rahe, Ute Nußbaum, Mailin Hayner, Anke Schoppe und Andrea Zinke. Vielen Dank.

Mein Lektor, Werner Irro, der sensibel auf meinen Text eingegangen ist. Vielen Dank.

Meine Verleger. Die Atmosphäre in den Büros von Ellert & Richter ist etwas Besonderes. Vielen Dank.

Meine Familie musste immer wieder akzeptieren, dass ich mich stundenlang mit meinem Netbook zurückzog. Vielen Dank für eure Geduld! Und Danke, Detlev und Benjamin, für das Kontrollieren meiner letzten Korrekturen!

Die Autorin

Carola Christiansen, geb. in Hamburg, hat ihr Hobby zum Beruf gemacht. Sie arbeitet mittlerweile ausschließlich als Schriftstellerin. Davor war sie viele Jahre für eine Fluggesellschaft tätig. In dieser Zeit hat sie u. a. in Hongkong, Dänemark und Luxemburg gelebt. Zurzeit schreibt sie am dritten Teil ihrer Krimireihe um den Hamburger Hauptkommissar Siegfried Adam. Sie ist Präsidentin der Mörderischen Schwestern. Weitere Infos zur Autorin unter *www.christiansen-KRIMI.de*.

Weitere Krimis im Ellert & Richter Verlag

Rolf Dieckmann
Es sind Wölfe im Wald
272 Seiten
978-3-8319-0740-3

Ein Bogenschütze jagt in den tiefen Wäldern des Wendlands. Doch nicht auf Wild hat er es abgesehen, sondern auf Männer mit einem dunklen Geheimnis, die qualvoll durch seinen Pfeil verenden. Gleichzeitig beunruhigen unheimliche Attacken des wieder heimisch gewordenen Wolfes den sonst so beschaulichen Landstrich.

Kriminaloberkommissar Erik Corvin, der sich von Hamburg in seine alte Heimat nach Dannenberg versetzen lässt, steht vor einem Rätsel. Wo liegt der Zusammenhang zwischen den Opfern? Durch seine Recherchen unter den zum Teil skurrilen Bewohnern des Wendlands kommt Corvin den Zusammenhängen nicht nur auf die Spur, sie verändern auch sein ganzes Leben. Die Lösung dieses mysteriösen Falls findet er überraschend auf einer Insel weit im Süden …

Sebastian Knauer
Mörderisches Mozart-Kind
Ein Musikkrimi
304 Seiten
978-3-8319-0731-1

Kopfschuss an der polnischen Osteeküste, Messer im bayerischen Nationalpark, Stahlseil in den Donauauen – alles keine schönen Todesarten für begabte Mozart-Musikerinnen. Die Ermittler der Wiener Soko „Klangkörper" sind ratlos. Wer steckt hinter den mysteriösen Serienmorden an den jungen Frauen? Zusammen mit der Wiener Kommissarin Larissa Bost bekommt schließlich der Hamburger Detektiv Pit Koch einen entscheidenden Tipp. Um seinen Traum zu verwirklichen, entwickelt der vermögende Unternehmer Steven Briggs einen mörderischen Plan.

In einer einzigen Nacht und durchaus mit Vergnügen gelesen. Dr. Ulrich Leisinger, wissenschaftlicher Leiter des Mozarteums in Salzburg

Sebastian Knauer
Tödliche Kantaten
Ein Musikkrimi
192 Seiten
978-3-8319-0429-7

Bibliografische Information der Deutschen Nationalbibliothek
Die Deutsche Nationalbibliothek verzeichnet diese Publikation in der Deutschen Nationalbibliografie; detaillierte bibliografische Daten sind im Internet über http://dnb.d-nb.de abrufbar.

ISBN 978-3-8319-0739-7

Titelfoto: Michael Zapf, Hamburg
Text: Carola Christiansen, Hamburg
Lektorat: Dr. Werner Irro, Hamburg
Redaktion: Sophie Niemann, Hamburg
Covergestaltung: BrücknerAping Büro für Gestaltung GbR, Bremen
Gesamtherstellung: CPI books GmbH, Leck

www.ellert-richter.de
www.facebook.com/EllertRichterVerlag